Gabriele Sch(

Charlottes geheime

Für C.
In dankbarer Erinnerung

„Wie von unsichtbaren Geistern gepeitscht,
gehen die Sonnenpferde der Zeit
mit unsers Schicksals leichtem Wagen durch;
und uns bleibt nichts,
als mutig gefasst die Zügel festzuhalten,
und bald rechts, bald links,
vom Steine hier, vom Sturze da,
die Räder wegzulenken.
Wohin es geht, wer weiß es?
Erinnert er sich doch kaum, woher er kam."

(Johann Wolfgang von Goethe)

Gabriele Schossig

Charlottes
geheimes Tagebuch

Bibliografische Information der Deutschen Bibliothek

Die Deutsche Bibliothek verzeichnet diese Publikation in der Deutschen Nationalbibliographie; detaillierte bibliographische Daten sind im Internet über http://dnb.ddb.de abrufbar.

Impressum

1. Auflage Mai 2023

Texte: © Copyright Gabriele Schossig 2023
Coverdesign: © Copyright Coverdesign4you
Korrektorat: Doris Eichhorn-Zeller

ISBN: 978 3756214112
(auch als E-Book erhältlich)

Herstellung und Verlag:
BoD – Books on Demand, Norderstedt

I

Schon wieder Post von ihm! Resigniert warf Carla die Ansichtskarte auf den Küchentisch. Da sie seine E-Mails und Kurznachrichten ungelesen löschte, war er in letzter Zeit auf diese Art der Kommunikation umgestiegen. Inzwischen hatte sie schon einen kleinen Stapel mit den schönsten Sehenswürdigkeiten Roms beisammen, weil sie es nicht übers Herz brachte, sich von diesen Karten zu trennen.

Auf der gerade erhaltenen Postkarte prangte ein Bild des nächtlichen Kolosseums, gekrönt von einem großen leuchtenden Vollmond.

Wie romantisch, flüsterte eine Stimme in ihr. Wie kitschig, wurde sie sogleich von einer weitaus lauteren übertönt.

Zögernd griff Carla erneut nach der Karte und drehte sie um. Nur ein Satz stand auf der Rückseite, geschrieben in seiner prägnanten, schwungvollen Schrift.

„Ich wünschte, du könntest Rom bei Nacht sehen. Georg", las sie, enttäuscht und erleichtert zugleich. Kein persönliches Wort, kein Liebesschwur, nicht einmal die Bitte, es sich doch noch einmal zu überlegen. Nur ein unverfänglicher Gruß aus der Ferne.

Aber was erwartete sie? Seine Entscheidung, diese Reise anzutreten, hatte mehr gesagt, als es tausend Worte vermocht hätten.

Carla war so in ihre Gedanken vertieft, dass sie zusammenfuhr, als ihr Mann unverhofft in die Küche trat.

„Hallo." Sein Blick fiel auf die Postkarte. „Hat dein alter Freund wieder geschrieben?"

„Ja, du kannst sie gerne lesen", gab sie sich gleichgültig.

„Vielleicht später." Jakob warf ihr einen Blick zu, den sie nicht deuten konnte. Dann streckte er ihr einen großen dicken Umschlag entgegen. „Den hat jemand in unseren Briefkasten gequetscht. Hast wohl wieder ein Buch bestellt? Dann wird dir wenigstens nicht langweilig, wenn ich weg bin."

Ihr schoss durch den Kopf, dass sie in seiner Gegenwart manches Mal mehr Langeweile verspürte als in den Stunden, die sie allein verbrachte. Aber ihr war bewusst, wie unfair dieser Gedanke war, und schnell schob sie ihn beiseite.
Stattdessen versuchte sie sich zu erinnern, welche Buchlieferung noch ausstand. Aber bei der Menge an Lesestoff, die sie verschlang, verlor sie manchmal den Überblick.
Jakob konnte mit ihrer Bücherliebe zwar nichts anfangen, akzeptierte aber, dass sie einen Großteil ihrer Freizeit mit Lesen verbrachte.
„Wann musst du morgen früh los?", fragte sie, ohne auf seine Bemerkung einzugehen.
„Kurz nach vier gehe ich aus dem Haus. Du brauchst aber nicht mit aufzustehen." Er gähnte wie auf Kommando. „Ich werde jetzt meine Sachen zusammenpacken. Können wir anschließend essen, damit ich zeitig ins Bett komme?"
Carla nickte. „Kein Problem, ich bereite schon mal alles vor."
Während des Abendessens sprachen sie nicht viel. Anschließend bereitete sie ihm seine Frühstücksbrote für den nächsten Tag vor und er berichtete währenddessen von der bevorstehenden Reise. Mit einer Rentnergruppe ging es in die Schweiz. Jakob, Busfahrer und Reiseleiter in einer Person, würde fast zwei Wochen von zu Hause weg sein.
„Ich werde mich jetzt hinlegen", verkündete er kurz nach acht, erhob sich und gab ihr zum Abschied einen flüchtigen Kuss auf die Wange.
„Schlaf schön und morgen eine gute Reise." Es war für Carla nichts Ungewöhnliches, dass ihr Mann sehr zeitig losmusste und deswegen früh ins Bett ging. Manchmal verbrachte sie die Abende dann vor dem Fernseher, aber meistens griff sie lieber zu einem Buch.
Nachdem Carla die Küche aufgeräumt hatte, nahm sie Georgs Karte und legte sie zu den anderen in den Schubkasten.
Was beabsichtigt er nur mit seiner ständigen Post, überlegte sie. Wollte er ihr mithilfe der Ansichtskarten beweisen, wie schön

Rom ist? Das war es zweifellos, doch trotzdem würde sie ihm nicht dorthin folgen. Oder wollte er einfach nur dafür sorgen, dass sie ihn nicht vergaß? Als ob sie diesen Mann einfach so aus ihrem Kopf bekommen könnte. Immerhin versuchte sie das seit seiner Abreise tagtäglich erfolglos.

Carla beschloss, sich mit einem Buch ein wenig abzulenken, und ging hinüber ins Wohnzimmer. Doch als sie es sich mit ihrem bereits begonnenen Roman im Lesesessel gemütlich machte, fiel ihr Blick auf das große Bücherregal. Es füllte eine ganze Wand vom Boden bis zur Decke, aber ausgerechnet Georgs Buch stach ihr ins Auge.

Sein erster Roman, mit dem er, damals noch ein unbekannter Autor, quasi über Nacht bekannt geworden war. Um daraufhin sofort seine Karriere als Rechtsanwalt an den Nagel zu hängen, was Carla ziemlich unvernünftig fand.

Aber sein Buch war wirklich außergewöhnlich gut. Es hatte sie von der ersten bis zur letzten Seite so gefesselt, dass sie es anschließend gleich ein zweites und drittes Mal las. Die Handlung wies angeblich autobiografische Züge auf, nur dass der Held der Geschichte seinem Leben tragischerweise ein Ende setzte, wohingegen der Autor stattdessen lieber ein Buch geschrieben hatte.

Mit diesem Roman oder besser gesagt mit Georgs Foto auf dem Cover hatte damals alles begonnen. Sie war augenblicklich von seiner Ausstrahlung und seinem intensiven Blick aus dunklen Augen fasziniert gewesen und wünschte sich insgeheim, diesem Schriftsteller einmal zu begegnen. Vielleicht bei einer Lesung oder auf einer Buchmesse. Dass er letztlich der Mann sein würde, der ihr Herz aus seinem Winterschlaf erweckte und ihr Leben vollkommen auf den Kopf stellte, wäre ihr allerdings nie in den Sinn gekommen.

Aber das war Vergangenheit! Georg war fort, geblieben waren ihr nur eine tiefe Traurigkeit und ein schlechtes Gewissen ihrem Mann gegenüber. Inzwischen bereute sie sogar, sich überhaupt in Georg verliebt zu haben. Vor seinem Auftauchen war ihr

Leben ruhig und friedlich verlaufen, jetzt schien alles durcheinander.

Trotzdem geriet Carla einen Moment in Versuchung, nach Georgs Roman zu greifen, um sein Bild zu betrachten. Doch sogleich verscheuchte sie diesen Gedanken energisch. Sie musste endlich aufhören, an diesen Mann zu denken!

Der Umschlag, den Jakob vorhin achtlos auf den Schrank gelegt hatte, fiel ihr wieder ein.

Seltsam, überlegte sie, soweit sie sich erinnern konnte, war keine Buchbestellung mehr offen.

Neugierig geworden, erhob sie sich und ging zurück in die Küche. Nach dem Öffnen des braunen Umschlags hielt sie tatsächlich ein Buch in der Hand. Es war nicht allzu groß, dafür aber recht dick. Der braune Ledereinband war an jeder Ecke mit kleinen Ornamenten verziert, aber zu ihrer Verwunderung befanden sich weder Titel noch Verfasser darauf.

Carla schlug das Büchlein auf und entdeckte, dass es handschriftlich verfasst worden war und, wie es schien, mit Tinte geschrieben. Der Text war in einzelne Absätze unterteilt, wobei sich über jedem eine Orts- sowie eine Datumsangabe befand. Die Schrift wirkte ein wenig krakelig und kam Carla irgendwie bekannt vor. Was eigentlich nicht sein konnte, denn der erste Eintrag stammte vom November 1775.

War das etwa ein Tagebuch, fragte sie sich verwundert. Noch dazu eins aus dem 18. Jahrhundert? Aber wie kam das in ihren Briefkasten?

Sie betrachtete den Umschlag, auf dem zwar ein Etikett mit ihrer computergeschriebenen Anschrift zu finden war, aber nirgends ein Absender. Der Poststempel war völlig verwischt und unleserlich, so als wäre der Umschlag beim Transport feucht geworden.

Carla warf den Briefumschlag in den Müll. Mit dem Tagebuch in der Hand ging sie wieder hinüber ins Wohnzimmer und machte es sich erneut in ihrem Lieblingssessel bequem.

Was sollte sie nun mit diesem Büchlein anfangen?, überlegte sie. Sie verspürte keine Lust, sich mit irgendwelchen Aufzeichnungen von anno dazumal zu beschäftigen.
Sie legte das Tagebuch auf den Tisch und griff stattdessen wieder zu dem Roman, den sie schon vorhin hatte weiterlesen wollen. Aber schon nach einigen Seiten merkte sie, dass sie viel zu unkonzentriert war, und beschloss ins Bett zu gehen. Wie so häufig seit Georgs Verschwinden, hatte sie sich den ganzen Tag müde und lustlos gefühlt. Aber an Schlaf war trotzdem nicht zu denken. Unruhig wälzte sie sich hin und her, mit den Gedanken ständig bei Georg, ihrer gemeinsamen Zeit und deren unschönem Ende.
Irgendwann musste sie aber doch in einen unruhigen Schlaf gefallen sein, wurde aber bald darauf durch Jakobs frühes Aufstehen wieder geweckt. Für einen Augenblick überlegte sie, ihrem Mann einen Kaffee zu kochen, aber sie konnte sich nicht dazu überwinden.
Außerdem hatten sie sich gestern Abend schon verabschiedet, beruhigte sie ihr schlechtes Gewissen.
Als sie hörte, dass Jakob die Wohnung verließ, stand sie auf. Sie war viel zu früh dran und vertrödelte die Zeit, bis sie sich auf den Weg zur Arbeit machen musste.

Fast zehn Jahre arbeitete Carla jetzt schon für Frau Herzog, was nicht immer einfach gewesen war. Die Herzogin, wie alle sie aufgrund ihres bestimmten und selbstbewussten Auftretens heimlich nannten, war kein Teamplayer. Sie wusste, was sie wollte, und setzte ihre Interessen und Meinungen auch konsequent durch. Jahrelang war sie die Bürgermeisterin der Stadt gewesen. Als ihr Sohn dann für diesen Posten kandidieren wollte, hatte sie ihn bis zu seiner Wahl nach Kräften unterstützt, sich anschließend aber aus der Politik zurückgezogen. Damals hatte sie ihr kleines Event- und Kulturbüro „Herzoglicher Kunstgenuss" eröffnet und organisierte seitdem mit viel Enthusiasmus Lesungen, Konzerte, Seminare und private Veranstaltungen in der Stadt sowie in der näheren Umgebung. Da sie von Natur aus eine ruhelose Person war, veröffentlichte sie darüber hinaus noch eine kleine Kulturzeitschrift mit dem Namen „Herzogliche Kulturschrift", die einmal im Monat erschien und von einer täglich aktualisierten Homepage ergänzt wurde.

Carla kam mit der bestimmenden Art ihrer Chefin an sich gut zurecht, nur deren Hektik machte ihr oft zu schaffen. Saskia, ihre Kollegin und Freundin, wusste dank ihres Humors mit dem alltäglichen Stress meist besser umzugehen.

Kaum war sie im Büro, belegte ihre Chefin sie schon mit Beschlag. Saskia hatte heute Urlaub und so blieb alle Arbeit an Carla allein hängen. Das Gute daran war, dass sie so nicht dazu kam, an ihre Müdigkeit zu denken. Das Schlechte, dass sie nach ein paar Stunden schon nicht mehr wusste, wo ihr der Kopf stand.

Zum Glück war freitags um 15 Uhr Feierabend und heute gelang es ihr sogar, das Büro pünktlich zu verlassen.

Vor der Tür atmete sie erst einmal tief durch. Jetzt, nachdem der Stress von ihr abfiel, konnte sie den fehlenden Schlaf überdeutlich spüren. Am liebsten hätte sie sich auf den Heimweg gemacht, um sich zu Hause aufs Sofa zu legen. Aber ihre Mutter hatte sie zum Kaffee eingeladen und Carla wollte sie auf keinen Fall mit einer Absage enttäuschen. Zumal jetzt sicher schon alles vorbereitet war.

Als sie kurz darauf bei ihren Eltern ankam, erwartete sie ein hübsch gedeckter Kaffeetisch. Auf einer roten Tischdecke standen eine Kerze und das gute Kaffeeservice mit Goldrand und Blümchenmuster, das noch von Carlas Oma stammte. Es wurde nur zu besonderen Anlässen hervorgeholt und die Erkenntnis, dass ihr Besuch so ein Anlass war, wärmte Carla das Herz.

Aber müssen wir ausgerechnet im Wintergarten sitzen?, ging es ihr durch den Kopf. Nicht, dass er nicht gemütlich gewesen wäre, ganz im Gegenteil. Aber der Ort hing voller Erinnerungen, denn hier war sie Georg zum ersten Mal begegnet.

„Mach's dir bequem", forderte ihre Mutter sie auf. „Ich hole bloß noch Kaffee und Kuchen. Vater lässt sich übrigens entschuldigen. Er hat noch zu arbeiten und möchte nicht gestört werden."
Typisch Vater, dachte Carla, verkniff sich aber einen Kommentar. Dabei war ihr alter Herr seit Kurzem in Rente. Trotzdem saß er jede freie Minute an seinem Schreibtisch, um an einer Chronik der Stadt zu schreiben. An sich zwar ein lobenswertes Vorhaben, aber Carla fand, er könnte sich wenigstens ab und zu ein wenig Zeit für seine Familie nehmen.
Doch heute sollte ihr sein Arbeitseifer recht sein, denn seine pedantische und besserwisserische Art war nichts für ihre in letzter Zeit ohnehin schon schwachen Nerven.
Keine Ahnung, wie ihre Mutter seine Marotten aushielt, aber sie beklagte sich nie. Mit ihrer freundlichen und fürsorglichen Art hatte sie dafür gesorgt, dass Carla und ihre ältere Schwester Charly in einem liebevollen Zuhause aufwuchsen, trotz mancher Launen ihres Vaters.
Jetzt kam ihre Mutter mit der Kaffeekanne und einem Kuchenteller zurück. Nachdem sie beides abgestellt hatte, goss sie ihnen Kaffee ein. Carla übernahm währenddessen das Verteilen des Kuchens und legte jedem ein Stück Schwarzwälder Kirschtorte auf den Teller.
Während sie es sich schmecken ließen, erkundigte sich Carlas Mutter nach ihrem Tag. Carla erzählte von ihrer Arbeit und von Jakobs Dienstreise. Dann plauderten sie über allerlei Alltägliches. Wie immer entspannte sich Carla im Beisammensein mit ihrer Mutter zunehmend, bis die nächste Frage das schlagartig änderte.
„Was ich schon längst wissen wollte, was ist denn aus diesem Dichter geworden? Man erzählt sich, er sei jetzt in Rom?"
Carla zuckte bei diesen Worten regelrecht zusammen, aber ihre Mutter schien es nicht zu bemerken.
„Ja, richtig. Georg ist in Rom. Aber mehr weiß ich auch nicht. Wir haben keinen Kontakt mehr."

Was zwar nicht ganz stimmte, immerhin schrieb er ihr, aber es kam der Wahrheit doch recht nahe.

„Das ist aber schade. Du mochtest ihn doch so." Ihre Mutter sah sie fragend an und Carla spürte, wie sie unter dem prüfenden Blick errötete.

„Ja, schon. Aber es hat sich halt so ergeben", stammelte sie und wusste nicht, was sie sagen sollte.

„Aber ...", setzte ihre Mutter an, wurde aber vom Klingeln des Telefons unterbrochen. „Bestimmt Tante Hedwig. Wie immer im unpassendsten Moment", seufzte sie und erhob sich.

Auch wenn die Schwester von Carlas Vater mit ihren häufigen Anrufen manchmal nervte, jetzt war Carla ihrer Tante dankbar für die Störung, konnte so ihre Mutter doch wenigstens nicht weiter nach Georg fragen.

Was sollte sie auch sagen? Dass sie ihn ganz schrecklich vermisste? Dass sie unglaublich enttäuscht und wütend war? Ihn nie wiedersehen wollte und doch ständig an ihn denken musste? Ihre erste Begegnung, hier im Wintergarten, kam ihr in den Sinn. Niemals würde sie vergessen, wie er sie damals angesehen hatte. Mit einem Lächeln im Gesicht verlor sie sich in ihren Erinnerungen, bis die Rückkehr ihrer Mutter sie aufschreckte.

„Eigentlich kann Hedwig einem leidtun. Sie ist so einsam", meinte sie mitfühlend und berichtete von den neuesten Wehwehchen ihrer Schwägerin.

„Ich finde, Vater könnte sich jetzt, wo er zu Hause ist, mehr um seine Schwester kümmern."

„Ach, du kennst ihn doch."

Wie schaffte es ihre Mutter nur, für jeden Verständnis aufzubringen? Und warum fehlte ihr selbst oft diese Gabe?, fragte sich Carla. Und das, obwohl doch alle behaupteten, sie käme nach ihrer Mutter, vom Aussehen her genauso wie vom Wesen. Ihre Schwester dagegen besaß einen ganz anderen Charakter. Charly war sehr selbstbewusst und sorgte mit ihrem extrovertierten, leicht exzentrischen Auftreten gerne für Aufsehen.

Eigentlich hätte Charly viel besser zu Georg gepasst, dachte Carla nicht zum ersten Mal. Ein Wunder, dass er sich damals nicht in ihre Schwester, sondern in sie verliebt hatte.
„Ist alles gut bei dir? Du wirkst heute so nachdenklich." Ihre Mutter sah sie besorgt an.
„Ja, alles in Ordnung. Ich habe nur schlecht geschlafen. Und als Jakob so früh rausmusste, war ich auch wach. Ich denke, ich werde jetzt losgehen und mich zu Hause ein wenig hinlegen."
„Mach das. Zum Glück hast du ja das Wochenende frei und kannst dich richtig ausschlafen."
„Das werde ich. Schlafen und lesen!" Carla war erleichtert, dass ihre Mutter nicht weiter nachfragte.
„Du Bücherwurm", lachte diese. „Aber bei dem ungemütlichen Schmuddelwetter ist das ja auch genau das Richtige."
Kurz darauf machte sich Carla auf den Heimweg und versuchte unterwegs jeden weiteren Gedanken an Georg zu verbannen.
In ihrer Wohnung angekommen, zog sie sich ihre Wohlfühlsachen an, kochte sich einen Tee und ging ins Wohnzimmer. Dort fiel ihr Blick auf das Tagebuch.
Was sollte sie nur damit anfangen?, fragte sie sich erneut. Ohne Absender konnte sie es doch nirgendwohin zurückschicken. Ob sich vielleicht im Tagebuch selbst ein Hinweis auf den Besitzer finden ließ, überlegte sie.
Sie nahm das Büchlein zur Hand und blätterte durch die Seiten. Bis zur letzten Zeile war alles eng beschrieben worden. Aber weder auf dem ersten noch auf dem letzten Blatt fanden sich ein Name oder eine Adresse.
Seufzend legte sich Carla aufs Sofa. Nun war sie doch neugierig geworden. Entgegen ihrer eigentlichen Absicht, gleich schlafen zu wollen, schlug sie die erste Seite auf und begann zu lesen.

Tagebuch I

Kochberg, 7. November 1775
Er ist in der Stadt! Deutschlands berühmtester Dichter! Inzwischen zwitschern es alle Spatzen von den Dächern und sogar hier, auf meinem abgelegenen Schloss, hat mich diese Kunde erreicht.
Wüsste ich es nicht aus sicherer Quelle, könnte ich diese Neuigkeit kaum glauben. Was will er nur in unserem kleinen thüringischen Städtchen, wo ihm doch die ganze Welt offensteht?

Kochberg, 8. November 1775
Mir geht dieser Dichter nicht aus dem Kopf. In ganz Europa hat er sich mit seinen Büchern bereits einen Namen gemacht. Ich habe sowohl seinen Götz als auch den Werther gelesen, nein, Letzteren habe ich geradezu verschlungen. Eine ungewöhnliche Geschichte mit tragischem Ausgang, die mich mit widersprüchlichen Gefühlen zurückgelassen hat. Ich denke, dass derlei Bücher eine gewisse Gefahr für den Leser darstellen, könnten sie ihn doch auf ungute, vielleicht sogar gefährliche Gedanken bringen.
Trotzdem schwärme ich seit dieser Lektüre insgeheim für diesen jungen Schriftsteller. Oder ich sollte wohl besser sagen, ich verehre und bewundere ihn. Schwärmen wird weder meinem Alter noch meinem Stand gerecht.
Auch mein guter Freund Knebel ist vollkommen von ihm begeistert. Wir werden sehen, ob dieser Dichter den Erwartungen standhalten kann.

Kochberg, 9. November 1775
So sehr ich mich auch dagegen wehre, meine Gedanken kreisen schon wieder um diesen Schriftsteller.

Unser Herzog Carl August hat im letzten Jahr, während seiner Kavalierstour, in Frankfurt Station gemacht und ihn eingeladen. Aber dass der junge Mann dieser Offerte wirklich nachkommen würde, damit habe ich nicht gerechnet.
Nun erzählt man sich, er wolle sogar für einige Wochen bleiben. Der Gedanke, ihm dann vielleicht bald von Angesicht zu Angesicht gegenüberzustehen, lässt mein Herz schneller schlagen.
Vielleicht liegt es auch an den Worten Zimmermanns, mein Arzt und inzwischen auch ein guter Bekannter. Er ist ihm schon selbst begegnet und schwärmt in den höchsten Tönen. Zimmermann hat ihm sogar einen Schattenriss von mir gezeigt. Angeblich soll er ihn ausgiebig betrachtet und dann gesagt haben, dass es ein herrliches Schauspiel wäre, zu sehen, wie sich die Welt in diesem Antlitz spiegelt.
Nun, ich kann das kaum glauben und denke, Zimmermann übertreibt. Er weiß eben, was Frauen hören wollen. Allerdings müsste ihm eigentlich klar sein, dass ich für solche Schmeicheleien nicht empfänglich bin.
Nichtsdestotrotz ist meine Neugier auf des Herzogs Gast so groß, dass ich mich entschieden habe, meinen geliebten Rückzugsort vorzeitig zu verlassen. Morgen werde ich in die Stadt zurückkehren.
Dieses Tagebuch wird mit mir reisen. Es ist ein Geschenk meiner geliebten und verehrten Frau Mutter. Seit einem halben Jahr schon lag es hier ungenutzt im Schubkasten meines Schreibtischs, aber nun ist die rechte Zeit, es mit meinen Gedanken und Gefühlen zu füllen.

Weimar, 10. November 1775
Ich bin zurück in der Stadt. Zum ersten Mal, seit langer Zeit, konnte ich es kaum erwarten, den neuesten Tratsch und Klatsch bei Hofe zu hören. Natürlich dreht sich dort alles um den außergewöhnlichen Gast.

Am 7. November, morgens um fünf, kam er in Begleitung des jungen Kammerherrn von Kalb hier an. Verwundert war er, erzählt man sich, dass er mit den Füßen im Morast stand, nachdem er aus der Kutsche gestiegen war. Da ist er sicher andere Straßen gewöhnt. Aber unser Weimar ist eben kein Frankfurt.
Zumindest hat er eine angemessene Unterkunft gefunden. Er wohnt bei Johann von Kalb, nur ein paar Minuten von unserer Wohnung entfernt. Da ist es bestimmt nur eine Frage der Zeit, bis wir einander über den Weg laufen. Oder vielleicht ist es besser, wir begegnen einander bei Hofe, im angemessenen Rahmen? Er ist zwar nicht von Adel, sondern stammt aus dem Bürgertum, aber als Gast unseres Herzogs wird er dort sicher trotzdem geladen sein.
Ich sollte endlich aufhören, mir ständig Gedanken um diesen Dichter zu machen.

Weimar, 11. November 1775
Am heutigen Tage hat es gar nicht recht hell werden wollen und so saß ich am Nachmittag, zusammen mit meiner Mutter, gemütlich bei einer Tasse Tee.
Wie so oft haben wir uns in die erste Etage des Gartenpavillons zurückgezogen, unser beider Lieblingsplatz. Nur hält man es dort im Winter leider nicht allzu lange aus, weil es einfach zu kalt ist.
Mein Vater ist ganz besonders stolz auf dieses Bauwerk, das er ohne Rücksicht auf Kosten errichten und über einen Gang mit dem Haupthaus verbinden ließ.
Da er seitdem jedem Besucher stolz diesen Pavillon präsentiert, verwunderte es uns nicht, als auch an diesem Nachmittag Gäste angekündigt wurden. Kurz darauf trat mein Vater in Begleitung des Herzogs und eines jungen, mir unbekannten Mannes ein. Mir fiel dessen steife Haltung auf und seine ungewöhnliche Kleidung. Einen blauen Frack mit gelber

Weste trug er, welch farbliches Wagnis, dazu eine Bundhose und Stiefel.
Es dauerte einen Augenblick, bis mir klar wurde, dass es sich dabei um die sogenannte Werther-Tracht handelte. Fast schien es, als wäre der Fremde soeben dem Roman entsprungen. Nun war auch unschwer zu erraten, wer da so unverhofft vor uns stand.
Und wirklich stellte sich der junge Mann gleich darauf artig, wenn auch ein wenig unbeholfen, als Doktor Goethe vor. Man glaubt es kaum: Goethe höchstpersönlich im Hause meiner Eltern!
Nachdem die Gäste Platz genommen und ein Gespräch in Gang gekommen war, hatte ich Gelegenheit, den jungen Goethe ein wenig näher zu betrachten. Dass er ein gut aussehender junger Mann ist, lässt sich nicht bestreiten. Er ist groß gewachsen, von schöner Statur und hat dunkelbraune, sehr ausdrucksvolle Augen. Er nutzt keine Perücke, sondern trägt sein braunes, recht langes Haar zu einem Zopf gebunden in einem Haarbeutel.
Bald hatte er seine anfängliche Zurückhaltung abgelegt und redete sehr lebhaft, mit leuchtenden Augen und wild gestikulierend. Unser Herzog verfolgte aufmerksam jedes seiner Worte und scheint von seinem Gast sehr angetan zu sein. Fast wirkten die beiden wie gute Freunde.
Beim Abschied flüsterte mir Goethe zu, ich hätte ein italienisches Aussehen und mein Schattenriss würde nichts über meine wirklichen Charakterzüge verraten.
Eine für mich verstörende Aussage, auf die ich nichts zu entgegnen wusste. Was weiß der Herr Goethe schon von meinem Charakter? Da ist wohl der Überschwang der Jugend, die meint alles zu wissen und zu kennen, mit ihm durchgegangen. Aber erstaunlich, dass er sich überhaupt an diesen Schattenriss erinnert, den Zimmermann ihm gezeigt hat. Und

was meint er mit italienischem Aussehen? Wie auch immer, er scheint es als Kompliment gemeint zu haben.

Weimar, 12. November 1775
Meine Gedanken weilen noch immer bei meiner Begegnung mit dem Herrn Goethe. Nun bin ich ihm tatsächlich begegnet! Ich muss gestehen, ich hatte ihn mir nach Zimmermanns Beschreibung anders vorgestellt.
„Sie verlangen, dass ich von Goethe rede", so schrieb mir der Freund damals, „aber, arme Freundin, Sie wissen nicht, bis zu welchem Punkte dieser liebeswürdige und bezaubernde Mann Ihnen gefährlich werden könnte. Eine Frau, die ihn oft gesehen hat", so fuhr er fort, „sagte, er sei der schönste, lebhafteste, feurigste und verführerischste Mann, den sie je gesehen habe."
Mir scheint, die Dame muss sehr verliebt gewesen sein in diesen jungen Mann. Ich finde den Herrn Goethe nicht besonders verführerisch. Aber er ist gerade einmal 26 Jahre und vielleicht deswegen noch weniger selbstsicher im Auftreten als von mir erwartet.
Gestern wirkte er in manchen Momenten fast ein wenig unbeholfen. Aber vielleicht kam seine zeitweise unsichere, fast gestelzte Art auch daher, dass er nicht wusste, wie er sich in unserer Gesellschaft richtig zu benehmen hat. Als Bürgerlicher ist er den Umgang mit dem Adel anscheinend nicht gewohnt.
Nein, er ist kein Hofkavalier mit exzellenten Umgangsformen, wie ich ihn mir wohl insgeheim ausgemalt habe. Doch da ist etwas an seinem Wesen, an seiner ganzen Ausstrahlung, das einen gewogen für ihn sein lässt. Ich kann es nicht anders in Worte fassen.
Was er wohl meinte, als er sagte, die Silhouette meines Schattenrisses würde nichts über meine wirklichen Charakterzüge aussagen?

Ach, was mache ich mir nur für Gedanken. Ich habe doch wirklich Wichtigeres zu tun, als mir über diesen Herrn Goethe den Kopf zu zerbrechen.

Weimar, 18. November 1775
Ein paar Tage schon habe ich nichts geschrieben. Doch eben kam mir in den Sinn, dass es Zeit wäre, die Besitzerin dieses Tagebuches einmal vorzustellen.
Mein Name ist Charlotte Albertine Ernestine von Stein. Ich bin eine geborene von Schardt. Am 25. Dezember 1742 erblickte ich in Eisenach das Licht der Welt. Gleich im Jahr darauf zog meine Familie aber hierher nach Weimar.
Inzwischen bin ich beinahe 33 Jahre alt, Ehefrau und Mutter dreier Söhne. Carl, Ernst und Fritz. Der Älteste ist Carl, 10 Jahre, dann kommt Ernst, 8 Jahre alt, und zum Schluss Fritz. Der Jüngste ist gerade erst 3 Jahre geworden.
Ich bin erleichtert, dass die Buben inzwischen aus dem Gröbsten heraus sind. Nur der Kleine beansprucht noch etwas mehr meiner Zeit. Möglicherweise klinge ich hart, aber ich war nie mit Herzblut Mutter. Schon die Schwangerschaften waren mir eine große Last. Am allerliebsten ist mir mein Fritzchen, auch wenn ich versuche, es die anderen beiden nicht spüren zu lassen.
Meine Interessen sind eher geistiger und künstlerischer Natur. Man sagt, ich sei eine elegante Erscheinung. Ich bin klein, zierlich und trage vorwiegend weiße Kleider. Aber ich will nicht eitel erscheinen. Sollen besser andere ihr Urteil über meine Person treffen.

Weimar, 30. November 1775
Kaum ist Goethe hier, erhält er auch schon Besuch. Am 26. November kamen die Gebrüder Stolberg nach Weimar. Alte Freunde von ihm, mit denen er gemeinsam im letzten Sommer eine Reise in die Schweiz unternommen hat.

Die Brüder sind immer noch auf Reisen, dieses Mal quer durch Deutschland. Sie wollen, soweit ich weiß, bald weiter nach Hamburg, um Klopstock zu besuchen.
Somit wäre gegen die ganze Sache ja nichts einzuwenden, aber zu meinem Entsetzen fand heute, ich erfuhr es gerade von meinem Mann, ein wahres Geniegelage statt.
Die Männer – der Herzog, Goethe und die beiden Stolbergs – müssen nicht nur kräftig einen über den Durst getrunken haben, sondern warfen anschließend auch noch alle Gläser aus den Fenstern.
Was für ein unmögliches Betragen! Was sollen nur die Leute dazu sagen? Vom Herrn Goethe, immerhin einem angesehenen Dichter, hätte ich wirklich ein anderes Verhalten erwartet. Wahrscheinlich ist ihm sein früher Ruhm zu Kopfe gestiegen, kein Wunder, so plötzlich, wie er über Nacht bekannt geworden ist.
Ich fürchte fast, wenn das so weitergeht, könnte er keinen guten Einfluss auf unseren jungen Herzog haben.

Weimar, 2. Dezember 1775
Was habe ich nur getan? In einem Überschwang der Gefühle, ich weiß, das darf keine Entschuldigung sein, habe ich mich hinreißen lassen.
Aber der Reihe nach: Gestern waren wir zum Abendessen bei Prinz Constantin, dem jüngeren Bruder unseres Herzogs, eingeladen. Goethe, die Gebrüder Stolberg, der Herzog, die Herzoginmutter Anna Amalia und meine Person. Ich ging ohne rechte Lust, die Worte über das Genietreiben vom Vorabend noch im Kopf. Doch dieses Mal betrugen sich die Männer galant und vorbildlich. Zumindest bis Anna Amalia auf die Idee kam, Blinde Kuh spielen zu wollen.
Das lustige Spiel und der reichliche Champagner führten zu einigem Übermut, dem auch ich mich nicht gänzlich verwehren konnte.

Zu später Stunde kam ich dann mit Herrn Goethe ins Gespräch. Ich werde versuchen, das Gesprochene hier noch einmal Revue passieren zu lassen.
Es fing alles damit an, dass Goethe mich fragte, ob er mich denn einmal besuchen kommen dürfte.
"Dann müssen Sie aber weit reisen", entgegnete ich, "denn ich werde die nächste Zeit auf unserem Rittergut in Kochberg weilen."
"Ein eigenes Rittergut, Sie können sich glücklich schätzen", meinte er interessiert.
"Ja, fürwahr. Ich liebe diesen Ort", schwärmte ich. "Jedes Jahr verbringe ich mehrere Wochen dort."
"Dann komme ich Sie eben da besuchen", sprach er, als wäre es ganz normal, einer verheirateten Frau hinterherzureisen.
"Bedenken Sie doch", versuchte ich ihn von seinem Vorhaben abzubringen, "das ist eine Reise von sieben Stunden mit der Kutsche. Bei dieser Witterung eher noch länger."
"Für Sie, Verehrteste, ist mir kein Weg zu weit. Mit dem Pferd werde ich sicher nicht mehr als drei Stunden benötigen."
"Um Gottes willen, Sie werden erfrieren. Bitte nicht zu Pferd", beschwor ich ihn.
"Vertrauen Sie mir, liebe Frau", flüsterte er da verschwörerisch und küsste mir galant die Hand. "Für Sie reite ich sogar durch Nacht und Wind. Weder Sturm noch Kälte werden mir etwas anhaben, wenn ich am Ende der Reise bei einem Glas Wein mit Ihnen am Kaminfeuer sitzen darf."
Als ich eine Sekunde verlegen schwieg, meinte er, nun wieder in normaler Lautstärke: "Erzählen Sie mir doch mehr von diesem Ort, den Sie so anziehend finden, dass Sie dafür sogar Weimar und Ihre Freunde verlassen wollen."
Dieser Aufforderung kam ich nur zu gerne nach und berichtete ihm von meinem geliebten Rückzugsort.

„Ein Platz der Stille und Einkehr, wie ihn jeder sensible Mensch von Zeit zu Zeit benötigt", meinte er anschließend verträumt und sprach mir damit aus der Seele.
So gab ein Wort das andere. „Gut", hörte ich mich plötzlich sagen, „dann freue ich mich, Sie bald auf unserem Landsitz begrüßen zu dürfen. Geben Sie mir nur bitte Nachricht, wann genau ich mit Ihrem Erscheinen rechnen darf."
Was habe ich da nur geredet? Der Champagner muss mir zu Kopfe gestiegen sein! Ich weiß, dass ich nicht viel vertrage, aber ich habe doch nur ein Glas getrunken. Oder waren es doch zwei?
Aber vielleicht lag die Ursache für mein Betragen auch gar nicht im Genuss des Alkohols begründet, sondern vielmehr im Verhalten des Herrn Goethe, der dieses Mal so viel selbstsicherer war als bei unserer letzten Begegnung. Seine Ausstrahlung, seine Art, mich anzusehen und mir schmeichelhafte Worte ins Ohr zu flüstern, brachten mich schon ein wenig durcheinander.
Aber was schreibe ich da! Ich bin eine verheiratete Frau! Und er ein Dichter, der seine launenhaften Gefühle in Worte fasst, wie es ihm gerade beliebt. Gefühle, die nur in diesem einen Augenblick eine Bedeutung haben und alsbald wieder vergessen sind.
Doch wie ich es auch drehe und wende, nun habe ich ihn eingeladen. Die Höflichkeit gebietet es, zu meinem Wort zu stehen. Ich kann diese Einladung unmöglich wieder zurücknehmen.
Erst im Nachhinein wurde mir klar, dass mein Mann zu dieser Zeit nicht in Kochberg weilen wird, da er bei Hofe unabkömmlich ist. Was wird Josias dazu sagen, dass ich ohne ihn den Herrn Goethe empfangen werde? Was wird es für einen Klatsch bei Hofe geben, wenn sich herumspricht, dass der umschwärmte Dichter mich in der Abgeschiedenheit Koch-

bergs besuchen kommt? Ich muss zumindest dafür Sorge tragen, dass meine Söhne die ganze Zeit anwesend sind. Trotzdem mache ich mir über Goethes teils so ungestümes Verhalten Gedanken. Er scheint mir in seinem ganzen Betragen doch recht unberechenbar, schert sich dabei weder um Etikette noch um seinen guten Ruf. Er benimmt sich, als gehöre ihm die ganze Welt und er müsste sich von ihr nur nehmen, was ihm gerade beliebt.

Kochberg, 5. Dezember 1775
Ich bin auf meinem Schloss in Kochberg und habe gerade Nachricht von Goethe erhalten. Nachdem er den Herzog gefragt hat, wann er ihm entbehrlich sei, kündigt er sein Kommen nun für morgen an.
Morgen schon? Wird es ihm hier überhaupt gefallen? Für einen Städter ist es doch sehr einsam und abgelegen. Was ihm vielleicht als Nachteil erscheinen mag, ist für mich aber der größte Vorzug. Ich liebe diese Abgeschiedenheit, kann ich hier doch jeglichen Verpflichtungen bei Hofe für eine Weile entfliehen. Es ist ein Geschenk Gottes, dass wir, neben unserer Stadtwohnung, noch dieses schöne Anwesen in der Nähe von Rudolstadt unser Eigen nennen dürfen. Schloss und Grundbesitz befinden sich bereits seit 1733 im Besitz der Familie meines Mannes. Leider kann Josias nur selten hier sein, weil er seinen amtlichen Pflichten bei Hofe nachkommen muss.
Ich selbst aber verbringe, soweit es mir meine eigenen Verpflichtungen erlauben, meistens den ganzen Hochsommer und Herbst hier. Ich beaufsichtige die Wirtschaft und nutze die Zeit, um meinen Interessen nachzugehen. Ich lese viel, übe mich im Zeichnen, spiele Klavier, mache lange Spaziergänge oder Ausritte. Natürlich habe ich in der Vergangenheit hier auch Besuche empfangen. Aber dass mir einmal Goethe höchstpersönlich seine Aufwartung machen wird,

damit habe ich wirklich nicht gerechnet. Ich befürchte, diese Nacht werde ich vor lauter Aufregung kein Auge zubekommen.

Kochberg, 7. Dezember 1775
Gestern ist Goethe hier angekommen. Von dem Augenblick, als er aus der Kutsche stieg, entgegen seiner kühnen Ankündigung hatte er sich nun doch gegen einen wilden Ritt durch Nacht und Kälte entschieden, war er beeindruckt von der Größe unseres Rittergutes. Staunend stand er auf dem Hof, betrachtete das Schloss und sah sich in alle Richtungen um. Mich begrüßte er höflich und bedankte sich artig dafür, mein Gast sein zu dürfen.
Zu meiner Erleichterung stellte sich zwischen uns kein Moment des Unbehagens ein. Interessant wusste er über seine Fahrt und andere Erlebnisse der letzten Tage zu berichten und beschäftigte sich auf rührende Art und Weise mit den Knaben. Besonders der kleine Fritz hatte es ihm angetan.
Am Abend bat er mich, an seinem Schreibtisch einen Brief an seine Schwester schreiben zu dürfen. Ein Ansinnen, welches ich ihm gern gewährte. Doch mein Vertrauen in ihn wurde empfindlich gestört, als er mir übermütig zeigte, dass er seinen Namen auf meinem Schreibtisch eingraviert hatte. Ich konnte seine Freude darüber ganz und gar nicht teilen und rügte ihn stark.

Kochberg, 8. Dezember 1775
Heute Morgen bin ich in aller Herrgottsfrühe erwacht. Noch ist alles still im Schloss und so will ich den gestrigen Tag in meiner Erinnerung Revue passieren lassen.
Zuerst führte ich meinem Gast durch das Schloss. Anschließend bat er mich um einen kleinen Spaziergang, damit ich ihm meine Lieblingsplätze zeigen könne. Dem Wunsche kam ich gerne nach, zudem es das Wetter gut mit uns meinte.

Am schönsten war es aber am Abend. Bis spät in der Nacht saßen wir zusammen vor dem Kamin und führten lange Gespräche. Goethe erzählte mir von seiner Kindheit in Frankfurt, von seinen Eltern und von seiner jüngeren Schwester Cornelia. Mir scheint, dass es eine glückliche, wohlbehütete Kindheit war, in einem großen, wohlhabenden Elternhaus. Schon seine Geburt stand unter einer günstigen Sternenkonstellation, meinte er. Mit der Sonne im Zeichen der Jungfrau kam er Punkt zwölf Uhr mittags mit Glockengeläut auf die Welt. In seinen Kindertagen hat es ihm an nichts gemangelt. Die frohgemute Mutter, die ihn liebevoll Wölfchen nannte, die enge Bindung an seine Schwester, da tat selbst das distanzierte Verhalten seines Vaters dem Glück keinen Abbruch. Zumal dieser trotz seiner kühlen Art und Weise stets das Beste für seinen Sohn wünschte. Einen angesehenen Juristen wollte er aus ihm machen, unterrichtete ihn – nur unterstützt von einigen Privatlehrern – selbst. Naturwissenschaft, Sprachen wie Latein, Englisch, Französisch, ja sogar Italienisch, gehörten zum Bildungspensum. Außerdem bekam er Fecht-, Reit- und Tanzunterricht.
Auf Wunsch des Vaters begann er später ein Studium der Rechtswissenschaften in Leipzig, musste aber wegen einer schweren Krankheit ins Elternhaus nach Frankfurt zurückkehren. Nach seiner Gesundung schloss er sein juristisches Studium in Straßburg ab und begann anschließend, wenn auch mit wenig Begeisterung, als Rechtsanwalt in Frankfurt zu arbeiten.
Frankfurt, Leipzig, Straßburg – der Herr Goethe ist schon gut rumgekommen in der Welt. Was für ein Glück, dass das Schicksal ihn nun ausgerechnet ins kleine Weimar geführt hat. Wobei dieser Plan beinahe missglückt wäre, so erzählte er mir. Von Kalb, der ihn im Auftrag des Herzogs abholen sollte, verspätete sich nämlich. Da Goethes Reisesachen aber nun schon gepackt waren, riet ihm sein Vater, nach Italien

aufzubrechen und sich damit einen Herzenswunsch zu erfüllen. Doch schon in Heidelberg erhielt Goethe die Nachricht, dass die herzogliche Kutsche nun angekommen sei, und kehrte daraufhin wieder um.
Jetzt ist er der Gast unseres Herzogs und ich hoffe, er bleibt uns hier noch für einige Zeit erhalten. Aber nun genug, denn der Herr Goethe wartet sicher schon auf mich!

Kochberg, 12. Dezember 1775
Goethe ist längst zurück in Weimar, aber unsere gemeinsam verbrachte Zeit will mir nicht aus dem Kopf gehen. Eines Abends, zu später Stunde, als der schwere Wein bereits seine Zunge gelockert hatte, sprach er auch von seinen verflossenen Liebschaften. Ein Günstling der Frauen sei er, meinte er selbstbewusst, und würde es auch immer bleiben.
Er erzählte mir von Friederike Brion, einer Pfarrerstochter aus Seesenheim, in die er sich damals, als er in Straßburg studierte, verliebte. Leider waren seine Gefühle nicht von Dauer und er ließ das arme Mädchen unglücklich zurück.
In Wetzlar, wo er ein Praktikum am Reichskammergericht absolvierte, lernte er dann Charlotte Buff kennen, die Frau, die ihn später zu seinem Werther-Roman inspirierte. Seit dem Tod ihrer Mutter führte Charlotte dem Vater den Haushalt und kümmerte sich um ihre zehn kleineren Geschwister. Zu der Zeit war sie schon lange mit Johann Christian Kestner verlobt. Für einen in Liebe entflammten Dichter war da auf Dauer kein Platz in ihrem Leben. Goethe tat sich wohl schwer mit der Zurückweisung, scheint es mir. Da kann man Danke sagen, dass er es damals seinem Werther nicht gleichgetan und sich stattdessen für das Leben entschieden hat. Das ihn natürlich bald zu einer neuen Liebe führte. Anna Elisabeth Schönemann, die hübsche Tochter eines Frankfurter Bankiers aus gutem Hause. Sogar verlobt war er mit Lili, wie er sie nennt, wenn angeblich auch nicht ganz aus

eigenem Willen. Wie auch immer, die Verlobung dauerte gerade mal ein halbes Jahr. Aber vergessen hat er sie wohl bis heute nicht.
„Holde Lili, warst so lang all mein Lust und all mein Sang", dichtete er und sah dabei sehr betrübt aus.
Er kann wohl immer noch nicht recht von diesem Mädchen lassen. Dabei war er es, der sie verlassen hat, ist sogar bis in die Schweiz geflüchtet, um dieser Verbindung zu entkommen. Der Herr Goethe ist in seinen Gefühlen, ja, in seinem ganzen Auftreten noch sehr unreif und zu wenig in sich gefestigt. Auch wenn ich ihm seine Jugend zugutehalten will, kann ich nicht umhin, das arme Mädchen zu bedauern, welches auf so ungalante Weise all ihrer Hoffnungen beraubt wurde. Zimmermanns Worte von einst, dass Goethe einem Frauenherz gefährlich werden kann, haben sich also bereits bewahrheitet. Nur gut, dass ich gelernt habe, auf mein Herz aufzupassen!

Kochberg, 14. Dezember 1775
Die Einsamkeit an diesem Ort, die ich sonst so schätze, fühlt sich jetzt weniger einladend an. Ich muss mir wohl eingestehen, dass ich Goethes anregende Gesellschaft vermisse.
Wenn ich nur daran denke, wie ärgerlich ich anfangs über seine Dreistigkeit war, meinen Schreibtisch derart zu verunstalten. Goethe, d. 6. Dez. 75, schrieb er auf die Tischplatte, als wäre es sein eigener Besitz. Im ersten Moment dachte ich sogar, er hätte die Inschrift ins Holz geritzt, aber dann sah ich, dass die Tinte einfach nur ins Holz eingezogen war. Was natürlich keine Entschuldigung für sein Betragen sein soll.
Trotzdem ertappte ich mich gerade dabei, wie ich mit den Fingerspitzen versonnen über seinen Schriftzug strich und mir Goethe dabei hierher zurückwünschte.
Wann habe ich mich je zuvor mit einem mir nahezu Unbekannten so glänzend und angeregt unterhalten können? Bei

unseren gemeinsamen Spaziergängen, soweit das Wetter diese zuließ, besonders aber während unseres abendlichen Beisammenseins am warmen Kamin.
Er hat mir so viel über sich berichtet und auch ich habe ihm, nach anfänglichem Zögern, über mein Leben erzählt.
Mir wurde ganz weh ums Herz, als ich über meine eigene Kindheit sprach. Nein, ich kann nicht behaupten, dass diese Zeit glücklich gewesen wäre, und ich weiß, meine Geschwister teilen dieses Empfinden.
Obwohl ich, im Gegensatz zu Goethe, aus einer adligen Familie stamme, bedeutete das nicht, dass meine Eltern über genügend Finanzen verfügten. Mitnichten! Meine Familie war immer vom Hofe abhängig, genauso, wie es heute mein Mann und ich sind. In Zeiten knapper Kassen kann man froh sein, dass die Bezüge meines Mannes unser Auskommen sichern.
Ganz anders als damals bei meinen Eltern. Mein Vater, Johann Wilhelm Christian von Schardt, war 1743 mit unserer Familie von Eisenach nach Weimar gezogen. Ihm blieb keine andere Wahl, denn nach dem Tod des Herzogs von Eisenach fiel das Herzogtum, in Ermangelung eines Erben, an Ernst August von Weimar. Damals, so erzählte mir meine Frau Mutter einmal, hoffte mein Vater am Weimarer Hof ein gutes Auskommen zu haben. Besser noch, ein gewisses Ansehen zu erringen. Anfänglich sah es sogar ganz danach aus, denn er wurde vom Herzog zum Hausmarschall ernannt. Doch was sich anfangs als Segen anschickte, erwies sich bald als das Gegenteil. Mein Herr Vater bekam nur eine geringe Entlohnung für seine Dienste. Die 600 Taler genügten kaum, um unsere Familie zu versorgen. Dafür wurde er mit umfangreichen Aufgaben betraut. Nicht nur, dass ihm die Verantwortung für den herzoglichen Haushalt oblag, er war auch für die Erziehung des Erbprinzen Constantin zuständig.

Aber auch nach seiner Ernennung zum Hofmarschall und einer Erhöhung des Einkommens um 200 Taler änderte sich wenig an den finanziellen Nöten meiner Eltern.
Wir bewohnten zwar ein großes Haus mit Garten in der Scherfgasse, sodass nach außen hin der Schein gewahrt wurde, aber mein Vater musste das Gebäude auf eigene Kosten herrichten lassen. Nicht einmal die Ausgaben für den Umzug von Eisenach nach Weimar, die er damals aus eigener Tasche zahlte, wurden ihm vom Herzog ersetzt.
Leider hatte mein Vater schon immer einen fatalen Hang zum Repräsentieren. Möbel und Ausstattung unseres Hauses waren vornehm, er leistete sich große Sammlungen von Gemälden, Porzellan und Bronzen sowie andere schöne Dinge. Er war der Meinung, bei einem Hofmarschall durfte es nicht ärmlich aussehen.
Seine Gäste wurden stets auf das Vortrefflichste bewirtet, nur die erlesensten Speisen und Getränke servierte man dann. Wie anders sahen dagegen die Mahlzeiten unserer Familie aus.
Als Kind hatte ich, sobald mein Vater zu Hause war, immer das Gefühl, zu stören, und litt sehr unter seinen unguten Launen. Da traf es sich gut, dass er oft bis spätabends bei Hofe war oder auf Geheiß des Herzogs viel im Land herumreisen musste.
Meine Mutter, Konkordia Elisabeth von Schardt, eine herzensgute, gläubige Frau, aus dem schottischen Adelsgeschlecht von Irving stammend, hat sich stets klaglos in das Betragen unseres Vaters gefügt. Sogar dann noch, als sie ihr eigenes kleines Vermögen, das für die Ausbildung der Kinder gedacht gewesen war, einsetzen musste, um die Schulden ihres Mannes zu begleichen.
Auch heute noch spüre ich Groll auf meinen Vater, wenn ich an sein Verhalten denke. Für den Herzog war ihm nie etwas zu aufwendig oder teuer, sogar Porzellan und Gläser aus

seinem eigenen Besitz stellte er bei Feierlichkeiten bei Hofe zu Verfügung, doch nie reichte das Geld, um uns Kindern oder zumindest seiner Frau eine kleine Freude zu machen.
Und wofür das Ganze? Der junge Herzog Constantin, der 1755 das Herzogtum übernahm, starb drei Jahre später und seine junge Witwe Anna Amalia, gerade einmal 18-jährig, war nun für die Regierungsgeschäfte zuständig. Sie konnte meinen Vater von Anfang an nicht leiden und schickte ihn kurzerhand mit 47 Jahren in Pension. So verbrachte er von da an seine Tage zu Hause, war nicht einmal mehr als Gast bei der täglichen Hoftafel zugelassen.
Für ihn muss das ein herber Schlag gewesen sein, alle Hoffnungen auf Reichtum und Ansehen, die er immer noch nicht begraben hatte, waren damit zerstört.
Zu meinem Glück wurde ich zu dieser Zeit Hoffräulein bei der jungen Witwe Anna Amalia. Ein Segen, da ich das Haus verlassen konnte und ins Schloss zog. Aber für meine Mutter wurde es durch die ständige Anwesenheit meines übel gelaunten Vaters nicht leichter.
Ach, meine liebe Frau Mutter. Mir ist bewusst, wie viel ich ihr zu verdanken habe. Den Mangel an Wohlstand versuchte sie stets durch ihre Fürsorge und Liebe auszugleichen.
Ihre völlige Aufopferung für die Familie habe ich immer bewundert. Elf Kinder hat sie zur Welt gebracht, von denen nur drei Töchter und zwei Söhne überlebten.
Von diesen fünf lebenden Geschwistern bin ich die Älteste. Für kurze Zeit hatte ich eine ältere Schwester, an die mir, aufgrund ihres frühen Todes, leider jede Erinnerung fehlt.
Geblieben sind mir meine Schwestern Amalie und Luise sowie meine Brüder Karl und Ludwig.
Wir Kinder wurden damals von einem Hauslehrer und, soweit es seine Zeit erlaubte, von unserem Vater unterrichtet. Für uns Mädchen bestand diese Ausbildung im Erlernen der

häuslichen Arbeiten, im Unterricht in Religion, Schreiben, Lesen, Rechnen und Französisch sowie in Musik und Tanz.
Bei meinen Brüdern wurde die Erziehung mit etwa zwölf Jahren als Pagen am Hof fortgesetzt, danach besuchten sie das Gymnasium. Bei uns Mädchen musste dieser Aufwand nicht betrieben werden, da unsere Erziehung nur darauf abzielte, den späteren Aufgaben als Ehefrau und Mutter gerecht zu werden.
Meine Schwester Amalie war für diesen Weg allerdings nicht geschaffen, sie lebt heute in einem Stift. Zu meiner Schwester Luise habe ich einen engen Kontakt, auch wenn sie seit ihrer Heirat leider nicht mehr in Weimar wohnt.
Das Lernen fiel mir eigentlich schon immer leicht. Man sagt, meine französische Konversation ist elegant, mein Klavierspiel hübsch und besonders das Tanzen liegt mir im Blut. Diese Fertigkeiten waren und sind mir auch heute bei Hofe von großem Nutzen.
Nun habe ich mich aber verplaudert. Das kommt davon, wenn man seine Gedanken in die Vergangenheit schweifen lässt!

Kochberg, 15. Dezember 1775
Gerade habe ich noch mal meinen gestrigen Eintrag gelesen. Vielleicht sollte ich doch noch einmal in die Vergangenheit eintauchen und erzählen, wie mein Lebensweg weiter verlaufen ist.
Wie schon erwähnt, trat ich in den Dienst von Anna Amalia ein. Damals war ich 16 Jahre alt, meine neue Dienstherrin gerade einmal 2 Jahre älter.
Anfangs war ich erfreut, der engen und missmutigen Atmosphäre meines Zuhauses zu entkommen, aber bald zeigte sich, dass ich nur in die nächste Abhängigkeit geraten war und mich nun den Launen der jungen Herzogin zu fügen hatte.

Meine Aufgaben am Hofe füllten den ganzen Tag aus. Ich musste mit der Herzogin speisen, begleitete sie auf ihren Spaziergängen oder Kutschfahrten, besuchte an ihrer Seite Konzerte oder las ihr aus Büchern vor.
In meinem Elternhaus hatte ich gelernt, mich in unabänderliche Umstände zu fügen, und so fiel es mir meistens recht leicht, die mir zugedachte Rolle zu erfüllen. Ganz wie meine Mutter es bei meinem Vater tat, ertrug ich mit Contenance die Gemütsschwankungen der Herzogin, die teils missmutig und aufbrausend, dann wieder lustig und überschäumend sein konnte.
Freude machte mir dagegen der Tanz bei Hofe, der mich manch kapriziöses Verhalten meiner Dienstherrin zumindest zeitweise vergessen ließ.
Auch heute noch liegen mir derlei Geselligkeiten am meisten, zumal mein Mann ein hervorragender Tänzer ist. So haben wir uns auch kennengelernt. Zu einer Zeit, in der ich jede Hoffnung auf eine Ehe schon beinahe aufgegeben hatte, denn immerhin war ich bereits 20 Jahre alt und alles andere als eine gute Partie. Doch Josias hat mir nie vorgehalten, dass ich mittellos in die Ehe gekommen bin.
Mein Ehemann Freiherr Gottlob Ernst Josias von Stein war damals 28 Jahre alt und Stallmeister des Hofes. Sein unverhohlenes Interesse schmeichelte mir. Nicht nur, dass er ein schöner Mann und ein guter Tänzer war, er wusste sich auch wie ein Kavalier zu benehmen. Mich beeindruckte, dass er bereits über eine gewisse Lebenserfahrung verfügte. Er, der einzige Sohn des verstorbenen Geheimen Rats Christian Ludwig von Stein, hatte studiert und war bereits weitgereist, sogar bis nach Frankreich. Außerdem galt er als rechtschaffen und fromm.
Er lebte seit acht Jahren in Weimar. Drei Jahre zuvor hatte ihn Anna Amalia zum Stallmeister ernannt und erfüllte ihm damit, da er eine Vorliebe für Pferde hat, einen Herzens-

wunsch. Inzwischen wurde er von unserem Herzog sogar zum Oberstallmeister befördert.

Aus meiner Sicht sprach alles für diese Verbindung, ermöglichte mir diese Ehe doch die Flucht aus der vom Hof abhängigen Stellung. Darüber hinaus wusste ich, dass Josias das in der Nähe von Rudolstadt gelegene Rittergut Kochberg gehört, zuzüglich einigen Ländereien und Wald. Was für eine gute Partie, um die mich die eine und andere Dame ganz sicher beneidet hat.

Am 8. Mai 1764 wurden wir im Schloss in Weimar getraut. Der gesamte Hof erwies uns die Ehre mit seiner Anwesenheit.

Ja, wenn ich heute zurückblicke, sprachen viele Gründe für diese Ehe, nur Liebe war es nicht.

Aber ich will nicht undankbar sein, wer heiratet schon aus Liebe? Josias ist ein guter Mann. Ich habe ihm nichts vorzuwerfen. Trotzdem sind wir uns, obwohl wir schon viele Jahre verheiratet sind, im Grunde immer fremd geblieben. Das liegt weniger am räumlichen Abstand, den Josias' häufige Reisen und meine langen Aufenthalte auf Gut Kochberg mit sich bringen, als vielmehr an der Verschiedenheit unseres Denkens und Fühlens. Josias hat eine Vorliebe für alles Technische und liebt ganz besonders seine Pferde. Für meine Neigungen fehlt ihm leider jegliches Interesse.

Wenn ich ehrlich bin, empfinde ich unsere Ehe manches Mal als unsagbar langweilig. Wie oft habe ich in den letzten Jahren solch anregende Gespräche vermisst, wie ich sie mit dem Herrn Goethe geführt habe.

Aber ich darf mich nicht beklagen! Mein Mann ist zuverlässig und trinkt nicht. Er behandelt mich respektvoll und akzeptiert zudem klaglos, wenn ich mir die Zeit mit Klavierspielen, Zeichenübungen oder Lesen vertreibe. Sogar den Besuch Goethes hat er kommentarlos zur Kenntnis genommen.

Glücklicherweise liegt auch die Zeit der beschwerlichen Schwangerschaften hinter mir. Mein Arzt Zimmermann hat mir bei meinem letzten Kuraufenthalt dringend von weiteren Geburten abgeraten, um meine Gesundheit und mein Leben nicht aufs Spiel zu setzen. Nur zu gern höre ich auf ihn, immerhin habe ich meine Pflicht mehr als erfüllt. In zehn Ehejahren wurde ich siebenmal schwanger. Jede Schwangerschaft empfand ich als schwere Last und nur zu oft schlief ich unter Tränen ermüdet ein. Mein Mann war auch in dieser Zeit meistens abwesend und kümmerte sich nicht um meine Befindlichkeiten.
Während der Schwangerschaften zog ich mich die meiste Zeit nach Kochberg zurück, litt still in der Abgeschiedenheit. Meine Mutter leistete mir manchmal Gesellschaft, wusste sie doch aus eigenem Erleben, was ich zu erdulden hatte, auch wenn sie sich nie beklagt hat.
Die Geselligkeiten bei Hofe waren mir zu dieser Zeit ein Gräuel, den ich, bei aller körperlichen und seelischen Pein, nicht bereit war zu ertragen.
Meine Kinder und ich überlebten die Geburten, auch wenn ich mich mit jedem Mal erschöpfter und kranker fühlte. Meinen kleinen Mädchen Constantine, Friederika, Sophia und Henrietta war leider nur eine kurze Lebenszeit vergönnt. Die vier Kleinen starben bereits während der ersten Lebenswochen.
Man muss sein Herz verschließen, um mit so viel Schmerz zurechtzukommen! Doch wie soll es dann noch den lebenden Kindern genügend Liebe schenken, derer diese doch so sehr bedürfen?
Bei meinen älteren Söhnen Karl und Ernst gelingt es mir mehr schlecht als recht. Ich fürchte, ich war und bin ihnen eher eine kühle und distanzierte Mutter. Nur bei meinem Fritz, dem einzigen, den ich selbst gestillt habe, bricht sich die Liebe aus meinem Herzen wieder Bahn. Ich überhäufte

den Kleinen von Anfang an mit Zuwendungen, wie ich es auch bei den anderen beiden hätte tun sollen.
Nun ja, die beiden Großen sind trotz allem gut geraten und Fritz macht mir und anderen mit seinem sonnigen Gemüt viel Freude. Jetzt habe ich auch wieder viel mehr Zeit für mich und meine Bedürfnisse. Als Frau des Oberstallmeisters werde ich, wenn ich mich in unserer Stadtwohnung in Weimar aufhalte, häufig zu den Amüsements bei Hofe eingeladen. So sehr ich den Tanz auch liebe, ich gehe nicht gern hin. Oft fühle ich mich auch unpässlich und verbringe die Stunden lieber bei der Lektüre eines guten Buches. Mir ist es nämlich, als würden diese ewigen Zerstreuungen mich von meinen inneren Gefühlen abschneiden.
Allerdings hätte ich nie für möglich gehalten, dass mich je ein Mann in meinem tiefsten Sein so berühren kann, wie das Goethe in manchen Momenten vermocht hat. Sein Denken und seine Art, seine Gefühle zu äußern, haben mich tief bewegt.
Es wird Zeit, nach Weimar zurückzukehren, denn dort werde ich ihm ganz sicher wieder begegnen.

Weimar, 31. Dezember 1775
Heute will ich die Zeit für einen kleinen Rückblick nutzen. Was für ein ereignisreiches Jahr liegt hinter mir!
Es begann im Februar mit der Hochzeit meiner Schwester Luise mit dem fränkischen Adligen Karl von Imhoff. Eine Verbindung, von der ich alles andere als überzeugt war und es auch bis heute nicht bin. Immerhin hat dieser Herr von Imhoff seine erste Ehefrau regelrecht an den Gouverneur von Bengalen verschachert.
Aber dieser denkbar schlechte Ruf des Mannes spielte bei den Erwägungen zur Eheschließung keine Rolle, denn mein Vater hielt ihn für eine gute Partie.

Es betrübt mich, dass ich mit meinen Bedenken recht behalten soll, wie erwartet, ist meine Schwester in dieser Ehe alles andere als glücklich.
Im Oktober folgte dann die nächste Vermählung. Unser junger Herzog Carl August heiratete in Karlsruhe die Prinzessin Luise von Hessen-Darmstadt und brachte sie anschließend mit nach Weimar. Am 17. Oktober zogen die Frischvermählten zur Freude aller in Weimar ein.
Leider scheint auch diese Verbindung unter keinem guten Stern zu stehen. Die Eheleute sind von ihrem Wesen her sehr verschieden und die junge Herzogin macht keinen glücklichen Eindruck.
Das spektakulärste Ereignis war aber natürlich, dass Herr Goethe die Einladung unseres Herzogs angenommen hat und nach Weimar gekommen ist.
Aber wenn er bereits seine Heimatstadt Frankfurt am Main als Nest bezeichnet, wie lange wird er uns dann hier wohl noch erhalten bleiben? Wie eng und schmutzig müssen ihm die verwinkelten Gassen erscheinen, wie unscheinbar die kleinen Häuschen, die oft eher Hütten als Häusern gleichen? Nicht einmal ein Schloss hat unser 6000-Seelen-Städtchen mehr zu bieten, seitdem die Wilhelmsburg mitsamt unserem Theatersaal im letzten Jahr abgebrannt ist.
Ich bin hier zu Hause, kenne die Gepflogenheiten und Abläufe, habe meinen angestammten Platz inmitten von Familie und Gesellschaft. Und sobald es mir zu eng wird, reise ich an meinen Rückzugsort nach Kochberg. Ich benötige nicht mehr, aber was will ein Mann hier, der in Städten wie Frankfurt, Leipzig oder Straßburg gelebt hat und zudem immer wieder vom fernen Italien schwärmt? Ein Land, das einst schon sein Vater bereist hat und das auf Goethe eine fast magische Anziehungskraft zu haben scheint. Ich fürchte, er wird wohl nicht mehr lange bleiben.

Weimar, 2. Januar 1776
Zu meiner Überraschung erhielt ich eben einen Brief von Goethe. Oder vielmehr ein Zettelchen, denn das Schreiben hat ein ungewöhnlich kleines Format.
In unangemessen vertrautem Ton lässt er mich darin wissen, dass er mir seine Liebe nicht sagen kann, genauso wenig wie seine Freude.
Was sollen diese Worte bedeuten? Was denkt er sich nur dabei, mir solche Zeilen zu schicken? Schon bei unserem letzten Gespräch sprach er ständig von Liebe und beteuerte, wie viel ich ihm bedeute. Ich konnte ihn nur strengstens zur Ordnung rufen! Er vergisst die gesellschaftlichen und familiären Umstände, in denen ich mich befinde. Es steht ihm nicht zu, von Liebe zu reden! Außerdem scheint mir, er ist sehr flink mit solchen Worten. Wer weiß, wie vielen Frauenzimmern er mit diesen Beteuerungen schon den Kopf verdreht hat. Wenn ich da nur an die arme Lili denke, von der er mir während seines Besuchs in Kochberg erzählt hat.
Nun, bei mir ist er an die falsche Person geraten. Ich weiß sehr wohl, was sich schickt und gehört.

Weimar, 5. Januar 1776
Goethe ist mein Gast. Gerade sitzt er so selbstverständlich an meinem Schreibtisch, als wäre das seit jeher sein Platz. Ich will dazu aber nichts sagen, solange er sich artig beträgt. Im Moment ist er ganz vertieft, denn er schreibt einen Brief an unseren gemeinsamen Freund, den guten Zimmermann.
Das hätte Zimmermann sicher nicht vermutet, als er mir einst von Goethe vorschwärmte, dass unser Dichter nun höchstpersönlich in meiner Stube sitzt.
Meine Knaben finden auch Gefallen an unserem Gast und umgekehrt ist es nicht anders. Vorhin hat Goethe mit ihnen Komödie probiert und anschließend haben sie zusammen

allerlei Streiche getrieben. Unglaublich, was er doch selbst noch für ein Kind sein kann mit all seinen Albernheiten! Eigentlich war Goethe heute Abend noch anderweitig geladen, erzählte er mir vorhin. Aber wie es aussieht, wird er wohl hierbleiben. Ich hoffe nur, Josias nimmt keinen Anstoß an diesem ausdauernden Hausgast.

Weimar, 8. Januar 1776
Erneut ein Zettelchen von Goethe. Seine Schrift wirkt heute ein wenig ungelenk. Bei einer Schlittenfahrt hat er sich versehentlich mit der Peitsche übers Auge gehauen und schreibt nun einäugig, lässt er mich wissen. Hoffen wir, dass ihn nicht zu große Schmerzen plagen und die Verletzung bald heilt.
Er habe liebe Briefe von Lili bekommen, hat er mir anvertraut. Diese seien so lieb, dass ihn nun sein schlechtes Gewissen peinigt. Alles Liebe peinige ihn, schreibt er, außer mir, so lieb ich auch sei.
Was soll ich darauf nur entgegnen? Wie mich ihm gegenüber verhalten? Ich muss achtgeben, dass mein Mann solche Briefe nicht in die Hände bekommt. Er könnte Goethes Worte in den falschen Hals bekommen.

Weimar, 16. Januar 1776
Ich habe Goethe aufgefordert, den gebotenen Abstand zu mir zu wahren. Er vergisst immer wieder, dass ich eine verheiratete Frau bin.
Eben schrieb er, er sei froh, von mir wegzukommen, um sich von mir zu entwöhnen. Geduld solle ich mit ihm haben, bittet er, und mit ein bisschen Wärme an ihn denken. Ich sei eben so lieb, wie ich sein dürfte, um ihn nicht zu plagen.
Ja, Geduld ist bei seinem Betragen wirklich vonnöten. Aber vielleicht kann ich ihm auch eine Hilfe sein, damit er sich in seinem neuen Umfeld besser zurechtfindet. Als Bürgerlicher weiß er eben nichts vom Adel und dem richtigen Betragen

bei Hofe. Und wohl auch nichts vom anständigen Benehmen einer verheirateten Frau gegenüber!

Weimar, 28. Januar 1776
Die letzten Tage ist es still geworden in meinem Tagebuch. Nicht, dass ich nichts mehr zu erzählen hätte, im Gegenteil. Doch ich komme kaum noch dazu, hier meine Gedanken festzuhalten.
Seit Beginn des Jahres schreibt Goethe mir nun Briefe oder kleine Zettelchen. Zu meiner eigenen Verwunderung habe ich dann nichts Eiligeres zu tun, als ihm umgehend zu antworten. Ich muss gestehen, dass mir seine Aufmerksamkeit schmeichelt, wenn ich seinen Worten auch oft keinen rechten Glauben schenken kann. Lieber Engel nannte er mich heute und vor ein paar Tagen meinte er, ich sei seine Besänftigerin.
Nein, sein Engel kann und will ich nicht sein! Aber eine Besänftigerin, die hat er bei seinem oft so ungestümen Verhalten mehr als nötig. Keinerlei Kenntnisse besitzt er von Ritualen und Etikette. Wenn er sich da an mir, die ich seit Kindesbeinen ein Teil der adligen Gesellschaft bin, ein Vorbild nehmen möchte, ist mir das recht. Ihm und seinem Ansehen wird es sicherlich von Nutzen sein, wenn er lernt, sich anständig zu benehmen. Bei Hofe sind viele gegen ihn, doch der Herzog lässt nichts auf seinen Goethe kommen. In Hofgeschäfte und politische Händel hat er ihn bereits verwickelt. Mir scheint, unser Dichter wird fast nicht wieder wegkönnen. Auch Goethe sagte gestern, seine Lage hier sei sehr vorteilhaft und das Herzogtum Weimar-Eisenach ein guter Schauplatz, um zu versuchen, wie einem die Weltrolle zu Gesichte stünde. Mit nichts weniger wolle er sich zufriedengeben, denn seit seiner Geburt sei er ein Glückskind und stehe auf der Sonnenseite des Lebens.
Welch großer Glaube an sich selbst! Hätte ich doch nur etwas davon. Wie leicht würden mich dann meine Schritte

durchs Leben führen, wie hoffnungsvoll begänne ich jeden neuen Morgen.

Weimar, 30. Januar 1776
Weiterhin bekomme ich regelmäßig Post von Goethe. Allein in diesem Monat waren es 13 Briefe. Eine wahre Billett-Krankheit wird es unter uns geben, wenn es so vom Morgen bis zur Nacht fortgeht, schreibt er. Und wirklich kann ich nie anders, als ihm schnellstmöglich zu antworten. Und tue ich es einmal nicht, so wie vor ein paar Tagen, überlege ich fortwährend, was ich ihm schreiben könnte. So kreisen meine Gedanken, ohne mein Zutun, den ganzen Tag um diesen Dichter.
Ich will's ihn aber nicht wissen lassen. Er würde sich sonst was darauf einbilden. Ich würde nicht begreifen, wie lieb er mich habe, beteuerte er heute erneut. Nein, das begreife ich wahrlich nicht und kann es auch nicht glauben!

Weimar, 1. Februar 1776
Goethe benimmt sich unmöglich. Nun bin ich mir sicher, er ist für unseren Herzog kein guter Umgang.
Acht Jahre jünger ist Carl August, gerade mal 18 Jahre. Goethe sollte als der Ältere doch reifer und vernünftiger sein. Aber weit gefehlt. Mit dem Herzog und anderen jungen Männern unternimmt er wilde Jagdausflüge und Trinkgelage, über die ganz Weimar spricht. Ich kann dieses Verhalten auf keinen Fall billigen!
Mich duzt er neuerdings in seinen Briefen, fleht mich an, ihn auch lieb zu haben. Wie käme ich dazu? Ich bin eine verheiratete Frau. Er dagegen flirtet mit jedem Mädchen und macht allen Damen schöne Augen. Fast könnte er einem leidtun mit seinem Drang, allen Frauen gefallen zu wollen. Und dann diese unsägliche Werther-Tracht. Ich wünschte, er

würde sich angemessen kleiden, zumal es die jungen Burschen ihm auch noch nachmachen.

Weimar, 5. Februar 1776
So sehr mich Goethes Verhalten auch manches Mal verärgert, muss ich doch zugeben, dass er ein neues und unterhaltsames Vergnügen nach Weimar gebracht hat. Das Schlittschuhlaufen!
Ich gestehe, ich war anfangs dagegen, dass sich erwachsene Menschen wie die Kinder auf dem Eise tummeln. Aber aus Neugier überwand ich meine anfängliche Skepsis. Goethe ist ein guter Lehrmeister und ich scheine auch ein gewisses Talent dafür zu besitzen. Nach anfänglicher Unsicherheit laufe ich nun recht gut und der neue Zeitvertreib macht mir viel Freude.

Weimar, 10. Februar 1776
Goethe schreibt mir nach wie vor und findet die schönsten Worte für seine Gefühle und Gedanken. Doch er ist flatterhaft, liebt das Miseln, wie er das Flirten nennt, über alles. Ich finde, er benimmt sich unreif und zu kindisch für sein Alter. Doch den anderen Damen gefällt's! Sie genießen jede seiner Avancen, buhlen um seine Aufmerksamkeit, sind kokett und machen ihm schöne Augen, während er von einer zur anderen flattert und die kleinen Eifersüchteleien um seine Person genießt.
Es ist kaum mit anzusehen und so habe ich ein kleines Spottgedicht über unseren werten Herrn Goethe geschrieben. Ein paar Zeilen daraus:

Ich bin ihm zwar gut, doch, glaub es mir nur,
er geht auf aller Frauen Spur.
Ist wirklich, was man eine Kokette nennt,
gewiss, ich habe ihn nicht verkannt.

*Liebe treibt ihn immer fort,
ein neues Mädchen an jedem Ort.
So ist er gar nicht Herr von sich,
der arme Mensch, er dauert mich.*

Ich kann zwar nicht so gut mit Worten umgehen wie Goethe, aber ich denke, diese Zeilen beschreiben sein Verhalten recht treffend. Auch wenn er selbst es natürlich abstreiten würde.

Weimar, 14. Februar 1776
Goethe plant noch länger in Weimar zu bleiben. Trotz allem Ärger um seine Person freut es mich insgeheim doch. Er sagte, hier sei es besser als in seinem untätigen Leben zu Hause. Er sei gespannt darauf, das Land besser kennenzulernen, und wolle seine Rolle so gut spielen, wie er könne und solange es ihm und dem Schicksal beliebe.
Wollen wir nur hoffen, dass der Herr Goethe dann seine Zeit hier bald besser zu nutzen weiß als bisher. Seine wilden Ritte und Zechgelage mit unserem jungen Herzog müssen aufhören!
Unserem Herzog kann man keinen Vorwurf machen, fehlte ihm doch zeitlebens die strenge Hand eines Vaters. Aber Goethe sollte es besser wissen!
Oder sollte ich mehr Geduld mit ihm haben? Vorgestern sandte er mir das Gedicht „Um Friede" mit den Zeilen:
„Ach, ich bin des Treibens müde! Süßer Frieden, komm, ach komm an meine Brust."
Seine Sehnsucht nach Stille und nach innerem Frieden wird aus diesen Worten überdeutlich. Warum dann nur das wilde Treiben? Ist's nur, um den Herzog noch enger an sich zu binden? Es scheint zu gelingen, Carl August mag ohne seinen Freund nicht mehr sein.
Ich werde mein Bestes geben, um Goethe eine Besänftigerin zu sein, so wie er es sich wünscht. Besänftigerin und vertrau-

te Freundin, der er sein Herz ausschütten kann. Doch mehr hat er nicht von mir zu erwarten!
Dass ich eine herrliche Seele sei, sagte er kürzlich, und dass er an mich geheftet und genistelt sei. Sein Überschwang der Gefühle macht mir oft Angst. Und dann immer dieses unsägliche Duzen. Ich habe es ihm erneut verwehrt und ihn gemahnt, er solle es nur niemanden hören lassen. Die Leute klatschen auch so schon genug.
Jetzt will ich ihm rasch noch schreiben und ihm ein paar leckere Speisen für den Abend zukommen lassen.

Weimar, 23. Februar 1776
Mit zitternden Händen lese ich erneut seinen letzten Brief. Was denkt er sich denn nur, mir solche Zeilen zu schicken? Die einzige unter den Weibern sei ich, die ihm eine Liebe ins Herz gab, die ihn glücklich mache, schreibt er. Er liege zu meinen Füßen und küsse meine Hände. Seinen Engel des Himmels nennt er mich und so geht es in einem fort. Was, wenn diesen Brief jemand anders in die Hände bekommt? Mein Ruf bei Hofe wäre ruiniert! Mein Mann kompromittiert. Ich muss Goethe ins Gewissen reden. So kann es nicht weitergehen. Er muss endlich begreifen, dass ich eine verheiratete Frau bin und dass es der Anstand verbietet, mir solche Zeilen zu schicken!

Weimar, 6. März 1776
Nein, Goethe und ich werden keine Freunde. Allein schon seine Art, mit unserem Geschlecht umzugehen, gefällt mir nicht. Das habe ich heute auch Zimmermann geschrieben. Mein alter Freund brannte natürlich darauf, etwas Neues über Goethe zu hören. Ich wusste nicht viel Gutes zu berichten.
Goethes unanständiges Betragen, sein Fluchen mit all diesen pöbelhaften und niederen Ausdrücken, damit verdirbt er

auch andere. Unter seinem Einfluss hat der Herzog sich sehr verändert. Gestern behauptete er sogar, dass alle Leute mit Anstand und mit Manieren nicht den Namen eines ehrlichen Mannes tragen könnten und er darum auch niemanden mehr leiden mag, der nicht etwas Ungeschliffenes an sich hätte. Und das alles nur wegen Goethe!

Die Leute sagen schon, in Weimar geht's gar erschrecklich zu. Der Herzog und Goethe laufen wie wilde Burschen in den Dörfern herum, besaufen sich und genießen brüderlich mancherlei Mädchen. Ich kann nur hoffen, dass dieses Gerede maßlos übertrieben ist. Aber Goethe tut sich mit seinem Verhalten keinen Gefallen. Auch die Höflinge stehen ihm kritisch gegenüber. Manch einer neidet ihm wohl auch die Gunst des Herzogs.

Doch so empört ich auch über Goethes Verhalten bin, tut es mir trotzdem weh, wenn andere schlecht über ihn reden. Immerhin dürfen wir nicht vergessen, dass er Deutschlands berühmtester Dichter ist. Und er hat ja auch andere, liebenswertere Seiten. Die es mir allerdings auch nicht immer leicht machen, weil er mir oft genug zu nahetritt.

Weimar, 17. März 1776
Unser Herzog setzt großes Vertrauen in Goethe. Er hat ihn mit einigen persönlichen Aufgaben betraut und will ihn, wenn das Gerede stimmt, sogar in den Staatsdienst berufen. Dann ist Goethe nicht mehr auf das Geld seines Vaters angewiesen.

Hinter vorgehaltener Hand wurde mir heute zugetragen, dass der Herzog Goethe sogar in seinem Testament mit einer lebenslangen Pension bedenken will. Sollte das stimmen, muss er wirklich große Hoffnungen in Goethe setzen und ihn als wahren Freund betrachten. Wie auch immer, es scheint, Goethe wird unserem kleinen Herzogtum wohl erhalten bleiben. Wieland ist ganz entzückt darüber.

Weimar, 20. März 1776
Ich schickte Goethe ein paar Äpfel zur Genesung. In den letzten Tagen hat er sich nicht wohlgefühlt. Nun schrieb er, er habe auf mein Kommen gehofft, um gleich darauf zu versichern, es genüge ihm, mich lieb haben zu können.
Was soll ich darauf entgegnen? Es steht ihm doch nicht zu, mich lieb zu haben. Ebenso wenig, wie ich Gefühle für ihn haben darf, die über die der Freundschaft hinausgehen.

Weimar, 26. März 1776
Goethe ist jetzt in Leipzig. Über Naumburg reisten sie gestern früh hin. Er schrieb mir von einer Schauspielerin namens Corona Schröter, die er von dort nach Weimar holen will. Ein Engel sei sie, findet er. Er beschwört Gott, dass der ihm doch so ein Weib bescheren solle, damit er mich in Frieden lassen könne, findet aber gleichzeitig, sie sei mir nicht ähnlich genug.
Ich bin hin- und hergerissen bei diesen Worten. Natürlich sollte er sich eine Frau suchen, die frei für ihn ist. Und doch ist es mir nicht einerlei, wenn er von einer anderen schwärmt. Ich spüre, wie der Stachel der Eifersucht mich quält, wie ich mir wünsche, nur ich wäre für ihn von Bedeutung. Auch wenn ich natürlich weiß, dass mir derlei Gefühle nicht zustehen.
Aber warum beschwor er mich in seinem letzten Brief, die Hoffnung nicht zu verlieren und mich wieder dem Leben zuzuwenden? Worauf soll ich denn hoffen, wenn er eine andere begehrt und vielleicht bald wieder aus meinem Leben verschwindet? Zumindest hat er nun wohl Lili endgültig aus seinem Herzen verbannt.

Weimar, 31. März 1776
Meinen Mangel an Vertrauen, den tiefen Unglauben in meiner Seele, den er nicht begreifen kann, beklagt Goethe. Wie

sollte ich ihm vertrauen und an seine Liebe glauben, wo seine Augen doch jedem Mädchen folgen und er ständig von dieser Schröter schwärmt?
Wie könnte ich da glauben, ich wäre die eine Besondere für ihn? Bin ich denn mehr als ein netter Zeitvertreib? Und was will ich, was kann ich ihm denn überhaupt sein?
Ich bin die Frau eines anderen, eingebunden in meine Familie. Ich habe meinen angestammten Platz im Leben. Da ist kein Raum für einen stürmischen Liebhaber, als den Goethe sich wohl gerne sehen würde.
Seine Besänftigerin, seine Schwester, seine Vertraute, ja, das möchte ich gerne sein. Doch Goethe ist zu ungestüm, um sich damit zufriedengeben zu können.
Ich sollte dankbarer sein für das, was ich habe. Josias nimmt zwar nur wenig Anteil an meinen Gedanken und Gefühlen, aber immerhin war und ist er mir stets ein guter und loyaler Ehemann.
Goethe dagegen sprach von seinen früheren Liebeleien, als würde er mir irgendwelche Geschichten erzählen und nicht wahre Erlebnisse, die manches Frauenherz gebrochen haben dürften. Wenn ich da nur an die arme Friederike Brion denke. Oder seine Flucht vor der ihm zu engen Bindung mit seiner Verlobten Lili.
Möglicherweise zieht es ihn deswegen jetzt zu einer bereits vergebenen Frau wie mir hin? Verheiratete Frauen können ihm in seiner Freiheitsliebe nicht gefährlich werden. Aber würde er mich ebenso begehren, wenn ich nicht durch meine Ehe gebunden wäre? Oder dann eher augenblicklich, wie schon so oft, die Flucht ergreifen? Ich weiß es nicht und werde es auch nie erfahren.
Ja, er hat sicher recht, es fällt mir schwer, zu vertrauen. Aber diese Vorsicht hat mich auch schon so manches Mal vor herben Enttäuschungen geschützt.

Weimar, 5. April 1776
Ungern hat Goethe Leipzig verlassen. Ein Umstand, der mich insgeheim kränkt, hatte ich doch sogar auf eine frühere Rückkehr gehofft.
Immerhin kam er heute zu Besuch und brachte einen alten Freund mit. Den Dichter Jakob Michael Reinhold Lenz, den er in Straßburg kennenlernte.
Wir schwatzten über dies und das. Lenz wirkt ein wenig unreif und launisch auf mich, aber ich will mir nicht zu vorschnell eine Meinung bilden. Vielleicht war er auch in meiner Gegenwart nur etwas verunsichert.
Für Goethe jedenfalls empfindet er eine große Bewunderung und ist ihm aus diesem Grunde hierher gefolgt.

Weimar, 14. April 1776
Goethe sagte, er könne sich die Bedeutsamkeit und die Macht, die ich über ihn habe, nicht anders erklären als durch Seelenwanderung. Einst waren wir Mann und Weib, nun wüssten wir von uns, verhüllt in Geisterduft, so seine Worte.
Was für ein ungewöhnlicher Gedanke! Er hat sogar ein Gedicht darüber geschrieben und es mir gewidmet. Hier ein Auszug:

Warum gabst uns, Schicksal, die Gefühle,
uns einander in das Herz zu sehn,
um durch all die seltenen Gewühle
unser wahr Verhältnis auszuspähn?
Sag, was will das Schicksal uns bereiten?
Sag, wie band es uns so rein genau?
Ach, du warst in abgelebten Zeiten
meine Schwester oder meine Frau.

Mit diesen Worten hat er mein Herz tief berührt. Ist es so, waren wir einst wirklich Mann und Frau? Ist dieses Band zwischen uns, das mir so unerklärlich erscheint, bereits in fernen Zeiten geknüpft worden? Dann bin ich dankbar, dass wir einander wiedergefunden haben, auch wenn es uns die Umstände heute schwerer machen.
Goethe ist jetzt fast täglich zu Gast in unserem Haus. Trotzdem schreibt er mir und schwört mir in seinen Briefen immer wieder seine Liebe.
Josias ist glücklicherweise meist abwesend und scheint auch nicht eifersüchtig zu sein. Aber auch ihm sind Goethes Zuneigungsbekundungen nicht entgangen. Bisher schweigt er dazu. Ich denke, er weiß, dass er mir vertrauen kann. Doch in Weimar wird viel und gern geklatscht. Jede Neuigkeit ist bei Hofe willkommen. Ich muss Goethe bitten, sich in seinem Verhalten zu mäßigen, damit nicht noch mehr über uns geredet wird, als das jetzt schon der Fall ist. Und doch tut mir seine Zuneigung gut. Es ist, als würde nicht nur in der Natur, sondern auch in mir das Leben neu erwachen. Als würde ich nach einem langen, kalten Winter in meinem Herzen endlich wieder das Licht und die Wärme des Frühlings spüren.
Nun werde ich das Gedicht abschreiben. Er bat mich darum, damit er es von meiner Hand geschrieben lesen kann.

Weimar, 21. April 1776
Goethe ist überglücklich! Unser Herzog hat ihm ein ganz besonderes Geschenk gemacht. Ein eigenes kleines Häuschen, ganz abgeschieden vor den Toren der Stadt. Auf einer schönen Wiese nahe der Ilm. Heute hat Goethe den Garten in Besitz genommen. Jetzt kann er das Bürgerrecht unserer Stadt erwerben und ist hier zu Hause. Ich bin dem Herzog dankbar für diese großzügige Geste. Die Kaufsumme von 525 Gulden hat er Goethe gegeben.

Weimar, 22. April 1776
Heute habe ich Goethes Gartenhaus besichtigt. Ein kleines Steinhaus mit zwei Stockwerken und einem spitzen, hohen Schindeldach. An der weiß getünchten Fassade befinden sich Spaliere mit Rosenstöcken, die aber leider, so wie das ganze Haus, einen verwilderten Eindruck machen.
Goethe scheint das nicht zu stören. Stolz führte er mich durch die Räumlichkeiten, dabei schon ein klares Bild seiner Umgestaltungen vor Augen, wo ich noch Schäden und Verfall sah.
Im Erdgeschoss befinden sich eine Küche und ein kleiner Speisesaal, den er liebevoll sein Erdsälchen nannte. Aber in seinem hessischen Dialekt, der mich manchmal insgeheim schmunzeln lässt, klingt es eher wie Erdsälgen.
Die Treppe hoch ging es dann zu weiteren Räumen, die er zu einem Salon, einer Bibliothek, einem Arbeitszimmer und einem Schlafzimmer umgestalten will.
Goethe ist ganz verliebt in sein neues Zuhause. Hab ein liebes Gärtchen vorm Tore, schrieb er an eine alte Bekannte. Seinen Zufluchtsort nennt er das kleine Anwesen mitten im Grünen jetzt schon.
Allerdings gibt es noch viel zu tun und zu reparieren, bis es ein richtiges Heim werden wird. Wenn es so weit ist, soll ich den zweiten Schlüssel erhalten. Dann habe ich als einzige Person in Weimar, außer ihm natürlich, Zugang zu seinem Haus. Ich muss zugeben, sein Vertrauen ehrt und freut mich gleichermaßen.

Weimar, 25. April 1776
Heute Mittag will der Freund zu mir kommen, schrieb er eben. Sofern ihn nicht ein Fluss oder ein Berg von seinem Vorhaben abhalte.

Wie sollte es irgendjemand oder irgendetwas wagen, sich Goethe in den Weg zu stellen? Mir scheint, nicht einmal ein Berg oder ein Fluss hätten den Mut dazu.
Lenz hat bei Hofe mit seinen Eseleien wieder einmal für ein Lachfieber gesorgt. Gestern Nacht muss er es arg doll getrieben haben. Ich hoffe nur, er übertreibt es nicht.

Weimar, 1. Mai 1776
Ich habe recht, ihn zum Heiligen zu machen, um ihn von meinem Herzen zu entfernen, schreibt Goethe heute. Was bleibt mir denn anderes übrig, als an sein Ehrgefühl zu appellieren, wenn er in seinem Überschwang der Gefühle wieder einmal jegliche Grenzen vergisst?

Weimar, 2. Mai 1776
Goethe scheint sich meine gestrigen Vorhaltungen zu Herzen genommen zu haben. Da seine Liebe für mich eine anhaltende Resignation sei, will er mir heute fernbleiben.
Wüsste er nur, was seine Worte in mir anrichten und wie sehr ich ihn jetzt schon vermisse. Aber was habe ich für eine Wahl, als ihn immer an meine Position in Familie und Gesellschaft zu erinnern, eh er mich zum Gespött von ganz Weimar macht.

Weimar, 4. Mai 1776
Goethe ist in Ilmenau, einem kleinen Städtchen im Gebirge. Sechs Stunden ist er geritten, schreibt er, und angekommen in einer Gegend ähnlich wie die bei Kochberg. Froh sei er, dass er weg ist.
Weg von mir! Mein Herz wird schwer bei diesen Worten. Ich hoffe, er kommt bald wohlbehalten zurück. Zumal der Anlass seiner Reise alles andere als erfreulich ist. Zu einem Brand ist er geeilt, um zu lindern und zu unterstützen. Als er kam, war aber das Schlimmste bereits überstanden. Eine Gasse

mit Häusern wurde unter großer Anstrengung gerettet und damit auch der Oberteil der Stadt mit Rathaus und Amt gesichert.

Weimar, 6. Mai 1776
Wie ersehne ich jeden Brief von Goethe! Ihm gehe es sehr gut, schrieb er heute aus Ilmenau und er habe mich lieber, als ich es mag.
Ach, wenn er wüsste! Warum sind Gefühle nur so eine schwierige Sache? Der Kopf kennt ganz genau den rechten Weg, doch das Herz will seinen eigenen finden.

Weimar, 10. Mai 1776
Gerade habe ich Zimmermann geschrieben, dass es mir mit Goethe wunderbar geht. Der junge Freund kam mit solchem Übermaß an Liebe zurück, dass mir das Herze aufging.
Seitdem genieße ich jede Stunde mit ihm, freue mich über jedes seiner Zettelchen. Während er fort war, war meine Sehnsucht nach ihm oft so groß, dass ich aufgehört habe, mir einzureden, er würde mir nichts bedeuten. Was er wirklich für mich ist, wage ich aber weder zu denken noch hier in Worte zu fassen.
Ich schreibe meine Briefe jetzt in Deutsch, nicht mehr in Französisch. Durch Goethe bin ich draufgekommen.

Weimar, 14. Mai 1776
Heute war ein Leseabend bei Wieland im Garten. Wir lasen Lenz' Texte. So unangemessen mir das Verhalten dieses jungen Dichters manchmal auch erscheint, seine Worte berührten mich und ich kann ihm sein Talent nicht absprechen.
Mich freut zu sehen, wie gut sich Goethe inzwischen mit Wieland versteht. Das war nicht immer so. Während Wieland vom ersten Moment an von Goethe begeistert war, brauchte der seine Zeit, bis er Wielands Wert als Mensch und Dichter

zu schätzen lernte. Für einen großen Geist ist es wohl nicht leicht, andere kluge Köpfe neben dem eigenen gelten zu lassen.
Beide sind Zugezogene, auch das verbindet. Wieland kam schon im Herbst 1772 nach Weimar. Damals hatte Anna Amalia ihn als Erzieher für ihre Söhne an den Hof geholt. Er war zu der Zeit schon ein angesehener Dichter und hatte sich, nicht zuletzt durch die Übersetzung von Shakespeares Dramen, einen Namen gemacht. Ursprünglich stammt er aus Schwaben, lehrte zuletzt aber als Professor für Philosophie an der Erfurter Universität.
Schon bei seiner Ankunft hielt ich ihn für eine kluge Wahl Anna Amalias. Bis heute wurde ich in dieser Meinung nur bestärkt. Wielands Anwesenheit ist nach wie vor eine große Bereicherung für unser kleines Herzogtum. Nach dem Regierungsantritt Carl Augusts hat Wieland sein Amt als Erzieher niedergelegt. Nun widmet er sich ganz seiner Arbeit als Dichter und seiner Rolle als Herausgeber der literarischen Zeitung „Der Teutsche Merkur".

Weimar, 20. Mai 1776
Goethe ist in sein Häuschen gezogen. Zusammen mit seinem Diener Seidel, den er aus Frankfurt mitbrachte, einer Köchin und einem Diener, dessen Namen ich nicht kenne.
Die letzte Nacht hat der Freund zum ersten Mal in seinem neuen Zuhause geschlafen. Fürs Erste ist dort soweit alles hergerichtet, auch wenn immer noch eine Menge Arbeiten zu erledigen sind.
Trotzdem hat er es sich nicht nehmen lassen, mich zum Spargelessen einzuladen. Zuvor führte er mich durch seine neuen Räume. Besonders stolz ist er auf sein Arbeitszimmer. In der Ecke, zwischen zwei Fenstern, stehen dort sein Stehpult und ein Reiter. So kann er beim Schreiben problemlos zwischen Stehen und Sitzen wechseln, wie er es liebt.

Ich stelle es mir sehr inspirierend vor, in diesem Raum zu arbeiten. Sicher ist er klein, aber die Stille der Natur kann Geist und Fantasie nur beflügeln.
Sehr schön war es auch, anschließend mit Goethe im Grünen zu speisen. Die Ruhe dort draußen ist unendlich, alles blüht und die Vöglein singen. In diesem Garten hat man die schönste Aussicht, die weit und breit zu finden ist.
Nach dem Essen zeigte er mir einen Brief von seiner Schwester. Traurige Zeilen, die mich nicht unberührt gelassen und Goethe schier das Herz zerrissen haben müssen.
Wie es scheint, ist Cornelia für eine Ehe nicht geschaffen. Goethe flehte mich an, ihr ein paar freundliche Sätze zu schreiben, denn er selbst finde nicht die rechten Worte. Auch wenn es mich verwunderte, will ich ihm seinen Wunsch erfüllen.

Weimar, 21. Mai 1776
Eben las mir Goethe seinen Antwortbrief an Friedrich Gottlieb Klopstock vor. Klopstock stammt aus Quedlinburg, lebt jetzt aber in Hamburg. Vor Jahren lernte Goethe den von ihm bewunderten Dichter auf einer Reise von Frankfurt nach Mannheim kennen.
Nun hatte dieser von ihm einst so verehrte Mann Goethe geschrieben, um sein rüdes Verhalten bei Hofe zu kritisieren. Unglaublich, wie weit die Kunde vom ungestümen Treiben Goethes und des Herzogs sich verbreitet hat.
So wütend wie über diesen Brief habe ich Goethe noch nie erlebt. Klopstocks Worte müssen ihn zutiefst verletzt haben. Ich versuchte zu vermitteln und bat Goethe um Mäßigung im Tone. Aber es blieb bei einer bösen Antwort.
Verschonen Sie uns künftig mit solchen Briefen, so seine Worte. Sie helfen nichts und machen uns nur böse Stunden. Kein Augenblick seiner Existenz bliebe ihm, wenn er auf all solche Briefe, auf all solche Anmachungen antworten wolle.

Im Grunde muss ich Goethe ja sogar recht geben. Diese Einmischung aus der Ferne, nur aufgrund von Gerüchten, steht dem werten Klopstock nicht zu.
Wie auch immer, ich fürchte, mit Goethes Antwortschreiben wird wohl das Ende dieser Freundschaft besiegelt sein.

Weimar, 24. Mai 1776
Goethe will mich nicht sehen! Meine Gegenwart würde ihn traurig machen, schreibt er.
Alles nur, weil ich ihn auf den Tratsch und Klatsch bei Hofe hingewiesen habe. Die Leute reden über uns und unser seltsames Verhältnis zueinander. Natürlich kann es in dieser kleinen Stadt nicht verborgen bleiben, dass Goethe bei mir ein und aus geht. Ich habe ihn gemahnt, sein Verhalten mir gegenüber zu mäßigen und seine Besuche zu reduzieren. Was bleibt mir denn anderes übrig, allein schon meinem Mann zuliebe?
Doch Goethe kann oder will mich nicht verstehen. Jetzt sei also auch das reinste, schönste und wahrste Verhältnis gestört, das er, außer zu seiner Schwester, je zu einem Weibe gehabt habe, schrieb er aufgebracht.
Mir wird es weh bei seinen Worten, zeigen sie mir doch, wie viel ich ihm bedeute. Aber was habe ich denn für eine Wahl? Ich kann nicht anders, ich muss ihn in seine Schranken weisen!

Weimar, 25. Mai 1776
Noch ein Brief von Goethe. Wenn er nicht mit mir leben darf, so helfe ihm meine Liebe so wenig wie die Liebe seiner Abwesenden, an der er reich sei, meinte er. Nur die Gegenwart im Augenblicke des Bedürfnisses entscheidet alles, lindert alles, kräftigt alles. Die Welt, die ihm nichts sein kann, will auch nicht, dass ich ihm etwas sei, so seine Worte.

Zeilen voll des Vorwurfs und Ärgers! Aber was soll ich tun? Wir sind nun mal Teil dieser Welt mit all ihren Regeln und Verpflichtungen. Ich muss hier leben, wie kann mir da das Gerede der Leute einerlei sein?

Weimar, 26. Mai 1776
Goethe fehlt mir! Ich habe ihm gestern geschrieben, musste ihm einfach ein paar freundliche Zeilen zukommen lassen. Letztlich kann er ja nichts dafür, dass die Umstände sind, wie sie sind. Umgehend erhielt ich einen Antwortbrief, in dem er mir für meine unendliche Liebe und Güte dankte und sich entschuldigte, dass er mich leiden mache. Zukünftig wolle er's versuchen, allein zu tragen.
So ehrenvoll sein Ansinnen ist, wie sollte ihm das gelingen? Die Menschen sind, wie sie sind, und reden, was sie wollen. Gerade ich, als verheiratete Frau, mit einem Dichter als Hausfreund, bin da ein reizvolles Thema, das ist mir bewusst. Daran kann auch Goethe nichts ändern, es sei denn, wir würden uns zukünftig aus dem Weg gehen.

Weimar, 7. Juni 1776
Goethe ist meiner Bitte nachgekommen. In den letzten Tagen haben wir uns kaum gesehen. Dafür gingen unsere Zettelchen hin und her. Ich spürte, wie schwer es ihm fiel, den gewünschten Abstand zu wahren. Allein, dass er versuchte, mir meinen Wunsch zu erfüllen, ließ mein Herz umso mehr für ihn schlagen.
Heute musste ich ihm einfach gestehen, wie sehr er mir fehlt, wie sehr ich unsere gemeinsamen Stunden vermisse, wie sehr ich aber auch den Klatsch der Leute fürchte. Seine Antwort kam umgehend.
Liebster Engel, nannte er mich wieder und war froh, dass ich ihm alles gesagt habe, was mich bedrückt. Man soll sich

alles sagen, wenn man sich liebt, meinte er, *und kündigte an, mich heute noch besuchen zu kommen.*
Ich konnte es kaum erwarten, ihn wiederzusehen, und er hielt sein Versprechen. Gerade war er hier und wir konnten über alles sprechen. Endlich sind wir uns wieder gut!

Weimar, 11. Juni 1776
Der Herzog hat Goethe zum Geheimen Legationsrat berufen! Geheimrat von Fritsch war dagegen, aber Herzog Carl August, unterstützt durch seine Mutter, setzte sich durch.
Was für ein herausragender Vertrauensbeweis! 1200 Taler im Jahr, das zweithöchste Gehalt in Weimar, bekommt Goethe nun. Zum Mitglied des Geheimen Consiliums, unserer vierköpfigen obersten Regierungsinstanz, wurde er zudem noch ernannt. Neben dem Herzog sitzen dort noch die Räte von Fritsch, der ja, wie schon erwähnt, kein Freund von Goethe ist, und Herr von Schnauß.
Nun hat der Freund nicht nur Haus und Amt, sondern noch mehr Neider als zuvor. Aber ich glaube, damit kann Goethe gut leben. Möglicherweise freut's ihn insgeheim sogar, sieht er Neid doch als Zeichen des Erfolges an.
Das Beste an all dem ist aber, dass er uns nun dauerhaft erhalten bleiben wird. Schon jetzt widmet er sich mit großem Eifer seinen neu übertragenen Aufgaben, um das Vertrauen des Herzogs nicht zu enttäuschen. Sicherlich wird er bei all seinen Einfällen auch ein wenig frischen Wind in unsere Hofverwaltung und in unser Städtchen bringen.
Bezüglich der Kleidung ist ihm das, wenn auch zu meinem Missfallen, in den letzten Monaten immer mehr gelungen. Nicht nur Goethe selbst und einige junge Männer tragen jetzt diese Werther-Kleidung. Nein, sogar unser Herzog und unnötigerweise auch mein Mann haben sich diesem eigenartigen Verhalten angeschlossen. Wollen wir hoffen, dass es nur

eine Laune ist, die bald wieder vergeht. Ich mag Josias in diesem Aufzug nicht sehen.

Weimar, 21. Juni 1776
Gerade erhielt ich einen vorwurfsvollen Brief von Goethe. Ich hatte gestern zugesagt, auch nach Tiefurt zu kommen, es mir dann aber anders überlegt. Ich wollte ihn nicht sehen, zu sehr ängstigte ich mich vor seinen überschwänglichen Gefühlsäußerungen vor den Augen all der anderen Leute.
Nun nimmt er mir mein Fernbleiben übel. Was ich tue, muss ihm recht sein, schreibt er, aber es mache ihn traurig. Deswegen komme er heute nicht und bleibe in seinem Garten.
Ich hätte ihn zwar schon gerne wiedergesehen, aber letztlich war es besser so. Mein Mann kam heute früher nach Hause, weil er sich am Bein verletzt hat. Da wäre für Goethe sowieso keine Zeit gewesen.

Weimar, 22. Juni 1776
Goethe schreibt, hätte ich meinen Mann nicht lahm nach Hause gekriegt, wäre er gestern doch gern zu mir gekommen. Er bedürfe nämlich auch einiger Pflege.
Nun, darum kann ich mich nicht auch noch kümmern.

Weimar, 23. Juni 1776
Am Abend habe ich mit Goethe gegessen. Er brachte mir eine Rose mit und schwärmte davon, wie göttlich sein Garten des Nachts bei Mondschein sei. Bald aber begann er über meine baldige Abreise nach Bad Pyrmont zu klagen und darüber, dass wir uns dann eine lange Zeit nicht sehen können. Sicher werde ich ihn auch vermissen, aber das sagte ich ihm nicht. Stattdessen versuchte ich ihn mit der Aussicht auf eine rege Korrespondenz zu trösten. Doch er wollte sich damit nicht zufriedengeben und meinte, dass nur meine Gegenwart

ihn tröste und erbaue. Wenn sie auch manchmal plage, so sei dieses Plagen doch nur der Sommerregen unserer Liebe.
Ein schöner Gedanke, der viel Wahres beinhaltet. Trotzdem wird uns in nächster Zeit nichts anderes übrig bleiben, als mit Briefen vorliebzunehmen. Es machte auf ihn wohl den Anschein, als würde mir das nichts ausmachen, denn verstimmt verabschiedete er sich bald. Er wolle lieber den Rest des Abends mit Wieland und Lenz in Wielands Garten verbringen, erklärte er mir. Wieder einmal hat mir Goethes Besuch mehr Verdruss als Freude beschert.

Weimar, 24. Juni 1776
Morgen früh reise ich nach Bad Pyrmont zu meiner Kur. Ich sehne mich nach ein wenig Abwechslung und Zerstreuung. Es ist sicher die richtige Entscheidung, Weimar für eine Weile zu verlassen. Ich brauche Abstand und muss mir über einiges klar werden.

Bad Pyrmont, 30. Juni 1776
Ich bin hier gut angekommen und hatte bereits Post von Goethe. Er schrieb, er habe mit meinen Söhnen gegessen, Fritzchen gefüttert und mit dem Hund gespielt. Auch mit Wieland verbringt er schöne Stunden.
Wenn man seine Zeilen liest, könnte man meinen, er brauche mich gar nicht. Aber er schwört, dass er mich sehr vermisst. Auch er fehlt mir! Beim Lesen seiner Worte sehe ich ihn vor mir, schreibend am Stehpult in seinem geliebten Gartenhaus, und wünsche mich an seine Seite. Aber ich muss mich damit zufriedengeben, auf seinen nächsten Brief zu hoffen!
Die Tage vergehen hier im gleichförmigen Einerlei. Alles, was mir früher Zerstreuung und manchmal sogar ein wenig Freude bereitete, taugt heute nicht mehr recht dafür. Ich muss immerzu an Goethe denken, so sehr ich es mir auch verbiete.

Insgeheim zähle ich schon jetzt die Tage bis zum Wiedersehen, warte tagein und tagaus auf seine Briefe, als hinge mein Leben davon ab. Dabei dachte ich, die Entfernung zu ihm würde mir guttun. Doch mein Herz scheint mehr als je zuvor an seinem zu hängen.

Bad Pyrmont, 6. Juli 1776
Wieder ein Brief voller Klagen von Goethe. Er vermisst mich wohl ebenso sehr wie ich ihn!
Was hilft es, dass ich in der Welt bin und an ihn denke, schreibt er. Ich fehle ihm an allen Ecken. Er schleiche durch den Tag und denke sehnsuchtsvoll an mich. Nur dass ich für ihn zeichne, gefällt ihm sehr.
Ich hoffe nur, der Freund erwartet nicht zu viel von meinen Fähigkeiten.
Dem guten Zimmermann, dem ich hier, zu meiner Freude, wiederbegegnet bin, hat Goethe seine Grüße ausrichten lassen. Ich werde sie nur zu gerne weitergeben. Goethe war eine Weile ärgerlich auf den Arzt, weil auch er meinte, sein anfängliches Verhalten in Weimar kritisieren zu müssen. Aber diese wilden Zeiten gehören nun glücklicherweise der Vergangenheit an. Goethe ist inzwischen ein anerkanntes Mitglied der Gesellschaft, zudem der beste Freund des Herzogs. Da hat auch der gute Zimmermann nichts mehr zu bemängeln.

Bad Pyrmont, 12. Juli 1776
In seinem letzten Brief schrieb Goethe, dass Lili jetzt eine Braut sei. Nun ist also auch dieses Kapitel abgeschlossen.
Zu meinem Entsetzen bat Goethe mich in seinem Brief auch darum, ihm mein Tagebuch zu lesen zu geben. Wie kommt er nur auf diesen Gedanken? Niemals im Leben kann ich ihm diesen Wunsch gewähren! Meine geheimsten Gedanken und Gefühle sind nicht für seine Augen bestimmt!

Bad Pyrmont, 18. Juli 1776
Heute reist Goethe nach Ilmenau. Er soll sich um die Wiederbelebung des dortigen Silber- und Kupferbergwerks kümmern.
Ich fehle ihm an allen Ecken und Enden, versichert er. Wenn ich nicht bald wiederkomme, würde er dumme Streiche machen. Beim Vogelschießen in Apolda habe er schon mit der Christel von Artern geflirtet.
Bei der Vorstellung, dass er einer anderen schöne Augen gemacht hat, quält mich wieder die Eifersucht. Aber was soll ich tun? Bis Mitte August werde ich noch hier sein. Ich wüsste nicht, wie ich eine frühere Abreise erklären sollte.
Mein Mann habe Reiterkünste gemacht, berichtete Goethe weiter, und meiner Schwester habe er, an meiner Stelle, eine Rose geschickt. Wenn er nur leben könne, ohne zu lieben, klagte er zum Schluss.
Wie kann er nur so etwas schreiben? War nicht er es, der immer sagte, dass ein Leben ohne Liebe nicht lohnend sei?

Bad Pyrmont, 23. Juli 1776
Es vergeht kein Tag, an dem ich nicht Post von Goethe bekomme. Den letzten Brief hat er in der Höhle unterm Hermannstein geschrieben. Er sitze dort, zeichne und wünsche sich, dass ich diesen Ort einmal sehen könnte, ließ er mich wissen.
Ja, ein Besuch bei ihm wäre auch sehr nach meinem Sinne, aber ich fürchte, es wird nicht möglich sein.

Bad Pyrmont, 31. Juli 1776
Heute Nacht träumte ich von Goethe. Gemeinsam streiften wir durch den Thüringer Wald, genossen von einem Berge die Aussicht über Wälder und Täler. Wie sehne ich mich danach, ihn endlich wiederzusehen! Sein Wunsch, mir einmal die Höhle unterm Hermannstein zu zeigen, ging mir die letz-

ten Tage nicht aus dem Sinn. Gerade kam mir der Einfall, ich könnte ihn vielleicht auf der Rückreise besuchen. Ob ihn der Gedanke freuen würde? Oder sind sie dann bereits abgereist? Ich werde ihm gleich schreiben, um zu fragen.

Bad Pyrmont, 3. August 1776
Gerade bekam ich die heiß ersehnte Antwort auf meinen letzten Brief. Voller Freude las ich seine Zeilen. *Liebste Frau, wir sind noch in Ilmenau. Komm nur! Hunderttausendmal bist du um mich gewesen. Liebste, du gibst mir ein neues Leben, wenn du kommst,* schrieb er begeistert.
Was für ein Glück, sie sind noch in Ilmenau! Und er freut sich über mein Kommen! Ich kann es nun selbst kaum noch erwarten, ihn endlich zu sehen. Der liebe Freund fehlt mir so sehr! Aber wie wird unser Treffen wohl verlaufen? Sein Brief lässt mich darauf hoffen, dass er noch dieselben innigen Gefühle für mich hegt wie vor meiner Abreise. Doch was fühle ich für ihn? Was erhoffe ich mir von unserem Wiedersehen? War mein Vorschlag, ihn besuchen zu wollen, nicht zu forsch? Nun gibt es kein Zurück mehr, die Entscheidung ist gefallen.

Weimar, 7. August 1776
Was für verzauberte Momente waren das in Ilmenau! Am Abend des 5. August bin ich eingetroffen und bezog mein Zimmer im „Posthaus". Goethe zeigte sich überglücklich, mich zu sehen!
Gleich am nächsten Tag bestiegen wir gemeinsam den Hermannstein und besuchten die Höhle. Dort zeichnete ich ein S in den Felsen. Ich dachte dabei an den Anfangsbuchstaben meines Namens, aber er sagte, es sei der erste Buchstabe der Sonne. Sonne, so nennt er mich in seinem Tagebuch.
Als wir dann dort Seite an Seite saßen, nahm er liebevoll meine Hand. *Meine Lotte,* flüsterte er und küsste mich sanft.

Ich ließ ihn gewähren. In diesem Moment konnte ich nicht anders.
Über die Mühle von Kammerberg wanderten wir zurück, aßen in Unterpörlitz und fuhren anschließend wieder nach Ilmenau. Im Amtshaus war Musik, Tanz und – unser Abschied! Noch am Abend reiste ich weiter nach Weimar. Traurig, ihn verlassen zu müssen, und doch überglücklich bei der Erinnerung an unseren gemeinsamen wundervollen Tag, an dem wir uns so nah waren wie noch nie zuvor!
Jetzt bin ich zurück in Weimar. Wie leer ist es hier ohne ihn!

Weimar, 9. August 1776
Meine Gegenwart habe auf sein Herz eine wunderbare Wirkung gehabt, schreibt Goethe. Wenn ich bei ihm bin, fühle er, er solle mich nicht lieben, wenn ich fern bin, spürt er, er liebe mich so sehr.
Seine Worte ängstigen mich wieder. Wohin soll das nur führen mit uns? War mein Besuch doch ein Fehler? Habe ich Erwartungen geweckt, die ich nicht in der Lage sein werde zu erfüllen?
Trotzdem sehne ich mich so nach ihm! Gestern war er wieder auf dem Hermannstein und zeichnete in der Höhle. Wie gerne hätte ich an seiner Seite gesessen!

Weimar, 11. August 1776
Mein Besuch war ein Fehler! Jetzt weiß ich es ganz gewiss! Goethe schreibt, dass ich alles, was ich zuvor getan habe, damit er von mir loskomme, wieder zugrunde gerichtet habe. Wie befürchtet, macht er sich nun unnötige Hoffnungen und ich muss sehen, dass ich ihn wieder in seine Schranken verweise. Ich bin und bleibe eine verheiratete Frau!

Weimar, 12. August 1776
Vergeblich habe er auf ein paar Worte von mir gewartet, klagte Goethe heute. Aber ich mag ihm nicht schreiben. Es würde ihn nur weiter ermutigen.

Weimar, 13. August 1776
Morgen kommen sie zurück! Lieber Engel, nennt er mich und schreibt, dass er es kaum erwarten kann, mich wiederzusehen.
Ich bin ganz durcheinander! Wie soll ich mich nur verhalten, wenn ich ihm gegenüberstehe? So sehr mein Herz auch für ihn schlägt, so weiß mein Verstand doch, dass ich ihm seine Grenzen aufzeigen muss. Ich habe ja keine andere Wahl, sonst renne ich in mein Unglück.

Weimar, 26. August 1776
Seitdem Goethe zurück ist, sucht er, wann immer er Zeit findet, meine Gesellschaft. Manches Mal bestürmt er mich dann so mit seinen Gefühlen, dass mir himmelangst wird und ich ihn aufs Strengste ermahnen muss. In Weimar haben die Wände Ohren. Die Zeit in Ilmenau, in der wir nur auf uns selbst achtgeben mussten, ist Vergangenheit. Hier haben wir uns wieder der üblichen Etikette zu beugen. Das muss auch Goethe begreifen, bevor er uns beide noch mehr ins Gerede bringt.
Doch immer noch wird mir ganz warm ums Herz, wenn ich an unsere gemeinsamen Stunden in der Höhle zurückdenke. Wie kein Geschöpf dieser Welt ohne die Sonne leben kann, so könne er nicht ohne mich leben, hat er mir ins Ohr geflüstert, nachdem ich das S in den Felsen geritzt hatte.
Ich weiß, ich habe ihm durch meinen Besuch unnötig falsche Hoffnungen gemacht, doch wie kann denn verkehrt sein, was sich so gut anfühlt?

Weimar, 29. August 1776
Gerade kam wieder ein Brief von Goethe. Ihm war es genug, dass er gestern in meiner Stube sitzen und fühlen durfte, wie lieb er mich habe, schreibt er.
Leider ging er gestern bald wieder, wäre er doch nur geblieben. Auf seinem Rückweg wurde der arme Freund nämlich hinterrücks von Vagabunden attackiert.
Zum Glück ist ihm nichts Schlimmeres passiert, aber allein der Schreck genügt ja schon. Goethe schwört, er habe niemanden erkannt und könne sich den Überfall auch nicht erklären.
Ich selbst hatte für einen Moment meinen Mann in Verdacht, schien es mir doch in letzter Zeit öfter so, als wäre er über Goethes ständige Besuche nicht sehr erfreut. Aber je länger ich darüber nachdenke, glaube ich, dass ich Josias Unrecht tue. Er ist kein gewalttätiger Mann. Außerdem ist Goethe sein Vorgesetzter und zudem auch noch engster Freund des Herzogs. Niemals würde er da einen solchen Anschlag wagen und es sich mit den beiden verscherzen.

Weimar, 1. September 1776
Schon wieder ist Goethe auf dem Weg nach Ilmenau. Dieses Mal erschien mir seine Abreise fast wie eine Flucht vor mir. Warum solle er mich plagen?, schrieb er und klagte, dass wir einander nichts sein können und einander doch so viel sind.
Dem kann ich nur zustimmen und doch zerreißen mir seine Worte beinahe das Herz.

Kochberg, 12. September 1776
Ich bin in Kochberg. Gerade sitze ich auf meinem Lieblingsplatz in der Laube, direkt vor der Brücke. Es ist still hier und ich genieße die Ruhe. Damit wird es bald vorbei sein, denn

ich habe Lenz eingeladen. Noch heute wird er ankommen, um mir Unterricht im Englischen zu geben.
Goethe habe ich einen Besuch untersagt. Es ist besser für uns beide, wenn wir uns eine Weile nicht sehen. Er muss lernen, sich angemessen zu betragen und mir nicht ständig Vorwürfe zu machen. Er quält mich und sich selbst mit seinen Gefühlen. Wir wissen doch beide, dass zwischen uns nichts sein darf.
Vorhin schrieb er mir, dass er Herzogin Luise in Belvedere getroffen habe und was für ein Engel sie sei. Nun, zumindest der Frau des Herzogs gegenüber benimmt er sich angemessen.

Kochberg, 18. September 1776
Seit ein paar Tagen ist Lenz mein Gast. Er beträgt sich artig, ganz anders als oft bei Hofe, und bemüht sich redlich, mir Englisch beizubringen.
Goethe ist sehr gekränkt, dass ich die Gesellschaft Lenzens der seinen vorziehe. Aber das hat er sich selbst zuzuschreiben. In seinem anfänglichen Ärger hatte Goethe mir sogar angekündigt, mir nicht mehr schreiben zu wollen, und sich auch jegliche Post von Lenz oder mir verbeten. Aber nun erhielt ich doch einen Brief, in dem er mir erneut seine Liebe versicherte. Es war die Antwort auf ein paar Tuschezeichnungen, die ich ihm geschickt habe. Er hat meine Arbeiten sehr gelobt und mich dazu ermutigt, mit meinen Übungen fortzufahren. Zu meiner Erleichterung sandte er sogar Grüße an Lenz. Wie es scheint, ist sein größter Ärger inzwischen verflogen, auch wenn er wohl immer noch sehr enttäuscht ist, dass er nicht kommen darf. Zumal sich in den nächsten Tagen unser Herzog hierher auf den Weg machen wird. Drei Tage will er in Kochberg verweilen. Dass er nicht mitdarf, wird Goethe wohl sehr ungehalten machen. Bin ich etwa doch zu streng mit ihm?

Kochberg, 3. Oktober 1776
Was für eine Neuigkeit! Gestern ist Johann Gottfried Herder in Weimar eingetroffen. Auf Initiative Goethes hat unser Herzog ihn zum Generalsuperintendenten berufen. Goethe hat Herder damals in Straßburg kennengelernt. Er hält große Stücke auf ihn und ist voller Freude, dass sein Vorhaben, ihn nach Weimar zu holen, geglückt ist. Herder wird mit seiner Familie in das Pfarrhaus direkt hinter der Stadtkirche ziehen.

Weimar, 7. Oktober 1776
Ich bin für ein paar Tage nach Weimar zurückgekehrt. Goethe ließ es sich nicht nehmen, mich sofort zu besuchen. Nach unserer anfänglichen Wiedersehensfreude ergaben sich neue Missverständnisse. Goethe machte mir Vorwürfe und unser Beisammensein endete in einem üblen Streit. Er kann es einfach nicht verwinden, dass Lenz all die Wochen mein Gast sein darf und er mich nicht einmal ein paar Tage besuchen darf.
Nun, sein heutiges Benehmen bestätigt mir überdeutlich, dass ich dafür triftige Gründe habe. Morgen kehre ich nach Kochberg zurück. Dann hat Goethe genügend Zeit, sich zu beruhigen, und ich bin vor erneuten Vorhaltungen sicher.

Kochberg, 8. Oktober 1776
Trotz unseres Streites ließ Goethe es sich nicht nehmen, mir zum Abschied einen Brief zu geben. Gleich in der Kutsche las ich seine Zeilen und bereute es augenblicklich. Statt der erwarteten Entschuldigung enthielt er nur neue Vorwürfe. Er sehe, wie seine Gegenwart mich plage. Da wäre es ihm lieb, dass ich abreise, denn in einer Stadt hielte er es nicht mit mir aus, schrieb er.

Wie gemein! Als wenn ich es auch nur eine Sekunde länger mit ihm im selben Ort aushalten würde. Fort, nur fort wollte ich!
Nun bin ich wieder in Kochberg. Lenz sorgt hier für genügend Abwechslung, sodass ich kaum zum Grübeln komme. Trotzdem wünsche ich mir insgeheim, ich wäre jetzt allein.

Weimar, 31. Oktober 1776
Kaum bin ich zurück in Weimar, war Goethe mein Gast und hat mit mir zu Abend gegessen. Er brachte mir die Abschrift eines Gedichts mit, das er heute vollendet hat. „Die Geschwister" nannte er es und beschreibt darin unser seltsames Verhältnis.
Heute waren wir uns wieder näher, die Unstimmigkeiten sind, zumindest für den Moment, vergessen.

Weimar, 8. November 1776
Gestern war Goethe ein Jahr in der Stadt. Was für eine turbulente, aufregende Zeit, nicht nur für ihn, sondern auch für mich. Ich habe ihn mit einem kleinen Geschenk überrascht.
Er habe gestern sein Tagebuch und all unsere Zettelchen gelesen, um die Ereignisse noch einmal Revue passieren zu lassen, schreibt er. Dabei wurde alles wieder lebendig.
Ich werde seine Briefe später auch noch einmal lesen. Vielleicht wird mir dann ein wenig klarer, warum unser Umgang manches Mal so schwierig ist.

Weimar, 10. November 1776
Goethe will kommen und mit mir Englisch üben. Er meinte, er maskiere jetzt sein Verlangen, mich zu sehen, mit der Idee, mir zu etwas nützlich zu sein.
Bei diesen Worten tut es mir schon wieder leid, dass ich ihn so oft von mir weise. Was kann er denn für seine Liebe?

Aber ich bin auch nicht verantwortlich für die Umstände, in die das Schicksal uns gestellt hat.
Trotz unserer Schwierigkeiten ist mir die Welt aber dank ihm wieder lieb geworden. Ich hatte mich schon so losgemacht von ihr. Auch wenn mein Kopf mir deswegen Vorwürfe macht, kann ich doch nicht länger bestreiten, dass ich etwas für ihn empfinde.
Ich mache mir Sorgen um ihn, immer noch wohnt er in seinem Garten und balgt sich dort mit der kalten Jahreszeit herum.

Weimar, 24. November 1776
Diese Schauspielerin aus Leipzig, Corona Schröter, von der Goethe damals so begeistert war, ist jetzt in Weimar. Heute trat sie das erste Mal als Kammersängerin auf. Natürlich ließ es sich Goethe nicht nehmen, dem Auftritt beizuwohnen. Man erzählt sich, auch der Herzog sei ganz entzückt von ihr. Nun ja, mir soll's recht sein. Was habe ich mit den Schwärmereien der Männer zu tun. Außerdem sagt mir meine Erfahrung, dass bei Goethe die Begeisterung nicht lange hält.
Wobei, ich bemerke gerade, dass ich ihm unrecht tue. Denn mir gegenüber wird er ja nie müde, seine Liebe zu versichern. Auch wenn ich ihm seine tiefen Gefühle immer noch nicht recht glauben mag und es mir ein Rätsel ist, warum er vom ersten Augenblick ausgerechnet für mich schwärmte. Als ich ihn einmal danach fragte, sprach er wieder von der Seelenwanderung und beteuerte, dass wir in einem früheren Leben Mann und Frau gewesen wären. So wie er es in diesem Gedicht im Frühjahr schrieb. Ich werde es gleich noch einmal lesen.

Weimar, 26. November 1776
Heute musste Lenz auf Weisung des Herzogs Weimar verlassen. Alle wahren Stillschweigen über den genauen Grund

dieser drastischen Maßnahme. Lenzens Eselei, so nannte es Goethe nur, als ich ihn fragte.
Lenzens Betragen war von Anfang an wirklich nicht nach jedermanns Geschmack. Wenn es auch von Zeit zu Zeit recht unterhaltsam oder lustig war, so wurde sein Auftreten später immer ungehöriger und unberechenbarer. Deswegen hatte ich mich ja seiner angenommen und ihn nach Kochberg eingeladen. Ich hoffte, dort, in der stillen Abgeschiedenheit, fernab vom Hofe, würde er zur Ruhe kommen und sich besinnen. Eine Weile schien meine Absicht Früchte zu tragen. Stolz, weil er bei mir sein durfte, Goethe aber fernbleiben musste, versuchte er mir mit fast kindlichem Eifer Englisch beizubringen und benahm sich auch ansonsten anständig. So verbrachten wir eine einträchtige Zeit, wenn ich auch immer wieder feststellen musste, dass Lenz nun mal kein Goethe ist. Doch kaum zurück in Weimar, fiel Lenz in sein altes Verhalten zurück, brüskierte die Damen, allen voran Herzogin Luise, machte aber auch vor Anna Amalia und sogar vor meiner Person nicht halt. Die acht Wochen in Kochberg scheinen leider keinerlei bleibenden Nutzen bei ihm bewirkt zu haben. Ich hörte, er soll sogar Scherze über das seltsame Verhältnis zwischen Goethe und mir gemacht haben. Möglicherweise war das letztendlich der Grund, der zu seiner Ausweisung führte. Zumindest musste Goethes einstiger Freund Hals über Kopf seine Sachen packen und abreisen.
Ich sollte wohl Mitleid mit ihm haben, aber ich spüre stattdessen nur Erleichterung, diesen unberechenbaren Gast nicht länger in meiner Nähe zu wissen. Was weiß Lenz schon von Goethe und mir.

Weimar, 2. Dezember 1776
Heute ist Goethe mit dem Herzog auf Reisen gegangen. Über Leipzig wollen sie nach Wörlitz. Die letzten Tage gab es wieder viele Missverständnisse und Unstimmigkeiten zwischen

uns. Er warf mir vor, meine Gefühle zu ihm zu unterdrücken, gar eifersüchtig auf diese neue Schauspielerin zu sein. Was denkt er sich? Diese Schröter interessiert mich nicht. Außerdem war er doch selbst neidisch auf den armen Lenz.
Ich glaube, Goethe war froh, Weimar – und vor allem mich – verlassen zu können.

Weimar, 6. Dezember 1776
Gerade kam ein Brief aus Wörlitz. Es freut mich, dass er trotz unseres Streits nicht müde wird, mir zu schreiben. Aus der Ferne ist der Umgang zwischen uns viel einfacher. Bevor man die Worte aufs Papier bringt, kann man seine Gedanken und Gefühle in Ruhe abwägen und gerät so nicht in Versuchung, sie dem Gegenüber ungefiltert an den Kopf zu werfen. Worin gerade der liebe Goethe ein Meister ist, wenn er wohl auch dasselbe von mir behaupten würde.

Weimar, 22. Dezember 1776
Gestern ist Goethe zurückgekehrt. Ich erhoffte und fürchte seinen Besuch gleichermaßen.
Heute Abend war er mein Gast. Wir aßen zusammen und redeten ein wenig, doch er blieb nicht lang. Sein Verhalten wirkte kühl und distanziert auf mich.
Er hat mir von seiner Reise einen Wanderstab mitgebracht. Den solle ich benutzen, wenn ich wieder einmal fern von ihm in meinen Kochberger Tälern unterwegs sei, meinte er gekränkt. Mir scheint, er hat die Bevorzugung Lenzens immer noch nicht verwunden.

Weimar, 25. Dezember 1776
Zur gestrigen Christbescherung war Goethe einen Augenblick zu Gast, dann eilte er schon wieder weiter.

Heute, an meinem Geburtstag, gab es ein erneutes Missverständnis zwischen uns. Daraufhin zog er es vor, allein zu speisen.
Mich schmerzt sein Verhalten sehr. Der schwierige Umgang mit ihm kostet mich Kraft und bereitet mir manchmal sogar körperliches Unbehagen. Ach, wenn er wüsste, wie sehr ich unter unseren Unstimmigkeiten leide. Vielleicht wäre er dann geduldiger und hätte mir heute beim Essen Gesellschaft geleistet.

Weimar, 31. Dezember 1776
Nun neigt sich das Jahr schon dem Ende zu. Über ein Jahr ist Goethe jetzt hier. Wie viel Freude und gleichzeitig Verdruss er mir in dieser Zeit bereitet hat, kann ich nicht in Worte fassen. Ich wünsche mir von Herzen, dass unsere Freundschaft auch im nächsten Jahr Bestand haben wird, hoffe aber sehr, dass unser Miteinander zukünftiger harmonischer verlaufen wird.
Er muss einfach begreifen, dass ich ihm nicht mehr sein kann als das, was ich ihm jetzt bin. So sehr ich mir insgeheim auch wünschte, es wäre anders!

Weimar, 1. Januar 1777
Ein neues Jahr! Was wird es uns wohl bringen?
Goethe ist heute mit dem Herzog und der Schröter bei Wieland zu Gast. Nein, ich werde jetzt nicht wieder eifersüchtig auf diese Schauspielerin sein!

Weimar, 4. Januar 1777
Die letzten beiden Tage fühlte Goethe sich nicht gut. Er sprach von einer fieberhaften Schläfrigkeit, die mich besorgte. Doch nun geht es ihm besser und er hat für heute sein Kommen angekündigt.

Weimar, 7. Januar 1777
Wir haben das herrlichste Winterwetter. Goethe ist mit dem Schlitten nach Tiefurt gefahren. Insgeheim hatte ich ja gehofft, wir würden gemeinsam eislaufen. Aber nun bleibe ich eben zu Hause und werde ein wenig lesen.

Weimar, 8. Januar 1777
Gestern Abend war Goethe mein Gast. Wie verbrachten eine traute und friedliche Stunde zusammen, bis unerwartet der Statthalter erschien. Ich spürte, dass diese Störung dem Freund gar nicht gefiel. Traurig und in sich gekehrt, beteiligte er sich nur wenig am Gespräch, ganz anders, als es sonst seine Art ist.
Glücklicherweise ist er heute Morgen wieder besserer Stimmung. Gerade erreichte mich ein Brief, in dem er mich wissen ließ, dass er sich recht munter und wohl befinde. Da habe ich mir des Nachts wieder einmal ganz umsonst Gedanken gemacht.

Weimar, 15. Januar 1777
Heute Mittag war Goethe zum Essen bei mir. Erneuter Streit! Am Abend will er deshalb nicht kommen, sondern stattdessen in seinem Garten bleiben und den Mond zeichnen.
Er zieht die Gesellschaft des kalten, fernen Mondes der meinen vor? Seine Zurückweisung schmerzt mich mehr, als ich es mir eingestehen will. Heimliche Tränen, als ich wieder alleine war.

Weimar, 17. Januar 1777
Versöhnung mit Goethe. Ich bin erleichtert! Wir haben zusammen zu Abend gegessen. Es herrschte gute Stimmung, alle Streitereien sind vergessen.

Weimar, 20. Januar 1777
Heute war ich mit Goethe eislaufen. Es war wunderbar! Von einem strahlend blauen Himmel leuchtete die Sonne und unter der Schicht frischen weißen Schnees wirkte unser Weimar wie verzaubert.
Wie ich es liebe, mit ihm übers Eis zu gleiten! Wenn ich nur daran denke, wie sehr ich anfangs dagegen war, so bin ich ganz verwundert, wie viel Freude es mir jetzt bereitet.
Goethe sagte, Klopstock habe ihn einst mit seinem Gedicht „Der Eislauf" drauf gebracht. Den ganzen Hof hat er schon mit seiner Leidenschaft angesteckt. Er selbst ist aber der begeistertste Eisläufer von allen und kann nie genug davon bekommen. Am liebsten läuft er nach Einbruch der Nacht, dann, wenn nur die Fackeln den zugefrorenen See in Bertuchs Garten erleuchten.

Weimar, 2. Februar 1777
Heute habe ich mit Goethe die Räume unserer neuen Wohnung besichtigt. Der Herzog hat als unser neues Heim das Stiedenvorwerk an der Ackerwand vorgesehen. Ein Gebäude im barocken Stil, im Jahre 1773 errichtet. Im Obergeschoss sollen dort zwei Wohnungen entstehen. Goethe hat den Auftrag, den Umbau des Gebäudes zu beaufsichtigen.
Seit Februar ist er jetzt Mitglied der Bauwerkskommission, hat zudem die Direktion des Landstraßenbaus und des Straßenpflasterbauwesens unter seine Obhut genommen. Auf Wunsch des Herzogs soll er zukünftig viel im Land unterwegs sein, um Inspektionen durchzuführen.
Der Herzog nimmt den armen Goethe schon sehr in Beschlag. Ob dem Freund da noch Zeit für seine Dichtungen bleibt? Doch bis jetzt scheint er sich über die ihm zugedachte Arbeit zu freuen. Nichts ist ihm zu viel.

Diese neue Wohnung, so sagte er, sei wie eine Puppe, mit der er spielen könne. Er denke schon über Einrichtungen für mich nach.
So sehr ich mich über sein Engagement freute, so hoffe ich doch, dass er auch noch Zeit für unsere gemeinsamen Stunden findet.

Weimar, 06. März 1777
Mein Tagebuch wurde wieder kläglich vernachlässigt. Über einen Monat ist seit meinem letzten Eintrag vergangen. Aber ich habe trotzdem fleißig geschrieben. Tag für Tag gehen die Zettelchen und Briefe zwischen Goethe und mir hin und her. Was kann ich mich glücklich schätzen, einen Dichter zum Freund zu haben! Wortreich lässt er mich an seinen Erlebnissen, ja sogar an seinen Gedanken und Gefühlen Anteil nehmen. Gerade kam ein neues Zettelchen von ihm, überreicht durch meinen lieben Fritz. Ich will mich beeilen, damit ich den Knaben gleich mit einer Antwort losschicken kann.

Weimar, 11. März 1777
Gestern plagte mich den ganzen Tag ein böses Kopfweh. Trotzdem kam Goethe am Abend und leistete mir Gesellschaft. Während er zeichnete, schwatzten wir über dies und das. Er verhielt sich dabei sehr aufmerksam mir gegenüber und seine Anwesenheit tat mir gut. Vielleicht geht es mir deswegen heute besser.
Nach der Session, gegen eins, will er zu mir kommen. Leider wird uns nicht viel Zeit bleiben, da er am Nachmittag beschäftigt ist. Am Abend hat er die Kinder zum Feuerwerk in seinen Garten eingeladen. Die Jungen sind schon jetzt voller Vorfreude.

Weimar, 12. März 1777
Was für ein ungemütlicher Tag für diese Jahreszeit! Da Goethe heute nicht selbst kommen kann, schickte er mir die ersten Frühblüher aus seinem Garten, als freundlichen Blick auf die baldige Ankunft des Frühlings.
Ich kann seinen Optimismus kaum teilen, denn bei diesem Wetter scheinen die freundlichen Tage des Frühlings noch in weiter Ferne.
Wie sehne ich die Zeit herbei, wenn wir endlich wieder im warmen Sonnenschein Seite an Seite spazieren gehen können.

Weimar, 15. März 1777
Endlich ist das Wetter milder. Der liebe Freund hat mit seinem Optimismus also doch recht behalten.
Schon am frühen Morgen erhielt ich eine Nachricht von ihm. Zum Mittag will er aus dem Conseil zu mir flüchten. Ich kann es kaum erwarten, ihn zu sehen.

Weimar, 16. März 1777
Gestern und heute hat Goethe mich porträtiert. Ich war aufgeregt wie ein junges Mädchen!

Weimar, 17. März 1777
Goethe ist in seinem Garten beschäftigt. Er hat Terrassen, Treppen und Wege anlegen lassen. Nun lässt er sogar noch einen Anbau errichten. Mittags beginnen die Maurer mit der Arbeit.
Mich bat er, ihm etwas zu schicken, das er in den Grund legen könne. Was für ein reizvoller Gedanke, auf diese Art etwas für die Nachwelt zu hinterlassen! Natürlich kam ich seiner Bitte gerne nach und schickte einen Boten mit einem Beutel. Aber nur der Freund und ich sollen wissen, welches Geheimnis er enthält!

Weimar, 26. März 1777
Die Kinder waren bei Goethe im Garten und haben Ostereier gesucht. Die Jungen lieben die Besuche bei ihm und mir scheint, Goethe genießt sie nicht minder. In Gesellschaft der Knaben benimmt er sich selbst wie ein Kind und ist wirklich für jeden Unsinn zu haben. Er bringt ihnen Stelzengehen und Seiltanzen bei oder backt ihnen Eierkuchen. Mir geht jedes Mal das Herz auf vor Freude, wenn ich ihn im lustigen Spiel mit meinen Söhnen sehe.
Wie sauer wäre mir der Übermut der Kinder dagegen geworden, wenn ich den Charakter meines Vaters geerbt hätte. Lautes Lachen und Spielen waren ihm stets ein Gräuel. Für Spielsachen oder andere Dinge, die uns Kindern Freude gemacht hätten, war nie Geld da. Für seine Sammlungen dagegen schon. An kein liebes Wort unseres pedantischen, strengen Vaters kann ich mich erinnern. Aber genug davon, diese Zeiten liegen hinter mir.

Weimar, 28. März 1777
Karfreitag. Goethe wollte kommen, um am Porträt zu zeichnen, aber nun ist er in seinem Garten unabkömmlich. Die Handwerksleute haben am neuen Bau einen Fehler gemacht, der nur schwerlich zu verbessern ist. Jetzt muss er sehen, wie die Folgen bestmöglich zu beheben sind. Er wagt nicht, die Maurer unbeaufsichtigt zu lassen, damit es nicht noch schlimmer wird.
Ich werde nachher einen Spaziergang machen und nach dem Freund sehen. Vielleicht gelingt es mir durch meine Anwesenheit, seine Sorgen ein wenig zu lindern.

Weimar, 3. April 1777
Den ganzen Tag hat Goethe in seinem Garten mit Bauen und Heckenpflanzen zugebracht. Erst am Abend kam er zu mir, um zu zeichnen und den Kindern ein Märchen vorzulesen.

Nun ist mein Porträt endlich fertig! Es ist eine Kreidezeichnung mit schwarzem Hintergrund. Kunstvoll und mit viel Mühe und Liebe gemacht, und doch hat mich das Ergebnis anfangs befremdet. Wirke ich auf ihn tatsächlich so streng, sogar beinahe unnahbar?
Aber es muss wohl stimmen, dass mein Umfeld mich so wahrnimmt, denn Josias und die Kinder waren von Goethes Arbeit sehr angetan. Mein Mann meinte, dass ihm das Porträt fast wie mein Spiegelbild erscheine, und bestätigte Goethe ein außergewöhnliches Talent. Ungewöhnliche Worte für Josias!
Ja, talentiert ist der Freund ganz sicher. Ich sollte nicht so kritisch sein, habe ich doch allen Grund zur Dankbarkeit. Immerhin hat Goethe sich, trotz seiner knapp bemessenen Zeit, die Mühe gemacht, mich zu zeichnen.
Ich bin erleichtert darüber, dass mein Mann diesen häufigen Umgang so klaglos akzeptiert. Goethe und er gehen inzwischen beinahe freundschaftlich miteinander um. Was keine Selbstverständlichkeit ist, denn immerhin ist Goethe einerseits Josias' Vorgesetzter, andererseits aber auch der Hausfreund seiner Frau.
Trotzdem ist es besser, dass die beiden sich hier nicht allzu oft begegnen. Josias weilt ja entweder bei Hofe und speist auch dort oder er ist mit dem Herzog auf Reisen.
Alles in allem habe ich wirklich Grund zur Zufriedenheit. Aber es gibt auch Wünsche und Träume, die wage ich nicht einmal meinem Tagebuch anzuvertrauen.

Weimar, 4. April 1777
Gerade war ich bei Anna Amalia, meiner früheren Dienstherrin. Seit ihrem Rücktritt von der Regentschaft widmet sich die Herzoginmutter ihren vielfältigen Interessen. Sie malt, dichtet und komponiert. Sie hat sogar schon die Musik zu Singspielen und anderen Werken von Goethe geschrieben,

die anschließend in unserem Liebhabertheater aufgeführt wurden. Seitdem das Schloss abgebrannt ist, haben wir leider keinen festen Sitz mehr für unser Theater. Meistens finden die Aufführungen deswegen im Redoutenhaus an der Esplanade statt. Im Sommer weichen wir aber auch gerne in einen der Parks aus.

Anna Amalias ganz besonderes Interesse gilt dem Weimarer Musenhof. Bei ihren Abendveranstaltungen im Wittumspalais umgibt sie sich an ihrem sogenannten „Runden Tisch" gern mit geistreichen Personen. Nicht nur Adlige sind dann geladen, sondern auch Bürgerliche, allen voran natürlich Schriftsteller und Künstler. Aber auch jeder andere, der an kulturellen und literarischen Themen interessiert ist, ist gern gesehen.

Natürlich ist Goethe dort der beliebteste Gast. Schon so manchen Abend hat er uns, wenn es seine Zeit zuließ, auf vielfältige Art und Weise unterhalten.

So sehr ich jegliche Zeit in seiner Gesellschaft genieße, am liebsten sind mir doch die stillen Stunden, die nur uns beiden gehören. Dem Freund scheint es da nicht anders zu gehen. Er ruhe an meinen Augen von mancherlei aus, schrieb er mir heute.

Leider hat er wieder viel zu tun. Der Herzog verlangt nach seiner Zeit und die Arbeiter im Garten müssen auch beaufsichtigt werden.

Weimar, 5. April 1777
Heute ließ Goethe in seinem Garten ein Denkmal errichten. Einen Würfel mit einer Kugel oben drauf!
Er nennt es „Agathe Tyche" oder „Stein des guten Glücks". Es sei ein bedeutsames Symbol, meinte er, das sich nur dem Klugen offenbare. Der steinerne Würfel verkörpere die Beständigkeit, die Kugel dagegen das Veränderliche. Ein rol-

lendes Glück, auf einer festen Ordnung beruhend, so waren seine Worte.
Ich weiß nicht recht, was ich von diesem Gebilde halten soll. Schön ist es jedenfalls nicht, hat es doch keinerlei Schnörkel oder Verzierungen, sondern besteht nur aus geraden Linien. Aber Goethe gefällt es, da will ich es ihm nicht sagen.
Was ist der Freund, trotz seiner Unartigkeiten, doch für ein außergewöhnlicher Mensch! So viele Begabungen zeichnen ihn aus und an allem zeigt er Interesse.
Inzwischen habe ich auch mein Porträt recht lieb gewonnen. Wie könnte ich auch nicht, es ist doch von seiner Hand.

Weimar, 3. Mai 1777
Gestern war Goethe wieder bei mir. Er hat mit mir Englisch geübt und mich beim Abschied gebeten, seiner Schwester zu schreiben. Sie ist in der Fremde nach wie vor sehr unglücklich. Ich werde seiner Bitte später nachkommen und versuchen, ein paar nette Worte für das arme Ding zu finden.
Weil es fürchterlich regnete, gab ich ihm einen Mantel zum Schutze mit. Die Geste muss ihn sehr gefreut haben. Gerade erreichte mich ein Briefchen, in dem er schreibt, er habe, in den blauen Mantel gehüllt, in einem trockenen Winkel auf seinem neuen Altan geschlafen und herrlich geschlummert.
Trotz Blitz und Donner? Wie unvernünftig! Ich hätte ihn wohl nicht nach Hause gehen lassen sollen, aber andererseits schickte es sich auch nicht, ihn noch länger hierzubehalten.
Zum Glück sorgt Philipp Seidel da draußen gut für das Wohlergehen seines Herrn. Trotz der späten Stunde hat er ihm gestern noch Eierkuchen gebacken. Nur von seinen Torheiten kann er ihn leider nicht abhalten.
Aber genug davon. Zum Mittag wird der Freund erneut mein Gast sein. Er schickte am Morgen frischen Spargel, den wir dann zusammen genießen wollen.

Weimar, 5. Mai 1777
Die Grasaffen, so nennt Goethe liebevoll meine Söhne. Gestern wurden sie bei ihm im Garten von einem Gewitter überrascht. Ich befürchtete, dass er vielleicht mit ihnen die Zeit des Unwetters auf dem Altan verbringen würde, aber ich konnte unbesorgt sein. Sie waren beim Freund gut und sicher aufgehoben. Nach ihrer Rückkehr berichteten sie mir vergnügt, dass sie zusammen mit Goethe Eierkuchen gebacken und auf dem Boden kampiert haben.

Weimar, 15. Mai 1777
Heute besuchte ich Goethe in seinem Garten, um mir den neuen Anbau anzusehen. Ich finde, er ist gelungen und verschafft dem Freund zudem ein wenig mehr Platz. Im unteren Bereich befinden sich eine Waschküche und ein Raum für Holz und Gerätschaften. Oben ist der geräumige Altan entstanden, auf den man aus dem Wohn- und Empfangszimmer hinaustreten kann.
Nachdem der Freund mir alles gezeigt hatte, aßen wir zusammen. Doch dann fing es wieder an zu regnen und ich kehrte gegen 9 Uhr nach Hause zurück. Goethe wollte sich vom Wetter nicht von seinem Vorhaben abbringen lassen, sein neues Schwimmwams in der Ilm auszuprobieren. Ungern ließ ich ihn in diesem Wissen allein. Ich hoffe nur, er lässt die nötige Vorsicht walten.

Weimar, 18. Mai 1777
Was für ein verregnetes Frühjahr. Gestern Abend war Goethe wieder mein Gast. Im Regen machte er sich auf den Heimweg.
Heute ist es so schlimm, schrieb er mir eben, dass die ganze Wiese vor seinem Haus unter Wasser steht. Auch andere Gebiete im Umkreis der Stadt sollen betroffen sein. Er will

sich später gemeinsam mit dem Herzog ein Bild über die Schäden machen.
Ich verstehe nicht, warum er bei diesem Wetter überhaupt den Weg in seinen Garten antreten muss. Seit Ostern hat er einige Zimmer im Erdgeschoss des Fürstenhauses zu seiner Verfügung, aber er nutzt sie kaum.

Weimar, 19. Mai 1777
Warum muss Goethe nur immer so überempfindlich sein! Ich ließ ihn gestern unbehelligt, da ich wusste, wie viel er zu tun hatte. Umso mehr freute ich mich über einen unverhofften Brief am späten Abend. Doch beim Lesen seiner Zeilen wurde diese Freude schnell getrübt. Er machte mir Vorwürfe, dass ich den ganzen Tag kein Wort von mir hatte hören lassen. Manchmal scheint es mir, als könne ich es ihm einfach nicht recht machen. Wahrscheinlich empfindet er es umgekehrt ganz genauso.

Weimar, 20. Mai 1777
Ich habe heute Nacht lange wach gelegen und gegrübelt. Dabei ist mir klar geworden, dass ich, trotz aller Unstimmigkeiten, den Freund nicht mehr missen möchte. Deswegen schickte ich ihm am Morgen als Versöhnung ein Frühstück in sein Gartenhaus.
Eben erreichte mich sein Dankesbrief. Er schreibt, er habe bis tief in die Nacht im Garten gesessen und anschließend bei herrlichem Mondschein auf dem Altan geschlafen. Immer, wenn er des Nachts erwachte, erblickte er über sich die Herrlichkeit des Himmels und musste an mich denken.
Am Abend will er zum Spargelessen zu mir kommen. Doch leider erwarte ich auch andere Gäste, wir werden nicht allein sein.

Weimar, 21. Mai 1777
Goethe will mich heute nicht sehen! Er befinde sich in stiller Traurigkeit, ließ er mich wissen.
Ich glaube, er ist beleidigt, weil ich ihn gestern Abend wegen seiner unsäglichen Flirterei gerügt habe. Aber muss er denn jedem Frauenzimmer schöne Augen machen? Noch dazu in meiner Gegenwart. Nun will er heute nach Belvedere reiten.

Weimar, 23. Mai 1777
Er habe mich sehr lieb, schreibt der Freund. Ach, wie unnötig kommt mir da meine kleine Eifersüchtelei im Nachhinein vor.
Ich habe ja auch keinen Grund zu klagen. Mit immer wieder neuen Worten versichert er mir, wie sehr er mich liebe, und verwöhnt mich zudem noch mit Geschenken und Blumen. Er schwört, sein erster Gedanke am Morgen und der letzte vor dem Einschlafen gehörten allein mir.
Ich spüre, wie ich unter seinen Aufmerksamkeiten aufblühe, wie Schwermut und Gleichgültigkeit immer mehr von mir weichen. Trotzdem quälen mich die Zweifel. Warum sollte er ausgerechnet mich lieben? Eine verheiratete Frau, noch dazu älter als er?
Ich fürchte, dass ich mich mit meiner Zuneigung zu diesem jungen Dichter zum Gespött der Leute mache. Die Klatschsucht in unserer kleinen Stadt kennt keine Grenzen und auf keinen Fall darf ich mit meinem Verhalten meinen Ehemann kompromittieren. Ich habe mich immer bemüht, mich meines Standes angemessen zu betragen. Aber nun vergesse ich durch Goethe manchmal beinahe, was sich schickt.
Da ist es gut, dass ich bald nach Kochberg reisen werde. Auch wenn ich Goethe vermissen werde, zieht es mich doch in die Abgeschiedenheit meines Schlosses, weg vom Weimarer Hof mit all seinen Tratschereien. Vielleicht wird mir die

Einsamkeit auch dabei helfen, wieder Klarheit in meine Gedanken und Gefühle zu bekommen.

Weimar, 26. Mai 1777
Heute Morgen habe ich mit Goethe die neue Wohnung besichtigt. Unter seiner Aufsicht gehen die Arbeiten gut voran. Trotz seiner vielfältigen Beschäftigungen findet er stets Zeit für meine Belange. Da war es wohl etwas ungerecht von mir, dass ich ihm kürzlich vorwarf, seine Liebe zu mir nehme ab und zu, wie es ihm beliebe. Gekränkt wandte er sich daraufhin ab und gab mir keine Antwort.
In seinem heutigen Brief griff er das Thema jedoch wieder auf. Er schrieb, dass ich mich irre. Er könne nur nicht alle Tage in gleichem Maße fühlen, wie lieb er mich habe. Heute Morgen aber, da hatte er mich sehr lieb und durfte es mir nicht sagen. Nun, darauf werde ich ihm wohl eine Antwort schuldig bleiben.

Weimar, 29. Mai 1777
Heute will Goethe nicht kommen. Es ist gar frisch und herrlich bei Regen in seinem Garten, schreibt er. Kein Wort, dass ich ihm fehle, keine Einladung, ihm Gesellschaft zu leisten. Ich spüre, wie sehr mich sein Verhalten kränkt, wie abhängig ich von jedem lieben Wort bin, das er mir schenkt, wie verletzt bei jedem Satz, dessen Ton nicht meinen Wünschen entspricht.
Ich muss damit aufhören, meine Gedanken ständig um Goethe kreisen zu lassen. Es wird Zeit, dass ich auf mein Gut nach Kochberg komme. Der Abstand zu ihm wird mir guttun.

Kochberg, 12. Juni 1777
Ich sitze am Fenster und schaue auf den Hof. Ein Landregen erfrischt die Gegend und ich will den Moment nutzen, ein paar Gedanken festzuhalten.

Wie habe ich mich nach der Stille meines geliebten Rückzugsortes gesehnt. Nun bin ich hier und wünsche mich zurück. Zu ihm!
Vorhin habe ich seine Post erhalten, die er unter freiem Himmel schrieb. In Weimar scheint es keinen Regen gegeben zu haben.
Heimlich drücke ich sein Briefchen an mein Herz, lese immer wieder seine lieben Zeilen. Warum sind wir einander so viel und dürfen es doch nicht sein?
Goethe schreibt, er habe in seinem Garten die Bäume beschnitten, eine längst notwendige Arbeit. Ich sollte auch etwas tun, um auf andere Gedanken zu kommen!

Kochberg, 13. Juni 1777
Ich konnte nicht anders, ich habe ihn eingeladen! Umgehend hat er mir geantwortet, Er wird kommen, bald schon! Ganze zwei Tage werden nur uns gehören!

Kochberg, 14. Juni 1777
Heute Abend wird Goethe ankommen! Ich freue mich auf unsere vertrauten Gespräche, auf lange Spaziergänge oder Ausritte. Wie glücklich bin ich, ihn bald wiederzusehen!

Kochberg, 16. Juni 1777
Heute Morgen ist Goethe wieder abgereist. Wie schnell die gemeinsamen Stunden wieder vergangen sind, wie sehr ich mich bei seiner Ankunft darauf gefreut habe.
Herzlich hieß ich ihn willkommen und auch er war voll der Dankbarkeit über die vor uns liegende Zeit, die nur uns gehören sollte. Uns? Ja, anfangs fühlte es sich noch so an.
Aber schon am nächsten Tag, am Sonntag, gerieten wir über eine Zeichnung in Streit. Es wurde ein trauriger Tag, den wir zwar zusammen verbrachten, aber ohne uns nahe zu sein. Erst am Abend, als wir im Garten standen und die schönen

Blumen bewunderten, gelang es uns, die Missstimmung beizulegen.
Goethe entschuldigte sich und ich lenkte in diesem Moment nur zu gerne ein, hatte ich doch die ganze Zeit unter seiner Einsilbigkeit gelitten. Anschließend war er umso liebenswürdiger. Wir saßen noch lange beisammen und genossen den lauen Sommerabend.
Nun ist er wieder fort. Es fiel ihm schwer, Kochberg zu verlassen, so wie es mir schwer ward, ihn ziehen zu lassen.
In manchen Augenblicken waren wir uns so nah, dass es mir Angst machte. Aber ich will keine Angst mehr haben, weder vor ihm noch vor meinen Gefühlen!

Kochberg, 17. Juni 1777
Der arme Freund! So glücklich er hier in manchem Moment war, so unerreichbar ist das Glück jetzt für ihn. Nicht schlimmer hätte die Nachricht sein können, die ihn gestern bei seiner Rückkehr erwartete. Seine geliebte Schwester Cornelia ist am 8. Juni gestorben. Ein dunkler, zerrissener Tag, schreibt er in seiner Trauer, berichtet von seinem Leiden und von wirren Träumen. Wie gerne wäre ich jetzt, in seinem Kummer, an seiner Seite.

Kochberg, 18. Juni 1777
Der Tod seiner Schwester betrübt den Freund sehr. Er empfinde ihn umso schmerzlicher, da er ihn in so glücklichen Zeiten überraschte, schrieb er an seine Mutter.
Glückliche Zeiten, ja, trotz unserer Missverständnisse empfand ich seinen Besuch ebenso.

Bad Pyrmont, 5. Juli 1777
Seit dem 23. Juni bin ich zur Kur in Bad Pyrmont. Ich traf mich hier mit meinem kranken Ehemann.

Ich bin in Sorge um Josias, es geht ihm nicht gut. Ich hoffe sehr, dass dieser Kuraufenthalt zu seiner Genesung beitragen wird. Zumindest versuche ich, ihm das Leben hier so angenehm wie möglich zu gestalten.

Doch immer wieder entfliehen meine Gedanken zu meinem fernen Freunde. Ich bekomme auch regelmäßig Nachricht von ihm. Gestern schrieb er, dass er die Grasaffen in Kochberg besucht und bei dieser Gelegenheit das Schloss gezeichnet habe.

Ich bin sehr gespannt auf dieses Bild, aber es wird leider noch dauern, bis ich es zu Gesicht bekomme.

Es verwundert mich, dass Goethe kein Wort mehr über den Verlust seiner lieben Schwester verliert. Aber ich wage nicht, ihn darauf anzusprechen. Es ist, als hätte er seine Trauer tief in seinem Inneren verschlossen und würde einfach so weitermachen, als ob nichts geschehen wäre. Dabei waren sie besonders als Kinder sehr eng miteinander verbunden. Da muss es doch sehr schmerzlich für ihn sein, dass dieses Band nun unwiderruflich zerrissen ist.

Wenn ich nur daran denke, wie sehr ich unter dem Verlust meiner Kinder gelitten habe, wie schwer würde mich da auch der Tod einer lieben Schwester treffen.

Bad Pyrmont, 6. Juli 1777
Goethe hat in Kochberg in meinem Schlafzimmer übernachtet. Wollen wir nur hoffen, dass mein Mann nichts davon erfährt! Ich weiß nicht, wie er es verstehen würde, und mir fehlen die rechten Worte, es ihm zu erklären. Ich werde es Goethe in meinem nächsten Briefe verbieten, denn es gehört sich nicht. Was sollen die Bediensteten davon halten? Der Tratsch darüber ist schneller in Weimar, als er selbst dorthin zurückgekehrt ist.

Erstaunt und vergnügt sei er beim Erwachen gewesen, berichtete Goethe, habe er doch von Weimar geträumt und sei

dann in Kochberg erwacht. Aber dann beklagte er meine Abwesenheit. Vor einem Jahr wurde ihm ein Besuch versagt, nun sei er zwar da, aber jetzt würde ich fehlen.
Was soll ich dazu sagen? Damals, als Lenz mein Gast war, hatte ich guten Grund, mir Goethes Besuch zu verbitten. Auch jetzt gibt es Gründe, fort zu sein, selbst wenn ich gerade lieber bei ihm in Kochberg wäre.
Wie gerne würde ich wieder einmal einen Abend mit dem Freund verbringen. Wir könnten uns alles von der Seele reden, was uns beschäftigt oder belastet. Aber leider werden wir erst Ende des Monats zurückreisen. Noch eine gefühlte Ewigkeit, aber ich befürchte, Josias benötigt diese Zeit dringend für seine Genesung. Ich bete darum, dass es ihm bald besser geht.

Bad Pyrmont, 9. Juli 1777
Goethe hat meinem Brief bekommen, in dem ich ihn wegen der Nacht in meinem Schlafzimmer rügte. Er ahnte schon, dass ich ihn deswegen schelten würde, und brach zum ersten Mal ein Briefsiegel von mir ungerne auf, schrieb er.
Wenn er bereits wusste, dass sein Verhalten nicht richtig war, warum tat er es dann trotzdem? Nun ist er wieder verstimmt!

Bad Pyrmont, 13. Juli 1777
Ein Brief von Goethe, der mich schmunzeln ließ. Vorgestern habe er sich erneut auf den Weg nach Kochberg gemacht, schreibt er. Um halb sechs ist er zu Fuß von Weimar abmarschiert und war um halb zehn da, als alles schon verschlossen war und sich die Bewohner bereits aufs Zubettgehen vorbereiteten. Er rief laut und anhaltend, bis ihn die alte Dorothee zuerst erkannte und zusammen mit der Köchin willkommen hieß. Dann kam auch Kästner mit seinem Pfeifchen herab und auch der Carl, der schon den ganzen Tag

behauptet hatte, dass Goethe bald kommen würde. Mein Sohn scheint wohl über ungeahnte hellseherische Fähigkeiten zu verfügen. Auch Ernst, der schon im Nachthemde gewesen war, zog sich wieder an, um den Besuch zu begrüßen. Nur Fritz hat die Ankunft seines verehrten väterlichen Freundes verschlafen, was ihn sehr geärgert haben wird.
Der gute Goethe bringt mir den ganzen Hausstand durcheinander. Der Himmel weiß, wann sie dann endlich alle ins Bett gekommen sind. Aber die Jungen hat sein Besuch sicher sehr gefreut. Zumal Goethe am nächsten Tag mit ihnen noch eine Wanderung unternommen hat, bei der alle drei sehr lustig und vergnügt gewesen sein sollen.
Wie ich sie alle vermisse! Ich wäre so gern dabei gewesen!

Bad Pyrmont, 16. Juli 1777
Gott sei Dank geht es meinem Mann endlich besser. Ich musste es gleich Goethe schreiben. Ich weiß ja, er sorgt sich nicht nur um mich, sondern auch um die Meinen. Er sagte einmal, das sei er mir schuldig.

Bad Pyrmont, 18. Juli 1777
Heute kam wieder Post vom lieben Goethe. Er freue sich sehr, dass es Josias besser gehe, schrieb er. Er legte auch Briefe von Carl, Ernst und Fritz bei, sehr zu meiner und auch zur Freude meines Mannes.
Ich weiß Goethes Anteilnahme zu schätzen, zumal ihn selbst das Zahnweh quält. Ich wünschte, ich könnte ihm beistehen, und kann unsere Rückkehr kaum noch erwarten!

Weimar, 30. Juli 1777
Gestern Abend sind wir heimgekehrt. Goethe hatte noch gar nicht mit mir gerechnet und war freudig überrascht. Heute war er gleich mein Gast. Endlich haben wir uns wiedergese-

hen und konnten zumindest ein wenig Zeit miteinander verbringen.

Kochberg, 28. August 1777
Die letzten Wochen in Weimar habe ich keine Zeit für mein Tagebuch gefunden. Nun bin ich wieder in Kochberg und will diesen besonderen Tag festhalten. Goethes Geburtstag!
Gestern Abend kam er von Weimar herübergeritten. Ich war überglücklich, ihn zu sehen und den Abend mit ihm verbringen zu können. Wir verlebten so heitere und unbeschwerte Stunden wie schon lange nicht mehr.
Wachte an meinem Geburtstag mit der schönen Sonne so heiter auf, dass ich alles, was vor mir liegt, leichter ansah, schrieb der liebe Freund heute Morgen in meinem Beisein in sein Tagebuch.
Die Sonne meint es heute wahrlich gut mit uns, so wie sie vom makellos blauen Himmel strahlt. Aber Sonne nennt er ja auch mich in seinem Tagebuch. Er hat mir anvertraut, dass er auch für andere Personen anstatt Namen astrologische Zeichen verwendet. Der Herzog ist Jupiter, der Glücksplanet, und Wieland ist Merkur, der Planet des Denkens.
Aber warum bin ich die Sonne?, habe ich ihn daraufhin gefragt. Weil sich meine Welt nur um dich dreht, entgegnete er leise.
Ich war ganz verwundert über diese Erklärung, scheint es mir doch vielmehr, als sei er das Gestirn im Mittelpunkt, um das die ganze Welt kreist.
Aber natürlich schmeichelten mir seine Worte sehr. Auch wenn ich weiß, dass es nicht richtig ist, wenn er so spricht, klopfte doch mein Herz vor Freude. Wie gerne möchte ich seine ganze Welt sein, sein A und O, wie er einmal sagte.
Schade, dass er schon wieder fortmusste! Gegen acht ritt er weiter nach Ilmenau, um sich dort mit dem Herzog zu treffen.

Ich habe ihm einen Biskuitkuchen mitgegeben und wünsche mir, dass er bei jedem Bissen an mich denkt.

Kochberg, 31. August 1777
Eben erreichte mich ein Bote aus Ilmenau, der mir einen langen Brief von Goethe überbrachte. Der Freund versicherte, wie sehr er den Besuch bei mir genossen habe und wie lieb er mich hatte, als er mich so vergnügt und munter antraf.
So sehr mich seine lieben Zeilen anfangs freuten, so sehr ärgerte mich seine dann folgende Ermahnung. Ich solle keinen Kaffee mehr trinken, verlangte er, da dieses Getränk mich reizbar und krank machen würde.
Was erlaubt er sich? Ich bin eine erwachsene Frau und weiß, was ich zu tun und zu lassen habe. Auf keinen Fall werde ich mir diesen kleinen Genuss von ihm verbieten lassen!

Kochberg, 10. September 1777
Heute kam ein Brief von Goethe aus Eisenach. Sechs Wochen muss er dort zubringen, um am Generalausschuss der Eisenacher Landstände teilzunehmen.
Es scheint ihm dort aber gut zu gefallen. Ganz begeistert schwärmte er von seinem Aufstieg von der Stadt hinauf zur Wartburg bei herrlichem Mondschein. Da oben wohnt er jetzt und fühlt sich wie in einem Nest.
Ich hoffe nur, es wird ihm nicht allzu behaglich, damit er das Zurückkehren nicht vergisst!

Kochberg, 12. September 1777
Mir scheint, Goethe treibt's gar doll zusammen mit dem Herzog. Bis in den Morgen habe er mit den Bauernmädels getanzt, ließ er mich wissen. Ahnt er nicht, wie sehr seine Worte mich aufwühlen und dass auch seine Bitte, ich solle nicht eifersüchtig sein, nichts an meinem Verdruss ändert? Und

dabei trägt er die ganze Zeit mein Halstuch als angebliches Zeichen seiner Verbundenheit. Was für eine Farce!
Natürlich bin ich eifersüchtig! Auf jede einzelne Minute, die er einer anderen schenkt, auf jedes Wort, jeden Blick, der nicht mir gehört!
Vorhin las ich seine alten Briefe, beschwor dabei jeden unserer gemeinsamen Augenblicke wieder aus der Erinnerung herauf. Er ahnt nicht, wie viel er mir bedeutet, und auch nicht, wie sehr mich sein Verhalten verletzt.

Kochberg, 14. September 1777
Meine Liebe wachse mit der Dauer seiner Abwesenheit, unterstellte mir Goethe heute in seinem Brief aus Eisenach. Denn wenn er nicht da sei, könne ich meine Idee von ihm lieben und würde dabei nicht durch seine Tollheiten gestört. Erst wollte ich diesen Gedanken entschieden von mir weisen, aber dann gestand ich mir ein, dass ein Fünkchen Wahrheit darin enthalten ist. Möglicherweise liebe ich ihn aus der Entfernung wirklich intensiver, denn die Sehnsucht ist ein guter Antrieb für die Liebe. Aber wenn mich dann seine Briefe erreichen, in denen er mir von seinen Flirtereien berichtet, nutzt keine Entfernung etwas, um mich vor Enttäuschung und Kummer zu bewahren.
Heute verlor er aber kein Wort über andere Frauen. Im Gegenteil, als Zeichen seiner Liebe schnitt er sich einige seiner Haare ab, um sie mir zu senden. Eine Geste, die mich berührte! Ich werde sie gut verwahren. So habe ich immer etwas vom Freund bei mir, auch wenn er selbst in der Ferne weilt.

Kochberg, 15. September 1777
Wieder ein Brief aus Eisenach. Goethe wohnt jetzt im Stadtschloss, dort, wo ich geboren wurde. Er beklagt, dass sein Zimmer nach hinten hinausgehe, tröstete sich aber mit der

Vorstellung, dass es vielleicht der Raum sei, in dem ich einst lebte.
Nun, wenn ihn der Gedanke glücklich macht. Aber es wäre schon ein großer Zufall, sollte er der Wahrheit entsprechen. Leider habe ich selbst keinerlei Erinnerung an diese Zeit. Noch bevor ich ein Jahr alt wurde, zogen wir bereits nach Weimar.

Kochberg, 10. Oktober 1777
Goethe ist wieder zurück in Weimar. Gerade überbrachte mir ein Bote seinen Brief. Entfremdet sei er von der Welt, schrieb er, nur nicht von mir. Mit Wehmut habe er Eisenach und die Wartburg heute früh um fünfe verlassen, dann aber Weimar mit kindischer Freude wiedergesehen. Gegen halb zwölf waren sie zurück.
Ich wünschte, ich wäre jetzt in der Stadt. Dann könnten wir am Abend zusammen speisen.

Weimar, 24. Oktober 1777
Ich bin zurück in Weimar und am Abend war Goethe bei mir. Ein lang ersehntes Treffen, doch die Stimmung zwischen uns war angespannt. Wir warfen uns gegenseitig die lange Abwesenheit des anderen vor. Wobei er betonte, seine Reisen seien dienstlicher Natur, ich aber bliebe ganz freiwillig so lange von ihm fern.
Was nicht stimmt, auch ich habe in Kochberg meine Verpflichtungen. Außerdem bedarf ich der dortigen Ruhe und Abgeschiedenheit von Zeit zu Zeit. Wenn er das doch nur verstehen könnte!
Aber in dieser Situation mochte ich mich ihm nicht erklären. Es hätte zu nichts geführt. Bevor er ging, warf er mir leidlichen Humor und noch manch anderes Unschöne vor. Ich nahm es sprachlos hin. So sehr er es versteht, mich mit sei-

nen Worten zu verzaubern, so sehr gelingt es ihm auch, mir damit wehzutun.

Weimar, 31. Oktober 1777
Die Unstimmigkeiten zwischen Goethe und mir wollen einfach nicht verklingen. Heute hat er wieder einmal meine Zweifel und meinen Unglauben beklagt. Er meinte, dass ich jemanden, der nicht fest genug hielte in Treue und Liebe, einfach wegzweifeln könnte. So wie man jemandem weismachen könnte, dass er blass aussehe, und der sich deswegen krank fühle. Was für ein Vergleich!
Außerdem habe ich doch auch immer wieder Grund, an seiner Liebe zu zweifeln! Aber ist es wirklich wahr, dass ich allen Menschen zu kritisch begegne? Ich habe hohe Erwartungen an andere, das weiß ich, aber was ist daran falsch?
Von Kindheit an habe ich gelernt, meine Gefühle und Befindlichkeiten zu verbergen, so wie es von mir erwartet wurde. Ich habe aber auch gelernt, niemandem leichtfertig zu vertrauen. Dadurch habe ich nur wenige Freunde. Aber es ist doch besser, nur einige Vertraute zu haben, auf die ich jederzeit zählen kann, als von unzähligen Personen umgeben zu sein, die jeder kleine Sturm gleich vertreiben würde. Knebel, der ehemalige Erzieher von Prinz Constantin, und die Herzogin Luise stehen meinem Herzen nahe. Und natürlich Goethe. Obwohl er mein Herz immer wieder aufs Neue verletzt. Aber wie könnte ich bei seinem unsteten Verhalten meine Zweifel jemals vergessen?

Weimar, 7. November 1777
Heute ist es zwei Jahre her, dass Goethe nach Weimar kam. Zumindest an diesem Tag versuche ich meinen Groll ihm gegenüber zu vergessen. Während eines Besuches bei meiner Mutter, als wir gemeinsam im Pavillon Tee tranken, erinnerte ich mich an unsere erste Begegnung dort. Und an all die

schönen Momente, die dieser noch folgten. Ich finde, trotz all unserer Missverständnisse gab es reichlich davon und Goethe scheint es genauso zu empfinden.
Was ihm das Schicksaal doch alles geschenkt habe, schrieb er mir und war dankbar dafür, dass es ihm diese Gaben nach und nach überreichte, damit er jedes Gut erst ganz auskosten und zu eigen machen konnte, bevor das nächste folgte.
Ja, diese beiden Jahre waren wirklich voll der besonderen Ereignisse für den Freund. Als Gast kam er nach Weimar und ist heute der beste Freund und engste Vertraute des Herzogs. Er besitzt nicht nur ein eigenes Häuschen samt Bürgerrecht, sondern bekleidet eine Vielzahl verantwortungsvoller Posten. Was kann ihm die Zukunft da wohl noch bringen?

Weimar, 8. November 1777
Goethe ließ mir mitteilen, dass die Bäume da sind. 30 Stück an der Zahl, Kirschbäume und auch einige andere Obstbäume guter Sorten. Sie sind alle für Kochberg bestimmt. Nun muss ich nur sehen, dass sie recht bald auf unser Gut gebracht, eingepflanzt und gegen die Hasen geschützt werden. Wollen wir hoffen, dass das Wetter noch eine Weile hält.

Weimar, 9. November 1777
Nach einem erneuten Ärgernis schrieb ich Goethe, dass mir unsere Beziehung wie ein abgehauener Baum erscheine, der einem weder Schutz noch Schatten spende.
Darauf reagierte er äußerst verständnislos, sei er doch festen Glaubens gewesen, dass bereits wieder reichlich Zweige und Äste sprossen, die über uns ein schützendes Dach bilden würden.
Ich räumte ein, dass mein Urteil möglicherweise zu hart gewesen war. Beim Abendessen hatten wir ein ernstes Gespräch über uns und unsere Verhältnisse.

Weimar, 12. November 1777
Der Freund ist mir wieder gut. Vorhin schaute er für einen kurzen Besuch vorbei. Die Welt sei ihm jetzt wieder unendlich schön, schwärmte er. So schön war sie den ganzen Sommer nicht gewesen.
Was bin ich erleichtert, dass wir uns ausgesprochen haben. Ebenso wie sich die dunklen Schatten des Verdrusses in unseren Seelen gelichtet haben, klärte sich am Abend auch der Nachthimmel auf. Leider lockte das helle Mondlicht Goethe von mir fort, weil er noch ein Bad im Fluss nehmen wollte. Mich fröstelt es allein schon bei dem Gedanken. Hoffen wir nur, dass er sich nicht erkältet.
Aber ich schreibe wieder nur über Goethe. Dabei gibt es noch anderes zu berichten. Die neue Wohnung ist fertig! Der Freund hat Wort gehalten und dafür gesorgt, dass alle handwerklichen Arbeiten pünktlich beendet waren. Sogar die Böden sind bereits gescheuert. Auch der Windofen für die Kinder steht an seinem Platz und die Küche ist zum Einräumen bereit. In nächster Zeit wird es viel zu tun geben.

Weimar, 13. November 1777
Ein anstrengender Tag liegt hinter mir. Morgen schon ziehen wir nämlich in die neue Wohnung. Gleich nach dem Frühstück werden wir unsere Bleibe in der Kleinen Teichgasse endgültig verlassen. Seit 1764 lebte ich dort mit meiner Familie, in ganz unmittelbarer Nähe zu meinem Elternhaus.
Unser neues Zuhause befindet sich im westlichen Flügel des Stiedenvorwerks. Goethe kramte gestern noch bis zum Abend in unserer neuen Wohnung und kümmerte sich um die letzten Handgriffe, damit alles zu unserer Zufriedenheit ist.
Was täte ich nur ohne den Freund? Mein Mann hätte gar keine Zeit gefunden, sich um all die Arbeiten zu kümmern.

Goethe kann unseren Umzug kaum noch erwarten. Kein anderes Gebäude befinde sich dann zwischen meinem neuen Zuhause und seinem Gartenhaus, schwärmte er.
Mich freut es auch, werde ich ihn dann hoffentlich noch öfter zu Gesicht bekommen. Der Weg zur kleinen Holzbrücke über die Ilm, den er mehrmals täglich nimmt, um zum Gartenhaus zu gelangen, führt direkt an unserem neuen Heim vorbei.

Weimar, 14. November 1777
Ein paar kurze Zeilen aus unserem neuen Heim, bevor ich mich zur Ruhe begebe. Es war wieder ein langer, aufregender Tag.
Goethe hat es sich auch heute nicht nehmen lassen, bis zum späten Abend hierzubleiben und mich bei allem zu unterstützen. Erst vor Kurzem hat er sich auf den Rückweg gemacht.
Beim Blick aus meinem Fenster sah ich eben, dass er wohlbehalten zu Hause angekommen ist, denn wie versprochen stellte er für mich ein Licht in sein Fenster.
Damit wir uns einander nah fühlen können, auch wenn wir nicht beisammen sind, meinte er vorhin.
In seinem Gartenhüttchen komme er sich manchmal vor wie in einem Schiffe auf dem Meer, schrieb er einmal an seine Mutter.
Ja, so erscheint mir auch dieses Licht aus tiefster Dunkelheit. Als würde ein beleuchtetes Schiff einen schwarzen Ozean durchqueren.
Es tut gut, ihn ganz in der Nähe zu wissen, auch wenn ich wünschte, er wäre bei dieser kalten Witterung nicht in seinen Garten zurückgekehrt. Aber er liebt sein Häuschen einfach zu sehr.

Weimar, 16. November 1777
Die neue Wohnung gefällt mir mit jedem Tage besser. Zu wissen, dass Räume und Anstriche unter Goethes Aufsicht

entstanden sind, er sogar die Farben für mich ausgesucht hat, machte es mir von Beginn an leicht, mich hier heimisch zu fühlen.
Dieses großzügige, schöne Zuhause haben wir nur ihm zu verdanken! Natürlich auch dem Herzog. Aber Goethe hat den Grundschnitt gestaltet und sich um die Ausstattung gekümmert. Dafür kann ich ihm nicht genug danken!
Heute Mittag war der Freund zum Essen da. Anschließend verbrachten wir mit den Kindern einige Zeit im Garten. Abends musste er leider an den Hof, eilte aber anschließend gleich wieder zu mir. Wie einfach sich das jetzt doch gestaltet, da sein Weg direkt an unserem Hause vorbeiführt.
Nach all der Aufregung, die durch den Umzug verursacht wurde, genoss ich den heutigen Tag sehr. Daran konnte auch das trübe Wetter nichts ändern.

Weimar, 29. November 1777
Heute ist Goethe zu einer Reise in den Harz aufgebrochen. Trotz des Sturms und des unguten Wetters. Zuvor hat er ein großes Geheimnis aus seinen Plänen gemacht, nur ich war eingeweiht.
Ich glaube, ich werde erst wieder ruhig schlafen können, wenn der Freund unversehrt zurückgekehrt ist. Hätte er sich nicht eine bessere Jahreszeit für seine Abenteuer aussuchen können?

Weimar, 7. Dezember 1777
Tagtäglich erreichen mich freudige Briefe aus dem Harz. Goethe genießt seine Reise in vollen Zügen, will von meinen Zweifeln und Ängsten nichts wissen. So sehr ich ihm seine Erlebnisse gönnen will, mache ich mir doch ununterbrochen Sorgen, ob er bei all seinen Unternehmungen auch die nötige Vorsicht walten lässt.

Ich habe ihm dicke Handschuhe mitgegeben, aber nun klagt er, dass er auf warme Strümpfe verzichten muss. Aber wie so oft wollte der Freund ja nicht auf meine Ermahnungen hören.
Trotzdem tut die Kälte seinem Entdeckergeist keinen Abbruch. Er besuchte bereits die Baumannshöhle, war in Wernigerode, Ilsenburg und Goslar. Es scheint ihm Freude zu bereiten, unter fremdem Namen, gänzlich unbekannt, durch die Welt zu ziehen. Weber nennt er sich und gibt sich als Maler aus.

Weimar, 10. Dezember 1777
Wieder ein langer Brief von Goethe aus dem Harz, in dem er mich mit schwärmerischen Worten an seinen Erlebnissen teilhaben lässt. Aber wie tollkühn! Mitten im tiefsten Winter hat der Freund heimlich den Brocken bestiegen! Obwohl ihm ein ortskundiger Förster versicherte, dass das Vorhaben um diese Jahreszeit gänzlich unmöglich sei.
Aber wann hat Goethe sich schon je von Unmöglichkeiten abhalten lassen? Auch die Liebe zu mir ist unmöglich und doch hält er unverdrossen an ihr fest!

Weimar, 11. Dezember 1777
Gegen Mittag kehrte Goethe endlich zurück! Ich bin dem Schicksal dankbar, dass es mir den Freund wohlbehalten zurückgebracht hat. Ich kann seinen Besuch kaum erwarten, sicher wird er viel zu berichten haben.

Weimar, 17. Dezember 1777
Neuen Lebensmut sowie ein Übermaß an Gefühlen habe ihm seine Reise beschert, sagt Goethe. Seit seiner Rückkehr berichtet er mir allabendlich von seinen Erlebnissen.

Eben schickte mir der Freund eine Blume. Er brachte sie aus dem Harz mit, wo er sie, halb verborgen unterm Schnee, von einem Felsen für mich ausgegraben hat.
Ich werde sie unweit des Ofens ans Fenster stellen. Dann bekommt sie Licht und Wärme gleichermaßen, damit sie wachsen und gedeihen kann.

Weimar, 31. Dezember 1777
In der letzten Zeit habe ich wenig geschrieben. Bis wir uns in der neuen Wohnung endgültig zu meiner Zufriedenheit eingerichtet hatten, kostete es doch noch einige Zeit und Kraft. Aber inzwischen haben wir uns gut eingelebt.
Zu meinem Elternhaus ist der Weg von hier aus zwar weiter, aber dafür liegt der Park direkt vor der Haustür. Oft stehe ich am Fenster und schaue hinüber zu Goethes Gartenhaus. Immer, wenn er des Abends zu Hause ist, grüßt mich aus der Dunkelheit ein Licht in seinem Fenster.
So ist es auch heute Abend. Ich hoffte, er würde kommen, aber er will zu Hause bleiben und alte Briefe sortieren.
Vielleicht sollte ich es ihm gleichtun, um das alte Jahr noch einmal Revue passieren zu lassen? All diese Hoffnungen und Liebesschwüre, all die Zweifel und Verwirrungen.
Ich wünsche mir, dass das neue Jahr mir mehr Klarheit und Zuversicht bringt. Ich möchte so gern an seine Liebe glauben, die er mir immer wieder aufs Neue versichert.

Weimar, 1. Januar 1778
Gleich am frühen Morgen kam ein Gruß von Goethe mit guten Wünschen zum neuen Jahr. Er habe gestern beim Sortieren der Briefe viel an mich gedacht, schreibt er.
Auch meine Gedanken weilten immerfort bei ihm. Am gestrigen Tag, am heutigen und, da bin ich mir sicher, am morgigen wird es nicht anders sein. Daran wird das neue Jahr nichts ändern!

Weimar, 9. Januar 1778
Goethe besucht mich auch in diesem Jahr, wann immer es ihm möglich ist. Leider hat sich aber auch an unseren kleinen Streitereien und Missverständnissen nichts geändert. Heute gab wieder ein Wort das andere, wir taten uns gegenseitig weh und sind uneins auseinandergegangen.
Später entschuldigte er sich in einem Brief, er habe schlechte Laune gehabt.
Wenn er doch sein unartiges Betragen nur lassen könnte. Aber natürlich werde ich ihm vergeben, ich möchte einfach nicht ohne ihn sein.

Weimar, 17. Januar 1778
Heute Nacht trug sich in unserem beschaulichen Weimar eine wahre Tragödie zu. Christel von Lasberg, eine junge Hofdame, ertränkte sich aus Liebeskummer in der eisigen Ilm. Vor der Floßbrücke wurde sie heute Morgen leblos gefunden.
Der ganze Hof ist erschüttert. Ich bedauere das arme Geschöpf zutiefst, das gerade mal 16 Jahre war und sich nicht anders zu helfen wusste, als aus dem Leben zu gehen.
Welche Macht doch die Liebe hat! Welche Kraft ihr innewohnt, aber auch welches Verderben!

Weimar, 18. Januar 1778
Mit dem Hofgärtner und anderen Arbeitern grub Goethe heute das Grab der armen Christel aus. Am Abend besuchte er dann die trauernden Eltern, Oberst von Lasberg und seine Frau. Ein schwerer Gang für den armen Freund!
Mir riet er bei meinem derzeitigen Gesundheitszustande dringend ab, die Unglücksstelle zu besuchen. Insgeheim fürchtet er wohl den Werther-Effekt und dass ich es dem glücklosen Ding gleichtun könnte. Aber er muss sich nicht

sorgen. Das Leben ist mir längst wieder lieb geworden. Lieb durch ihn!

Weimar, 19. Januar 1778
Bis eben saß ich am Fenster und betrachtete den Orion, der heute Nacht sehr schön am Himmel steht. Nichts wissend vom Kummer und den Problemen der Menschen.
Meine Gedanken weilen wieder bei der armen Christel und natürlich bei Goethe, der sich auch heute all der Dinge annahm, die aufgrund ihres Todes zu erledigen waren. Einen Platz der Erinnerung will er schaffen und hat dafür mit dem Hofgärtner ein Stück eines Felsens ausgehöhlt. Von dort blickt man genau auf den Ort, an dem das unglückselige Mädel aus dem Leben schied.

Weimar, 1. Februar 1778
Ich habe Goethe eingemachte Früchte in seinen Garten geschickt. Insgeheim war das wohl meine Art, Entschuldigung zu sagen, weil ich wieder einmal so streng mit ihm umgegangen bin.
Er erkannte diese Geste sogleich als Zeichen meines schlechten Gewissens. Er neckte mich, dass es doch hübsch von mir sei, den, den ich nicht liebe, mit eingemachten Früchten zu nähren.
Warum macht er es mir nur immer so schwer? Ich darf ihn nicht lieben, aber mein Herz sehnt sich in jeder Sekunde nach ihm. Vielleicht wäre es besser, wenn wir uns einige Tage nicht treffen würden.

Weimar, 13. Februar 1778
Die letzten Tage haben wir uns, auf meinen Wunsch hin, kaum gesehen. Aber heute war Goethe zum Essen hier. In einer stillen Minute habe ich ihm da gestanden, wie sehr ich ihn vermisst habe. Seine Freude über dieses Geständnis war

unübersehbar und sogleich überredete er mich, mit ihm aufs Eis zu gehen. Den ganzen Nachmittag verbrachten wir dann, trotz der Kälte, bei diesem Vergnügen.
Am späten Abend kam er erneut zu mir. Wir machten einen Spaziergang bei Mondschein und verlebten die Stunden in Eintracht und Harmonie.
Wie schwer es doch immer wieder ist, zu wissen, dass wir einander nichts sein dürfen und uns doch so viel bedeuten.

Weimar, 18. Februar 1778
Ich habe Fritz mit einem Frühstück in Goethes Einsamkeit geschickt. Artig hat der Freund sich sogleich bedankt und mir eine aufkeimende Blume geschenkt. Aber dann klagte er, dass ihm ein liebes Wort von mir mehr wert gewesen wäre als das Essen. Goethe ist es wieder einmal nicht leicht recht zu machen.
Gestern habe ich sie bei Hofe über ihn reden hören. Er liebe nichts mehr als das Flirten. Die Frauen machten es ihm aber auch allzu leicht und rissen sich um ihn, als wäre er ein Adonis, klatschten die bösen Zungen.
Ich denke, ihm ist das Gerede einerlei, aber mich traf es mitten ins Herz. Wie konnte ich nur je hoffen, dass seine Liebe allein mir gehört? Warum wagte ich überhaupt, darauf Anspruch zu erheben? Nie werde ich ihm das sein können, was er insgeheim begehrt, denn ich bin eine verheiratete Frau.
Ich sollte meine Gefühle für ihn besser ganz tief in meinem Herzen verschließen. Von all diesen trüben Gedanken fühle ich mich schon ganz krank und müde.

Weimar, 25. Februar 1778
Frühlingsblumen von Goethe, ein kleiner Morgengruß aus seinem Garten. Wie lieblich sie doch duften! Man könnte fast meinen, die schöne Jahreszeit wäre schon nah.

Der Freund schreibt, dass er mich nach Tische besuchen will. Ich sehne diese gemeinsamen Stunden zwar herbei, aber fürchte mich zugleich vor ihnen. Hoffentlich endet unser Beisammensein nicht in einem erneuten Streit.

Weimar, 26. Februar 1778
In der letzten Nacht habe ich schlecht geschlafen. Ständig spukte Goethe durch meine Träume. Was wahrscheinlich daran lag, dass ich gestern ganz umsonst auf ihn gewartet habe. In einer kurzen Nachricht teilte er mir mit, dass der Herzog seine Zeit bis zum Abend beanspruchen würde. Aber ich glaube, es war Goethe ganz recht, mich nicht sehen zu müssen.

Weimar, 13. März 1778
Goethe litt die letzten Tage unter traurigen Stimmungen. Das trübe, kalte Wetter machte ihm zu schaffen. Aber heute geht es ihm sichtlich besser. Nach Tisch hat er mit den Kindern auf der Wiese Ball gespielt. Mein Herz ging mir bei diesem Anblick auf. Ich wünschte, mein Vater wäre einst mit uns auch so übermütig herumgetollt.

Weimar, 9. April 1778
Vorhin war Goethe hier. Er hätte lieber in seinem Gartenhaus bleiben sollen, so grüblerisch und mürrisch, wie er sich anfangs benahm. Um kurz drauf ganz melancholisch zu werden. Seine Launenhaftigkeit zehrt doch sehr an meinen Nerven.

Weimar, 10. April 1778
Eben brachte ein Bote Blumen von ihm. Vergissmeinnicht! Dazu ein Zettelchen mit seiner Entschuldigung. Da will ich ihm sein Betragen wieder einmal nachsehen.

Er schrieb, er habe sich viele Gedanken um unser Verhältnis gemacht, das ja auch sonderbar genug sei.
Nun, so wahr das auch sein mag, ich kann an den Umständen nichts ändern. Auch er muss endlich akzeptieren, dass uns das Schicksal nicht dazu erkoren hat, als Mann und Frau in dieser Welt zu leben. Manchmal frage ich mich aber doch insgeheim, wie es wohl gewesen wäre, wenn wir einander früher begegnet wären. Wohl dem, der die glücklichen Jahre der Jugend noch vor sich hat, so wie Sophie von Bernstorff, die Verlobte meines Bruders. In diesem Alter schaut man noch so hoffnungsvoll in die Zukunft.

Weimar, 12. April 1778
Goethe verspürt wieder ein starkes Bedürfnis nach Rückzug. Heute sei er mit dem Ordnen seines Hauswesens beschäftigt, ließ er mich wissen.
Wieland beklagte sich unlängst auch schon bei mir, dass er seinen Freund kaum noch zu Gesicht bekomme. Goethe besuche ihn nicht mehr und erscheine zu Veranstaltungen auch nicht bei Hofe. Am meisten ärgert Wieland aber, dass er ihn nicht einmal selbst besuchen kann, da Goethe alle Zugänge über die Ilm, die zu seinem Garten führen, verbarrikadiert hat. Und das, obwohl er im letzten Jahr extra für den Bau neuer Brücken gesorgt hatte. Aber die ließ er nun alle mit Türen versehen, die er stets verschlossen hält. So kann niemand ohne Anmeldung bei ihm erscheinen.
Verstehe einer diese Dichter! Manchmal wollen sie der Mittelpunkt der Welt sein, dann wieder nichts von ihr wissen.
Ich kann Wielands Ärger verstehen. Ich finde, Goethe sollte seine Freunde nicht so vor den Kopf stoßen.

Weimar, 10. Mai 1778
Goethe ist zusammen mit dem Herzog abgereist. Ein Besuch bei Friedrich dem Großen in Berlin ist vorgesehen. Zuvor

wollen sie noch Station in Leipzig machen, der Stadt, in der Goethe einst studierte. Auch ein Halt in Wörlitz und ein folgender in Potsdam sind geplant. Sie werden wohl den ganzen restlichen Monat unterwegs sein.
Aus der Ferne scheint es mir wieder leichter, ihn zu lieben. Meine Sehnsucht wird weder von seinem Betragen gestört noch muss ich mir Sorgen um den Klatsch der Leute machen.

Weimar, 14. Mai 1778
Goethe bat mich neulich, ihm ein Kleidungsstück anzufertigen. Damit er, wenn er es trage, immer an mich denken könne. Nun hat er mir Stoff für eine Weste aus Leipzig geschickt. Gleich werde ich ihm seinen Wunsch erfüllen und ihm ein Westchen nähen.
Sein heutiger Brief kam aus Wörlitz. Ganz begeistert ist er von den dortigen Parkanlagen. Der Fürst muss sich ein zauberhaftes Fleckchen Erde mit Seen, Kanälen und kleinen Wäldchen geschaffen haben. Im Regen haben sie den Park besucht und dieser schien dem Freund wie das Vorüberschweben eines leisen Traumbildes.
Mich würde nicht wundern, wenn er von dort neue Einfälle mit nach Weimar bringt, um sie hier zu verwirklichen.

Weimar, 16. Mai 1778
Gestern ist Goethe in Berlin angekommen. Zuvor besuchte er noch Potsdam und war sehr angetan von der Pracht der Königsstadt. Den ganzen Nachmittag verbrachte er in Sanssouci. Ich wäre sehr gern an seiner Seite durch die Parkanlagen gewandelt, um alles mit eigenen Augen sehen zu können, wovon er mir so lebhaft berichtete.

Weimar, 19. Mai 1778
Goethe weilt noch immer in Berlin. Er gewinne Einblick ins Räderwerk des Welttheaters, schreibt er.

Mir scheint aber, seine Welt ist es dort bei Hofe nicht. Die Politik sei wie ein Schachspiel, meint er und findet auch ansonsten nicht viele gute Worte über seinen Aufenthalt dort. Es ist fast, als wünsche er sich insgeheim ins unbedeutende Weimar zurück.

Weimar, 2. Juni 1778
Goethe ist wieder da! In seinem Tal ist's ihm lieber als in der weiten Welt, schrieb er mir am Morgen. Und dass er glaube, dass ich ihn lieb habe.
Nun, ich mag es nicht leugnen und kann es kaum erwarten, ihn zu sehen!

Weimar, 4. Juni 1778
Letzte Nacht durfte Fritz im Gartenhaus bei Goethe übernachten. Eben kehrte er heim und berichtete mir aufgeregt und voller Freude von seinem Erlebnis.
Goethe hat den Sechsjährigen gern um sich und behandelt ihn wie seinen eigenen Sohn. Mir dankte er in einem Zettelchen, das Fritz mir mitbrachte, für mein Vertrauen. Dass ich ihm den Knaben überließ, sah er als Zeichen dafür, dass ich ihn liebe.

Weimar, 17. Juni 1778
Heute bekam ich Erdbeeren und Blumen von Goethe. Nach wie vor schreibt er mir täglich, überhäuft mich zudem mit Gaben aus seinem Garten.
Ich werde zärtlich geliebt, versicherte er mir. Er sei so fest an meine Liebe geknüpft, wenn er versuche, sich loszumachen, würde es ihm wehtun. Darum lasse er es lieber.
Mir geht es nicht anders, aber wohin soll das mit uns nur führen?

Weimar, 3. August 1778
Nichts sehe er lieber als meine Augen, schreibt der Freund. Nirgends wäre er lieber als bei mir.
Worte, süßer als die Schokolade, die ich ihm gestern schickte. Aus meiner Hand nähme er auch gern, was ungesund sei, entgegnete er daraufhin.
Nun, ihm eine kleine Freude zu machen, ist wahrlich nicht leicht. Aber zumindest die Weste, die ich für ihn genäht habe, ist nach seinem Geschmack geraten. Sie passt ihm wie angegossen.
Aber mich ärgert, dass er meine kleinen Genüsse nicht akzeptieren kann und mich jedes Mal auf deren Schädlichkeit für meine Gesundheit hinweisen muss. Auch wegen meines Kaffeetrinkens rügt er mich oft genug. Es mache mich unruhig und nervös, betont er immer wieder. Hat er je daran gedacht, dass mein angespannter Gemütszustand vielleicht nicht die Folge des Kaffeegenusses ist, sondern durch seine Gegenwart verursacht wird?
Aber ich werde ihn in seinem Glauben lassen. Er soll nicht ahnen, welchen Sturm an Gefühlen er manchmal in mir auslöst.
Meine kleinen Freuden werde ich mir auch weiter gönnen, wenn mir danach der Sinn steht. Ob es Goethe nun passt oder nicht!

Weimar, 6. August 1778
Die Sommertage ziehen in gleichförmigem Einerlei dahin, alles wird schwerer und träge unter dieser Hitze.
Goethe bat mich heute, ihm Essen in seine Einsiedelei zu schicken, damit er die Sandwüste nicht durchwaten muss. Ich kam diesem Wunsche gern nach. Am Abend, wenn die Temperaturen erträglicher sind, will er zu mir kommen.

Weimar, 22. August 1778
Heute war ich im Gartenhaus bei Goethe, zusammen mit Anna Amalia, Wieland und der Göchhausen, Anna Amalias erster Hofdame.
Wir saßen zusammen und führten interessante, anregende Gespräche. Aber ich muss gestehen, ich wäre lieber mit dem Freund allein gewesen.

Weimar, 28. August 1778
Goethes 29. Geburtstag! Als ich ihm gratulierte, sagte er, es sei ein wundersames Gefühl, an der Schwelle ins dreißigste Jahr zu stehen. Er meinte, im letzten Jahr sei er noch so ein Kind gewesen, doch nun habe er schöne Hoffnungen auf sein 30. Lebensjahr.
Manchmal macht er mir Angst mit all seinen Wünschen und Erwartungen. Trotzdem hoffe ich sehr, dass er mich auch im neuen Lebensjahr recht lieb behält!

Weimar, 6. September 1778
Endlich habe ich den einst versprochenen Schlüssel fürs Gartenhaus von Goethe bekommen. Ich dachte schon, er hätte es sich anders überlegt, aber seine Absicht scheint wohl nur in Vergessenheit geraten zu sein.
Damit ich künftig nicht umkehren müsse, wenn er nicht zu Hause sei, schrieb er und mahnte, dass ich ihn gut verschließen und nur für meinen eigenen Gebrauch verwenden solle.
Ich weiß seinen Vertrauensbeweis sehr zu schätzen und werde natürlich gut auf den Schlüssel achtgeben!

Kochberg, 9. September 1778
Wie jedes Jahr um diese Zeit habe ich mich nach Kochberg zurückgezogen. Ich will Goethe nicht sehen, der mir mit seinem Überschwang an Gefühlen wieder einmal die Luft zum Atmen nimmt.

Gestern bin ich deswegen ohne ein Wort des Abschieds abgereist. Mein Verhalten hat ihn sehr verstimmt und inzwischen bereue ich es selbst schon.

Kochberg, 13. September 1778
Goethe weilt wieder in Eisenach und schreibt mir von dort fleißig. Er habe erneut die Wartburg besucht und wohne ganz allein im großen Fürstenhause, wie ein Gespenst.
Nun, ich hoffe, er grämt sich nicht zu sehr. Ich fühle mich in meinem Schloss nicht wie ein Gespenst, so groß und alt dies Gemäuer auch sein mag.

Kochberg, 18. September 1778
Für diesen Rückzugsort werde ich meinem Mann auf immer und ewig dankbar sein. Die Stille hier lässt mich aufatmen, alle Probleme verlieren an Bedeutung.
Auch dass Josias mich durch die Vermählung vor dem Los der lebenslangen Hofdame bewahrt hat, darf ich nicht vergessen. Ich bin meinem Mann so viel schuldig. Nie könnte ich ihn verlassen!
Aber Goethe fehlt mir, trotz all unserer Unstimmigkeiten. Heute schrieb er, dass er von Eisenach nach Weimar zurückgekehrt sei.
So aus der Ferne gelingt es mir viel leichter, ihn zu lieben, da mir dann sein Benehmen keine üblen Gefühle verursachen kann.
Oder liebe ich vielleicht vielmehr meine Wunschvorstellung von ihm als den wirklichen Goethe? Andererseits besitzt der Freund aber auch viele gute Eigenschaften. Wenn ich nur daran denke, wie fürsorglich er sich um Fritz kümmert. Eine recht elterliche Liebe habe er für den Jungen entwickelt, ließ er mich wissen.

Kochberg, 24. September 1778
Wieder ein Brief von Goethe! Überall suche er mich, bei Hofe, in meinem Haus und unter den Bäumen, schrieb er. So sehr mich seine Worte rühren, ich kann noch nicht zurückkehren!
Auch Herzogin Luise hat mir geschrieben und meine lange Abwesenheit gerügt. Aber ich weiß, sie nimmt mir mein Fernbleiben nicht übel. Am Schluss ihres Briefes wünschte sie mir gute Laune, gutes Wetter und gute Augen, um ihr Gekritzel lesen zu können. Das klingt alles andere als ärgerlich.

Kochberg, 28. September 1778
Heute klingen Goethes Zeilen voller Schwermut. Er denke viel an mich und möchte mir auch allerlei sagen, aber ihm fehlen die Worte. Auch bei Hofe wurde sich darüber beklagt, dass er in seiner Einsilbigkeit kein artiger Tischnachbar mehr sei, schrieb er.
Kaum vorstellbar, Goethe ohne Worte! Wo er doch sonst so manchen Abend die ganze Gesellschaft unterhalten hat.
Doch im Moment scheint er an allem zu zweifeln. Er sei nicht notwendig an seinem Platze, meinte er oder er bilde es sich nur ein, weil das zum Leben gehöre.
Seine Worte machen mich unruhig. Ich werde ihm gleich einen Brief schreiben und versuchen, ihm den Sinn seines Daseins vor Augen zu führen, so wie er es einst bei mir getan hat.

Kochberg, 1. Oktober 1778
Sehr zu Goethes Missfallen weile ich immer noch auf unserem Schloss. Auch mein Mann kam gestern hierher. Viel zu selten findet er die Zeit, sich um die Belange des Gutes zu kümmern.

Von Goethe kamen, neben Klagen über meine Abwesenheit, auch frische Pfirsiche für die Kinder.
Ich werde jetzt allein einen Ausritt auf meiner weißen Stute machen. Denn manchmal fühle ich mich zwischen diesen zwei Männern in meinem Leben so hin und her gerissen, dass es mir als einziger Ausweg erscheint, beiden aus dem Weg zu gehen.

Kochberg, 12. Oktober 1778
Kaum war Josias gestern wieder fort, kam Goethe zu Besuch. Früh schon ist er von Weimar losgeritten. Doch kaum einen Tag verbrachte er hier, dann musste er schon wieder weg.
Als ich ihn gestern sah, war jeder Ärger, jede Missstimmung zwischen uns vergessen. Galant küsste er meine Hand, sah mir tief in die Augen und augenblicklich klopfte mein Herz wie wild. Was hat dieser Mann nur für eine unglaubliche Wirkung auf mich?
Wir verbrachten harmonische Stunden beisammen und viel zu schnell verging dabei die Zeit.
Mit seinem Fortgehen hat er mein Seelenheil mit sich genommen und mir dafür die Sehnsucht nach ihm zurückgelassen. Fast könnte man meinen, der Preis, ihn zu sehen, wäre zu hoch gewesen. Aber trotzdem möchte ich keine Sekunde seiner Gesellschaft missen.

Kochberg, 20. Oktober 1778
Ich hörte, dass in Schloss Ettersburg Goethes Jahrmarktsfest zu Plundersweilern aufgeführt wurde. Die Herzoginmutter Anna Amalia komponierte selbst die Stücke dafür. Nach der Komödie wurde ein mächtiger Ball gegeben, der bis zum Morgen gedauert haben soll. Sicher wird Goethe die Gelegenheit genutzt haben, um wieder mit der einen oder anderen hübschen Dame zu kokettieren. Aber ich werde ihn nicht danach fragen, er würde es sowieso nur abstreiten.

Kochberg, 4. November 1778
Heute kam Josias auf einen kurzen Besuch vorbei und brachte mir einen Brief mit. Ich wünschte, ich hätte ihn nicht gelesen, denn wieder einmal beklagte sich Goethe, dass ich ihm zu wenig schreibe, und beschwor mich, endlich nach Weimar zurückzukehren.
Nein, dazu bin ich noch nicht bereit! Nach seinem letzten Besuch fühlte ich mich so zerrissen und von Sehnsucht geplagt, dass ich für einen kurzen Moment mein ganzes Leben an der Seite von Josias infrage stellte. Doch das war nur ein schwacher Augenblick und schnell kam ich wieder zur Besinnung.
Um meine innere Ruhe zurückzufinden, ließ ich in der letzten Zeit nur wenig von mir hören. Was Goethe natürlich nicht verstehen kann. Wie sollte er auch, nach den innigen Stunden, die wir hier beisammen verbrachten.
Aber auch wenn es mir nicht gelingt, meine Gefühle für ihn zu leugnen, unsere Liebe darf nicht sein. Da ist es gut, dass gerade all diese Meilen zwischen uns liegen. Außerdem hat er sowieso so viel zu tun, dass er mich kaum vermissen kann. Das Theater, die Hofveranstaltungen und all die politischen Aufgaben, die der Herzog ihm übertragen hat, sollten seine Zeit mehr als ausfüllen.

Kochberg, 15. November 1778
Goethe erwartet mich von Tag zu Tag sehnsüchtiger. Sein Tal werde erst wieder lebendig, wenn ich zurückkehre, schreibt er.
Er wird sich aber noch gedulden müssen. Josias ist hier und auch der Herzog hat sich für einen Besuch angekündigt.

Kochberg, 20. November 1778
Meine Zeit in Kochberg neigt sich langsam dem Ende zu. Ich verlasse den geliebten Ort mit gemischten Gefühlen, aber Goethe ist überglücklich über meine baldige Rückkehr.
Er könne sich mich auch nicht mehr länger im dunklen Kochberg denken, schrieb er.
Insgeheim muss ich ihm recht geben. Es ist hier in den letzten Tagen ungemütlich geworden. Der Sturm heult um die Mauern und die Kälte kriecht durch alle Ritzen. Um diese Jahreszeit ist es in unserer Stadtwohnung wirklich behaglicher.

Weimar, 30. November 1778
Nun bin ich wieder in Weimar. Ich dachte, Goethe würde meine Heimkehr freuen, doch stattdessen fand ich ihn schweigsam und verärgert vor. Er ist über meine lange Abwesenheit verstimmt.
Von einer Eiskruste sei er umgeben, weil ich so lange ferngeblieben sei, meinte er. Als ich ihm antwortete, diese Eiskruste komme wohl eher von der Kälte in seinem Gartenhaus, eilte er ohne Antwort gekränkt von dannen.
Um ihn versöhnlicher zu stimmen, stellte ich in der frühen Dämmerung ein Lichtlein in mein Fenster. Seitdem hoffe ich vergebens auf ein Zeichen von ihm aus der Dunkelheit. Ich fürchte fast, er hat heute keinen lieben Blick in meine Richtung übrig und wird meinen kleinen Gruß wohl nicht einmal bemerken.

Weimar, 2. Dezember 1778
Goethe ist weiterhin verschlossen und stumm. Auch mir fehlen inzwischen die Worte. Was soll ich auch sagen? Er trägt mir immer noch meine lange Abwesenheit nach.
Wie gerne würde ich jetzt zu ihm eilen, um die versäumten Stunden nachzuholen. Aber er will mich nicht sehen!

Weimar, 9. Dezember 1778
Heute habe ich mit Goethe gespeist. Endlich war er besserer Stimmung und auch mir wurde gleich leichter ums Herz. Wir haben gut miteinander gesprochen, auch wenn er meinte, ich erscheine ihm fremder. Er warf mir vor, Weimar und ihm ganz freiwillig und ohne Zwang so lange ferngeblieben zu sein. Wenn er unterwegs sei, so tue er das stets auf Geheiß des Herzogs. Freiwillig aber würde er sich keinen Schritt von mir entfernen, denn er wolle nichts mehr, als mit mir zusammen zu sein.
Ich wusste auf seine Vorwürfe nichts zu entgegnen. Wie soll ich ihm denn auch erklären, dass mich seine Liebe und meine verbotenen Gefühle oft so erschöpfen, dass ich nur in der Einsamkeit Kochbergs wieder zu Kräften kommen kann.

Weimar, 10. Dezember 1778
Goethe schwelgt in seinen Erinnerungen. Vor einem Jahr weilte er auf dem Brocken, meinte er heute sehnsuchtsvoll. Er bat mich, mit ihm dieses Jahrestages zu gedenken.
Gerne komme ich seiner Bitte nach, bin aber froh, dass dieses Ereignis der Vergangenheit angehört.
Ich erinnere mich noch genau, wie voll der Sorge ich damals wegen dieser Reise in den winterlichen Harz war. Wie erleichtert, als er wohlbehalten und glücklich zu mir zurückkehrte.
Aber habe ich ihm diese lange Reise nachgetragen? Nein! Obwohl auch sie ja ganz freiwillig stattfand und nicht auf Anweisung des Herzogs. Wann kann er mir endlich meine lange Abwesenheit verzeihen?
Ich solle ihn auch durch seine Eiskruste lieb haben, schrieb er mir eben. Er sei gerade zugefroren gegen alle Menschen. Was quält den armen Freund nur so?

Weimar, 15. Dezember 1778
Wir haben viel geredet in den letzten Tagen. Goethe sprach über seine Verworrenheit und war dankbar, dass ich ihm zuhörte.

Weimar, 25. Dezember 1778
Am Morgen erhielt ich zu meinem Geburtstag ein Bukett von Goethe. 36 Jahre bin ich nun, sieben Jahre älter als der Freund. Was findet er nur an so einer älteren Frau wie mir? Jede könnte er haben, warum liebt er ausgerechnet mich?
Ich wage es nicht, ihm diese Fragen zu stellen, denn ich möchte ihn nicht erneut verärgern. Unsere gemeinsamen Stunden sind schon wieder gezählt, bald fährt er nach Apolda zur Jagd.
Ich werde ihm eine Schleife mitgegeben, damit er auch in der Ferne an mich erinnert wird.

Weimar, 1. Januar 1779
Fritz hat den Jahreswechsel bei Goethe verbracht. Vor vier hat er ihn schon geweckt. Der arme Freund, ich hoffe, er hat den ersten Tag des neuen Jahres nicht allzu müde beginnen müssen.
Später werde ich Goethe bei Tische sehen. Dann kann ich ihn auf die anonymen Verse ansprechen, die ich zu Neujahr erhalten habe.
„Du machst die Alten jung, die Jungen alt. Die Kalten warm, die Warmen kalt. Bist ernst im Scherz, der Ernst bringt dich zum Lachen", stand dort unter anderem geschrieben.
Ich weiß nicht, was ich von diesen Worten halten soll, denke aber, dass sie nur von Goethe stammen können. Hat er damit auf unsere Verstimmungen im letzten Jahr angespielt?

Weimar, 2. Januar 1779
Wie schon vermutet, Goethe war der Verfasser der Verse. Zusammen mit Seckendorff hat er heimlich für viele Mitglieder der Hofgesellschaft gedichtet. Er sagte, er habe beim Schreiben dieser Zeilen meinen ausgleichenden Charakter im Sinne gehabt, und versicherte, dass seine Verse lustig gemeint gewesen seien. Ich muss aber gestehen, ich tue mich schwer damit, seine Worte mit Humor zu nehmen. Aber ich will es auf sich beruhen lassen, um nicht schon zu Beginn des neuen Jahres einen Streit heraufzubeschwören.

Weimar, 3. Januar 1779
Abends war Goethe mein Gast. Wir haben viel geschwatzt. So erzählte er mir unter anderem, dass der Herzog ihm die Direktion der Kriegskommission übertragen hat.
Ein undankbares Geschäft hat er da erhalten! Unser Herzog liebt das Militär über alles und kann nicht genug Geld darin investieren. Und das, obwohl die Kassen unseres kleinen Herzogtums alles andere als prall gefüllt sind.
Ob es Goethe da wohl gelingen wird, Carl August von der Notwendigkeit des Sparens zu überzeugen? Ich beneide ihn nicht um diese Aufgabe.
Aber er selbst ist frohen Mutes und will sein Bestes tun, um eine praktikable Lösung für alle Seiten zu finden. Elender sei nichts als der behagliche Mensch ohne Arbeit, meinte er gut gelaunt. Nun, über zu wenig Arbeit kann sich der viel beschäftigte Freund nun wahrlich nicht beklagen!

Weimar, 9. Januar 1779
Heute erhielt ich einen Morgengruß von meinem „stummen Nachbarn" aus dem Gartenhaus. Goethe genießt zurzeit das Schweigen, lässt es ihn doch ungestört arbeiten. Ich will ihm die Stunden nicht neiden und doch vermisse ich seine Gesellschaft.

Weimar, 14. Februar 1779
Fritz und Carl waren bei Goethe. Sie haben zusammen mit ihm bei der Eiseskälte im Fluss gebadet. Ganz aufgeregt berichteten mir die Knaben nach ihrer Rückkehr davon.
Ich bin nicht einverstanden mit ihrem Verhalten, fürchte ich doch um ihre Gesundheit. Aber ich verbot mir einen entsprechenden Kommentar, um die gute Stimmung meiner Söhne nicht zu verderben und keinen neuen Streit mit Goethe zu entfachen.
Heute werde ich ihn wohl nicht zu Gesicht bekommen. Er will über den Akten sitzen und später seine Iphigenie weiterdiktieren. Als kleinen Trost schickte er mir einige Leckereien und eine aufkeimende Blume.
Ich freue mich schon auf die ersten Veilchen im Frühling. Genau wie die letzten Rosen im Winter gehören sie stets mir.

Weimar, 16. Februar 1779
Um seine Seele zu lindern, hat Goethe sich heute Musik in den Garten bestellt. Ich wünschte, ich könnte ihm Gesellschaft leisten und wir würden ihr gemeinsam lauschen. Aber ohne seine Einladung werde ich den Weg durch Frost und Kälte nicht auf mich nehmen. Lieber spiele ich ein wenig Klavier und denke dabei an ihn.

Weimar, 2. März 1779
Heute erreichte mich ein Brief aus Dornburg. Goethe weilt dort, um Rekruten für das Heer auszuheben. Ein Geschäft, das dem Freund ganz und gar nicht behagt.
Er schreibt auch von der Weste, die ich ihm geschenkt habe, und wünscht sich insgeheim, ich hätte sie zuvor selbst getragen.
Solche Gedanken lassen mich jedes Mal ganz verlegen werden. Und ängstlich, dass Josias solch einen vertraulichen Brief in die Hände bekommt. Es würde ihn wohl sehr verär-

gern, so klaglos er auch sonst meine Freundschaft mit Goethe hinnimmt.

Weimar, 4. März 1779
Wieder ein Brief aus Dornburg. Auf dem Schlösschen dort ist ihm sehr wohl, schreibt Goethe. Die Gegend sei allerliebst und das Wetter sehr schön.
Man spürt beim Lesen seiner Zeilen, wie wohl sich der Freund dort fühlt. Umso mehr freut es mich, dass er trotzdem an mich denkt.
Es sei ihm fast unangenehm, dass es einmal eine Zeit gab, in der ich ihn nicht kannte und liebte, meinte er.
Auch mir scheint es beinahe unmöglich, dass ich einst ein Leben ohne Goethe an meiner Seite geführt haben soll. Nur ungern denke ich an die vielen traurigen und einsamen Tage zurück. Nein, ich will mich nicht mit dunklen Erinnerungen quälen.
Wenn er wieder auf die Erde käme, fährt der liebe Freund in seinem Brief fort, will er die Götter bitten, dass er nur einmal liebe und mich als seine Gefährtin hätte. Zumindest dann, wenn ich dieser Welt nicht mehr so feind wäre.
Seine letzten Worte erschüttern mich. Bin ich denn der Welt gegenüber feindlich eingestellt, nur weil ich von Zeit zu Zeit den Rückzug in die Abgeschiedenheit Kochbergs benötige? Goethe sagt doch selbst, dass die Einsamkeit eine schöne Sache sei, wenn man mit sich selbst in Frieden lebe und etwas Bestimmtes zu tun habe. Warum gönnt er mir dann nicht meine Momente des Alleinseins? Er muss doch spüren, dass mir die Welt durch ihn längst wieder hell und lieb geworden ist!

Weimar, 7. März 1779
Goethe weilt jetzt in Apolda. Auch dort geht es um die Rekrutierung junger Männer für das Heer. Den ganzen Tag war er

in Versuchung, zu mir nach Weimar zu reisen, schreibt er, hoffte aber gleichzeitig, dass ich zu ihm kommen würde. Aber so ein lebhaftes Unternehmen wäre ja nicht im Blute der Menschen, die um den Hof wohnen.
Was wirft er mir da vor? Wie sollte ich seine geheimen Gedanken und Wünsche erraten? Und selbst wenn ich es könnte, er weiß doch, dass es unmöglich ist, hier alles stehen und liegen zu lassen. Manches Mal ahnt er wohl gar nicht, wie sehr er mich mit seinen Worten verletzt.

Weimar, 10. März 1779
Blumen von Goethe! Da ihm die Worte fehlen, mir zu sagen, wie lieb er mich habe, schicke er mir diese Hieroglyphen der Natur, schreibt er. Wie könnte ich ihm da noch böse sein?

Weimar, 6. April 1779
Heute war die Uraufführung von Goethes Iphigenie. Er selbst trat als Orest auf, die Schröter als Iphigenie. Ich bin der Aufführung ferngeblieben!
Einst sagte er, die Iphigenie sei nach meinem Vorbilde entstanden, denn auch sie sei eine Besänftigerin. Nun soll ich mir die Schröter in dieser Rolle ansehen? Mit ihm zusammen auf der Bühne? Nein, das konnte ich mir nicht antun!

Weimar, 7. April 1779
Goethe ist sehr verstimmt, dass ich gestern der Aufführung ferngeblieben bin. Aber am meisten habe ich mich wohl selbst damit bestraft. Das Stück ist ein voller Erfolg gewesen. Die ganze Stadt spricht darüber.
Aber die Schröter an seiner Seite statt meiner? Wie sollte mein Herz diesen Anblick ertragen? Goethe kann mein Verhalten natürlich nicht verstehen und ich mag es ihm nicht erklären. Niemals werde ich zugeben, dass ich immer noch auf diese Schauspielerin eifersüchtig bin!

Weimar, 10. April 1779
Obwohl ich gar nicht artig war, schicke er mir doch eine Blume, die der schöne Regen herausgelockt habe, so lautete eben die Nachricht des werten Goethe. Es scheint, als habe er mir vergeben!

Weimar, 19. April 1779
Ja, er hat mir verziehen! Auf meine Grüße hin sandte er mir heute ein liebes Gedicht.
„Deine Grüße habe ich wohl erhalten. Liebe lebt jetzt in tausend Gestalten", lauten die Anfangszeilen.
Aber viel aussagekräftiger als das Gedicht selbst sind die Anfangsworte der einzelnen Zeilen. Liest man diese nacheinander, ergibt sich der folgende Satz: „Deine Liebe gibt jeden Tag mir neues Leben. Bleib Engel immer so."
Der liebe Freund! Er ahnt nicht, was mir seine Worte bedeuten! Erst jetzt, da ich mir seiner Zuneigung wieder sicher bin, spüre ich, wie stark mich unsere Verstimmung gequält, wie sehr sie mich in meiner Lebensfreude beschränkt hat.

Weimar, 20. April 1779
Soll einer Goethe verstehen! Heute hat er sich in den Büschen an der Straße versteckt, um mich in der Kutsche vorbeifahren zu sehen.
Er gönne mir meine Freude, versicherte er, aber er würde seine kindischen Empfindungen nicht los. Dass ich eine kleine Lust ohne ihn genieße, mache ihm einen Tag voller üblen Humors.
Ich finde sein Verhalten mehr als befremdlich! Mir scheint, er vergisst, wie oft er seine Stunden ohne mich verbringt, ohne dass ich ihm jedes seiner Erlebnisse missgönnen würde.

Weimar, 24. April 1779
Ein verregneter Tag. Goethe wird heute nicht kommen. Er ließ mich wissen, dass er bei diesem Wetter häuslich sein will und am Kaminfeuer dem Sausen des Windes und Rauschen des Regens lauschen wird.
Nun, dann ist es so. Ich werde bei dieser Witterung auch nicht die Wohnung verlassen, so gern ich diesen grauen Tag auch an seiner Seite verbracht hätte.

Weimar, 7. Mai 1779
Ein paar Tage der Harmonie liegen hinter uns. Doch nun habe ich den Freund erneut verärgert! Mir scheint fast, als wolle es das Schicksal so, dass nach einigen freundlichen Tagen immer wieder Missverständnisse und Groll unsere Zweisamkeit stören. Vielleicht ist es die Strafe für diese Liebe, die nicht sein soll und darf?
Von anderen erfuhr Goethe, dass ich nun doch nach Gotha reisen will, obwohl ich ihm versprach zu bleiben. Ich wagte es einfach nicht, ihn selbst von meinen geänderten Plänen zu unterrichten. Jetzt ist seine Verstimmung dafür umso größer. Er will mich nicht sehen!

Weimar, 12. Mai 1779
Der Freund hat mir vergeben! Von mir könne er doch nicht wegbleiben, schrieb er und schickte mir Blumen und einige Früchte. Ich hoffe, ich sehe ihn bald!

Weimar, 23. Mai 1779
Heute kamen wieder Blumen vom Freund! Er klagte, dass er mir gerne anderes schicken würde als Blumen und immer wieder Blumen. Es sei wie mit der Liebe, die sei ebenso monoton.
Seine Worte irritieren mich. Empfindet er unsere Liebe als eintönig und langweilig? Unterliegen unsere Gefühle fürei-

nander nicht viel mehr einem ständigen Auf und Ab? Wie wünschte ich mir da manches Mal lieber ein bisschen mehr Harmonie und Sicherheit in unserem Miteinander. Nein, als monoton kann ich diese Liebe ganz sicher nicht bezeichnen!

Weimar, 26. Mai 1779
Goethe ist eifersüchtig! Für einige Herren der Hofgesellschaft buk ich Pfefferkuchenherzen. Seiner Meinung nach hätte ich es wohl nur für ihn allein tun sollen.
Nun wirft er mir vor, dass ich mein Herz mit mehreren teilen würde. Was für eine Frechheit! Er ist doch aller Damen Günstling und kann das Flirten nicht lassen.
Zu meiner Verärgerung sandte er mir auch noch ein Gedicht mit folgenden Zeilen:
„Man will's den Damen übel deuten, dass sie wohl zu gewissen Zeiten ihr Herz mit mehreren teilen können! Doch Dich kann man gar glücklich nennen, Du schonst gar weislich Deins und hast gelegentlich für jeden eins."
Ich bin sehr verletzt über seine ungerechten Worte als Reaktion auf meinen harmlosen Scherz!

Weimar, 30. Mai 1779
Gerade erhielt ich einen Brief von Goethe aus Erfurt. Er wünscht sich, dass ich ihn liebe und es ihm auch zeige.
Nun, er macht es mir wahrlich nicht leicht, wenn ich nur an unsere Unstimmigkeiten wegen dieser unsäglichen Pfefferkuchengeschichte denke. Zumindest hat er sich später bei mir entschuldigt.
Aber mir wird oft ganz schwindelig von diesem ständigen Hin und Her. Nie hätte ich es für möglich gehalten, dass das Leben für mich einmal solche Stürme der Gefühle bereithalten könnte. Ich dachte immer, die Liebe wäre in meinem Lebenslauf nicht vorgesehen. Immerhin war ich ja schon fast

33 Jahre alt, als Goethe in mein Leben trat. Und es von einem Tag auf den anderen durcheinanderbrachte.
Morgen Abend sehe ich ihn wieder. Wie wünsche ich mir ein paar harmonische stille Stunden mit ihm, ohne erneuten Streit.

Weimar, 5. Juli 1779
Einige Wochen ist mein liebes Tagebuch wieder ganz in Vergessenheit geraten. Dafür nimmt Goethe mehr denn je mein Denken und Fühlen ein. Tagtäglich gehen unsere Briefe und Zettelchen hin und her. Außerdem sehen wir uns, wann immer es möglich ist.
Gerade schrieb er mir, dass in seinem Kalender der 5. Juli mit dem Namen Charlotte bezeichnet sei, und meinte, dass er meinen Namenstag nicht vorbeigehen lassen könnte, ohne mir zu sagen, wie lieb er mich habe.
So sehr es mich freut, ich wünschte, er wäre persönlich gekommen, um mir diese Nachricht zu überbringen.

Weimar, 13. Juli 1779
Goethe war zum Essen hier und beklagte, dass bei Hofe niemand mehr im Werden sei, außer dem Herzog. Die anderen, so kritisierte er, seien wie Holzpuppen, denen höchstens noch der Anstrich fehle.
Ich mahnte ihn, nicht zu streng zu urteilen, aber er wollte davon nichts hören. Wie es scheint, ist auch nach all den Jahren der Umgang bei Hofe für ihn nicht leichter geworden. Ich selbst bin ihn seit Kindheitstagen gewöhnt und denke mir nichts weiter dabei.

Weimar, 26. Juli 1779
Gestern Nacht brach in Apolda ein Feuer aus, zu dem Goethe eilte, sobald er davon erfuhr. Den ganzen Tag ward er gebraten und gesotten, erzählte er mir nach seiner Rückkehr.

Seine Augen brannten von Glut und Rauch, seine Fußsohlen schmerzten.
Ich danke Gott, dass ihm ansonsten nichts passiert ist. Durch diesen Vorfall sieht er seine Ideen für eine neue Feuerordnung bestätigt und wird nun alles daransetzen, auch den Herzog davon zu überzeugen.

Weimar, 3. August 1779
Gestern hat Goethe das Vogelstädtische Haus in der Seifengasse 16 gemietet. Es liegt direkt neben unserem Haus, sodass wir jetzt direkte Nachbarn sind. Zumindest dann, wenn er einmal dort ist, denn sicher wird er nach wie vor lieber die Ruhe seines Gartenhauses vorziehen.

Kochberg, 11. August 1779
Heute früh bin ich nach Kochberg gereist. Sehr zum Missfallen meines werten Freundes. Aber was weiß Goethe schon davon, wie sehr es meine Seele wieder nach Ruhe und Abgeschiedenheit dürstet? Doch auch die Sehnsucht nach ihm hat mich auf dieser Reise begleitet und wird wohl während der Dauer meines Aufenthaltes mein treuer Gast bleiben.

Kochberg, 18. August 1779
Goethe schreibt, er sehne sich sehr nach mir und wolle so bald wie möglich kommen. Seit ich fort bin, sei er überall herumgezogen. Er war in Ettersburg, in Tiefurt und auf der Jagd in Troistedt.
Wann soll er bei all den Beschäftigungen denn Zeit finden, mich zu vermissen?

Kochberg, 22. August 1779
Heute kam Goethe als Gast. Wir verbrachten einige gute Stunden beisammen. Er fühlte sich wohl, das konnte ich spüren. Er zeichnete und hoffte dabei, dass es ihm gut gelingen

würde. *Es freute mich sehr, ihn in so guter Stimmung zu sehen.*

Kochberg, 28. August 1779
Goethes Geburtstag! Leider konnten wir diesen Tag nicht gemeinsam verbringen. Er schrieb, er sei heute froh gewesen, und bedankte sich artig für den Beutel und die Manschetten, die ich ihm geschenkt habe. Zu meiner Erbauung sandte er mir einen Stapel Bücher in meine Abgeschiedenheit.

Kochberg, 5. September 1779
Ein Bote brachte mir neben einen Korb mit Äpfeln auch zwei Preise der Zeichenschule. Der eine war für meinen Carl bestimmt, der andere für unseren Hauslehrer Kestner.
Carl bedauerte es, dass er die Auszeichnung nicht persönlich in der Zeichenschule in Empfang nehmen konnte. Ich vertröstete ihn aufs nächste Jahr, denn zukünftig sollen alljährlich die Werke, an denen so lange im Stillen gearbeitet wurde, öffentlich gezeigt werden.
Die Leute sind dem Herzog sehr dankbar für diese Zeichenschule, die jedermann, ob bürgerlich oder adelig, kostenfrei besuchen kann.

Kochberg, 7. Sept. 1779
Die Weste, die ich ihm geschenkt habe, trägt Goethe bei jeder Feierlichkeit, berichtete er in seinem letzten Brief. Sie sitzt perfekt und gefällt ihm außerordentlich. Er hofft, darin bald einen Tanz mit mir zu wagen.
Ein schöner Gedanke, auch wenn die Erfüllung dieses Wunsches noch eine Weile auf sich warten lassen wird.
Zumindest wird ihn mein Geschenk ein wenig über meine lange Abwesenheit hinwegtrösten.

Kochberg, 9. Sept. 1779
Es gibt noch eine bedeutende Neuigkeit, die ich hier festhalten muss. Der Herzog hat Goethe den Geheimratstitel verliehen! Damit hat der Freund in seinem 30. Lebensjahre die höchste Ehrenstufe erreicht, die ein Bürger in Deutschland bekommen kann.
Ich bin sehr stolz auf ihn! Wer hätte das bei seiner Ankunft vor beinahe vier Jahren gedacht? Schon damals wollte er Großes in seinem Leben vollbringen, aber auf eine solche Ehrung hätte er sicher nicht zu hoffen gewagt.

Kochberg, 12. Sept.1779
Heute ist Goethe mit dem Herzog in die Schweiz gereist. Beide sind zu Pferde unterwegs. Unser junger Herzog wünscht sich Abhärtung in der rauen Natur der Schweizer Berge.
Für Goethe ist es ja bereits seine zweite Reise in die Schweiz. So kann er dem Herzog mit seinen Erfahrungen zur Seite stehen und wird ihm sicher ein nützlicher Reisegefährte sein. Unterwegs wollen sie Station in Goethes Elternhaus in Frankfurt machen. Das wird seine Eltern bestimmt sehr freuen!

Kochberg, 21. Sept.1779
Goethe ist wohlbehalten in Frankfurt angekommen und sandte mir einen Morgengruß im Angesicht der väterlichen Sonne.
Von vielen freundlichen Gesichtern wurden sie empfangen, berichtete er mir. Alte Freunde und Bekannte hätten sie begeistert begrüßt. Ganz besonders glücklich war natürlich seine Mutter, die er unverändert vorgefunden habe. Nur sein Vater sei stiller und vergesslicher geworden.
Goethe versprach, mich auch an all seinen folgenden Erlebnissen teilhaben zu lassen und mir ein Reisetagebuch zu

schreiben. Dann ist es fast so, als würde ich ihn auf seiner Reise begleiten. Sein Diener Seidel hat den Auftrag, die Kritzeleien des Tages am Abend ins Leserliche zu übertragen. Darum werden Goethes Zeilen wohl leider wenig Vertrauliches enthalten.

Kochberg, 29. Sept.1779
So sehr ich ihm seine Reise gönnen möchte, so sehr missfallen mir zwei seiner Stationen. Als Erstes war er in Sesenheim bei der Familie Brion. Am Abend ritt er zu ihnen und fand die Familie vor, wie er sie vor acht Jahren verlassen hatte, berichtete er mir. Freundlich und gut wurde er aufgenommen. Auch Friederike, die Tochter, die er einst liebte, war anwesend. Unter seinem Fortgang muss sie damals sehr gelitten haben. Aber sie trug ihm nichts nach und begegnete ihm mit herzlicher Freundschaft.
Zumindest hat Goethe es so empfunden, denn wie es wirklich im Herzen des armen Mädchens aussieht, weiß nur sie allein. Als wäre es damit nicht genug, besuchte er am nächsten Tage noch ein von ihm gebrochenes Herz, Lili in Straßburg. Seine einstige Verlobte ist inzwischen verheiratet und Mutter eines sieben Wochen alten Kindes. Auch dort wurde er zwar mit Verwunderung, aber mit Freude aufgenommen.
Eine schöne Empfindung begleitete ihn, als er bei Mondschein wieder fortging, schrieb er, denn keine alten Gefühle waren in seiner Seele geweckt worden.
Ich frage mich, warum diese Besuche für ihn überhaupt vonnöten waren? Durch seine fortwährende Beteuerung, dass nur mir allein sein Herz gehöre, war ich davon ausgegangen, dass er diese beiden Frauen längst vergessen hatte. Oder war es das schlechte Gewissen, das ihn trieb?
Ich fühle mich verwirrt. Gerne würde ich mit ihm darüber reden. Aber auf seine Rückkehr werde ich wohl noch bis zum neuen Jahr warten müssen.

Kochberg, 30. Okt. 1779
Ich habe lange nichts geschrieben, aber was gibt es auch schon zu erzählen? Goethe ist fern und mein Leben hier fließt im gleichförmigen Einerlei der Tage dahin. So sehr ich die Einsamkeit auf Kochberg genieße, so sehr fehlt mir der Freund. Ich bete, dass er wohlbehalten zu mir zurückkehrt.

Kochberg, 25. Nov. 1779
Heute hat mich ein Brief aus Zürich erreicht. Sehr vergnügt weilen der Herzog und Goethe seit einigen Tagen dort. Vom Gotthard sind sie nach Luzern und dann weiter nach Zürich geritten.
Doch so sehr er auch in der Welt herumkomme, seine Seele sehne sich zu mir zurück, beteuerte der Freund.
Wie soll er bei all seinen Erlebnissen und Eindrücken Zeit finden, um die Sehnsucht seiner Seele zu spüren? Aber zumindest zeigen mir seine regelmäßigen Briefe, dass er mich in der Ferne nicht vergessen hat.

Weimar, 28. Nov. 1779
Warum zweifele ich nur immer wieder an Goethes Gefühlen? Es gab doch nie einen wirklichen Grund dafür!
Heute habe ich ein ganz außergewöhnliches Geschenk von ihm erhalten! Einen Schreibtisch, angefertigt persönlich für mich! Ich fand ihn bei meiner Rückkehr nach Weimar in meinem Zimmer vor.
Schon seit Anfang des Jahres hat sich der Freund heimlich damit beschäftigt, verriet er mir. Er hat ihn selbst entworfen, alle Materialien ausgesucht und höchstpersönlich dem Hoftischler Preller, ein Meister seiner Zunft, sein Vorhaben dargestellt.
Das Ergebnis kann sich wahrlich sehen lassen. Es ist ein wunderbares Möbelstück geworden!

Immer wieder streiche ich mit den Fingerspitzen versonnen über das Holz, bewundere die Intarsien und Verzierungen.
Trotzdem muss ich den lieben Freund rügen. Wie kann er mir nur so ein kostspieliges Geschenk machen? Ganz sicher muss dieser Schreibtisch ein kleines Vermögen gekostet haben.

Weimar, 1. Dez. 1779
Er freue sich, dass mir sein Geschenk so viel Vergnügen bereite, schrieb mir der liebe Freund auf meinen Dankesbrief hin. Er wolle aber darauf hinweisen, dass der wahre Wert dieses Schreibtischs emotionaler und nicht finanzieller Natur sei.
Nun, wenn ich bedenke, wie viel Zeit und Mühe er in dieses Geschenk gesteckt haben muss, kann ich ihm nur zustimmen. Es rührt mich zutiefst, wie viele Gedanken er sich gemacht hat, nur um mir eine Freude zu bereiten!

Weimar, 8. Dez. 1779
Heute kam ein Brief aus Schaffhausen. Goethe schreibt, er habe den Rheinfall bei schönstem Sonnenschein gesehen.
Meine Gedanken weilen fast ununterbrochen beim Freund. Heute reisen sie weiter nach Stuttgart. Endlich schwindet der Raum zwischen uns, wenn es auch noch dauern wird, bis wir einander wiedersehen.

Weimar, 23. Dez. 1779
Ich sitze an meinem neuen Schreibtisch und verfasse einen Brief an Goethe. Zwischendurch kam mir mein Tagebuch in den Sinn und so will ich es endlich wieder einmal mit einigen Gedanken füllen.
In Mannheim weilt der liebe Freund jetzt. Wie ist er herumgekommen in der letzten Zeit und doch schreibt er: Gott im Himmel, was ist Weimar für ein Paradies!

*Weimar, ein Paradies? Würde man mich befragen, hätte ich es wohl eher in den Schweizer Bergen vermutet.
Aber mir soll's recht sein. Wenn Goethe es so empfindet, kehrt er hoffentlich bald zurück. Denn unser Paradies hier ist eintönig und leer ohne ihn!
Ich wünschte, ich könnte zumindest den Jahreswechsel gemeinsam mit dem Freund begehen.*

*Weimar, 5. Januar 1780
Ein einsamer Jahreswechsel liegt hinter mir. Goethe und der Herzog sind noch immer unterwegs.
Sie ziehen an den Höfen herum, frieren, langweilen sich, essen schlecht und trinken noch schlechter, schreibt der Freund. Wie es den Anschein macht, sehnt er sich wirklich nach Hause.*

*Weimar, 13. Januar 1780
Endlich sind Goethe und der Herzog heimgekehrt! Vier Monate waren sie unterwegs. Ich kann es kaum erwarten, den Freund zu sehen, sicher wird er viel zu erzählen haben.*

*Weimar, 14. Januar 1780
Heute Abend war Goethe mein Gast. Ich war so glücklich, ihn wohlbehalten wiederzusehen! Ausgiebig berichtete er mir über seine Erlebnisse der letzten Monate, sprach aber auch über mancherlei neue Ideen und Erkenntnisse.
Ich sah ihn die ganze Zeit still an und lauschte seiner Stimme. Mein Herz klopfte dabei so laut, dass ich fürchtete, er könnte es hören. Aber er war so sehr mit seinen Erzählungen beschäftigt, dass er nichts davon bemerkte.
Der Herzog sei, so sagte Goethe, durch diese Reise ernsthafter geworden. Das freut mich zu hören, denn immerhin ist Carl August bereits 21 Jahre alt. Da wird es höchste Zeit,*

sich eines Herrschers angemessen zu verhalten. *Natürlich habe ich diese Meinung für mich behalten.*

Weimar, 21. Januar 1780
Am Tage waren wir zusammen auf dem Eis. Am Abend besuchten wir gemeinsam bis nach ein Uhr die Redoute. Wie sind meine Tage wieder erfüllt, seitdem Goethe zurück ist!

Weimar, 22. Januar 1780
Der Freund lässt keine Gelegenheit verstreichen, mich zu sehen. Auch heute Abend war er mein Gast. Wir sprachen über uns und unsere Verhältnisse, führten lange, gute Gespräche.
Zwischen seinen Besuchen überhäuft er mich mit lieben Briefen und kleinen Aufmerksamkeiten.
In den letzten Monaten befürchtete ich manchmal, er würde nie zurückkommen. Nun schelte ich mich für all die unnötigen Sorgen und düsteren Gedanken. Denn mir scheint, unsere Verbindung ist inniger als je zuvor!

Weimar, 6. Februar 1780
Heute Abend war Goethe wieder zum Essen bei mir. Er wird nie müde, mir seine Liebe zu schwören! Wie ich nie müde werde, seine Beteuerungen zu hören. Lieber Engel, nannte er mich wieder. Ich kann ihn deswegen nicht mehr rügen, gefällt es mir doch insgeheim viel zu sehr.

Weimar, 8. März 1780
Ich finde momentan einfach nicht die Zeit und Muße, dieses stille Büchlein mit Neuigkeiten zu füllen. Wie viel lieber beantworte ich da seine Briefe! Gerade habe ich wieder ein paar Zeilen von Goethe erhalten.
Noch nie habe er mich so liebgehabt wie jetzt, schrieb er. Wie sonderbar unsere Geschichte auch sei.

Ja, unsere Geschichte ist seltsam genug und doch hat sie mich mit neuem Lebensmut erfüllt. Nur manches Mal ängstigt mich noch die Intensität meiner Gefühle für ihn. Dann würde ich am liebsten mit Argusaugen über jeden seiner Blicke und Schritte wachen, auch wenn mir Goethe immer wieder versichert, dass ich keinen Grund zur Eifersucht habe.

Weimar, 12. März 1780
Heute vertraute mir der Freund an, dass er sich nach einem Gelübde sehne, das mich ihm auch sichtbar zu eigen mache. Warum quält er mich nur mit derlei unerfüllbaren Wünschen? Er weiß doch, dass ich die Frau eines anderen bin.

Weimar, 14. März 1780
Ich habe lange über Goethes Wunsch nach einem Gelübde nachgedacht. Anfangs war ich darüber verärgert, doch dann rührte mich sein Ansinnen.
Leider kann es zwischen uns kein derartiges Versprechen geben. Deswegen habe ich beschlossen, ihm einen Ring zu schenken. Als Symbol meiner immerwährenden Verbundenheit! Ich hoffe, dieses Zeichen meiner Liebe wird ihn freuen.

Weimar, 27. März 1780
Abends war ich zu Gast bei Goethe. Er las aus seiner Reisebeschreibung. Die Werthern und Knebel waren auch dabei.

Weimar, 28. April 1780
Gut einen Monat habe ich mein liebes Tagebuch wieder vernachlässigt. Goethe war während dieser Zeit ein paar Tage in Leipzig. Er traf dort den Fürsten von Dessau und verlebte eine recht vergnügliche Zeit. Ich will's ihm nicht missgönnen, aber ich bin froh, dass er wieder zurück ist.

*Seit der Einkehr des Frühlings mehren sich meine Besuche bei Goethe in seinem Garten wieder. An jeder Knospe und Blüte erfreut er sich, wenn wir gemeinsam die Wege entlang spazieren. Mir geht das Herz auf, ihn so zu erleben.
Manchmal ist auch mein Mann zugegen oder meine Frau Mutter begleitet mich. Auch andere Mitglieder der herzoglichen Familie sind regelmäßig zu Gast.
Dann unterhält Goethe alle mit seinen Erlebnissen oder ersinnt immer wieder neue Geschichten.
Ich genieße diese Zusammenkünfte und höre ihm gerne zu. Aber am liebsten ist es mir, wenn seine ungeteilte Aufmerksamkeit nur mir gehört!*

Weimar, 30. April 1780
Goethe kam am Abend und erzählte mir ganz aufgeregt, dass er seinen Werther gelesen habe. Das erste Mal wieder, seitdem das Buch gedruckt worden war. Er meinte, das Geschriebene verwundere ihn und er müsse unbedingt einiges überarbeiten.
Ich unterstützte ihn in seinem Vorhaben, denn die Sprache des Buches war an mancher Stelle schon recht derb. Da würde es sicher nicht schaden, das eine und andere Schimpfwort aus dem Text zu tilgen.
Andererseits war sein Roman beim Publikum sehr beliebt. Er sollte nicht zu viel verändern, damit es ihm die Leser nicht übel nehmen.

Weimar, 3. Mai 1780
Der Freund ist wieder unterwegs. Nach Erfurt musste er, um die Straßen zu besichtigen. Anfangs wollte er nicht und wünschte sich stille Stunden, um seiner Schriftstellerei nachgehen zu können. Das Beste sei die tiefe Stille, in der er in der Welt lebe und wachse, schwärmte er.

Aber letztlich blieb ihm keine andere Wahl, als doch zu reisen. Er ist dem Herzog vieles schuldig.

Mörlach, 10. Juni 1780
Anfang des Monats bin ich zu meiner Schwester Luise gereist. Sie lebt in Mörlach in der Nähe von Nürnberg. Eine weite, beschwerliche Reise. Aber mein Besuch war unbedingt notwendig. Ihre Ehe ist nicht glücklich und ich will sie ein wenig aufheitern.
Ihr Mann ähnelt in manchem unserem Herrn Vater, so ist er beispielsweise ebenso verschwenderisch. Man kann fast sagen, die gute Luise ist mit ihrer Heirat vom Regen in die Traufe gekommen.
Meine Gesellschaft tut ihr gut, das spüre ich. Deswegen habe ich meinen Besuch nun auch verlängert.
Regelmäßig bekomme ich auch hier Post von Goethe. Er wird dabei nicht müde, mir zu versichern, wie sehr er selbst meiner Anwesenheit bedarf. Er vermisse es, mich täglich zu sehen und sich bei unseren zwanglosen Gesprächen von seinen vielfältigen Aufgaben zu erholen, klagte er. Natürlich fehlt er mir auch, aber zurzeit braucht meine Schwester mich dringender als er.

Mörlach, 15. Juni 1780
Gestern hat Goethe meinen Ring erhalten und ist überglücklich über dieses Zeichen meiner Liebe.
Zuvor hatte er mich um eine Signatur gebeten. Mir kamen sogleich meine Initialen C. S. in den Sinn. Aber als ich ihm das sagte, beschwor er mich, unbedingt das v. zwischen die beiden Buchstaben zu setzen.
Es verwunderte mich zwar, dass ihm das Symbol meines adligen Standes so wichtig schien, aber ich erfüllte ihm seinen Wunsch und ließ C. v. S. in den Ring gravieren.

Erst heute, als er in seinem Brief fragte, ob ich denn erraten hätte, warum das C. und das S. unbedingt von einem v. getrennt sein sollte, wurde mir bewusst, dass C. und S. auch die Initialen Corona Schröters sind. Nicht auszudenken, ich hätte das kleine V vergessen!
Goethe nennt meinen Ring ein Wunderding, das ihm bald zu weit und dann wieder völlig richtig am Finger sitzt. Es ist wohl ganz ähnlich wie bei unserer seltsamen Beziehung, die uns auch nicht immer recht passen will. Aber diesen Gedanken sollte ich besser für mich behalten, um den Freund nicht zu verärgern.

Mörlach, 25. Juni 1780
Ein sehnsuchtsvoller Brief von Goethe erreichte mich heute. An dem unsäglichen Verlangen, mich wiederzusehen, fühle er erst, wie lieb er mich habe, schreibt er. Er klagt, die Sehnsucht nach mir erinnere ihn an einen alten Schmerz. Es ist wie damals in seinem ersten Jahr in Weimar, als er mich nicht in Kochberg besuchen durfte.
Wie nachtragend der Freund sein kann! So lange liegt diese Begebenheit schon zurück. Es war die Zeit, als ich Lenz eingeladen habe und Goethe einen Besuch verweigerte.
Ja, vielleicht war die Entscheidung falsch gewesen, Goethe damals so vor den Kopf zu stoßen. Aber warum muss er diese alten Geschichten jetzt wieder herauskramen?
Nach meiner Rückkehr kündigte mir Goethe ein Geschenk an, das die merkwürdige Eigenschaft besäße, dass er es nur einmal in seinem Leben einem Frauenzimmer schenken könne.
Um mich zur Heimkehr zu bewegen, scheint ihm jedes Mittel recht zu sein! Natürlich hat er mich neugierig gemacht und ich zerbreche mir den Kopf, um was es sich dabei handeln könnte. Trotzdem werde ich noch bleiben, denn Luise braucht mich.

Mörlach, 27. Juni 1780
Goethe schreibt, seine Rosen blühen bis unters Dach und es gäbe keinen willkommeneren Gast in seinem Hause als mich.
Auch ich spüre, wie mich die Sehnsucht nach ihm und nach den Besuchen in seinem Garten immer unruhiger werden lässt.
Andererseits sage ich mir aber, dass Goethe sowieso viel beschäftigt ist und nur wenig Zeit für mich haben würde.
Gerade berichtete er von einem Feuer, bei dem er beim Löschen helfen musste. Mich rührt es, dass er zuvor daran dachte, meinen Ring sicher in seiner Tasche zu verwahren. Ansonsten trägt er ihn nämlich bei jeder Gelegenheit.

Mörlach, 30. Juni 1780
Ich bin immer noch bei meiner Schwester, auch wenn Goethe mich weiterhin beschwört, endlich zurückzukehren.
Wenn ich nicht bald käme oder dann gleich wieder nach Kochberg verschwände, müsse er eine andere Lebensart anfangen, droht er. Seit ich weg bin, habe er kein Wort gesagt, das aus seinem Innersten gekommen wäre.
Ich glaube, er übertreibt maßlos! Ich will mich von seinen Klagen nicht drängen lassen. Ein Monat wird wohl noch ins Land gehen, bevor ich meine liebe Schwester wieder verlasse.

Mörlach, 3. Juli 1780
Seit ein paar Tagen schmerzt mein Fuß, sodass ich kaum laufen kann. Goethe ist deswegen in großer Sorge. Manchmal erscheint es mir fast, als wäre er mein Ehemann, nicht Josias. Denn der findet kaum Zeit, Anteil an meinen Problemen zu nehmen. Früher habe ich mich deswegen oft gegrämt. Umso dankbarer bin ich Goethe für seine Fürsorge. Auch wenn er mich wieder einmal mit seinen Vorwürfen quält.

Ich schreibe ihm zu wenig, klagte er heute. Er wolle aber selbst mit seinen Briefen nicht aufhören, bis ich es ihm sage. Auf diese Worte kann er lange warten, sehne ich doch jede seiner Zeilen herbei!

Weimar, 31. Juli 1780
Nach acht Wochen bin ich nun heimgekehrt. Die Reise verlief gut und meinem Fuß geht es inzwischen glücklicherweise besser.
Aber es wurde mir sehr schwer ums Herz, als ich meine unglückliche Schwester allein bei ihrem Mann zurücklassen musste.
Umso freudiger war die Überraschung, die mich zu Hause erwartete! Ein ganz außergewöhnliches und einzigartiges Geschenk des lieben Goethe!
Er hatte wahrlich nicht zu viel versprochen, denn das ist ein Geschenk, das er nur ein einziges Mal in seinem Leben einer einzigen Frau machen konnte.
Aber der Reihe nach: Am 23. Juni 1780 wurde Goethe in die Freimaurerloge „Anna Amalia zu den drei Rosen" aufgenommen. Wie es der Brauch ist, erhielt er dabei zwei Paar Handschuhe, eines für sich und ein Paar Frauenhandschuhe. Diese sind für die Frau bestimmt, der er die größte Achtung entgegenbringt.
Eben diese Handschuhe fand ich vor, als ich nun zurückkehrte! Ich bin zutiefst gerührt, denn ich bin mir der Bedeutsamkeit seiner Geste wohl bewusst. Jetzt endlich kann ich mir seiner Liebe wirklich sicher sein! Er ahnt nicht, was mir dieses Geschenk bedeutet!

Weimar, 5. August 1780
Heute hat Goethe aus seinem Drama „Die Vögel" vorgelesen. Anna Amalia und der Herzog Carl August waren auch zugegen.

Ich glaube nicht, dass das Stück bei Hofe Gefallen finden wird. Der Witz ist nicht platt genug, als dass es viele zum Lachen bringen könnte.

Weimar, 9. August 1780
Goethe ist sehr erbost über meine Kritik. Als Retour schickte er mir einen Besen. Ich solle mit ihm alles auskehren, was ich sonst noch gegen ihn vorzubringen habe.
Was für eine Unartigkeit! Darf ich denn nicht einmal mehr meine Meinung sagen?

Weimar, 18. August 1780
Heute wurde das Stück, das Anlass unseres Streites war, aufgeführt. Ich bin der Vorstellung unter einem Vorwand ferngeblieben.
Die Komödie wäre gut gegangen, schrieb mir Goethe anschließend. *Nun, dann habe ich mich mit meiner Einschätzung eben geirrt.*

Weimar, 24. August 1780
Endlich sind Goethe und ich wieder gut miteinander. Am Abend haben wir zusammen gegessen. Anschließend zeichneten wir gemeinsam und gingen später noch spazieren.
Wie wohl ich mich doch in seiner Gegenwart fühlte! Ich bin so erleichtert, dass er mir verziehen hat.

Weimar, 27. August 1780
Goethe hat Besuch von Maria Antonia von Branconi. Einst war sie in Neapel mit dem Marquese de Branconi verheiratet, ist aber bereits seit 1766 verwitwet. Heute lebt sie auf ihrem Landgut in Langenstein, in der Nähe von Halberstadt. Man nennt sie auch die schöne Frau oder gar die schönste Frau Europas. *Das finde ich allerdings maßlos übertrieben!*

Aber vielleicht fehlt mir auch der richtige Blick dafür und ich sollte das Urteil den Männern überlassen.
Goethe ist jedenfalls recht angetan und will heute den ganzen Tag mit ihr verbringen. Er versicherte mir aber, dass sie artig miteinander sein würden.
Nun, er muss wissen, was er tut. Doch es kränkt mich schon sehr, dass er die Gesellschaft der Branconi der meinen vorzieht.

Weimar, 28. August 1780
Goethes 31. Geburtstag! Mittags kam er zu mir geeilt und war so guter Dinge, dass ich ihm nicht länger böse sein konnte. Zumal er schwor, dass ich keinen Grund zur Eifersucht habe.
Während wir zusammensaßen und redeten, machte er sich Gedanken darüber, an welchen Ecken es ihm noch fehle und was er im vergangenen Jahr nicht zustande gebracht habe. Sein Ziel sei es, so sagte er, die Pyramide seines Daseins so hoch wie möglich in die Luft zu spitzen.
Ein kühner Plan, aber nichts anderes habe ich von einem Mann wie Goethe erwartet! Aber er weiß auch das Leben zu genießen. Am Abend gab es noch eine vergnügte Gesellschaft in seinem Garten.

Weimar, 5. September 1780
Doppelt verwaist ist mein Haus, Ehemann und lieber Freund sind beide mit dem Herzog zu einer Reise in den Thüringer Wald aufgebrochen.
Zuvor gab es leider noch ein erneutes Missverständnis zwischen Goethe und mir. Aber ich mag darüber nichts schreiben. Es ist doch immer dasselbe, macht mich aber jedes Mal aufs Neue traurig.

Da ist es gut, dass ich bald nach Kochberg reisen werde. Die dortige Einsamkeit hat noch jedes Mal ihre heilsame Wirkung auf mich gehabt.

Kochberg, 8. September 1780
Zumindest ist Goethe nicht nachtragend. Er schreibt, er habe in der einsamen Jagdhütte auf dem Kickelhahn eine Nacht verbracht. Am anderen Tage sei er in die Hermannsteiner Höhle gestiegen, an den Platz, wo wir einst gemeinsam waren. Dort habe er das von mir gezeichnete S geküsst und Gott gebeten, ihm meine Liebe zu erhalten.
Wie wünschte ich, ich wäre so wie damals bei ihm gewesen. Ich werde wohl ein wenig zeichnen, um auf andere Gedanken zu kommen.

Kochberg, 4. Oktober 1780
Auf seiner Rückreise nach Weimar ließ Goethe es sich heute nicht nehmen, bei mir Station zu machen. Zu meiner Freude will er sogar einige Tage bleiben. Ich bin erleichtert, dass unsere kleinen Streitereien vergessen sind, und freue mich auf die gemeinsame Zeit mit ihm.

Kochberg, 5. Oktober 1780
Gestern verewigte sich Goethe erneut auf meinem Schreibtisch. „Eben derselbe", schrieb er neben den Namenszug, den er am 6. Dezember 1775 hinterlassen hat.
Sein Lächeln, der verschmitzte Blick, mit dem er mich ansah, ich konnte es ihm einfach nicht übel nehmen. Irgendwie ist es ja auch ganz passend, denn in diesem Schreibtisch verwahre ich seine Briefe.

Kochberg, 10. Oktober 1780
Unbeschwerte Stunden voller Freude und Nähe liegen hinter uns. Wie schnell sie wieder vergangen sind! Leider war der Abschied von Goethe sehr unschön!
Gestern Abend kamen unerwartet mein Mann, unser Herzog und der gute Knebel hier an. Dadurch verlief dieser Abend vor Goethes Abreise ganz anders, als der Freund und ich es ursprünglich vorgesehen hatten.
Natürlich war ich darüber nicht erfreut, aber im Laufe der Jahre habe ich gelernt, Enttäuschungen hinter der Maske der freundlichen Gastgeberin zu verbergen.
Goethe dagegen kam mit der unerwarteten Situation überhaupt nicht zurecht. So sehr er sonst auch dem Herzog, unserem gemeinsamen Freund Knebel und auch meinem Mann zugetan ist, konnte er dieses Mal mit deren Anwesenheit nur schlecht umgehen. In einem Moment war er übellaunig, dann wieder einsilbig, ein anderes Mal machte er mir vor den Ohren aller überschwängliche Komplimente. Sein Verhalten ließ so sehr zu wünschen übrig, dass ich das Ende des Abends herbeisehnte.
Beim Abschied heute Morgen, als wir einen Moment alleine waren, machte ich ihm heftige Vorwürfe. Aber zu meinem Ärger wollte er seine Fehler nicht einsehen. Nun bin ich erleichtert, dass er erst einmal fort ist!

Kochberg, 20. Oktober 1780
Die Erinnerung an Goethes ungehöriges Betragen vergällt mir noch immer die stillen Stunden hier. Ich will ihn nicht sehen, so sehr er mich auch anfleht, zu ihm zurückzukommen. Nicht einmal schreiben mag ich ihm an manchem Tag. Sein Verhalten in Anwesenheit meiner Gäste hat mich doch zu sehr verstimmt.

Kochberg, 25. Oktober 1780
Goethe erfuhr von anderen, dass ich mich nicht wohlfühle, und machte sich deswegen Gedanken.
Das ehrt ihn zwar, aber kommt er denn nie auf den Einfall, dass mein Unbehagen vielleicht mit seinem Verhalten zusammenhängen könnte?
Erneut flehte er mich an, endlich zurückzukommen. Dabei weiß er doch, dass ich auf meinen Mann warten muss. Josias ist unterwegs, um Pferde für den Herzog zu beschaffen, und wird anschließend nach Kochberg kommen. Gemeinsam haben wir hier noch einige Aufgaben zu erledigen, bevor es zurück in die Stadt gehen wird.

Kochberg, 26. Oktober 1780
Goethe schreibt, dass sein Vater sehr krank ist. Das tut mir leid! Nun werde ich ihm doch ein paar freundliche Zeilen senden, um ihn ein wenig von seinen Sorgen abzulenken. Aber verziehen habe ich ihm deswegen noch nicht!

Kochberg, 28. Oktober 1780
Goethe arbeitet an einem neuen Werk, dem „Tasso". Er schickte mir einen Teil zum Lesen und meinte, dass die Prinzessin Leonore meine Züge trage.
„Ich musst ihn lieben, weil mit ihm mein Leben zum Leben ward, wie ich es nie gekannt. Erst sag ich mir: Entferne dich von ihm! Ich wich und wich und kam nur immer näher", ließ er die Prinzessin sagen und wirklich erkannte ich mich in diesen Worten wieder, die so trefflich mein anfängliches Verhalten ihm gegenüber beschreiben.
Was habe ich damals nicht alles versucht, um meine Gefühle für ihn tief in meinem Herzen zu verschließen. Wie oft bin ich ihm aus dem Weg gegangen oder habe ihn in seine Schranken verwiesen. Aber er wurde nie müde, mir weiter seine

*Liebe zu schwören. Letztlich kam ich gegen die Anziehungskraft, die er von Beginn an auf mich ausübte, nicht an.
Nun ist mein Leben wieder lebenswert durch ihn, trotz aller Kümmernisse, die er mir durch sein Verhalten immer wieder bereitet. Aber vielleicht muss es so sein, denn wo viel Licht ist, da ist eben auch viel Schatten.*

Kochberg, 29. Oktober 1780
Ich habe ihm geschrieben, dass ich vom ersten Akt seines Schauspiels sehr angetan bin. Besonders natürlich von der Leonore, in deren Worten ich mich so sehr wiedererkennen konnte.

Kochberg, 2. November 1780
*Schon wieder habe ich den Freund verärgert. Es scheint fast, als habe ich ein ganz besonderes Talent dafür.
Einen bösen Vorhang habe ihm mein Brief heruntergeworfen, klagt er und neue Nebel hätten seine schönsten Aussichten verdeckt. Und das nur, weil ich seinem Wunsch, nach Weimar zurückzukehren, noch nicht nachkommen kann.
Er wirft mir vor, er sei mir gleichgültig, aber das ist nicht wahr! Ich bin mit meinem ganzen Sein an ihn gebunden, bin abhängig von der Wahl seiner Worte, viel mehr aber noch von seinem Betragen. Benimmt er sich anständig, fühle ich mich glücklich und geborgen in seiner Gegenwart, bin ich mit seinem Verhalten unzufrieden, wirkt sich das auch sogleich auf mein ganzes Empfinden aus. So manches Mal lag ich nach einem Streit schon darnieder, weil mich jede Unstimmigkeit zwischen uns bis in mein tiefstes Inneres trifft.
Genau deswegen bedarf es ja der Zeiten des Rückzugs. Nur so gelingt es mir, wieder neue Kraft zu schöpfen, um unserem erneuten Beisammensein mit all seinen Höhen und Tiefen gewachsen zu sein. Trotz allem möchte ich keine Stunde, die ich je mit ihm verbracht habe, missen!*

*Er wirft mir vor, dass ich hier recht vergnügt sei ohne ihn.
Ach, wenn er wüsste!*

Kochberg, 4. November 1780
*Goethe kam mit dem Herzog zu Besuch. Der Freund sagte, er hätte es keine Sekunde länger ohne mich ausgehalten.
Es wurde ein schöner, harmonischer Tag, ohne erneute Ärgernisse. Der Herzog und Goethe verstanden sich vortrefflich. Wir haben viel geredet und auch ein wenig gezeichnet.*

Weimar, 7. November 1780
*Ich bin zurück in der Stadt. Pünktlich zum Jahrestag, denn heute ist es genau fünf Jahre her, dass Goethe in Weimar angekommen ist.
Endlich sind auch all unsere Streitereien aus der Welt geschafft. Der gute Knebel hat zwischen uns vermittelt.
Meiner Liebe wieder gewiss, gehe es ihm nun wieder besser, schrieb Goethe eben erleichtert. Es müsse mit uns wie bei einem guten Rheinwein sein, der alle Jahre besser werde.
Ja, ich hoffe auch, dass uns zukünftig ein liebevolleres und harmonischeres Miteinander gelingt, ohne diese ständigen Missverständnisse.
Gerne würde ich diesen besonderen Tag heute mit dem lieben Freund gemeinsam verbringen, aber leider ist es nicht möglich.*

Weimar, 13. November 1780
*Goethe klagt über das Wetter, harrt aber weiterhin in seinem zugigen Gartenhaus aus. Den ganzen Tag ist es schon trübe, die Wolken liegen schwer über der Erde und über seinem Gemüte.
Er bat mich, ihm zu sagen, dass ich ihn liebe, um ihm so das Licht der Sonne zu ersetzen.*

Ich werde ihm gleich schreiben und ihn zum Essen einladen. Damit er aus der Kälte kommt und seine traurigen Gedanken vergisst.

Weimar, 21. November 1780
Ich bin krank und der Arzt hat mir viel Ruhe verordnet. Goethe beschwört mich, ja gut genug auf mich zu achten. Was bleibt mir auch anderes übrig, so schwach, wie ich mich momentan fühle.

Weimar, 30. November 1780
Mir geht es wieder besser, auch dank Goethes Fürsorge. Er hat es sich nicht nehmen lassen, mir jeden Tag zu schreiben, um sich nach meinem Befinden zu erkundigen und mir liebe Genesungswünsche zu senden. Sogar einen Rehbraten hat er mir zukommen lassen.
Ich werde ihn morgen Mittag zubereiten lassen und hoffe, dass der Freund mir dann beim Essen Gesellschaft leisten wird. Viel zu lange musste ich schon auf seine Anwesenheit verzichten.

Weimar, 18. Dezember 1780
Heute schrieb Goethe, er habe eine Unterredung mit seinen Bäumen gehabt und ihnen erzählt, wie sehr er mich liebe.
Auch wenn mir diese Vorstellung gefällt, wäre es mir doch lieber, er käme zu mir, um mir seine Gefühle zu sagen. Aber er ist mit seinem Tasso beschäftigt und will heute noch viel wegarbeiten.
Wenn er tagsüber recht fleißig war, wird er wenigstens am Abend für einen kurzen Besuch vorbeikommen.

Weimar, 24. Dezember 1780
Ich habe Goethe eine neue Feder geschenkt. Bei seinem letzten Brief hat er sie sogleich eingeweiht. Er meinte, mit mei-

nem Geschenk hätte ich ihm den Mut wiedergegeben, den ich ihm gestern genommen habe.
Unsere unsäglichen kleinen Missverständnisse! Ohne diese scheinen wir einfach nicht auszukommen.

Weimar, 25. Dezember 1780
Zum Christtag, der auch ein Geburtstagsfest ist, sandte mir Goethe einen warmen Muff als Geschenk.
Wir werden uns später bei der Musik sehen und ich freue mich schon darauf, dann vor aller Augen meinen neuen Muff zu tragen.

II

Carla ließ das Tagebuch sinken und streckte sich. Es war spät geworden, sie hatte beim Lesen vollkommen die Zeit vergessen. Schon nach den ersten Einträgen war ihr klar gewesen, welch unglaublichen Schatz sie da in ihren Händen hielt. Das Tagebuch der Charlotte von Stein!
Damit wusste sie auch, dass nur Georg ihr dieses Büchlein geschickt haben konnte. Er, der Goethe, den großen Dichter und Denker, verehrte und von dessen Biografie regelrecht fasziniert war.
Mit ihrer Schwester hatte er sich gern über Goethes Werke unterhalten. Charly, die als Maskenbildnerin am Theater arbeitete, kannte einige Stücke auch von der Bühne. Sie mokierte sich oft über die ihrer Meinung nach zu modernen Aufführungen. Wohingegen Georg gerade die Übertragbarkeit des heutigen Zeitgeistes auf Goethes Stücke lobte.
Carla war diesen Diskussionen zwar immer nur mit halbem Ohr gefolgt, aber dank dieser Gespräche war auch Charlotte von Stein keine Unbekannte für sie. Sie erinnerte sich, dass Goethe und diese adlige Dame sich einst unzählige Briefe geschrieben hatten, dass aber leider nur seine Korrespondenz erhalten geblieben war. Durch dieses Tagebuch nun die Sichtweise der Frau von Stein zu erfahren glich einer kleinen Sensation!
Aber wie war Georg an dieses Buch gekommen? Und warum schickte er ihr diesen wertvollen Fund? Wollte er sie mit dem Tagebuch beeindrucken, damit sie sich bei ihm meldete? Nein, den Gefallen würde sie ihm nicht tun! Genauso wenig, wie sie zugeben würde, dass sie beim Lesen des Tagebuchs zunehmend Gefallen daran gefunden hatte, in die Gedanken- und Gefühlswelt Charlotte von Steins einzutauchen.
Seltsam, ging es ihr durch den Kopf, bei Charlotte von Stein und Goethe fing es damals mit einem Schattenriss an, bei Georg und mir begann es mit dem Foto auf dem Cover.

Aber diese Schattenrisse waren ja sozusagen die Fotografien des 18. Jahrhunderts. Sich ein richtiges Porträt malen zu lassen war für die meisten Menschen zu teuer. Schattenrisse waren mithilfe einer Lichtquelle dagegen einfach zu erstellen. Es gab auch einige begabte Menschen, die frei Hand einen Scherenschnitt vom Profil des anderen anfertigen konnten. Georg hatte ihr das mal mit einem Blatt Papier demonstriert, war aber mit dem Ergebnis so unzufrieden gewesen, dass er ihn gleich zerrissen hatte.
Carla hingegen fand, dass er sich sehr geschickt angestellt hatte und sogar eine gewisse Ähnlichkeit erkennbar gewesen war. Überhaupt war sie der Meinung, dass Georg in vielem talentiert war. Nicht nur, dass er Bücher schrieb, sie hoffte, dass dem ersten erfolgreichen Roman noch viele weitere folgen würden, er zeichnete, spielte Klavier und war auch handwerklich begabt, wie die kleinen Reparaturen am Haus des Bürgermeisters bewiesen.
Beim Gedanken an den Bürgermeister fiel ihr unweigerlich dessen wildes Treiben mit Georg in der Zeit nach dessen Ankunft ein. Ansgar Herzog war ein begeisterter Harley-Davidson-Fan und stolzer Besitzer zweier ebensolcher Maschinen. Eine davon hatte er seinem neuen Freund leihweise zur Verfügung gestellt und zusammen waren sie durch die Gegend geheizt. Was ihnen nicht nur Freunde beschert hatte.
Auch Carla war anfangs entsetzt über das Verhalten der beiden erwachsenen Männer gewesen, die von jetzt auf gleich alle Verkehrsregeln vergessen und von Geschwindigkeitsbegrenzungen noch nie etwas gehört zu haben schienen.
Zum Glück war nie etwas passiert und das übermütige Verhalten der beiden hörte auf, als der Bürgermeister Georg sein Ferienhaus am Stadtrand zur Verfügung stellte und dieser mit seinem neuen Roman begann.
Wie sehr doch Charlotte über Goethes Benehmen in seiner Anfangszeit in Weimar verärgert gewesen war, dachte Carla

schmunzelnd. Wohingegen sie selbst zunehmend Gefallen an dem jungen, noch ungestümen Herrn Goethe fand.
Es schien ihr, als wäre der altehrwürdige Geheimrat und Minister, den sie aus der Schule kannte, von seinem Sockel heruntergestiegen, um sich ihr von seiner menschlichen Seite zu zeigen. Mit liebenswerten Eigenschaften, aber ebenso mit Fehlern und Schwächen.
Das, und vor allem seine Begeisterung für Charlotte von Stein, machten ihr den Dichterfürsten sympathisch und ließen ihn nicht mehr so unnahbar wirken.
Wenn sie nur an diese Sache mit Charlottes Schreibtisch dachte, auf dem er sich verewigt hatte, als wolle er sein Revier markieren, oder seine Idee, sich zu kleiden wie Werther, der Held seines eigenen Romans.
Das erinnerte sie an ein Udo-Lindenberg-Konzert, das sie im Sommer mit Georg besucht hatte. Zu ihrer beider Verblüffung war ihnen beim Einlass eine ganze Gruppe Udos begegnet, die einer wie der andere, so wie ihr großes Vorbild, mit schwarzen Sachen, Hut und Brille bekleidet gewesen waren.
Manche Dinge änderten sich wohl nie, sinnierte sie. Menschen brauchten ihre Idole, sei es nun ein Romanheld oder ein Musiker.
Carla seufzte. Was musste es doch manchmal für eine Geduldsprobe für Charlotte gewesen sein, tagtäglich auf Goethes Briefe zu warten. Wie einfach war es doch dagegen heutzutage, sich sekundenschnell Nachrichten auf dem Handy oder E-Mails zukommen zu lassen.
Sie erinnerte sich, dass Georg ihr einmal erzählt hatte, dass die Korrespondenz damals eine teure und umständliche Sache gewesen sei. Es gab Boten zu Fuß und reitende Kuriere und manchmal auch sogenannte Kammerwagen, die mehrmals in der Woche zwischen verschiedenen Orten verkehrten. Aber an öffentliche Briefkästen oder Postboten, die tagtäglich Briefe und Karten zustellten, war damals natürlich nicht zu denken.

Andererseits ist so ein handgeschriebener Brief aber schon romantischer als eine E-Mail, fand Carla und dachte an all die Ansichtskarten, die Georg ihr schon geschickt hatte.
Wie viel Kraft diese Liebe Charlotte gekostet haben musste, überlegte sie weiter. Kein Wunder, dass sie so ein großes Bedürfnis nach Rückzug verspürt hatte.
Ein Verlangen, das sie selbst während ihrer fast 15-jährigen Ehe mit Jakob auch nur zu gut kannte.
Mit Georg war das anders gewesen, von ihm hatte sie nie genug bekommen können. Es gab unzählige Themen, bei denen sie dieselbe Wellenlänge besaßen, viele Interessen und Hobbys, die sie teilten. Keine Sekunde in seiner Gegenwart war ihr je langweilig gewesen. Aber das war vorbei!

Doch auch als Carla kurz darauf im Bett lag, ließen sich die Gedanken an Georg nicht abschütteln. Im Halbschlaf sah sie sich, so wie heute, mit ihrer Mutter im Wintergarten sitzen, als plötzlich der Bürgermeister in Begleitung eines ihr unbekannten Mannes eingetreten war.
Der Fremde war groß und schlank, trug einen langen schwarzen Mantel und einen gleichfarbigen Hut. Seine dunkelbraunen Haare waren zu einem Zopf gebunden.
Während sie sich noch fragte, wer dieser Mann wohl sein mochte, trafen sich ihre Blicke.
In diesem Moment veränderte sich sein Gesichtsausdruck schlagartig. Wirkte er zuvor eher distanziert, vielleicht sogar ein bisschen gelangweilt, ließ nun ein zauberhaftes Lächeln sein ganzes Gesicht erstrahlen. Sekundenlang schaute er ihr in die Augen und sie brachte es nicht fertig, den Blick abzuwenden.
Als wäre sie ein hypnotisiertes Kaninchen!
Zum Glück hatte Ansgar Herzog, der Bürgermeister, den Moment unterbrochen.
„Darf ich vorstellen: Georg Gregory! Ganz Deutschland spricht ja momentan über ihn und sein Erstlingswerk."

Carla mochte ihren Ohren kaum trauen. Der Georg Gregory im Haus ihrer Eltern! Unfassbar!

Er wirkte ganz anders als auf dem Foto auf dem Cover, wo er die Haare offen und keinen Hut getragen hatte. Allerdings war er heute nicht weniger attraktiv, ganz im Gegenteil. Und dann dieses Lächeln!

Nun wusste sie auch, warum alle Welt von diesem Mann schwärmte und regelrecht zu seinen Lesungen pilgerte. Mal abgesehen davon, dass sein Roman sensationell war, schaffte er es, die Leute mit seiner Ausstrahlung von jetzt auf gleich für sich einzunehmen.

Besonders wohl die Frauen, dachte sie, rief sich aber gleich zur Ordnung. Trotzdem hätte sie nur zu gern ein paar Worte mit ihm gewechselt. Aber da kam schon ihr Vater und führte die Gäste in sein Arbeitszimmer.

Aber auch danach ging ihr diese Begegnung mit Herrn Gregory nicht aus dem Sinn. Sein tiefer Blick aus dunklen Augen, dieses Lächeln, das er ihr geschenkt hatte, so als freue er sich, ausgerechnet ihr zu begegnen. Was natürlich völliger Unsinn war, denn er kannte sie ja gar nicht.

Schade, dachte sie auf dem Nachhauseweg, dass sich keine Gelegenheit für ein Gespräch ergeben hatte. Es wäre bestimmt interessant gewesen, mit ihm über seinen Roman zu reden. Wobei man nur hoffen konnte, dass der schnelle Erfolg aus ihm keinen selbstgefälligen Langweiler gemacht hatte. Einen Künstler, der sich für den Nabel der Welt hielt, wovon ihr in ihrem Arbeitsleben schon einige begegnet waren. Aber nein, einen solchen Eindruck hatte Georg Gregory auf sie eigentlich nicht gemacht.

Carla wälzte sich unruhig auf die andere Seite. Ja, mit dieser Begegnung hat damals alles angefangen, überlegte sie. Oder nein, eigentlich begann es am Tag davor, als Anne Herzog ins Büro stürmte und atemlos rief:

„Erinnern Sie sich noch an Georg Gregory, diesen Bestsellerautor mit der traurigen Liebesgeschichte, die sogar mich zum Weinen gebracht hat?"
Was für eine Frage, natürlich tat sie das. Sowohl Carla als auch ihre Kollegin Saskia hatten das Buch regelrecht verschlungen. Viele andere Leser mussten ihre Begeisterung geteilt haben, denn der bis dahin unbekannte Schriftsteller aus Hessen schaffte mit diesem Werk auf Anhieb seinen Durchbruch.
Saskia war, wie meistens, schneller mit einer Antwort: „Ja, klar! Was ist denn mit dem?"
„Stellen Sie sich nur vor, mein Sohn hat ihn während einer Reise kennengelernt und sich mit ihm angefreundet. Nun ist Herr Gregory Ansgars Einladung gefolgt. Verstehen Sie, Deutschlands momentan wohl angesagtester Autor ist in unserer Stadt! Da muss unbedingt ein Interview abfallen, exklusiv nur für uns!"
Während Carla noch sprachlos über den Besuch von Georg Gregory war, sprudelte Saskia, nicht minder begeistert als ihre Chefin, los: „Na, das kriegen Sie ja wohl hin, Frau Herzog. Dank Ihres Sohnes haben Sie doch nun die beste Verbindung."
Plötzlich wirkte Anne Herzog ernüchtert. „Wir werden sehen. Hoffen wir, dass mein Sohn ihn nicht zu sehr in Beschlag nimmt."
Das Telefon im Nebenzimmer unterbrach das Gespräch und Frau Herzog eilte an ihren Schreibtisch. Danach fiel kein Wort mehr über den prominenten Besuch.
Carla war jedoch der Gedanke, dass sich Georg Gregory in der Stadt aufhielt, nicht mehr aus dem Kopf gegangen. Sie verfügte zwar nicht über Anne Herzogs überschäumende Begeisterung, das entsprach nicht ihrem Naturell, konnte es aber trotzdem kaum erwarten, diesen Schriftsteller zu Gesicht zu bekommen.
In der Hoffnung auf eine flüchtige Begegnung machte sie auf dem Heimweg sogar extra einen kleinen Umweg an Ansgar Herzogs Haus vorbei. Aber dort war niemand zu sehen und letztlich kam sie sich selbst albern vor.

Dass ihr Herr Gregory schon am nächsten Tag ausgerechnet im Haus ihrer Eltern begegnen würde, darauf wäre sie im Leben nicht gekommen.
Als sie ihrem Mann am Abend davon berichtete, zeigte der sich aber nicht besonders erstaunt.
„Ja, ich bin ihm auch kurz begegnet. Ursprünglich sollte ich ihn vom Bahnhof abholen, aber dann hat das Herr Herzog doch selbst übernommen."
„Schade, oder? Dann hättest du bestimmt ein bisschen mit ihm reden können", meinte Carla mit ehrlichem Bedauern. Aber Jakob sah das anders.
„Auf diesen Bestsellerautor kann ich gut verzichten. Schon erstaunlich, womit manche Leute so ihren Lebensunterhalt verdienen. Ich habe jedenfalls genug zu tun, da muss ich nicht noch einen Dichter durch die Gegend kutschieren."
Jakob arbeitete seit Jahren im Unternehmen von Ansgar Herzog, der neben seinem Amt als Bürgermeister auch ein erfolgreiches Bus- und Taxiunternehmen betrieb. Wenn Jakob nicht mit seinem Bus auf Reisen war, machte er für seinen Chef auch andere anfallende Fahrten.
Carla wusste auf Jakobs Worte nichts zu entgegnen. Wieder einmal wünschte sie sich von ihrem Mann ein wenig mehr Interesse an Literatur, Musik und Kunst. Themen, für die ihr Herz höherschlug. Aber Jakob hatte mit derlei Dingen nichts am Hut. Seine Welt drehte sich um Fahrzeuge, Technik im Allgemeinen und seine Reisen als Busfahrer. Daran war nun einmal nichts zu ändern.

Am nächsten Morgen hatte sie dummerweise nichts Eiligeres zu tun, als ihrer Chefin von dieser unverhofften Begegnung mit Herrn Gregory zu erzählen.
Frau Herzog konnte es nicht fassen. „Das darf doch nicht wahr sein! Mein Herr Sohn lädt ihn ein, aber anstatt mir seinen Gast vorzustellen, macht er mit ihm irgendwelche Besuche." Sie

klang verbittert, fing sich aber gleich wieder. „Haben Sie mit Herr Gregory über das Interview gesprochen? Wir werden das dann zeitnah auf unserer Homepage veröffentlichen und später natürlich in der Zeitschrift", plante Frau Herzog, ohne Carla zu Wort kommen zu lassen.
Schließlich gelang es ihr doch, sich Gehör zu verschaffen. „Es ergab sich leider keine Gelegenheit zum Reden. Er hat meine Mutter und mich nur kurz begrüßt", entschuldigte sie sich.
Nachdem die drei Männer im Arbeitszimmer verschwunden waren, hatte ihr ihre Mutter erzählt, dass Ansgar Herzog mit ihrem Vater verabredet gewesen war, um ihm Material für die Stadtchronik vorbeizubringen. Warum er dabei den prominenten Gast im Schlepptau hatte, wusste sie allerdings nicht zu sagen.
„Was für eine verpasste Gelegenheit!", meinte die Herzogin verärgert. „Aber nicht mehr zu ändern. Ich habe mir überlegt, ich werde mit meinem Sohn sprechen. Er soll seinen Gast um eine Lesung bitten. Wo Herr Gregory schon einmal hier ist, können wir uns diese Gelegenheit nicht entgehen lassen. Da werden Sie dann hingehen, Carla. Sehen Sie zu, dass Sie mir ein paar aussagekräftige Antworten von ihm beschaffen. Die Fragen können Sie sich selbst überlegen. Ich verlasse mich auf Sie! Bringen Sie mir ein exklusives Interview!"
Damit rauschte sie aus dem Raum und ließ eine verdatterte Carla zurück.
„Wie ist die denn heute wieder drauf?", seufzte Saskia und rollte theatralisch mit den Augen.
„Wie stellt sie sich das nur vor? Bei so einer Lesung werden sicher viele Menschen sein. Wie soll ich ihm da Fragen stellen? Außerdem hätte sie doch über ihren Sohn die besseren Karten, Herrn Gregory persönlich zu treffen und zu interviewen", schimpfte Carla.
Saskia lachte. „Da kennst du Ansgar Herzog schlecht. Der hat seinen eigenen Kopf und tanzt nicht nach der Pfeife seiner Mut-

ter. Wenn er Georg Gregory wirklich um eine Lesung bittet, dann nur, weil er selbst auch daran Interesse hat.
Aber nach einem persönlichen Interview wird er seiner Mutter zuliebe bestimmt nicht fragen. Ich denke, er will seinem Gast hier einfach eine gute Zeit bereiten und ihn nicht mit irgendwelchen Wünschen behelligen."
Carla wusste, dass Saskias Mann mit dem Bürgermeister befreundet war und die Familien auch privat miteinander verkehrten. Darum vertraute sie der Einschätzung ihrer Kollegin.

Ihre Chefin schaffte es wirklich, ihren Sohn dazu zu überreden, Herrn Gregory um eine Lesung zu bitten. Dieser schien sich sogar über das Interesse zu freuen und sagte unkompliziert zu.
Die ganze Stadt redete in den nächsten Tagen von dem bevorstehenden Ereignis. Da die Nachfrage entsprechend groß war, hatte Ansgar Herzog, in Absprache mit seiner Mutter, die Veranstaltung in den großen Rathaussaal verlegen lassen.
Trotzdem war die Lesung schnell ausverkauft, und das, obwohl kaum Zeit für Werbung geblieben war. Aber es geschah eben nicht alle Tage, dass sich ein Bestsellerautor in die Provinz verirrte.
Da die Herzogin die Organisation der Veranstaltung höchstpersönlich übernommen hatte, war es für Carla natürlich kein Problem, eine Karte zu bekommen. Leider würde Saskia sie nicht begleiten können, da eines ihrer Kinder erkrankt war. Auch ihre Chefin musste, zu ihrem Bedauern, aufgrund eines kurzfristigen wichtigen Geschäftstermins auf die Lesung verzichten.

Der Tag der Lesung kam und Carla wurde immer aufgeregter. Einerseits freute sie sich darauf, Georg Gregory wiederzusehen und ihn aus seinem Roman vorlesen zu hören, andererseits hatte sie keine Ahnung, wie sie ihn vor all den Menschen ansprechen sollte. Allein schon bei dem Gedanken verschwand jegliche Vorfreude.

„Denken Sie an das Interview!", mahnte die Herzogin, gleich als sie ins Büro kam. „Es soll morgen früh zusammen mit einem Bericht über sein Leben und Eindrücken von der Lesung auf unserer Homepage erscheinen. Ganz aktuell!"
Carla glaubte, nicht richtig gehört zu haben. Mal abgesehen davon, dass sie keine Ahnung hatte, wie sie an das Interview kam, wie sollte sie denn das alles bis morgen früh schaffen?
In solchen Momenten wusste sie wieder nur zu gut, warum nicht wenige Menschen die liebe Frau Herzog als unberechenbar bezeichneten. Was dachte die sich nur? Der Rathaussaal würde brechend voll sein und Herr Gregory hatte anderes zu tun, als ausgerechnet ihre Fragen zu beantworten.
Welche Fragen überhaupt?, fiel ihr blitzartig ein. Sie musste sich dringend überlegen, worauf sie ihn überhaupt ansprechen wollte.
Resigniert fügte sie sich in ihr Schicksal. Wenn sie eins im Laufe der Zusammenarbeit mit der Herzogin gelernt hatte, dann, dass es keinen Sinn machte, mit ihr zu diskutieren. Letztlich setzte diese Frau ihren Willen doch durch und so konnte man sich gleich die Nerven sparen. Irgendwas würde ihr schon einfallen und wenn Herr Gregory keine Zeit für sie hatte, dann konnte sie es eben auch nicht ändern.
Mit diesem Gedanken setzte sie sich an ihren Schreibtisch, um einen Bericht über Herrn Gregorys Leben vorzubereiten und sich ein paar Fragen an ihn zurechtzulegen.

Als sie später den Rathaussaal betrat, traute sie ihren Augen kaum. Obwohl noch einige Zeit bis zum Beginn der Lesung blieb, platzte der Saal schon aus allen Nähten. Einige fleißige Helfer schleppten sogar noch Stühle herbei, um sie im Mittelgang zu platzieren.
„Carla, hier", hörte sie plötzlich, inmitten all des Stimmengewirrs, ihren Namen. Erstaunt sah sie sich um und erblickte ganz vorn, in der ersten Reihe, Renate Müller, die ihr zuwinkte. Sie war eine Bekannte ihrer Mutter, die Carlas Wissen nach noch

nie ein Buch in die Hand genommen hatte. Ihre Eltern waren am Morgen zu einer lange geplanten Städtereise aufgebrochen, sonst hätte ihre Mutter die Lesung selbst gerne besucht.
Carla drängelte sich nach vorne und begrüßte Renate.
„Deine Mutter erzählte mir gestern, dass du kommst. Da dachte ich mir, ich halte dir einen Platz frei."
Wie nett, fand Carla und bedankte sich. Ihr war die neugierige Renate mit ihrem immensen Aufmerksamkeitsbedürfnis zwar nie besonders sympathisch gewesen, aber dass sie nun dank ihr in der ersten Reihe saß, freute sie.
„Wenn man arbeitet, hat man ja gar nicht die Zeit, so rechtzeitig zu erscheinen, dass man noch einen guten Platz erwischt. Gut, dass ich Rentnerin bin. In den hinteren Reihen verstehe ich doch nichts." Renate wies auf ihr Hörgerät.
Carla nickte lächelnd, wurde aber von den Geschehnissen auf der kleinen Bühne, die direkt vor ihnen aufgebaut worden war, abgelenkt.
Dort erschien nämlich in diesem Augenblick Herr Gregory höchstpersönlich und wurde sogleich von einer Schar Verehrerinnen umringt. Während er routiniert die auf ihn einstürzenden Fragen beantwortete und nebenher einige Bücher signierte, hob er unvermittelt den Kopf und sah genau in Carlas Richtung.
Ihre Blicke begegneten sich und wieder erschien ein strahlendes Lächeln auf seinem Gesicht. Fast unmerklich nickte er ihr zu und wandte sich dann wieder seinen Leserinnen zu.
Carla spürte, wie sie errötete. Hatte er sie etwa inmitten all dieser Menschen wiedererkannt oder galt seine Aufmerksamkeit jemand ganz anderem im Saal? Unsicher sah sie sich um, fand aber keine Antwort auf diese Frage.
Aber letztlich war es auch egal, es gab jedenfalls keinen Grund, unter seinem Blick rot zu werden wie ein unsicherer Teenager.
Was war nur los mit ihr?
Während Carla noch überlegte, ob sie nach vorne gehen und ihn wegen des Interviews ansprechen sollte, betrat nun auch der Bürgermeister die Bühne.

Damit war ihre Chance ungenutzt verstrichen, denn Herr Herzog eröffnete die Veranstaltung und begrüßte den prominenten Gast der Stadt. Begleitet von einem kräftigen Applaus, übergab er das Wort an Herrn Gregory.

Die Lesung begann und für die nächste Stunde versank für Carla die Welt um sie herum. Gespannt hörte sie Georg Gregory zu und erlebte, wie mit jedem seiner Worte die Romanfiguren mehr zum Leben erwachten.

Was nicht nur ihr selbst so zu ergehen schien, denn auch das restliche Publikum saß mucksmäuschenstill und lauschte gespannt.

Der Beifall nach der Lesung übertraf den zu Beginn noch bei Weitem. Auch Herr Gregory schien mit seinem Auftritt zufrieden. Lächelnd bedankte er sich, sprach ein paar Abschiedsworte und verließ die Bühne zusammen mit dem Bürgermeister in Richtung Hinterausgang.

„Die haben es aber eilig. Ich habe gehört, unser Bürgermeister gibt Herrn Gregory zu Ehren einen kleinen Empfang. Natürlich nur für geladene Gäste", flüsterte Renate und war wie immer bestens informiert.

Plötzlich wurde Carla wieder bewusst, dass sie ja dienstlich hier war und noch eine Aufgabe erledigen musste. Eilig sprang sie auf und rannte Herrn Gregory und dem Bürgermeister nach, die schon fast an der Tür waren.

„Bitte warten Sie, Herr Gregory", rief sie aufgeregt und spürte, wie ihr schon wieder die Röte ins Gesicht schoss. „Hätten Sie bitte kurz Zeit, mir ein paar Fragen zu beantworten?"

Sie befürchtete, er würde sie gar nicht hören, doch unverhofft blieb er stehen und drehte sich um. Ein wenig atemlos stand sie dann vor ihm und wurde unter seinem fragenden Blick noch unsicherer.

„Natürlich nicht für mich. Ich meine, diese Fragen sind von rein dienstlichem Interesse. Für unsere Homepage. Und später sollen sie auch in die Zeitschrift. Mit Ihren Antworten." Carla war so

aufgeregt, dass sie ganz vergaß, den Namen ihrer Arbeitgeberin zu erwähnen.
Jetzt war auch der Bürgermeister auf sie aufmerksam geworden. „Ach, Frau Voigt, Sie schickt bestimmt meine Mutter. Richten Sie ihr bitte aus, sie wird sich gedulden müssen. Jetzt wird erst einmal gefeiert. Komm, Georg." Lachend legte er seinem Gast den Arm um die Schulter und zog ihn zur Tür.
„Tut mir leid", rief ihr Herr Gregory im Gehen noch zu, dann waren die beiden schon verschwunden.
Perplex stand Carla da und starrte auf die geschlossene Tür. Das war ja gründlich schiefgegangen! Ihre Chefin würde morgen nicht begeistert sein. Aber sie konnte sich bei ihrem Sohn bedanken. Ohne Ansgar Herzogs Einmischung hätte sie ihr Interview vielleicht noch bekommen.
Auf dem Heimweg ließ Carla die Lesung noch einmal Revue passieren. Stundenlang hätte sie Herrn Gregory noch zuhören können. Er besaß eine wohlklingende, tiefe Stimme und sprach sehr ausdrucksstark. Und dann dieses Lächeln, als er in ihre Richtung geschaut hatte.
Verdammt, jetzt reichte es aber! Ärgerlich über sich selbst, schüttelte sie den Kopf und schloss die Haustür auf.
Nach dem Abendessen, Jakob war heute wieder bis spätabends unterwegs, ging sie noch einmal die Fragen durch, die sie Herrn Gregory hatte stellen wollen.
Wie wird man Schriftsteller? Woher nehmen Sie Ihre Ideen? Wie lange haben Sie an Ihrem Buch geschrieben? Woran arbeiten Sie als Nächstes?
Wie langweilig, gestand sie sich ein. Waren das nicht Fragen, die jedem Schriftsteller gestellt wurden und die Herr Gregory bestimmt auch schon viele Male gehört hatte? Sollte sie es da nicht besser machen? Immerhin war sie wirklich neugierig auf diesen Mann, wollte wissen, was er dachte, fühlte, sich wünschte. Wie verpackte man diesen Wissensdrang aber in gescheite, nicht allzu aufdringliche Fragen? Egal, entschied sie, es würde ja sowieso kein Interview geben!

Eine Tatsache, von der Frau Herzog am anderen Morgen alles andere als begeistert war.

„Wie, Sie haben nicht mit ihm gesprochen?" Wütend funkelte sie Carla an, die sich unter diesem Blick am liebsten in Luft aufgelöst hätte.

„Nur kurz, weil er dann gleich mit Ihrem Sohn weg ist." Sie merkte, wie kleinlaut sie klang, und ärgerte sich selbst darüber. Was konnte sie denn dafür, dass sich keine Gelegenheit ergeben hatte, Herrn Gregory ihre Fragen zu stellen.

„Aber warum sind Sie denn nicht einfach mit zum anschließenden Empfang gegangen?"

„Ich wusste doch nicht ... ich war doch gar nicht eingeladen", stammelte Carla.

„Aber ich! Sie hätten meinen Platz einnehmen können. Bestimmt wäre Herr Gregory in diesem Rahmen zu einem Gespräch bereit gewesen. Diese Veranstaltungen sind ja bekanntermaßen nie besonders interessant, da kommt jede Abwechslung gelegen."

War das so? Carla war noch nie auf einem Empfang des Bürgermeisters gewesen. Wie sollte sie da auf die Idee kommen, bei einer solchen Veranstaltung den Platz ihrer Chefin einzunehmen?

„Sie haben doch nichts gesagt und ..."

Frau Herzog unterbrach sie. „Nun ist es sowieso zu spät. Schreiben Sie mir wenigstens den Bericht über die Lesung, den Text über sein Leben haben Sie ja schon vorbereitet."

Carla nickte und machte sich an die Arbeit. Doch sie war unkonzentriert, weil sie sich insgeheim maßlos über das ungerechte Verhalten ihrer Chefin ärgerte. Saskia fehlte leider immer noch und konnte sie nicht mit ihrer unbekümmerten Art auf andere Gedanken bringen.

Mittags war der Artikel endlich fertig. Allzu Spannendes hatte sie über diesen Schriftsteller gestern nicht in Erfahrung bringen können. Angeblich war er nie verheiratet gewesen und hatte auch keine Kinder. Als Rechtsanwalt musste er sich zwar einen

guten Ruf erworben haben, behauptete aber in seiner Biografie auf der Autorenhomepage, dass ihn diese Arbeit schon immer maßlos gelangweilt hatte. Er reiste gern, spielte Klavier und sein großes Vorbild war Goethe, wenn auch leider ein unerreichbares, so seine eigenen Worte.
Aus all diesen Infos sowie ihren Eindrücken bei der gestrigen Lesung hatte Carla ihren Artikel zusammengestrickt, der von ihrer Chefin, wenn auch ohne besondere Begeisterung, abgenickt und anschließend auf der Homepage veröffentlicht worden war.

Endlich Wochenende! Jakob war mit einer Reisegruppe für ein paar Tage in München und so war Carla am Samstagmorgen in ihren Bungalow gefahren. Sie liebte die Ruhe an diesem Ort, ganz besonders im Winter, wenn sich nur selten Gäste hierher verirrten.
Gedankenverloren stand sie am Fenster und blickte über die verschneite Wiese, die hinunter bis zum See führte.
So mancher hatte sie schon um die idyllische Lage ihres Bungalows beneidet. Jakobs Vater hatte ihn vor dreißig Jahren erbaut, selbst aber nur wenig genutzt und ihn dann seinem Sohn zur Hochzeit geschenkt. Keine halbe Stunde Fahrzeit von der Stadt entfernt, befand man sich hier mitten in der Natur. Das eingeschossige Häuschen war an sich nichts Besonderes und seine drei kleinen Räume alles andere als luxuriös, aber den Kauf eines Grundstücks mit direkter Seelage und eigenem Steg hätten sie sich heutzutage wohl nicht mehr leisten können.
Die Türglocke riss Carla aus ihren Gedanken. Überrascht überlegte sie, wer sich hierher verirrt haben mochte.
In ihrem weißen Hausanzug öffnete sie die Tür und glaubte ihren Augen nicht zu trauen. Zu ihrer Verblüffung stand Georg Gregory höchstpersönlich vor der Tür.
Ungezwungen, so als wäre sein Besuch das Normalste der Welt, begrüßte er sie und verkündete, dass er käme, um ihre Inter-

viewfragen zu beantworten, für die er nach der Lesung keine Zeit gehabt hatte.
Carla fühlte sich total überfordert. Im ersten Schreck hätte sie ihm am liebsten die Tür vor der Nase zugemacht, bat ihn aber widerstrebend herein.
Dann saßen sie zusammen im Wohnzimmer vorm Kamin, den sie gleich nach ihrer Ankunft angeheizt hatte, und tranken warmen Pfefferminztee.
Während er den Blick durch das große Panoramafenster auf den verschneiten See genoss, beruhigte sie sich langsam wieder. Zumal er völlig zwanglos mit ihr zu plaudern begann, so als würden sie sich schon ewig kennen und hätten bereits unzählige Male gemütlich beisammengesessen.
Er erzählte ihr auch, dass Ansgar Herzogs Besuch bei ihrem Vater tatsächlich mit der Arbeit an der Chronik zu tun gehabt hatte, er selbst aber nur das Anhängsel gewesen sei, weil sie anschließend noch gemeinsam zu einer anderen Verabredung gewollt hatten.
Halbherzig stellte Carla ihm auch ein paar ihrer Fragen, aber immer wieder schweifte das Gespräch ab und wandte sich anderen Themen zu.
Carla genoss es zunehmend, mit Herrn Gregory über Gott und die Welt zu plaudern. Es fühlte sich fast so an, als würde man einen gemütlichen Wintertag zusammen mit einem guten Freund verbringen.
Aber plötzlich, sie wusste nicht, was der Auslöser gewesen war, veränderte sich sein Verhalten. Der idyllische Blick zum See interessierte ihn nicht mehr, stattdessen musterte er nun sie so intensiv, dass sie verlegen seinem Blick auswich.
Wie eine Italienerin sehe sie aus, mit ihren langen schwarzen Haaren und den schönen dunklen Augen, meinte er und ließ weitere Komplimente folgen, die sie erröten ließen. Zumal ihr bewusst wurde, dass sie nicht einmal geschminkt war und in ihrem Wohlfühloutfit vor ihm saß.

Als er dann aber auch noch näher rückte und ihr wie beiläufig eine vorwitzige Haarsträhne aus dem Gesicht strich, wurde es Carla zu viel. Unter dem Vorwand, sich nicht wohlzufühlen, bat sie ihn zu gehen.
Er kam ihrer Aufforderung sogleich nach. Während er aufstand, wirkte er sogar ein bisschen verlegen. Vielleicht war ihm selbst bewusst geworden, dass er mit seiner vertraulichen Geste eine Grenze überschritten hatte. Immerhin war sie eine verheiratete Frau und nicht eines seiner Groupies. Es war ja schon mehr als genug, dass er ohne Einladung oder zumindest Vorankündigung hier aufgekreuzt war.
Im Flur umarmte er sie zum Abschied wie selbstverständlich, aber unsanft löste sie sich aus seinen Armen, schob ihn zur Tür hinaus und schloss sie hinter ihm.
Verwirrt kehrte sie ins Wohnzimmer zurück. Als sie wieder vor dem Kamin Platz nahm, meinte sie für einen Augenblick noch den Geruch seines Aftershaves wahrzunehmen.
Was denkt sich dieser Schriftsteller nur, überlegte sie. Er konnte doch nicht einfach so hier aufkreuzen. Was würde wohl Jakob zu diesem Besuch sagen? Aber sie hätte ja Herrn Gregory auch schlecht draußen in der Kälte stehen lassen können.
Um sich abzulenken, griff Carla zu einem Roman. Aber es gelang ihr nicht, sich zu konzentrieren, denn immer wieder kehrten ihre Gedanken zu ihrem Besucher zurück.
Verrückt, sinnierte sie, Georg Gregory zu Besuch in unserem Bungalow. Das würde ihr niemand glauben!
Sein Gesicht schob sich vor ihr inneres Auge, sein Lächeln, der intensive Blick aus dunklen Augen. Wieder hörte sie seine Stimme, die ihr Komplimente machte, als sei sie die zauberhafteste Frau, der er je begegnet war.
Was für eine maßlose Übertreibung! Der Mann war Schriftsteller und ein Frauenheld noch dazu! Wer weiß, wie vielen Frauen er dergleichen schon gesagt hatte.

Wütend über sich selbst, dass sie diesen Mann nicht aus ihrem Kopf bekam, wandte sie sich wieder dem Buch zu. Dieses Mal gelang es ihr, sich in die Geschichte zu vertiefen.

Am Abend, kurz vor dem Zubettgehen, meldete ihr Handy den Eingang einer Textnachricht.
Während Carla es in die Hand nahm, überlegte sie, wer ihr geschrieben haben könnte. Jakob war es sicher nicht, ihr Mann nutzte sein Handy nur zum Telefonieren und hielt jegliche weitere Beschäftigung damit für Zeitverschwendung.
Eine unbekannte Nummer wurde angezeigt. Neugierig öffnete sie die Nachricht und las:
„Ich bin verzaubert! Von deinem verwunschenen Anwesen am See, viel mehr aber noch von dir! Schlaf gut, schöne Schneefee! Liebe Grüße, Georg."
Ungläubig starrte sie auf das Display. Schöne Schneefee? Machte er sich etwa über ihren weißen Hausanzug lustig? Hätte sie geahnt, dass Georg Gregory höchstpersönlich hier aufkreuzen würde, wäre sie natürlich anders gekleidet gewesen. Und warum duzte er sie einfach?
Trotzdem schlug ihr Herz schneller, als sie die Zeilen noch einmal las.
Was schrieb er da nur? Er war verzaubert? Von ihr? Was für ein Unsinn, er kannte sie doch kaum.
Zögerlich versuchte sie ihm eine Antwort zu schreiben. Fast zehn Minuten benötigte sie dafür und nach zahlreichen Änderungen blieben nur die Worte:
„Schlafen Sie auch gut! Carla."
Nach dem Absenden kam ihr diese Nachricht selbst furchtbar förmlich, ja beinahe unhöflich vor. Aber nun war es zu spät. Und was hätte sie denn sonst schreiben sollen? Dass sein Besuch sie völlig durcheinandergebracht hatte? Dass sie ihn nicht so überstürzt hätte fortschicken sollen und nun ständig an ihn denken musste?

Niemals im Leben! Jedes weitere Wort wäre Jakob gegenüber nicht fair gewesen.

Doch schon am nächsten Morgen meldete ihr Telefon den Eingang einer neuen Nachricht.
„Guten Morgen, liebe Schneefee. Ich wünsche dir einen zauberhaften Tag. Leider haben wir gestern das Interview vergessen. Ich freue mich darauf, dir bald Rede und Antwort zu stehen. Liebe Grüße, Georg.
PS: Schneefee, bleib bitte vom Kamin weg. Nicht, dass du mir auftaust."
Beim Lesen des letzten Satzes musste sie schmunzeln. Spinner, dachte sie amüsiert.
Dann heizte sie den Kamin ein, weil die Wahrscheinlichkeit zu tauen geringer war als die, zu erfrieren.
Anschließend antwortete sie ihm: „Ich würde gerne einen Termin mit Ihnen vereinbaren, um das Interview nachzuholen. Wann passt es Ihnen denn?"
Postwendend kam seine Antwort: „Sorry, aber ich bin die nächsten Tage mit dem Bürgermeister auf Reisen. Du fehlst mir jetzt schon! Dein Georg."
Was dachte er sich nur, fragte sie sich kopfschüttelnd. Nicht nur, dass er sie wieder einfach duzte, er tat auch noch so, als wären sie die besten Freunde. Oder sogar mehr als das.
Nun würde es wohl vorerst nichts mit dem Interview werden, dachte sie und ärgerte sich, dass sie die gestrige Gelegenheit ungenutzt verstreichen hatte lassen.
Sie durfte Frau Herzog auf keinen Fall verraten, dass Georg Gregory sie hier besucht hatte. Vielleicht war es besser, niemandem von diesem Besuch zu erzählen. Es würde sonst nur unnötiges Gerede geben.
So sehr Carla sonst die Stille an diesem Ort genoss, heute gelang es ihr nicht, zur Ruhe zu kommen. Deshalb kehrte sie bereits am frühen Nachmittag in ihre Wohnung in der Stadt zurück. Dort erinnerte sie zumindest nichts an diesen Schriftstel-

ler, den sie sich schleunigst wieder aus dem Kopf schlagen musste. Georg Gregory war nicht nur fünf Jahre jünger als sie, er war noch dazu ein gefeierter Autor, dem die Damenwelt zu Füßen lag. Sie dagegen war eine verheiratete Frau und zu alt für derlei Schwärmereien.

Die Tage vergingen, ohne dass sie etwas von Georg Gregory hörte. Von ihrer Chefin wusste Carla, dass ihr Sohn immer noch mit ihm unterwegs war. Glücklicherweise hatte Frau Herzog nie wieder von dem Interview gesprochen und sich mit dem Bericht über die Lesung und Herrn Gregorys Leben zufriedengegeben.
Carla wusste nach wie vor nicht, was sie vom Besuch des Schriftstellers halten sollte. Erst dieses unerwartete Auftauchen in ihrem privaten Bereich und diese beiden vertraulichen Nachrichten, dann wiederum sein Schweigen, als hätte das alles niemals stattgefunden.
Eine Zeitlang wartete sie noch darauf, dass er sich wieder meldete, und sei es nur, um einen Termin für das Interview zu vereinbaren. Aber irgendwann wurde ihr klar, dass er das längst vergessen hatte. Genauso wie er an sie selbst wohl keinen Gedanken mehr verschwendete. Wahrscheinlich war das, was sie erlebt hatte, Georg Gregorys ganz normaler Umgang mit Frauen. Mit Komplimenten oder schönen Worten um sich werfen, um anschließend seiner Wege zu gehen. Sie durfte in sein Verhalten einfach nicht zu viel hineininterpretieren.

Zwei Wochen später war sie zu Anne Herzogs alljährlicher großer Geburtstagsparty im Saal des Kulturhauses eingeladen. Jakob war wieder einmal auf Reisen und Saskia erneut mit einem ihrer kranken Kinder beschäftigt. So hatte Carla sich von ihrer Chefin überreden lassen, allein zu kommen.
Um gleich an der Eingangstür mit Georg Gregory zusammenzustoßen, mit dem sie hier überhaupt nicht gerechnet hatte. Die Herzogin hatte kein Wort darüber verloren, dass die beiden Männer zurück waren, aber eigentlich hätte Carla selbst darauf

kommen können, dass Ansgar Herzog den Geburtstag seiner Mutter nicht verpassen würde. Und wo er war, schien momentan wohl auch Georg Gregory nicht weit zu sein.

„Schön, dich zu sehen", begrüßte er sie freundlich lächelnd und schickte sich an, sie zur Begrüßung zu umarmen.

Instinktiv wich sie zurück. „Ich wüsste nicht, dass wir beim Du waren", entgegnete sie barsch, von seinem unverhofften Erscheinen und seiner Ausstrahlung völlig überfordert. Ihre innere Stimme mahnte sie, den größtmöglichen Abstand zu diesem Mann einzuhalten. Das förmliche Sie konnte dabei möglicherweise helfen.

Aber Georg ließ sich von ihrer Unfreundlichkeit nicht beirren und zuckte nur lachend mit den Schultern.

Kurz darauf stand er mit zwei Gläsern Sekt in den Händen erneut vor ihr.

„Entschuldigung, ich war vorhin zu schnell. Aber wir können ja jetzt Brüderschaft trinken, so wie es sich gehört. Ich bin Georg."

Ihr war bewusst, dass jeder seiner Schritte von unzähligen Augenpaaren, vornehmlich von denen seiner weiblichen Verehrerinnen, verfolgt wurde. Deshalb wollte sie sich keine Blöße geben und nahm das angebotene Glas.

„Carla." Sie prostete ihm zu und trank einen Schluck, aber als er ihr einen Kuss auf den Mund geben wollte, drehte sie blitzschnell den Kopf zur Seite, sodass seine Lippen auf ihrer Wange landeten.

„Und ich? Bekomme ich keinen?", fragte er daraufhin frech grinsend.

Stirnrunzelnd stellte sie sich auf die Zehenspitzen und gab ihm ebenfalls einen Kuss auf die Wange.

Sie hätte es besser bleiben lassen sollen, denn seine Nähe, der Geruch seines Aftershaves, die Wärme seiner Haut, das alles brachte sie so durcheinander, dass sie sich entschuldigte und auf die Toilette flüchtete.

Als sie zurückkam, war Georg von einer Gruppe Frauen umgeben, die, wie es schien, alle auf einmal aufgeregt auf ihn einredeten.

Mit einem neuen Glas Sekt in der Hand oder war es schon das dritte, stand Carla an der Seite und beobachtete, wie jede der zahlreichen weiblichen Gäste das Gespräch mit dem Schriftsteller suchte. Wobei manche Dame auch auf mehr aus zu sein schien, denn einige Flirtversuche waren mehr als subtil. Aber er schien das durchaus zu genießen.

Soll er doch, dachte Carla, leerte ihr Glas und holte sich vom Tresen gleich ein neues.

Dann ergriff Anne Herzog das Wort. Sie begrüßte ihre Gäste und bat zum Abendessen. Das heutige Geburtstagskind nahm zwischen ihrem Sohn und Georg an einem Ende der Tafel Platz und die drei schienen sich sogleich blendend zu unterhalten. Carla dagegen fand sich am anderen Ende des Tisches wieder, eingequetscht zwischen zwei älteren Herren, die ausgiebig und unendlich langweilig über ihr liebstes Hobby, das Angeln, redeten.

Am liebsten wäre Carla sofort nach dem Hauptgericht aufgestanden und nach Hause geflüchtet. Aber da das unhöflich gewesen wäre und ihre Chefin ihr so ein Verhalten übel genommen hätte, harrte sie aus und ließ auch noch die Nachspeise und den darauffolgenden Espresso über sich ergehen. Nebenbei tröstete sie sich mit reichlich Sekt, den ihr ihr aufmerksamer Sitznachbar nachschenkte, sobald das Glas leer war.

Es kam, wie es kommen musste. Als endlich der Tanz eröffnet wurde, war Carla gehörig beschwipst. Plötzlich stand Georg neben ihrem Stuhl.

„Darf ich bitten", forderte er sie auf und deutete schmunzelnd eine Verbeugung an.

„Gerne", lächelte sie erfreut, alle Hemmungen und Zweifel waren dank des Alkohols verflogen.

Sie tanzten und tanzten! Carla genoss seine Nähe, die Musik, diese Leichtigkeit, mit der er sie führte, und hätte immer so weitermachen können.

In einer kurzen Pause trank sie ein weiteres Glas Sekt, während er sich jetzt an Wasser hielt.

„Willst du auch?", fragte er und deutete auf sein Glas.

„Auf keinen Fall, ich bin doch kein Fisch", entgegnete sie entrüstet.

„Zum Glück", meinte er belustigt. „Du bist ja eine Schneefee. Oder nein, heute bist du eher eine kleine Meerjungfrau." Er spielte damit auf ihr langes türkisfarbenes Kleid im Meerjungfrauenstil an, das sie sich extra für den heutigen Abend gekauft hatte. „Da muss ich wohl gut aufpassen, dass du bei mir an Land bleibst und nicht in die Weiten des Meeres entschwindest."

„Ich bleibe gerne bei dir", versicherte sie ein wenig undeutlich, da ihre Zunge ihr auf einmal nicht mehr so recht gehorchen wollte.

Für einen kurzen Moment meldete sich ihr Verstand zu Wort und fragte, was sie denn da eigentlich redete. Noch flüchtiger dachte sie an Jakob, der ebenfalls ein guter Tänzer war, nur dass er viel zu selten die Gelegenheit fand, das unter Beweis zu stellen.

Dann begann das nächste Lied und alles andere war vergessen. Das Tanzen mit Georg ist die reine Magie, dachte sie verträumt, während sie beschwipst in seinen Armen durch den Raum schwebte.

Der Abend verging dabei viel zu schnell. Bald schon brachen die ersten Gäste auf, die nächsten folgten und dann endete abrupt die Musik.

„Feierabend", verkündete die Chefin. „Vielen Dank noch mal und kommt alle gut nach Hause."

„Schade", murrte Carla. „Die kleine Meerjungfrau will noch tanzen." Dabei drehte sie sich beschwingt im Kreis und verlor

prompt das Gleichgewicht. Hätte Georg sie nicht geistesgegenwärtig festgehalten, wäre sie gestürzt.
Er sah sie nachdenklich an „Ich glaube, ich bringe dich besser nach Hause."
Ihre Enttäuschung über das Ende der Feier verschwand augenblicklich. „Oh, fein! Dann können wir unterwegs weitertanzen."
„Vielleicht ein anderes Mal. Jetzt schauen wir erst einmal, dass du gut ankommst."
Beim Abschied von der Gastgeberin bekam Carla einen Schluckauf, was ihr, trotz ihres Schwipses, furchtbar peinlich war.
„Bestimmt denkt Jakob an mich", murmelte sie und fing einen seltsamen Blick Georgs auf.
„Bringen Sie sie mir ja gut heim", forderte Frau Herzog von Georg.
„Natürlich, machen Sie sich keine Gedanken", versicherte er beruhigend und die Herzogin wandte sich anderen Gästen zu, um sie zu verabschieden.
Vor der Tür verflüchtigte sich Carlas Schluckauf glücklicherweise, dafür begann sich plötzlich die ganze Welt um sie herum zu drehen.
„Huch, das ist ja, als würden wir wieder tanzen", juchzte sie und schwankte bedenklich.
Kurz entschlossen hakte Georg sie unter. „Das ganze Leben ist ein Tanz, weißt du das nicht?" Er schüttelte schmunzelnd den Kopf und brachte sie wie versprochen heil nach Hause.

Am nächsten Morgen war Carla alles furchtbar peinlich! Zumindest das, woran sie sich noch erinnern konnte.
Wie hatte sie nur so viel trinken können? Verschwommen erinnerte sie sich, dass Georg sie nicht nur bis zur Haustür, sondern sogar hinauf in die Wohnung begleitet hatte. Dort half er ihr, Schuhe und Jacke auszuziehen, und brachte sie dann ins Bett.
Zu ihrer Bestürzung wusste sie auch wieder, dass sie ihn vorm Einschlafen um einen Kuss gebeten hatte. Er war ihrem

Wunsch zwar nachgekommen, berührte mit seinen Lippen aber nur sanft ihre Stirn.
„Schlaf nun, kleine Meerjungfrau", hatte er ihr ins Ohr geflüstert, während ihr bereits die Augen zugefallen waren.
Was soll er jetzt nur von mir denken, fragte sie sich reumütig. Und ihre Chefin, was würde die zu ihrem Benehmen sagen?
So sehr sie sich für ihr Verhalten am gestrigen Abend schämte, stahl sich doch unversehens ein Lächeln in ihr Gesicht, als sie daran dachte, dass Georg den ganzen Abend nur mit ihr getanzt hatte. Und das, obwohl ihm die ganze Frauenwelt zu Füßen lag.

Zum Glück verlor Frau Herzog kein Wort mehr über diesen Abend. Und Georg, den schien ihr Zustand nicht abgeschreckt zu haben. Im Gegenteil. Bald suchte er erneut ihre Gesellschaft und stand mit drei roten Rosen in der Hand vor ihrer Tür.
Ausgerechnet am Valentinstag, dem Tag, den Jakob immer als Festtag der Blumenläden bezeichnete und in den Jahren ihrer Ehe erfolgreich ignoriert hatte.
Überhaupt hatte ihr Ehemann es nicht so mit Jahrestagen oder Jubiläen. Auch ihr Hochzeitstag war nach drei Jahren Ehe in Vergessenheit geraten. Carla tröstete sich damit, dass sie sich Blumen oder Pralinen ja auch selbst kaufen konnte, wenn ihr danach war.
Nun stand Georg ausgerechnet am Tag der Liebenden mit drei langstieligen roten Rosen in der Hand vor ihr.
„Ich wünsche dir einen schönen Valentinstag", meinte er lächelnd und streckte ihr die Blumen entgegen.
„Danke", brachte sie perplex heraus und bat ihn, um nicht unhöflich zu sein, herein.
Bei einer Tasse Kaffee saßen sie sich dann am Küchentisch gegenüber und plauderten über Alltägliches. Es fühlte sich ganz ungezwungen an und bald war ihr schlechtes Gewissen vergessen, zumal Georg den Abend auch mit keinem Wort mehr erwähnte.

Als er sich eine halbe Stunde später verabschiedet hatte, wusste sie, dass der bisher so ungeliebte Valentinstag ab heute eine andere Bedeutung für sie haben würde.

Nach diesem kurzen Besuch schickte Georg ihr jeden Tag Nachrichten auf dem Handy. Es begann früh mit einem Morgengruß und endete abends mit guten Wünschen zur Nacht. Dazwischen schrieb er ihr liebe Worte, die ihr zunehmend guttaten, sie aber jedes Mal aufs Neue verwunderten. Was wollte dieser Mann nur von ihr? Er konnte doch jede haben, warum überhäufte er ausgerechnet sie mit seiner Aufmerksamkeit?
Immer wieder schrieb er ihr auch, dass er sie vermisste, und bat darum, sie bald wiedersehen zu dürfen. Aber sie ignorierte diese Wünsche. Sie war nicht seine kleine Meerjungfrau, wie er sie oft nannte, sondern eine erwachsene und noch dazu verheiratete Frau.
Trotzdem fiel es ihr immer schwerer, seiner Anziehungskraft und seinem Charme zu widerstehen. Als er ihr dann eines Tages schrieb, er würde sie später zu einer Überraschung abholen, schaffte sie es nicht, ihm abzusagen. Sie wollte ihn ja auch wiedersehen!
Seine Überraschung stellte sich als romantische Schlittenfahrt heraus, etwas, wovon Carla früher insgeheim geträumt, diesen Wunsch aber längst verdrängt hatte. Jakob war kein Romantiker, niemals hätte er sich mit ihr in einen Schlitten gesetzt.
Ganz anders Georg. In dicke Decken eingehüllt, saßen sie eng nebeneinander und auf der Rückfahrt legte er wie selbstverständlich seinen Arm um ihre Schulter. Carla ließ es geschehen und redete sich zu ihrer eigenen Beruhigung ein, er täte es nur der Kälte wegen.
Ein paar Tage später lud er sie dann abends zu seinem Geburtstag ein. Als sie beim Ferienhaus des Bürgermeisters ankam, stellte sich heraus, dass sie der einzige Gast war. Georg hatte im Garten Fackeln aufgestellt und ein kleines Lagerfeuer angezündet. Seite an Seite saßen sie vorm Feuer und tranken heißen

Glühwein, über sich einen prachtvollen Sternenhimmel. Er erzählte ihr von seinem bisherigen Leben, sprach aber auch von seinen Zweifeln und Ängsten, ob aus ihm je ein richtiger Schriftsteller werden oder es bei dem einen erfolgreichen Roman bleiben würde.

So lernte sie noch einen anderen Georg kennen, einen, der nicht mit jeder Frau flirtete und sich dabei für unwiderstehlich hielt, sondern einen stillen, unsicheren Georg, der sie viel mehr berührte als der selbstbewusste Schriftsteller, dem sie bisher begegnet war.

„Weißt du", meinte er irgendwann, „jedes Kennenlernen eines Menschen geschieht aus einem ganz bestimmten Grund, auch wenn wir uns dessen meistens nicht bewusst sind. Jede erste Begegnung ist ein magischer, bedeutsamer Moment. Es ist, als würde das Universum für einen Augenblick innehalten und uns einen Blick auf all die unzähligen Möglichkeiten gewähren, die vor uns liegen. Vielleicht bleibt dieser andere Mensch nur ein flüchtiger Bekannter oder verschwindet sogar gleich wieder aus unserem Leben. Möglicherweise hat er aber trotzdem eine wichtige Botschaft für uns. Irgendetwas, das uns innehalten, nachdenken und erkennen lässt.

Vielleicht wird dieser Mensch, der da vor uns steht, aber auch unser bester Freund. Oder er ist sogar die Frau oder der Mann, auf den wir unser ganzes bisheriges Leben gewartet haben. In dem Moment der ersten Begegnung ist all das noch offen, doch manchmal erkennen wir schon beim ersten Blick in die Augen des anderen, dass dieser Mensch eine ganz besondere Bedeutung für uns haben wird. So war das auch, als ich dir zum ersten Mal begegnet bin."

Damit hatte er das Thema fallen gelassen und sie wieder einmal vollkommen durcheinandergebracht.

Als er sie später nach Hause brachte und sie sich vor der Haustür voneinander verabschiedeten, küsste er sie. Aber dieses Mal war es kein flüchtiger Kuss auf Wange oder Stirn. Nur der Gedanke an Jakob ließ sie schließlich innehalten und überstürzt in der Haustür verschwinden.

Ab diesem Abend drehten sich ihre Gedanken fast ununterbrochen um Georg. Nicht einmal an ihrem geliebten Rückzugsort am See kam sie noch zur Ruhe.
Immer öfter ging ihre Fantasie mit ihr durch und sie fragte sich, wie es sein würde, wenn sie nicht verheiratet wäre. Aber schnell rief sie sich dann wieder zur Ordnung. Solche Gedanken führten zu nichts.
Trotzdem hielt sie es nicht lange ohne Georg aus und ihm schien es genauso zu gehen. Immer häufiger trafen sie sich und eines Tages tauchte er, als er sie zu Hause nicht angetroffen hatte, auch wieder vor ihrem Bungalow auf.
Dieses Mal wurde es kein flüchtiger Besuch, sondern er blieb bis zum nächsten Morgen. In dieser Nacht schlief sie nicht in ihrer Kleidung, so wie nach der Geburtstagsfeier ihrer Chefin, und trotz einiger Gläschen Wein wusste sie noch ganz genau, was sie tat.
Es wurde die schönste Nacht ihres Lebens, Momente voller Zärtlichkeit, Leidenschaft, Nähe und Vertrautheit.
Dennoch quälte sie anschließend das schlechte Gewissen. Was, wenn Jakob von dieser Nacht erfuhr?
Aber diese Sorge erwies sich als unbegründet. Georg hütete ihr gemeinsames Geheimnis wie seinen Augapfel.
Natürlich blieb es anderen nicht verborgen, wie viel Zeit sie miteinander verbrachten. Doch nach außen hin waren sie nicht mehr als gute Freunde.
Carla lebte unter der Zuwendung und Liebe Georgs regelrecht auf. Und sie wusste mit jedem Tag mehr, dass sie nie wieder auf diesen Mann verzichten wollte.
Jakob verlor kein Wort über diese neue Freundschaft. Vielleicht war er ja sogar erleichtert, dass die sonst oft so gedrückte Stimmung seiner Frau verflogen war.

Auf diesen romantischen Winter folgten ein wundervoller Frühling und bald darauf ein heißer Frühsommer.
Carla und Georg sahen sich so oft wie möglich. Dann redeten sie, lachten, träumten, gingen spazieren, lasen sich gegenseitig aus Büchern vor und verbrachten, wenn Jakob unterwegs war, die Nächte zusammen.
Tagsüber, wenn Carla im Büro beschäftigt war, arbeitete Georg intensiv an seinem neuen Roman. Er vertraute Carla vieles an, aber über sein Buchprojekt verriet er kein Wort. Doch Carla verstand das. Schon ihre Oma hatte früher immer gesagt, man rede nicht über ungelegte Eier.
Überhaupt schien es ihr, als würde sie alles an Georg verstehen. So wie sie umgekehrt das Gefühl hatte, dass er oft wortlos wusste, was sie dachte oder fühlte.
Er tat alles, um sie glücklich zu machen. Er lud sie zum Essen ein und besuchte mit ihr die Konzerte ihrer Lieblingsmusiker, sie badeten zusammen im See oder fuhren gemeinsam mit dem Boot hinaus. Und in der Mittsommernacht saßen sie bis zum Sonnenaufgang eng umschlungen in seinem Garten und betrachteten die Sterne.
Carla war glücklich. Alles, was für sie zählte, war seine Nähe und Liebe. So sehr sie sich auch anfangs dagegen gewehrt hatte, sie wollte nichts mehr, als mit Georg zusammen zu sein!

Von ihr aus hätte es immer so weitergehen können. Jakob war oft genug unterwegs, um ihr den nötigen Freiraum für diese Liebe zu lassen. Natürlich wünschte sie sich manchmal insgeheim noch mehr Zeit mit Georg, aber diese Gedanken schob sie immer schnell beiseite.
Ihr war bewusst, dass ihr Verhalten Jakob gegenüber mehr als unfair war. Sie wollte ihrem Mann nicht wehtun, mochte aber auch Georg nicht mehr missen.
Das Dilemma, das ihr zwar manch schlaflose Nacht bereitete, das sie aber auch immer wieder erfolgreich verdrängen konnte, machte Georg bald zusehends zu schaffen.

Im Spätsommer wurde er immer ruheloser und fing an, eine Recherchereise nach Rom zu planen.
„Komm mit mir", drängte er sie. „Rede endlich mit deinem Mann! Unsere Liebe ist zu wertvoll, um sie vor den Augen der anderen zu verstecken."
Natürlich hatte er recht, aber sie brachte es nicht übers Herz, Jakob die Wahrheit zu sagen.
So führte ein Wort zum anderen und zum ersten Mal gingen sie im Streit auseinander. Auch wenn Georg bald einlenkte, stand dieses Thema doch weiterhin zwischen ihnen.
„Ich kann Jakob nicht verlassen", versuchte sie ihm zu erklären. „Wir sind schon so lange zusammen und er war immer für mich da."
„Ach ja, wo ist er denn? Ich sehe ihn nicht! Carla, ich weiß nur, dass du sehr einsam auf mich gewirkt hast, als wir uns kennenlernten. Du musst dich endlich entscheiden! Willst du dein Leben mit ihm oder mit mir verbringen?"
So ging es weiter, bis er ihr eines Abends eröffnete, nun bald nach Rom reisen zu wollen.
„Ich erwarte ja gar nicht, dass du sofort alles stehen und liegen lässt, um mit mir zu kommen. Ein paar Wochen, mehr brauche ich dort nicht für die Recherche. Danach können wir uns, wo immer du willst, ein gemeinsames Leben aufbauen. Sprich endlich mit Jakob!"
Sein Drängen setzte ihr so zu, dass ihr die Tränen kamen.
„Aber ...", wollte sie sich erneut erklären, doch er unterbrach sie.
„Kein Aber! Ich lasse dich jetzt ein paar Tage in Ruhe, damit du deine Entscheidung treffen kannst. Am Sonntagabend werde ich für uns kochen. Aber komm bitte nur, wenn du dich für mich entschieden hast und dich von Jakob trennst. Ansonsten lass mich gehen und leb dein Leben weiter wie bisher."
Das waren harte Worte. Sie war wütend, enttäuscht, fühlte sich erpresst und in die Ecke gedrängt. Tagelang herrschte Funkstille zwischen ihnen.

Am Sonntagabend war Jakob ausnahmsweise mal zu Hause. Zusammen saßen sie vor dem Fernseher und ließen sich von einem Film berieseln. Doch Carla war mit ihren Gedanken ganz woanders.
Georg war ein exzellenter Koch und ein guter Gastgeber. Wie gerne hätte sie jetzt gemeinsam mit ihm beim Abendessen gesessen, bei verträumter Musik, Kerzenlicht und einem guten Wein.
Leise seufzte sie und erschrak. Aber Jakob war so in den Film vertieft, dass er nichts von ihrem Gemütszustand mitbekam.
Ich hätte heute ja sowieso nicht zu Georg gehen können, selbst dann nicht, wenn Jakob unterwegs gewesen wäre, überlegte sie. Sonst hätte Georg ihr Erscheinen in den falschen Hals bekommen und als Trennung von ihrem Mann interpretiert. Aber sie wollte sich doch gar nicht trennen und ihr vertrautes Leben aufgeben.
Warum konnte denn zwischen Georg und ihr nicht alles so bleiben wie bisher?
Ich werde ihn morgen anrufen und in Ruhe mit ihm reden, entschied sie. Georg liebte sie, sicher würde er einlenken.

Aber am nächsten Tag erreichte sie ihn telefonisch nicht und auch nicht am Tag darauf. Als sie beschloss, ihm einen Besuch abzustatten, erfuhr sie unterwegs von einer Bekannten, dass Georg am Montag die Stadt verlassen hatte, um auf Recherchereise für sein Buch zu gehen.
Carla versuchte zwar so zu tun, als wüsste sie davon, aber ihr war, als täte sich in diesem Moment der Boden unter ihr auf.
Georg war fort? Ohne Abschied? Was war mit all seinen Liebesschwüren, mit seinem Versprechen, nie mehr ohne sie sein zu wollen? Ohne ein Wort war er einfach abgereist und damit genauso plötzlich aus ihrem Leben verschwunden, wie er damals aufgetaucht und alles durcheinandergebracht hatte.
Bedeutete ihm ihre Liebe denn gar nichts, fragte sie sich verzweifelt. Oder lag es an ihrer Feigheit? Hätte sie sich zu ihm

bekennen sollen? Hielt sie wirklich nur aus Angst vor dem Unbekannten an ihrem alten Leben fest, so wie es Georg einmal behauptet hatte?

In ihrer Verwirrung und Enttäuschung lief sie stundenlang durch die Straßen, auch dann noch, als es längst dunkel geworden war und einsetzender Regen sie durchnässte.

Während die kalten Tropfen ihr über Gesicht und Haare liefen, dachte sie an seine Liebkosungen und wünschte sich, seine Lippen und Hände würden sie noch einmal berühren, so wie sie es unzählige Male getan hatten.

Aber als sie dann völlig nass und durchgefroren zu Hause ankam, wusste sie, dass es vorbei war. Endgültig und unwiderruflich! Weil sie selbst keine Entscheidung treffen konnte, hatte Georg ihr diese nun abgenommen.

Es ist besser so, versuchte sie sich einzureden. Sie war eine verheiratete Frau, hatte genau das auch immer sein wollen. Nie hatte sie verstehen können, dass andere das Altbewährte bei der kleinsten neuen Liebelei über Bord warfen wie einen alten, ausgetretenen Schuh.

Ja, Georg Gregory war der faszinierendste Mann, der ihr je begegnet war. Aber er war nicht nur jünger als sie, sondern auch ein begehrter Frauenschwarm. Nach dem überwältigenden Erfolg seines Romans stand ihm die ganze Welt offen. Warum sollte er sein Leben dann ausgerechnet mit ihr in diesem Provinznest verbringen wollen?

Nein, sie war sich sicher, eine Beziehung mit ihm konnte nicht Bestand haben. Irgendwann wäre eine andere Frau gekommen und hätte sein Herz erobert.

Dann lieber ein Ende mit Schrecken, so konnte sie wenigstens noch ihre Ehe retten. Jakob war vielleicht kein Traummann schlechthin, aber er war ein treuer und verlässlicher Partner, der ihr die Sicherheit gab, die sie brauchte.

Zumindest redete Carla sich das so lange ein, bis sie es selbst beinahe glaubte.

Nach Georgs Abreise hörte sie über drei Wochen nichts von ihm. Aber dann begann er auf einmal, ihr Nachrichten auf dem Handy und E-Mails zu senden.
Konnte er sie doch nicht vergessen?, fragte sie sich. Bereute er sein Verhalten etwa inzwischen?
Um darauf Antworten zu erhalten, hätte Carla seine Botschaften lesen müssen. Aber nach seinem überstürzten Verschwinden war sie dafür viel zu verletzt. Deswegen löschte sie jeden seiner Kontaktversuche ungeöffnet. Was gab es auch noch zu sagen? Er war ohne ein Wort gegangen, für Erklärungen war es zu spät. Nichtsdestotrotz fühlte sie sich nach seiner Abreise so allein wie noch nie zuvor. Insgeheim sehnte sie sich weiter nach ihm, aber sie würde lernen müssen, mit diesem Gefühl zu leben.

Als Carla am späten Vormittag erwachte, war sie müde und erschöpft. Was daran lag, dass sie erst ewig nicht hatte einschlafen können und dann auch noch Georg durch ihre Träume gegeistert war. Es schien ihr, als hätte sie ihre gemeinsamen Monate im Traum noch mal Revue passieren lassen. Dementsprechend traurig fühlte sie sich jetzt, da ihr beim Wachwerden wieder bewusst geworden war, dass diese Zeit unwiderruflich vorbei war.
Plötzlich erinnerte sie sich daran, wie er ihr eines Abends eine Kette mit einem Yin- und Yang-Anhänger geschenkt hatte.
„Diese Kette soll dich daran erinnern, dass wir so untrennbar zusammengehören wie Yin und Yang. So wie keines der beiden ohne das andere sein kann, möchte ich nie wieder ohne dich sein. Schon bei unserer ersten Begegnung war es mir, als würde ich dich ewig kennen. Da ist sie ja endlich, habe ich in diesem Moment gedacht", waren seine Worte gewesen, bevor er sie küsste.
Bei dieser Erinnerung traten Carla die Tränen in die Augen. Sie stand auf, ging hinüber zum Schrank, auf dem ihr Schmuckkästchen stand, und holte aus dem hintersten Winkel die Kette

hervor. Nachdem Georg sie ihr geschenkt hatte, hatte sie das Schmuckstück ununterbrochen getragen. Heimlich natürlich, unter Bluse oder Shirt, damit Jakob es nicht sah und Fragen stellte. Nach Georgs Abreise war sie anfangs in Versuchung gewesen, den Schmuck wegzuwerfen, hatte es dann aber doch nicht fertiggebracht.
Carla zögerte und hätte die Kette fast wieder umgelegt. Aber dann besann sie sich und legte sie rigoros zurück an die alte Stelle. Nein, die Zeiten, in denen sie einander so viel bedeuteten, dass sie sich untrennbar wie Yin und Yang fühlten, waren unwiderruflich vorbei! Wie es sich gezeigt hatte, kam Georg gut ohne sie zurecht.
Die Tränen, die sie so lange zurückgehalten hatte, kamen wie von allein. Sie weinte und weinte, als könne sie nie wieder damit aufhören. Aber als die Tränenflut endlich versiegt war, fühlte sie sich erleichtert. Es war fast, als hätten ihre Tränen auch einen Teil ihrer Traurigkeit und ihrer Enttäuschung mit sich fortgespült. Stattdessen blitzte ein Fünkchen Dankbarkeit auf. Dankbarkeit für Georgs Liebe, auch wenn sie nur für viel zu kurze Zeit ihr Leben erfüllt hatte.
Vielleicht ist es ja auch besser so, dachte sie. Sich wie eine Hälfte des Ganzen zu fühlen, bedeutete ja auch eine große Abhängigkeit vom anderen. Wäre es nicht besser, einen Partner an seiner Seite zu haben, der einen bei der eigenen Entwicklung unterstützte?
Mit Jakob war das leider nicht möglich, dafür waren ihre Interessen und Vorstellungen zu verschieden. Wir leben mehr oder weniger nebeneinander her, wurde ihr plötzlich mit aller Deutlichkeit bewusst. Aber taten das nicht die meisten Paare?, fragte sie sich.
Um auf andere Gedanken zu kommen und zu erfahren, wie es Charlotte mit ihrem Dichter ergangen war, griff sie wieder zum Tagebuch. Auch wenn sie sich dabei ein wenig wie eine Spionin vorkam.

Tagebuch II

Weimar, 1. Januar 1781
Das neue Jahr begrüßt uns mit einem freundlichen Morgen! Noch vor dem Frühstück habe ich Goethe ein kleines Neujahrsgeschenk geschickt. Gerade kam ein Zettelchen mit seiner Antwort. Er habe sich sehr über das Büchschen gefreut, lässt er mich wissen und dankte es mir sogleich mit etwas Süßem.

Weimar, 15. Januar 1781
Goethe kümmert sich mit Leib und Seele um das Liebhabertheater. Heute ließ er anfragen, ob mein Mann bereit wäre, in einem Stück mitzuspielen. Er habe ihm im Drama „Die Mitschuldigen" die Rolle des Wirtes zugedacht und meine, dass Josias diese gut stehen würde.
Ich kann mir vorstellen, dass mein Mann diesem Einfall gegenüber nicht abgeneigt sein wird. Auf jedem Fall werde ich ihm gut zureden.

Weimar, 16. Januar 1781
Gestern fragte mich Goethe, ob ich mit ihm auf der Ilm Schlittschuh fahren wolle. Ich fand diese Idee nach dem milden Wetter der letzten Tage zu gefährlich. Meine Zweifel haben ihn sehr verärgert. Es tue ihm weh, dass ich ihn für leichtsinnig halte, schimpfte er. Das Eis sei so dick, es würde an dieser Stelle sogar einen Lastenkarren tragen.
Ja, möglicherweise waren meine Ängste übertrieben. Aber ich mochte trotzdem nicht mitgehen, meine Freude aufs Eislaufen ist mir nach dem Streit vergangen.

Weimar, 31. Januar 1781
Schon ist der erste Monat des neuen Jahres wieder vorüber. Bei Hofe fanden, wie immer in den Wintermonaten, eine Reihe von Konzerten und anderen Vergnügungen statt. Leider konnte Goethe in den letzten Tagen nicht anwesend sein, da er krank ist. Er klagt über furchtbare Halsschmerzen. Wahrscheinlich hat er sich beim Eislaufen erkältet.

Weimar, 12. Februar 1781
Wenn er in seinem Haus sitze, sei es ihm ein angenehmer Gedanke, dass sich zwischen mir und ihm nur die liebe freie Luft befinde. Denn so müsse seine Seele keine anderen Wohnungen überspringen, um zu mir zu eilen, schrieb der liebe Freund heute.
Was für ein schöner Gedanke! Doch so sehr ich seine Worte schätze, fehlt mir doch seine Gegenwart. Glücklicherweise geht es ihm wieder besser und er wird am Abend zu mir kommen.

Weimar, 13. Februar 1781
Sein liebes A und O nannte er mich heute wieder. Er klagte, dass ihn in dieser Nacht der Wind nicht habe schlafen lassen. Kein Wunder in seiner Einöde da draußen!
Ich riet ihm mehrfach dazu, im Winter in der Stadt zu wohnen, doch er lässt nicht mit sich reden.

Weimar, 15. Februar 1781
Goethe und ich werden gemeinsam in einem Stück auftreten! Eben schickte er mir die Verse des Maskenspiels. Er fragte zuvor, ob ich es unangemessen fände, wenn ich in der Rolle der Nacht aufträte und er in der Rolle des Schlafs. Aber ich konnte nichts Anstößiges dabei finden.
Auch mein Mann wird bei diesem Stück wieder auf der Bühne stehen. Goethe war mit seinem letzten Auftritt sehr zufrie-

den und greift nun gern erneut auf ihn zurück. Auch Josias scheint es Freude zu machen, sind diese kleinen Auftritte doch eine willkommene Abwechslung zu seinen sonstigen Pflichten.

Weimar, 3. März 1781
Ach, mein armer, zerstreuter Freund! Wo ist er nur mit seinen Gedanken? Eben schrieb er mir, er habe die Feder statt ins Tintenfass in den brennenden Wachsstock auf seinem Tisch getaucht. Nur gut, dass dabei kein Unglück geschehen ist.
Zu meiner Erleichterung nimmt er das Missgeschick aber mit Humor. Er meinte, die Feder habe nach dem heftigsten und reinsten Element verlangt, da er im Begriff war, mir zu sagen, wie unendlich er mich liebe.

Weimar, 8. März 1781
Goethe schreibt aus Neunheilingen. Zusammen mit dem Herzog besucht er dort den Grafen von Werthern-Beichlingen und dessen Gemahlin. Die Gräfin soll eine sehr schöne und kluge Frau sein. Angeblich hat unser Herzog großen Gefallen an ihr gefunden.
Goethe selbst wäre aber lieber bei mir geblieben! Nur ungern nahm er gestern Abschied und hatte bei Wind und Regen einen bösen Ritt. Der Herzog leidet zudem unter einem entsetzlichen Schnupfen. Was kein Wunder ist bei diesem Wetter!
Am Abend habe er sein neues Nachtwestchen angezogen, das ich ihm vor ein paar Tagen geschenkt habe, berichtete Goethe weiter. Dabei habe er sich nach meinen lieben Augen gesehnt, die ihm gegenwärtiger sind als irgendetwas Sichtbares. Denn noch nie habe er mich so lieb gehabt, nie sei er so nah gewesen, meiner Liebe wert zu sein als jetzt, versicherte er mir. Ich will ihm das alles so gerne glauben!

Weimar, 9. März 1781
Gestern erhielt Goethe meinen Brief und hat ihn gleich sechsmal gelesen. Er findet immer neue Worte für unsere Liebe. Heute verglich er sein Herz mit einem Raubschloss, das ich nun in Besitz genommen und alles Gesindel daraus vertrieben habe.
Er beschwört mich, mein gutes Werk fortzusetzen und ihn mit dem Band der Liebe und der Freundschaft immer fester an mich zu binden. Denn wir seien in der Tat unzertrennlich, schwört er. Wie viel mir diese Worte doch bedeuten!

Weimar, 12. März 1781
Ich streiche mit den Fingern über das aufgebrochene Siegel. Beim Verschließen des Briefes hat Goethe darauf einen Kuss für mich hinterlassen. Bei dieser Vorstellung fühlte ich mich ihm eben für einen Augenblick ganz nah.
Leider ist er noch immer in Neunheilingen. Der Herzog will nun sogar noch für einige Tage nach Kassel weiterreisen. Aber Goethe weigert sich, ihn zu begleiten, da es ihn zu mir zurückzieht.
Ich kann es auch kaum noch erwarten, ihn wiederzusehen. Ich hoffe, der Herzog hat ein Einsehen und lässt ihn gehen!

Weimar, 13. März 1781
Seine Seele sei fest an die meine angewachsen. Unzertrennlich sei er von mir, schwört der liebe Freund in seinem letzten Brief. Wieder einmal wünscht er sich ein Gelübde oder Sakrament, das mich ihm auch sichtlich und gesetzlich zu eigen macht. Denn sein Noviziat sei doch nun lang genug gegangen, um sich zu bedenken.
Was soll ich darauf nur antworten? Wie sollte es je ein Gelübde für uns geben können? Ich hatte gehofft, mein Ring wäre ihm als Zeichen meiner Liebe genug.

Weimar, 17. März 1781
Seit ein paar Tagen ist Goethe zurück. Heute schickte er mir die ersten Veilchen aus seinem Garten. Später sehen wir uns bei Tische. Ich bin so glücklich, dass wir uns jetzt wieder täglich begegnen können!

Weimar, 20. März 1781
Ein grauer Tag, so klagt Goethe. Schon am frühen Morgen schrieb er mir und bat, ich solle mein Frühstück genießen und dabei an ihn denken.
Ahnt er denn nicht, dass ich Tag und Nacht nichts anderes tue, als in Gedanken bei ihm zu sein?
Er meinte, wenn auch die Himmelssonne sich verberge, habe er doch eine andere, die sich weder verstecke noch jemals untergehe. Wie gerne erhelle ich ihm seinen Tag. Ich hoffe, er kommt bald!

Weimar, 22. März 1781
Wir haben noch keinen so schönen Frühling zusammen erlebt wie diesen, sagte der Freund heute und wünschte sich, dass er keinen Herbst haben möge.
Diesem Wunsche schließe ich mich aus vollstem Herzen an. So harmonisch und liebevoll wie in den letzten Tagen mag es zwischen uns immer weitergehen. Vergessen all der Ärger und die Unstimmigkeiten vergangener Zeiten.
Beim Gedanken an den lieben Freund klopft mein Herz so stark, als wäre ich ein junges Mädchen. Immer öfter stiehlt sich auch ein Lächeln in mein Gesicht.
Wie sehne ich jede stille Stunde mit ihm herbei! Später werde ich ihn in seinem Garten besuchen und hoffe, ich finde ihn allein vor.

Weimar, 23. März 1781
Lotte, meine Geliebte, sagte er heute Morgen nach dem Erwachen zärtlich zu mir. Ich konnte nicht anders, als es ihm zu gestatten. Was hätte ich noch dagegen sagen können?
In der letzten Nacht sind wir uns sehr nah gekommen. Das Ende seines Noviziats, nannte er es lächelnd und wirkte dabei genauso glücklich, wie auch ich mich fühle.
Aber er weiß auch, dass das Geschehene für immer unser beider Geheimnis bleiben muss. Genau wie unser vertrautes Du nicht für die Ohren anderer bestimmt ist.
Nach all diesen Jahren des Auf und Ab gehören wir nun einander! Immer wieder lasse ich diese Nacht in meiner Erinnerung Revue passieren und kann es selbst noch kaum glauben. Ich bereue keine einzige Sekunde mit ihm, doch ich fühle mich auch durcheinander. Wie wird es jetzt mit uns weitergehen?
Er bat mich am Morgen, ich solle nun Hannes zu ihm sagen. Aber mit diesem Kosenamen tue ich mich noch schwer. Ich denke, ich werde ihn einfach bei seinem Vornamen Johann nennen.
Sehnsüchtig warte ich nun auf ein Zettelchen des Geliebten. Vielleicht sollte ich ihm ein wenig Essen zukommen lassen?

Weimar, 24. März 1781
Wie erhofft, erhielt ich gestern noch einen Brief vom Geliebten. Er bedankte sich für die Speisen und nannte mich seine Lotte, seinen Engel und seine Neue.
Ja, ich bin sein! Aber jetzt muss ich noch besser achtgeben, dass niemand unsere Briefe oder mein Tagebuch in die Hände bekommt!

Weimar, 25. März 1781
Johann schreibt wieder an seinem Tasso. Szenen, die ihm vor Monaten nicht gelangen, gehen ihm jetzt ganz mühelos von der Hand, allein durch meine Liebe sei das möglich.
Wie viel mir seine Worte bedeuten! Durch seine Liebe blickt auch mich die Welt wieder freundlicher an und mein Leben ist jetzt voller Hoffnung!

Weimar, 27. März 1781
Wenn er bei mir sei, dann sei alles heiter, selbst bei trübem Himmel, schreibt der geliebte Freund. Die Ruhe seines Herzens und seine Freude am Leben hätte ich ihm wiedergegeben.
Seine Zeilen machen mich so glücklich! Auch er gab mir ja mit seiner Liebe die Lust am Leben zurück.

Weimar, 30. März 1781
Johann macht sich Sorgen um meinen Fuß. Wir haben es gestern mit dem Tanzen etwas übertrieben. Aber ich denke, wenn ich ihn heute schone, wird es morgen bestimmt wieder besser sein. Goethe muss heute ins Conseil, aber danach will er vorbeikommen.

Weimar, 10. April 1781
Mein Fuß macht mir noch immer Probleme. Johann wollte mit mir bei dem freundlichen Wetter spazieren gehen. Aber ich musste ihm diesen Wunsch leider abschlagen. Mein Fuß fordert Ruhe, die ich ihm auch gewähren will. Nun kommt der liebe Freund zu Tische.

Weimar, 11. April 1781
Heute werde ich wieder ausgehen. Zuerst besuche ich die Zeichenschule und anschließend Johann in seinem Garten.

Der Regen habe das Grün hervorgelockt, schrieb er, und sandte mir am Morgen die ersten schönen Blumen.
Ich hoffe, ich muss nicht zu sehr humpeln, aber diese Frühlingsboten kann ich mir nicht entgehen lassen. Außerdem treibt mich die Sehnsucht zu ihm!

Weimar, 19. April 1781
Was für herrliche Frühlingstage! Auch meinem Fuße geht es wieder besser. Wann immer es seine Aufgaben zulassen, sind Johann und ich beisammen. Wir essen gemeinsam, gehen in der milden Frühjahrsonne spazieren, lesen oder führen angeregte Gespräche.
Er lässt mich auch an seiner Arbeit am Tasso teilhaben. Die Prinzessin trage meine Züge, betont er immer wieder.
Manchmal bittet er mich auch, einige Seiten für ihn abzuschreiben. Damit er seine Texte von meiner Hand hat.
Am liebsten sind mir aber unsere ungestörten, innigen Stunden in seinem Gartenhaus. Ich wünschte nur, wir hätten noch mehr Zeit füreinander! Aber viel zu oft halten uns leider unsere Verpflichtungen vom Beisammensein ab.
Vor ein paar Tagen träumte der Geliebte, wir ließen alles hinter uns und reisten weit fort, um anderswo miteinander zu leben.
Ein schöner Traum! Doch das Schicksal hat es anders für uns bestimmt. So will ich dankbar sein, wenn ich mit ihm an meiner Seite nur immer so fort leben darf.

Weimar, 22. April 1781
Heute Morgen habe ich Fritz mit einem Brief ins Gartenhaus geschickt. Mein Sohn fand Johann noch im Bette vor.
So war das Erste, das er heute sah, das Beste, was mir angehört, schrieb der liebe Freund. Ich sei seine Erfüllung vieler Tausend Wünsche, versicherte er mir.

Heute will Johann wieder am Tasso schreiben, doch ich hoffe, wir sehen uns später.

Weimar, 27. April 1781
Welch ein schwieriges Ansinnen! Johann bat mich, mit dem Herzog zu reden, damit er ihn nicht mehr so oft auf seinen Reisen begleiten müsse. Er sehne sich nach Ruhe und ich solle seinen Wunsch mit Klugheit und Sanftheit vermitteln.
Ich befürchte, der Herzog wird nur ungern auf Goethes Gesellschaft verzichten wollen. Aber ich werde mein Bestes versuchen.

Weimar, 7. Mai 1781
Johann hat heute einen arbeitsreichen Tag vor sich. Er will sich meine Liebe und die guten Stunden, die ich ihm gönne, durch Fleiß und Ordnung verdienen. Bei Sonnenuntergang werde er kommen, um mit mir zu essen und mir zu sagen, dass er mich immer gleich liebe und verehre.
Welcher Frau würde bei diesen Worten nicht das Herz aufgehen? Welch Glück, dass mein Mann bei Hofe speist und aufgrund seiner dortigen Pflichten so selten zu Hause ist.

Weimar, 28. Mai 1781
Er ist und bleibe nun einmal der Frauen Günstling und als einen solchen müsste ich ihn auch lieben, forderte Johann heute von mir. Dann ließ er mich wissen, dass die Werthern und die Schröter auch zum Mittag zu ihm kommen würden.
Ich muss gestehen, ich bin verärgert, hatte ich doch auf eine ungestörte Stunde mit ihm allein gehofft.
Aber was habe ich für eine Wahl? Will ich ihn sehen, muss ich eben auch mit den beiden Damen vorliebnehmen.

Weimar, 30. Mai 1781
Fritz war heute wieder bei Johann zu Besuch. Erst habe der Junge gezeichnet, mochte dann aber lieber spazieren gehen, ließ mich der Freund wissen.
Ich wünschte, ich hätte die Zeit gefunden, bei dem schönen Wetter mit ihnen zu gehen. Aber Verpflichtungen hielten mich zu Hause fest.

Weimar, 5. Juni 1781
Erdbeeren aus Johanns Garten. Extra für mich gepflanzt und nun auch für meinen Genuss geerntet.
Ich will sie mir zum Frühstück munden lassen. Der liebe Freund bedauert, dass die Rosen noch nicht blühen und er mir deswegen keine schicken kann.

Weimar, 15. Juni 1781
Auch heute wieder Erdbeeren aus Johanns Garten, so wie all die anderen Tage davor. Doch heute lagen der Sendung noch drei wunderschöne rote Rosen bei!
Er fragte in seinem Brief, ob ich seine Rosen besuchen möchte. Sehr gerne sagte ich zu. Ich freue mich darauf, all die hübschen Blumen zu sehen. Aber ganz besonders freue ich mich auf ihn!

Weimar, 23. Juni 1781
Auch heute erhielt ich wieder Rosen vom geliebten Freund. Ein wahres Meer an Rosen blühe und dufte in seinem Garten, schwärmte er.
Nun habe ich einige der schönsten Exemplare in meiner Vase, die mich mit ihrer Farbenpracht und ihrem Duft betören.

Weimar, 3. Juli 1781
Wieder einmal ist der Freund in Ilmenau. Gestern waren sie zu Pferde im Gebirge unterwegs. Johann hatte keine frohen

Stunden, weil er von alten, unangenehmen Erinnerungen heimgesucht wurde. Er schrieb, es sei doch gut, dass der Mensch sterbe, um dadurch all die Eindrücke des Lebens auszulöschen und wie frisch gebadet erneut auf diese Erde zu kommen. Nur meine Liebe allein wolle er sich von allen Erinnerungen erhalten. Was für erstaunliche Gedanken! Ich würde gern mit ihm darüber sprechen, aber er kommt erst Ende der Woche wieder.

Weimar, 6. Juli 1781
Schwarzburg, Blankenburg und Rudolstadt, der Freund kommt gut rum und Knebel ist ihm dabei ein guter Begleiter. Neue Stiefel habe er mir bestellt und eigenhändig eine Tasse für mich bemalt, schrieb mir Johann. Für den Herzog hat er auch eine angefertigt, aber mir hat er die schönere zugedacht.

Weimar, 7. Juli 1781
Regen und Nebelwetter haben Johann abgehalten, auf den Inselsberg zu gehen. In der gewonnenen Zeit hat er zwei Blumentöpfe bemalt, die mich erfreuen sollen. Ich bin ganz gerührt, auf welche Einfälle er kommt, um mir eine Freude zu bereiten.

Weimar, 9. Juli 1781
Leider ist einer der Blumentöpfe beim Brennen im Feuer verunglückt. So konnte Johann mir zu seinem Ärger nur einen schicken. Aber der ist ihm wirklich gut geglückt!
An meinem Fenster werden wir bald wieder des Abends gemeinsam stehen, um das rötliche Gestirn des Mars zu bewundern, so wie er es jetzt allein über den Fichtenbergen vor seinem Fenster vor Augen hat, versprach mir Johann in seinem Brief. Ich kann es kaum erwarten!

Weimar, 12. Juli 1781
Johann ist zurück und voller Sorge um mich und die Meinen. Den lieben Freund ängstigen die erneuten Schmerzen in meinem Fuß, ebenso wie der Husten der Kinder.
Ich konnte ihn aber beruhigen. Der Husten meiner Söhne ist am Abklingen und meinem Fuß geht es auch bereits besser. Bald kann ich sicher wieder an seiner Seite spazieren gehen.

Weimar, 30. Juli 1781
Eine Weile schon habe ich hier nichts mehr geschrieben, dabei gäbe es genug zu berichten. Auf unseren schönen Frühling folgt, wie es scheint, ein glücklicher Sommer. Johann nimmt mein ganzes Denken und Fühlen in Beschlag. Wir sehen uns, wann immer es nur möglich ist, und er wird nie müde, mir zu schreiben. Da kann so ein Tagebuch schon mal ein wenig verwaisen.
Manchmal scheint es mir fast, als wären Johann und ich miteinander verheiratet und ich nicht durch ein Versprechen an Josias gebunden. Aber ich weiß, solche Gedanken darf ich nicht nähren.

Weimar, 2. August 1781
Die letzte Zeit litt ich immer wieder unter Kopfweh und auch mein Fuß verursachte mir Beschwerden. Johann macht sich erneut große Sorgen. Er mahnte mich, nicht in die Zeichenschule zu gehen und mich weiterhin zu schonen. Ich nahm seinen Rat an und blieb zu Hause.
Obwohl ich heute der Meinung war, dass es mir besser gehe, reagierte ich beim Besuch des Geliebten doch sehr empfindlich. Ich merkte es jedoch gleich und entschuldigte meine Launen mit meiner Krankheit. Ich hoffe, Johann nimmt mir mein Betragen nicht übel.

Weimar, 3. August 1781
Zu meiner Erleichterung hat der liebe Freund mir mein gestriges Verhalten nicht nachgetragen, denn gleich am Morgen erkundigte er sich nach meinem Befinden.
Nun, was soll ich sagen? Die kühlen Temperaturen und der Regen erschweren heute eine Besserung. Aber ich will ihn nicht weiter beunruhigen. Er leidet immer so sehr, wenn er weiß, dass ich mich nicht wohlfühle.

Weimar, 11. August 1781
Heute zeigte mir Johann einen Brief, den er an seine Mutter geschrieben hat. Beim Lesen der Zeilen spürt man, wie nah er ihr steht. Der Freund macht sich momentan nicht nur Gedanken um die Gesundheit seines Vaters, sondern auch um den Gemütszustand seiner Frau Mama. Darum mahnte er sie, sie solle bei aller Pflege des Vaters nicht vergessen, auch weiterhin am gesellschaftlichen Leben teilzunehmen, so oft sie die Gelegenheit dazu hätte. Johann meinte, seine Mutter benötige diese Ablenkung, um sich ihre Kraft und Hoffnung zu bewahren.
Mir scheint, am liebsten würde er seine Eltern in Frankfurt besuchen, aber er kommt hier nicht weg.

Weimar, 20. August 1781
Am Morgen habe er gehausvatert, ganz so, wie ich ihn mir wünsche, schrieb Johann mir nicht ohne Stolz. Zum Essen will er später nach Tiefurt fahren. Er nehme sich Urlaub von mir, ließ er mich wissen.
Warum muss er sich denn plötzlich von mir freinehmen? Er schwört doch immer, er könne nur in meiner Gegenwart ganz zu sich finden? Nun, er hat es wohl nicht böse gemeint.

Weimar, 28. August 1781
Ein morgendlicher Gruß vom Geliebten an diesem besonderen Tage. Seinem Geburtstag!
Glücklich berichtete er, dass seine Freunde ihm allerlei Gutes geschickt hätten, und sandte mir einen Teil seines Angebindes.
Gegen 10 Uhr muss er heute ins Conseil, aber zum Mittag darf ich ihn hier erwarten. Dann habe ich endlich die Gelegenheit, ihm persönlich zu seinem Ehrentag zu gratulieren.

Weimar, 3. September 1781
Ein trauriger Tag! Die Herzogin hat eine tote Prinzessin geboren. So viele zerstörte Hoffnungen!
Ich fühle so sehr mit ihr. Bis heute vermisse ich meine Mädchen, die leider schon so früh von dieser Welt gehen mussten.

Weimar, 22. September 1781
Johann ist heute in Richtung Merseburg aufgebrochen. Er hat Fritz als mein liebes Unterpfand mitgenommen. Ich hoffe, die beiden haben eine gute Reise und kommen wohlbehalten zu mir zurück. Es sind die zwei Menschen, die meinem Herz am nächsten stehen, die ich um nichts in der Welt missen möchte.

Weimar, 2. Oktober 1781
Gestern, gegen zwölf, kam Johann mit Fritz zurück. Mein Sohn sei sehr brav gewesen, versicherte mir der Freund. Johann sagte, er habe versucht, dem Knaben viel Gutes zu tun und sich um sein Wohlbefinden und seine Bildung zu kümmern. Davon will er mir später noch mehr erzählen.
Der geliebte Freund brachte mir ein ganz außergewöhnliches Geschenk mit. Einen Stein, einen gelben Achat mit einer

Darstellung von Psyche mit einem Schmetterling auf der Brust.
Selten habe ich eine so wunderbare Juwelierarbeit gesehen! Johann will ihn für mich in einen Ring fassen lassen. Er sandte mir die Ringmaße zum Probieren, damit ich an die richtige Größe ein Fädchen knüpfe und er alles Weitere in die Wege leiten kann.
Auch ein Gedicht mit dem Namen „Nachtgedanken" hat er mir gewidmet. Es soll im Tiefurter Journal erscheinen.
„Euch bedauere ich, unglückselige Sterne, denn ihr liebt nicht, kanntet nie die Liebe", schreibt er darin.
Nun, sie wissen es nicht und können darum auch nichts vermissen. Mir selbst ging es ja viele Jahre ganz ähnlich. Auch ich kannte die Liebe nicht, ohne mir dessen bewusst zu sein.

Kochberg, 10. Oktober 1781
Ich bin wieder in meinem geliebten Schloss! Alles erscheint mir hier noch schöner, wenn ich es durch die Augen der Liebe betrachte.
Johann ist in Gotha, aber seine Gedanken weilen bei mir, versicherte er. Manchmal, wenn er abends die einsamen Treppen heraufgehe, denke er so lebhaft an mich, dass es ihm scheine, als sähe er mich vor sich, wie ich ihm entgegenkomme.
Mir geht's ganz ähnlich, ich sehe ihn mit geschlossenen und offenen Augen. Sein Lächeln, der warme Blick aus den großen braunen Augen, ebenso wie seine Gestik und Mimik, wenn er mir von ihm wichtigen Dingen berichtet und ganz in seiner Erzählung gefangen ist.
Was für ein außergewöhnlicher Mann mein Johann doch ist! Ich lerne ihn immer besser kennen und dabei umso inniger lieben!

Kochberg, 11. Oktober 1781
Den Einzigen, Lotte, welchen du lieben kannst, forderst du ganz für dich und mit Recht. Auch ist er einzig dein, schreibt der Geliebte heute.
Beim Lesen dieser Zeile durchströmte mich ein unbeschreibliches Glücksgefühl! Ja, er ist mein, genauso, wie ich ihm gehöre!

Kochberg, 13. Oktober 1781
Johann ist hier! Seine Sehnsucht nach mir war so groß, dass er gestern zu mir geeilt kam. Morgens früh um sechse ist er von Gotha nach Erfurt gefahren und hat von dort ein Pferd genommen. Bis Sonntag will er bleiben und erst dann zurück nach Weimar reiten.
Wir verbrachten gestern Abend glückliche, innige Stunden. Aber diese Erinnerungen werden mein Geheimnis bleiben, selbst meinem Tagebuch mag ich sie nicht anvertrauen.

Kochberg, 15. Oktober 1781
Heute Morgen reiste Johann ab und ist inzwischen wohlbehalten in Weimar angekommen.
Gar freundlich hätten ihn das Tal und sein Garten empfangen, ließ er mich sogleich wissen. Der Gedanke an meine Liebe mache ihn ganz glücklich!
Dieses Glück empfinde ich an seiner Seite ebenso. Gemeinsam verlebten wir unvergessliche Stunden, doch ist diese Zeit wieder viel zu schnell verflogen.
So gern ich auch sonst allein auf meinem Schloss bin, jetzt wünsche ich ihn mir zurück! Leider kann ich selbst noch nicht nach Weimar zurückkehren, es gibt hier noch zu viele Aufgaben für mich zu erledigen.

Kochberg, 23. Oktober 1781
Das Wetter ist ungemütlich. Trotzdem hält Johann in seinem zugigen Garten aus. Er schreibt, er war die letzten Tage die meisten Zeit allein und hat sich mit seinen Werken beschäftigt. Dabei ist sein Haus ihm wieder aufs Neue lieb und wert geworden. Er will auf keinen Fall in eine Wohnung in der Stadt ziehen.
Ich hoffe, er wird sich doch irgendwann noch anders besinnen. Die kalten Winter in der Einöde sind seiner Gesundheit nicht zuträglich.

Kochberg, 27. Oktober 1781
Ein enttäuschter Brief vom Freund. Sehr traurig mache ihn meine Nachricht, dass ich noch ausbleibe. Er könne und dürfe nicht ohne mich leben, klagte er.
Aber ich bin mir sicher, er wird auch diese erneute Geduldsprobe bestehen, ebenso wie ich mich in Gelassenheit üben muss.
Mir scheint es, als würden diese Tage voller Sehnsucht fern voneinander unsere Liebe nur noch immer weiter entfachen. Leider kann ich es nicht so poetisch in Worte zu fassen, wie es der Geliebte in seinen Briefen immer wieder aufs Neue vermag.

Kochberg, 29. Oktober 1781
Johann weilt jetzt in Jena. Er sandte mir von dort eine Schachtel mit Trauben. Und einen lieben Brief, in dem er schreibt, dass seine Seele fest an meine gebunden sei und meine Liebe das schönste Lied aller seiner Tage sei. Ich vermisse ihn so sehr!

Kochberg, 3. November 1781
Heute ist Johann aus Jena zurückgekommen und erwartet mich nun sehnsüchtig in Weimar. Er war enttäuscht, dass ich

erst montags zurückkehren werde, obwohl er mich schon morgen erwartet hatte.
Länger dürfe es aber nicht mehr dauern, schrieb er, weil sein Verlangen, mich zu sehen, so stark sei, dass er nicht mehr Herr darüber werden könne. Er sehne die Stunden herbei, in denen er mir seine Geschichten erzählen und von meiner lieben Seele verstanden werden kann.

Weimar, 6. November 1781
Wir haben einander wieder! Glücklicher könnte ich nicht sein!
Gleich kommt der Geliebte zum Mittagessen. Damit sich seine durch die Akten eingeschnürte Seele wieder ausweite, so formulierte er es. Sehr gerne will ich ihm dabei mit meiner Gesellschaft behilflich sein.

Weimar, 14. November 1781
Ich bin so erleichtert! Bisher war Johann wild entschlossen, auch weiterhin Winter wie Sommer in seinem Gartenhaus auszuharren. Daran haben auch seine kurzzeitigen Unterkünfte in der Stadt nichts ändern können.
Was habe ich geredet und ihn beschworen, doch an seine Gesundheit zu denken. Im Sommer ist es dort draußen zu heiß, aber viel schlimmer noch ist die eisige Kälte, die nun wieder einzieht.
Jetzt scheint er doch über meine Worte nachgedacht und sich besonnen zu haben. Johann interessiert sich für das Helmershausensche Haus, ein herrschaftliches Gebäude am Frauenplan.
Gerade schrieb er mir, dass der Mieter zu Ostern ausziehe und er dann in die Miete für die westliche Hälfte des Gebäudes eintreten könne.
Wenn Johann sich dazu entschließen sollte, hätte er den ganzen Sommer Zeit, sich einzurichten, um dann im nächsten

Herbst und Winter ein behaglicheres Zuhause zu haben. In dem großen Haus würde sich auch genug Platz für seine Bücher und Sammlungen finden lassen. Im Gartenhaus sind kaum noch alle unterzubringen.
Ich hoffe sehr, er entscheidet sich für das neue Heim. Dann wäre das der letzte Winter, den er in seiner kalten Abgeschiedenheit zubringt. Ich werde mehr als beruhigt sein, ihn zukünftig in einem warmen und gemütlichen Heim zu wissen.
Dass dieses Haus am Frauenplan zudem einen Ausgang in den Garten hinaus hat und Johann auf dem Weg heimlich zu mir eilen könnte, ist daran nicht der geringste Vorteil.

Weimar, 15. November 1781
Den Sonnenstrahlen, die meine Fenster bescheinen, seien seine Blicke eingemischt, schrieb der Geliebte eben sehnsuchtsvoll.
Wie wünschte ich, meine Liebe zu ihm auch so in Worte fassen zu können. Aber meine Fähigkeiten in diesem Metier sind eher von bescheidener Natur.

Weimar, 18. November 1781
Was für eine Ehre! Ich habe die Neuigkeit gerade von der Herzoginmutter erfahren. Der Herzog will Goethe adeln lassen!
Damit wird für den lieben Freund zukünftig bei Hofe und auch auf seinen Reisen vieles einfacher werden. Ich freue mich sehr für ihn!
Nur gut, dass er die Absicht hegt, in das große Haus am Frauenplan zu ziehen. Dort verfügt er dann auch über den passenden Rahmen, um seine Gäste empfangen und seinem Amte angemessen repräsentieren zu können. Als Adliger hat man ja genügend Verpflichtungen, davon weiß ich ein Lied zu singen.

Weimar, 19. November 1781
So sehr ich mich über die Ehre freue, die dem Freund durch die Verleihung des Adelstitels zuteilwird, er selbst scheint sich nicht viel daraus zu machen. Vielleicht will er es aber auch einfach nicht zugeben.

Weimar, 2. Dezember 1781
Johann hat in der letzten Nacht von mir geträumt. So sehr ich mich anfangs darüber freute, ihm auch in seinen Schlaf zu folgen, verflog dieses schöne Gefühl doch schnell, als er mir vom Inhalt seines Traumes erzählte.
Ich hätte ihn mit einem artigen Mädchen verheiratet und wollte, dass es ihm mit ihr gut gehe, berichtete er und fand anscheinend nichts dabei.
Was für ein abwegiger Gedanke! Nichts liegt mir ferner, als ihn mir in die Arme einer anderen zu wünschen. Doch es macht mich auch traurig, dass er mir nie ganz angehören wird. Ein Ehegelübde kann es für uns nie geben.
Wünscht er sich deshalb insgeheim eine Beziehung mit einer anderen Frau, die er nicht nur im Geheimen lieben darf? Wenn ich ihn danach fragen würde, würde er es abstreiten. Aber sagen Träume nicht viel mehr über die wahren Wünsche eines Menschen, als Worte es je vermögen könnten?

Weimar, 6. Dezember 1781
Ich glaube, ich habe mir wegen seines Traumes ganz umsonst Gedanken gemacht. Heute Morgen schrieb er, ich solle ihm die Schlüssel schicken, die er liegen gelassen habe. Die Schlüssel aber, mit denen ich sein ganzes Wesen zuschließe, dass nichts außer mir Eingang finde, solle ich aber nur für mich alleine behalten.
Nichts tue ich lieber, denn auch er allein besitzt den Schlüssel zu meinem Herzen.

Weimar, 7. Dezember 1781
Johann schrieb mir aus Erfurt. Er saß wieder in der Stube, in der schon seit sechs Jahren seine Gedanken an mich gerichtet sind. Wie lange wir einander doch schon nahe sind und doch waren wir uns nie näher als jetzt, sinnierte er und betonte, dass seine Seele fest an die meine gebunden sei.
Auch mein Denken und Fühlen gehört nur ihm! Unvorstellbar, dass es jemals anders gewesen sein soll.

Weimar, 9. Dezember 1781
Heute kam ein Brief aus Barchfeld. Johann erzählte, dass er bei einem seiner Besuche ein Bildnis einer Frau an der Wand hängen sah, die mir sehr ähnlich war. Er scheute sich aber, darauf hinzuweisen, damit niemand denken würde, er sähe mich überall. Aber später sagten es die anderen auch.
Da scheine ich wohl eine Doppelgängerin zu haben. Es soll mir recht sein, solange seine Liebe nur mir allein gehört!

Weimar, 11. Dezember 1781
Noch immer ist der liebe Freund unterwegs. Gestern schrieb er aus Eisenach, von wo aus er nach Wilhelmsthal und anschließend einige Tage nach Gotha reisen wird.
In Eisenach traf er auf meinen Mann und war ihm recht gefällig. Johann meinte, das sei er mir schuldig. Ich solle ihm auch alles sagen, was mir sonst noch gefallen könnte, da er nicht von allein auf alles komme.
Ach, was der Geliebte sich wieder für Gedanken macht. Ich brauche doch nur ihn!
Im Moment scheint es mir, als bestände meine Zeit nur aus Warten. Warten auf seine Briefe! Warten auf seine Rückkehr! Und wenn er dann endlich zurück ist, erwarte ich seine Besuche. Es ist, als bekäme ich nie genug von ihm. Vielleicht einmal für den Moment, wenn er mich mit seinem Drängen und seinen Wünschen wieder einmal überfordert. Aber kaum

ist er dann fort, sehne ich mich erneut nach ihm. Und warte! Auf jedes seiner Zettelchen, auf unsere nächste Begegnung. Es ist, als wäre ich in einer fortwährenden Warteschleife gefangen. Nur wenn er bei mir ist, dann hat meine liebe Seele Ruh!

Weimar, 14. Dezember 1781
Der Herzog sei guter Dinge, denn er liebe ja die Jagd über alles, schreibt Johann in seinem letzten Brief. Er selbst mache sich aber Gedanken um die anfallenden Kosten, weil der Spaß viel zu teuer sei. 80 Menschen müssen in Wildnis und Frost durchfüttert werden, zudem einige schmarotzende Edelleute aus der Nachbarschaft, die es dem Herzog nicht danken würden. Kein Schwein hätten sie bisher geschossen. Und das alles veranstalte der Herzog nur, um sich selbst und andere zu vergnügen, beschwerte sich Johann.
Hoffentlich hat er Carl August gegenüber gemäßigtere Worte gewählt. Bei so viel Offenheit könnte sonst ihre Freundschaft Schaden nehmen.

Weimar, 17. Dezember 1781
Endlich ist der Geliebte zurück! Gleich den gestrigen Abend verbrachten wir zusammen.
Bis in seine Träume hätte ich ihn wieder begleitet, schrieb er heute Morgen. Da hoffe ich nur, ich habe ihn dort nicht erneut mit einer anderen verheiratet.
Auch ich träume in letzter Zeit oft von ihm, auf eine sehr innige und liebevolle Art. Ich bin mir nicht sicher, ob ich ihn das wissen lassen sollte. Besser ist es wohl, es bleibt mein Geheimnis!

Weimar, 24. Dezember 1781
Ein Feiertagskuchen von Johann! Um 10 Uhr geht er ins Theater und kommt vorher für einen Augenblick vorbei. Für mehr Gemeinsamkeit fehlt heute leider die Zeit.

Weimar, 25. Dezember 1781
Mein 39. Geburtstag! An dem ich mich viel besser und lebendiger fühle als in meinen jüngeren Jahren. Sicher liegt das allein an der Liebe, die ich tagtäglich erleben darf.
Gerade erhielt ich von Johann Glückwünsche zum Geburtstag. Später will er mich in seinen Feierkleidern bei Hofe treffen, um mir zu sagen, dass er mich unaussprechlich liebe. Welche Frau würde bei diesen Worten, ungeachtet ihres Alters, nicht vor Glück erblühen?

Weimar, 28. Dezember 1781
Johann schickte mir Herders Gespräche über die Seelenwanderung. Sie sind sehr schön zu lesen und erfreuen mich, weil sie meine geheimen Hoffnungen bestätigen. Der Gedanke, dass Johann und ich einst Mann und Frau waren, lässt mich nicht mehr los. Anders lässt sich unsere Geschichte einfach nicht erklären.
Es gibt manchmal Momente, da packt mich immer noch die Angst, dass der Geliebte ebenso plötzlich wieder aus meinem Leben verschwinden könnte, wie er damals hineingetreten ist. Aber diese Zweifel vergehen schnell wieder, wenn ich mir sage, dass wir schon immer füreinander bestimmt waren.

Weimar, 31. Dezember 1781
Schon ist auch der Dezember wieder vergangen. Still und vergnügt haben wir ihn verlebt.
Rückblickend auf das Jahr, kann ich sagen, es war unsere bisher glücklichste Zeit. Statt Streitereien oder Missverständnissen bestimmten meistens Harmonie und Nähe unser

Miteinander. Und Liebe! Nie hätte ich mir vorstellen können, jemals so geliebt zu werden. Selbst so lieben zu können!
Seine Geduld, seine jahrelang fortdauernden Liebesbeteuerungen, irgendwann konnte ich nicht mehr anders, als ihm zu glauben und mir meine Liebe zu ihm einzugestehen.
Nun freue ich mich auf das neue Jahr mit Johann. Möge es uns mit ebenso viel Glück beschenken wie das zurückliegende.

Weimar 1. Januar 1782
Mit dem ersten Schein des Tages schrieb mir der Geliebte einen Willkommensgruß zum neuen Jahr. Er versicherte mir, mit welcher Zufriedenheit er es beginne und wie dankbar er mir für meine Liebe sei. Er meinte, dass uns kein Übel mehr berühren könne und nur die schönsten Aussichten vor uns lägen.
Nichts wünsche ich mir mehr, seine Liebe umhüllt mich wie ein schützender Mantel.

Weimar, 14. Januar 1782
Ereignisreiche erste Tage des neuen Jahres liegen hinter uns. Johann und ich sahen uns, wann immer es möglich war. Doch nun liege ich krank zu Hause. Das kalte Winterwetter macht mir zu schaffen und ich fühle mich ganz schwach. So werde ich den Freund heute leider nicht empfangen können.

Weimar, 17. Januar 1782
Heute ging es mir etwas besser und so kam Johann am Abend zu Besuch. Leider fühle ich mich aber noch nicht danach, morgen ins Theater zu gehen. Dort findet die Ritterposse statt, bei der Johann und mein Mann gemeinsam auf der Bühne stehen werden. Das hätte ich mir zu gerne angesehen!

Weimar, 19. Januar 1782
Johann war hier und berichtete mir von der gelungenen Aufführung. Alle hätten mich vermisst, versicherte er, ganz besonders aber er selbst. Mein Mann habe in dem Stück eine gute Figur abgegeben.
Auch Josias selbst war mit seinem Auftritt zufrieden, über den er mir bei seiner Rückkehr, spät in der Nacht, berichtet hat.

Weimar, 22. Januar 1782
Johann will heute aufs Eis gehen. Mir geht es zwar besser, aber in die Kälte wage ich mich noch nicht. Er bedauerte es ebenso wie ich und meinte, wir sollen uns wohl in diesem Jahr nicht auf der glatten Fläche begrüßen dürfen.
Nun, ich hoffe, wir finden noch eine passende Gelegenheit. Zumindest konnten wir gemeinsam speisen.

Weimar, 26. Januar 1782
Endlich kann ich wieder an den Veranstaltungen bei Hofe teilnehmen. Gestern fand eine Redoute statt und der Ritteraufzug wurde zum zweiten Male gezeigt.
Es war einfach wundervoll, Johann und meinen Mann zusammen auf der Bühne zu erleben. Wobei natürlich klar ist, wer von beiden die bessere Figur abgegeben hat.

Weimar, 4. Februar 1782
Johann zeigte mir einen Brief, den er an Knebel geschrieben hat. Ich halte ihn wie ein Korkwams über dem Wasser, sodass er sich beim besten Willen nicht ersäufen könnte, so waren seine Worte.
Ich war empört über den unpassenden Vergleich! Nach dem ersten Ärger wollte ich ihn zur Rede stellen, aber dann wurde ich mir der tieferen Bedeutung seiner Worte bewusst.

Was ist falsch daran, dass meine Liebe ihn über Wasser hält? Ich finde nur, er hätte es ein wenig freundlicher ausdrücken können! Aber ich tröste mich damit, dass Knebel es schon richtig einzuordnen weiß. Nicht umsonst ist er seit Jahren ein guter Freund. Zwei Jahre jünger ist er zwar als ich, scheint mir aber mit seiner verständnisvollen Art manchmal älter.

Vor Jahren kam er einmal für ein paar Tage nach Weimar, um Wieland kennenzulernen. Damals, er hatte gerade seinen Militärdienst beendet, fand auch Anna Amalia Gefallen an dem jungen Mann. So machte sie ihm im Jahr darauf das Angebot, als Erzieher für ihren zweiten Sohn Constantin nach Weimar zu kommen.

Knebel zögerte zwar erst, folgte dann aber doch dem Ruf. Kaum hatte er seine neue Stelle inne, ging er schon mit den beiden Prinzen auf Kavalierstour nach Straßburg und Paris. Auch mein Mann war damals mit dabei. Während eines Zwischenstopps in Frankfurt lernten sie Goethe kennen. Ein Glücksfall, wie sich später erweisen sollte, denn sonst wäre der liebe Freund jetzt nicht hier.

Aber zurück zu Knebel: In seinem ersten Winter in Weimar wohnte er mit Constantin noch im Wittumspalais von Anna Amalia. Im darauffolgenden Frühjahr, das war im Jahre 1776, wurde dann das Landgut Tiefurt als Wohnsitz für Constantin eingerichtet. Ab da lebte Knebel dort mit seinem Zögling.

Das kleine Schlösschen verfügt auch über einen großen Park, den Knebel nach englischem Vorbild gestalten ließ. Es war immer eine Freude, die dort stattfindenden Theateraufführungen zu besuchen. Knebel selbst war für die Stücke unverzichtbar. Seine große Gestalt, die tiefe Stimme, seine ganze Art, sich auszudrücken und sich jede Rolle zu eigen zu machen, suchten seinesgleichen.

Leider gehören diese Zeiten der Vergangenheit an. Zu meinem Leidwesen hat Knebel Weimar Ende letzten Jahres wieder verlassen. Nachdem sein Amt als Erzieher des Prinzen beendet war, erhoffte er sich eine andere Anstellung im Dienst des Herzogs. Aber dieser Wunsch fand leider kein Gehör.
Nicht einmal Goethe legte für ihn ein gutes Wort ein, was Knebel zu Recht sehr verstimmt hat. Nun hat sich mein alter Freund mit einer Pension in den Ruhestand verabschiedet und will von all dem hier nichts mehr wissen.
Ich kann ihn verstehen! Ich weiß, Johann stört sich an seinem Rauchen und auch seine manchmal recht laute Art ist nicht jedermanns Sache. Aber er ist und bleibt ein treuer Freund und, wie ich finde, ein guter Mensch. Er hätte wirklich etwas mehr Dankbarkeit verdient. Ich vermisse seine Gesellschaft, aber immerhin schreiben wir uns regelmäßig.

Weimar, 11. Februar 1782
Johanns heutiger Brief hat mich wieder versöhnt. Er schreibt, es sei mit meiner Liebe, als ob er nicht mehr in Zelten und Hütten wohnen müsse, sondern ein herrschaftliches Haus zum Geschenk erhalten habe, um drin zu leben.
Wie könnte man das Gefühl unserer Liebe besser in Worte fassen? Auch er ist mir Haus und Heim, gibt mir mit seiner Liebe eine Geborgenheit und Sicherheit, die ich nie zuvor gekannt habe.

Weimar, 21. Februar 1782
Heute war ich wieder in der Zeichenschule, übte mich eifrig im Porträtzeichnen und in der Landschaftsmalerei. Mir scheint aber, die Landschaften wollen mir besser gelingen, so sehr ich mich auch immer wieder an den Porträts versuche.

Johann sandte mir eben einige Blumen und fragte, ob wir später noch spazieren gehen wollen. Natürlich sagte ich sofort zu. Ich hoffe nur, das Wetter hält sich.

Weimar, 28. Februar 1782
Ein ereignisreicher Monat liegt hinter uns. Johann hatte einen Maskenzug mit dem Namen „Aufzug der vier Weltalter" arrangiert, der am 15. Februar aufgeführt wurde.
Die Herzoginmutter trat als Goldenes Alter darin auf und ihre Schwiegertochter als Silbernes. Beide gaben eine gute Figur ab, auch wenn mir scheint, dass es nicht Luises Sache ist, so im Rampenlicht zu stehen.
Johann und ich waren auch auf der Redoute und konnten endlich zusammen zum Eislaufen gehen.
Ein Tag ohne mich sei ein verlorener Tag, sagte der liebe Freund und ich empfinde es genauso!

Weimar, 15. März 1782
Johann musste nach Jena reisen, aber sein ganzes Wesen sei immer fester an mich gebunden, schrieb er mir sogleich. Er bat mich, am 19. März nach Osmannstädt zu kommen. Dann könnten wir dort den ganzen Tag gemeinsam verbringen.
So gern ich den Geliebten auch sehen würde, bei dieser Witterung fürchte ich mich vor der Reise. Ich mag nicht meine Gesundheit riskieren, die in letzter Zeit oft zu wünschen übrig ließ.
Aber ich will ihm noch nicht endgültig absagen und seine Hoffnungen zerstören. Warten wir ab, wie sich die Dinge bis dahin entwickeln.

Weimar, 16. März 1782
Johann ist in Dornburg und schrieb mir von dort, wie sehr er sich darauf freue, im nächsten Winter seine Gäste im neuen, großzügigen Zuhause bewirten zu können.

Ich bin so erleichtert, dass die dunklen Wintertage in seinem Gartenhaus bald Vergangenheit sind. Der Frühling lässt nicht mehr lange auf sich warten, das spüre ich. Nach Ostern kann der Liebste dann beginnen, sein neues Haus einzurichten, wobei ich ihm natürlich gerne behilflich sein werde.

Weimar, 20. März 1782
Meine Sehnsucht nach Johann wurde so groß, dass ich alle meine Bedenken über Bord warf. Ich erfüllte ihm seinen Wunsch und reiste nach Osmannstädt. Die Kälte und der halb geschmolzene Schnee auf den Wegen machten die Fahrt zwar beschwerlich, aber welch ein Glück war es, ihn zu sehen.
Pünktlich um zehn kam ich an und wurde schon vom lieben Freund erwartet. Wir verbrachten einige schöne gemeinsame Stunden, bevor wir wieder Abschied nehmen mussten.

Weimar, 24. März 1782
Morgen kehrt Johann endlich zurück! Er hat die letzten Tage an seinem Egmont geschrieben, doch es geht nicht so schnell von der Hand, wie er es sich erhoffte.
Aber er habe mir viel zu erzählen, kündigte er an. Wie sehne ich seine Rückkehr herbei!

Weimar, 28. März 1782
Ich habe die letzten Tage mit Johann sehr genossen! Er ist so eine Bereicherung für meinen Geist, viel mehr aber noch erfreut er mein Herz.
Leider ist heute schon wieder der letzte Tag, den er in Weimar zubringen wird. Am Abend sehen wir uns zumindest noch für einen kurzen Moment. Er hat noch viel vorzubereiten für seine Reise. Morgen schon muss er wieder nach Erfurt und dann weiter nach Gotha. Der Herzog nimmt ihn doch gar zu sehr in Beschlag.

Weimar, 2. April 1782
Heute reist Johann nach Eisenach und rückt damit, wie er schreibt, noch weiter vom Ziel seines Lebens ab. Tausend und aber tausend Dank sendet er mir für meine Liebe. Millionenfach mag ich es ihm zurückgeben!

Weimar, 6. April 1782
Noch zwölf Tage, bis ich ihn endlich wiedersehe! Er müsse achtgeben, dass der Gedanke an mich nicht zu lebhaft werde, sonst sei es ihm unerträglich, schreibt er und schließt mit den Worten: Du liebster Traum meines Lebens.
Wenn der Geliebte doch nur schon wieder hier wäre!

Weimar, 12. April 1782
Ein nachdenklicher Brief erreichte mich. Johann berichtete mir darin von seinen Eindrücken vom Leid anderer Leute.
Oh, Lotte, was sind die meisten Menschen doch übel dran. Wie eng doch ihr Lebenskreis ist. Wir hingegen besitzen Schätze, dass wir Königreiche davon kaufen könnten, sinnierte er.
Recht hat der liebe Freund und unsere Liebe ist der größte Schatz von allen!
Trotzdem lastet auf mir große Sorge um den Gesundheitszustand meines Ehemannes. Goethe fürchtet, Josias könne nur schwerlich geheilt werden. Ich bete zu Gott, dass der Freund sich dieses Mal irrt und mein Mann bald wieder zu Kräften kommt.

Weimar, 17. April 1782
Heute schrieb Johann mir aus Ilmenau. Er scheint dort viel Zeit zum Nachdenken zu haben, denn mit seinen Zeilen beschwor er alte Erinnerungen herauf. An gute Stunden, die wir gemeinsam verbrachten, aber leider auch an weniger

schöne Momente, in denen wir uns uneins waren. Ich bin froh, dass diese Missverständnisse hinter uns liegen!

Weimar, 24. April 1782
Wie erleichtert bin ich immer wieder aufs Neue, wenn Johann wohlbehalten zurückgekehrt ist und wir unser vertrautes Miteinander fortführen können. Heute war ich bei ihm im Garten, um seine Hyazinthen zu bewundern. Wie es auf diesem Fleckchen Erde derzeit grünt und blüht, ist die wahre Pracht. Jetzt, im Frühling, kann ich gut nachvollziehen, dass es ihm schwerfällt, aus seinem Garten in die Stadt zu ziehen.

Weimar, 1. Mai 1782
Heute Morgen schickte mir der Geliebte eine wunderschöne Rose. Sie duftet so lieblich, dass der ganze Raum davon erfüllt ist.
Ich wünschte nur, Johann wäre selbst gekommen, um sie mir zu überreichen. Aber leider wird er bei Hofe erwartet. Bei dem Gedanken sei er schon im Voraus müde, schreibt er.
Mir scheint es, als tue er sich immer schwerer mit dem Hofleben. Aber ich kann's ihm nicht verdenken. Nicht ohne Grund flüchte ich ja vor den gesellschaftlichen Verpflichtungen von Zeit zu Zeit nach Kochberg.

Weimar, 2. Mai 1782
Wieder ein liebevoller Brief vom Freund. Er sei meines ganzen Wesens eifriger Liebhaber und zugleich mein treuer Freund, schreibt er und wünscht mir eine gute Nacht.
Bevor ich gleich zu Bett gehe, werde ich mich noch für einen Augenblick ans Fenster stellen, um zu dem Licht in seinem Hause hinüberzuschauen. Dann fühle ich mich ihm ganz nah!

Weimar, 6. Mai 1782
Johann schickte mir heute eine neue Teemaschine. Meine alte erbat er sich für seinen Garten.
Den Wunsch werde ich ihm gleich gewähren, bin ich doch sehr erfreut über sein Geschenk. Sich meiner Liebe gewiss zu sein, ersetze ihm die Sonne, schrieb er.
Sehr gern bin ich sein Licht im Leben, ebenso wie er mir jeden meiner Tage erhellt.

Weimar, 11. Mai 1782
Schon wieder hat der Herzog Johann auf Reisen geschickt. Erst nach Erfurt, dann weiter nach Gotha und Meiningen.
Johann ist bald mehr unterwegs, als er zu Hause ist. Aber Carl August hält eben viel von ihm und betraut ihn mit allen wichtigen Aufgaben. Auch wenn's Goethe ehrt, weiß ich doch, dass er sich ab und an mehr Ruhe wünscht, um seinen eigenen Interessen nachgehen zu können. Aber er wagt es nicht zu sagen, um den Herzog nicht zu verletzen.

Weimar, 12. Mai 1782
Heute schrieb der Geliebte aus Meiningen und klagte, es falle ihm schwer, einen klaren Gedanken zu fassen, weil er gegenüber der Kirche wohne und ihn die Glocken seit früh um viere zu jeder Stunde aufschreckten.
Morgen wolle er nach Coburg und gegen Ende der Woche nach Rudolstadt, berichtete er. Dann habe er alle seine Besuche an den Thüringischen Höfen absolviert.
Von Rudolstadt plane er einen Boten nach Kochberg zu schicken, um zu hören, ob ich anwesend sei. Dann könnte er mich auf seiner Rückreise besuchen.
Schade, ich werde zu dieser Zeit noch in Weimar weilen und kann es leider nicht einrichten.

Weimar, 20. Mai 1782
Seit gestern ist Johann zurück. Heute hat er Fritz zu sich genommen, weil mir der Knabe seit einiger Zeit Sorgen bereitete. Zusammen mit seinem Bruder Ernst schickte ich ihn als Pagen an den Hof. Als Jüngster lernte er dort von den Großen aber nicht nur Gutes und sein Betragen behagte mir von Tag zu Tag weniger.
Josias geht es zwar gesundheitlich wieder besser, aber er ist sehr beschäftigt. Deshalb wandte ich mich Hilfe suchend an Johann und der geliebte Freund nahm sich meines Sohnes nur zu gern an.

Weimar, 21. Mai 1782
Einen guten Anfang hatte Johann gestern mit Fritzen. Der Knabe war den ganzen Tag fleißig und munter.
Johann bat mich, mich zu beruhigen und mir keine weiteren Sorgen zu machen. Er werde meinem Sohn alles sein, was er sein kann! Für diese Anteilnahme und Fürsorge liebe ich Johann umso mehr!

Weimar, 25. Mai 1782
Johann kommt mit Fritz gut zurecht und der Junge genießt sichtlich den Aufenthalt bei seinem väterlichen Freund. Ich bin so erleichtert!
Heute hat Johann meinen Jungen überall herumgeführt. Erst zeigte er ihm das neue Haus, in das er bald einziehen wird, und danach besuchten sie zusammen die Schröter, die krank zu Hause liegt.
Nun sind sie in den Garten zurückgekehrt und kümmern sich um die Bohnen, die Fritzchen gepflanzt hat. Ich bin meinem lieben Johann so dankbar, dass er sich des Jungen annimmt. Nicht auszudenken, welche Flegeleien er sonst bei Hofe noch von den anderen Pagen gelernt hätte. Bei Johann ist er gut

aufgehoben. Einen besseren Umgang könnte ich mir für meinen Sohn nicht wünschen.

Weimar, 27. Mai 1782
Johann hat die Nachricht vom Tod seines Vaters erhalten, der am 25. Mai verstorben ist. Johann meinte traurig, er habe ihm sehr viel zu verdanken.
Ich wünschte, der liebe Freund hätte ihn zuvor noch einmal sehen können.

Weimar, 1. Juni 1782
Nun ist es so weit! Heute zieht Johann in sein neues Quartier am Frauenplan. Im Winter schon haben wir zusammen über Möbel und Ausstattungen gesessen und seit Ostern war er mit der Umgestaltung der Zimmer nach seinen Wünschen beschäftigt.
Es sei ihm ganz sonderbar zumute, meinte er vorhin. Erst dachte er, nichts und niemand würde ihn aus seinem Garten fortbekommen, aber nun haben die neuen Verhältnisse doch eine gewisse Unbequemlichkeit für ihn und andere mit sich gebracht. Es sei ihm eine Wohltat, sich jetzt ausbreiten zu können, Platz für all seine Bücher und Sammlungen zu haben.
Ja, genügend Raum hat er jetzt und zudem die richtige Umgebung zum Repräsentieren. Den Garten mit seinem kleinen Häuschen will er aber trotzdem nicht aufgeben. Er bringt es nicht übers Herz, sich von diesem Rückzugsort zu trennen.
Jede Rose sage ihm, er solle sie nicht weggeben. Da fühlte er, dass er diesen Ort des Friedens nicht entbehren könne, verriet er mir.
Mir ist es recht, hängen doch so viele schöne Erinnerungen an diesem Fleckchen Erde. Wer weiß, wer sonst dort eingezogen wäre.

Weimar, 2. Juni 1782
Letzte Nacht hat Johann zum ersten Mal in seinem neuen Haus übernachtet. Heute Morgen schrieb er mir von dort aus einen Gruß, so wie er es zuvor unzählige Male aus seinem Gartenhaus tat.
Ich finde, dieses vornehme Haus am Frauenplan ist genau das richtige Domizil für den Liebsten und seiner Position angemessen. Es liegt am südöstlichen Stadtrand und in unmittelbarer Nähe zu unserem Haus. Durch die Seifengasse sind es nur ein paar Hundert Meter von mir zu ihm. Der hintere Weg durch die Gärten eignet sich zudem hervorragend für heimliche Treffen.
Zum Mittag wird Johann zu mir kommen, um mit mir Spargel aus seinem Garten zu essen. Dann kann er mir gleich erzählen, wie er die erste Nacht in seinem neuen Heim verbracht hat.

Weimar, 3. Juni 1782
Wieder erhielt ich eine morgendliche Nachricht vom lieben Freund. Er klagt darin, dass die Geräusche einer Kutsche und das Rufen der Wachen ihn mehrmals aus dem Schlaf gerissen hätten.
Mir scheint, er vermisst die Einsamkeit seines Gartens. Aber er wird sich schon an die neue Umgebung gewöhnen. Immerhin hat sie ja auch den Vorteil, dass er mir noch näher ist als zuvor in seinem Gartenhaus. Auch wenn ich nun leider nicht mehr das Licht in seinem Fenster sehen kann.

Weimar, 4. Juni 1782
Goethe hat gestern vom Kaiser Joseph II. sein Adelsdiplom erhalten. Damit ist die Sache amtlich. Als Wappen bekam er den von ihm so bewunderten sechsstrahligen Morgenstern.
Dass der Geliebte in den Adelsstand erhoben wurde, wird ihm, wenn er im Auftrag des Herzogs unterwegs ist, von Vor-

teil sein. Auch hier bei Hofe werden ihn nun einige anders betrachten.
Johann schickte mir gleich das Diplom, damit ich es mit eigenen Augen sehen könne. Ich freue mich sehr für ihn, auch wenn es natürlich nicht dasselbe ist, wie adlig geboren zu sein.
Johann behauptet, ihm selbst bedeute der Adelstitel nichts und er wolle ihn auch nicht verwenden. Er meinte, er richte sich ein in dieser Welt, ohne dabei aber ein Haarbreit von seinem Wesen nachzugeben, das ihn innerlich erhalte und glücklich mache.
Mag sein, dass es so ist, aber ich glaube eher, er will nur nicht zugeben, dass ihn der Titel insgeheim doch stolz macht. Warum sonst sollte er mir gleich die Urkunde schicken, wenn die ganze Sache für ihn ohne Bedeutung wäre?

Weimar, 5. Juni 1782
Viel beschäftigt ist der liebe Freund. Der Strom des Lebens reiße ihn immer stärker fort, sodass er kaum Momente finde, um sich umzusehen, klagte er.
Aber trotz allem nimmt er sich immer die Zeit, um für Fritzchen da zu sein. Der Knabe verhält sich sehr artig in seiner Gegenwart und bot sich Johann gestern Abend sogar zum Vorlesen an. So verbrachten die beiden einen vergnüglichen Abend zusammen, während ich krank zu Hause liege. Meine Gesundheit macht mir wieder einmal zu schaffen. Ich hoffe nur, es wird bald besser, damit ich das herrliche Wetter genießen kann.

Weimar, 9. Juni 1782
Der Freund hatte Heimweh nach seinem Garten und so verbrachte er die letzte Nacht in der stillen Abgeschiedenheit. Nach einem morgendlichen Ausflug macht er sich nun ans Ordnen seiner Dinge. Am Abend will er aber die Zeit finden,

zu mir zu kommen. Wir wollen den Tag dann mit einem gemeinsamen Spaziergang beschließen. Gott sei Dank bin ich wieder wohlauf!

Weimar, 16. Juni 1782
Heute präsentierte mir Johann sein neues Haus. Er konnte es kaum erwarten, mich stolz durch alle Räume zu führen. Die Wohnung ist sehr groß und überaus prachtvoll. Er hat alles in seinem Sinne sehr ansprechend gestaltet. Die Wände sind in hellen Tönen gestrichen, dadurch machen die Zimmer einen freundlichen Eindruck.
Auch mein Fritzchen ist mit eingezogen und kann sein Glück kaum fassen.
Trotzdem klagte Johann wieder einmal, dass er in dieser schönen Jahreszeit seinen Garten verlassen müsse. Ich finde, er hat keinen Grund zur Unzufriedenheit, kann er sich doch jederzeit dorthin zurückziehen.

Weimar, 24. Juni 1782
Am Abend kam Johann vorbei und brachte mir die Schlüssel für sein neues Domizil.
Nun besitze ich einen eigenen Haustürschlüssel und kann ihn besuchen, wann immer ich will.
Er ahnt nicht, wie viel mir diese Geste seines Vertrauens bedeutet!

Weimar, 27. Juni 1782
Vor ein paar Tagen wurde Johann die Leitung der obersten Finanzbehörde übertragen. Nun hat er noch mehr zu tun. Heute saß er den ganzen Tag zu Hause, um sich mit den Rechnungssachen zu beschäftigen. Aber er ist guten Mutes, auch diese Aufgabe bestmöglich zu erledigen. Ich fürchte, nun sehe ich ihn noch seltener.

Weimar, 6. Juli 1782
Die Regierungsgeschäfte beanspruchen immer mehr von Johanns Zeit. Gerade die neue Aufgabe in der Finanzbehörde macht ihm zu schaffen. Die Kassen sind leer und Schulden gibt es ohnehin genug. Sein Vorgänger, Herr von Kalb, war kein guter Wirtschafter.

Weimar, 8. Juli 1782
Heute steckte Johann wieder den ganzen Tag in seinen Zahlen und Akten. Ich mache mir Gedanken, dass ihm bei all diesen Aufgaben kaum noch Zeit für seine Werke bleibt. Jetzt hat er sogar beschlossen, das Tagebuchschreiben aufzugeben.

Weimar, 11. Juli 1782
Wenn ich mir die vielfältigen Aufgaben meines lieben Freundes vor Augen führe, wird mir manchmal angst und bange. Er ist ja nicht nur Minister und kümmert sich um Kriegsbehörde sowie Finanzwesen. Nein, zudem ist er auch für unser Theater zuständig. Regelmäßig schreibt er dafür Hofopern, veranstaltet Balletts und Redouten. Dabei liegt von der Finanzierung bis hin zu Kostüm und Maske alles in seiner Hand.
Die Redouten, unsere Maskenbälle, finden jedes Jahr zwischen Weihnachten und Aschermittwoch im Abstand von zwei Wochen statt. Sie sind eine willkommene Abwechslung von den immer wieder selben Gesichtern, denn im Saal ist es verboten, die Masken abzunehmen.
Ja, der liebe Freund ist viel beschäftigt. Ein anderer wäre unter dieser Last sicher schon zusammengebrochen.

Weimar, 14. Juli 1782
Aus seinem Garten, wo er unter Rosen und Lilien spazieren gehe, sandte mir Johann eben einen Gruß. Am Abend will er

*kommen und wir werden unzertrennlich sein, versprach er.
Ich kann es kaum erwarten!*

*Weimar, 17. Juli 1782
Ein dummes Missverständnis mit Goethe vergällte mir den Tag. Ich hatte gedacht, diese Zeiten lägen hinter uns. Aber wie es scheint, lässt sich manches nicht ablegen.
Manchmal wünsche ich mir, ich könnte instinktmäßiger lieben. Meine Liebe verschenken, unabhängig davon, was der andere gerade sagt oder wie er sich verhält. Aber wie in anderen Lebensbereichen auch, verlangt es mich erst recht in der Liebe nach Vollkommenheit.
Was ist auch falsch daran, dass man sich der Liebe, die man erhält, auch würdig erweisen muss?*

*Weimar, 19. Juli 1782
Noch mehr Missverständnisse, so viel Verdruss! Mir schmerzt der Kopf von all dem Ärger der letzten Tage.
Alles fing damit an, dass Johann mir „Die Fischerin" schickte und mit meiner anschließenden Kritik an diesem Stück nicht umgehen konnte. Die Schröder hat das Stück vertont und spielt auch noch die Hauptrolle. Das machte es für mich nicht besser!*

*Weimar, 24. Juli 1782
Ich bin der Aufführung in Tiefurt ferngeblieben, was Goethe noch mehr gekränkt hat. Inzwischen gingen viele Zettelchen zwischen uns hin und her. Klagen und Bitten, Erklärungen und Liebesschwüre. Es dauerte seine Zeit, aber ich glaube, nun haben wir alles geklärt.
Im Nachhinein bedauere ich ja selbst, dass ich die Aufführung der Operette verpasst habe. Im Tiefurter Park hat Goethe extra Mooshütten errichten lassen, in denen die Zuschau-*

er sitzen konnten. Ein Kahn kam übers Wasser herauf und alles wurde von unzähligen Feuern beleuchtet.
Der ganze Hof spricht von diesem einmaligen Erlebnis, das ich leider verpasst habe.
Aber nun ist es nicht mehr zu ändern. Vielleicht sollte ich dem Tiefurter Park auch so wieder einmal einen Besuch abstatten?
Nachdem Anna Amalias jüngerer Sohn Constantin nach fünf Jahren Tiefurt verlassen hatte, ließ sie das Schlösschen im letzten Jahr zu ihrem persönlichen Sommersitz umbauen und ist dort mit zwei Dienern und ihrer ersten Hofdame Luise von Göchhausen eingezogen.
Constantin wird auch kaum dorthin zurückkehren. Nach seiner unglücklichen Liebe zu Caroline von Ilten ist er auf unbestimmte Zeit auf Reisen gegangen. Fast könnte der junge Mann einem leidtun, aber diese Verbindung wäre einfach nicht standesgemäß gewesen. Nur Bettelprinzen hätte es daraus gegeben, hat Anna Amalia einmal spöttisch darüber gesagt.

Weimar, 3. August 1782
Was für eine Hitze! Johann sollte nach Tiefurt kommen, hat sich bei diesen Temperaturen aber lieber in seinem Haus verkrochen. Auch ich war den ganzen Tag noch nicht draußen und werde vor dem Abend keinen Schritt vor die Tür tun.

Weimar, 10. August 1782
Die viele Arbeit macht dem lieben Freund zu schaffen. Jetzt ist er auf dem Höhepunkt seiner politischen Karriere. Nach unserem Herzog ist er der mächtigste Mann im Herzogtum. Trotzdem beklagt er, dass er nur geringen Einfluss habe und eigentlich zum Schriftsteller geboren sei. Es mache ihm eine reinere Freude als alles andere, wenn er seine Gedanken gut aufgeschrieben habe.

Ich bedauere, dass der Geliebte so wenig Zeit findet, um sich als Privatmann seinen Schriften zu widmen. Doch das Klagen nützt nichts. Er muss einen Kompromiss finden, mit dem sich's leben lässt.

Kochberg, 25. August 1782
Ich bin wieder in Kochberg, zusammen mit meinem Mann. Johann schreibt mir täglich. Er träume jede Nacht von mir und hoffe, dass seine Träume bald wahr werden und ich zu ihm zurückkehre, ließ er mich heute wissen.
Ich muss achtgeben, dass mein Mann seine Briefe nicht liest! Der liebe Freund schickte mir vorhin Pfirsiche, die er, so seine Worte, für mich erbettelt und erbeutet habe. Ich gab sie den Kindern, die sie sich gleich schmecken ließen.

Kochberg, 29. August 1782
Gestern war Johanns 33. Geburtstag. Erst wollte er nach Tiefurt, aber als er hörte, dass die ganze Hofgesellschaft dort sein würde, verspürte er keine Lust dazu. Lieber verbrachte er den Tag allein in der Stille seines Gartenhauses.
Wie gönne er den Kindern, dass sie um mich herumspringen können, und wie beneide er sie, schrieb er und flehte: Liebe Lotte, komm zurück.
Mit diesen Worten machte er mir wieder einmal das Herz schwer. Wie wünschte ich, ich hätte an seinem Ehrentag bei ihm sein können!
Ungern trete er aus einem Jahre, das ihm so viel Glück gegeben habe und das ihm durch die Versicherung meiner Liebe unvergesslich geworden sei, fuhr er fort. Für das nächste habe er wenig Wünsche, nur den, dass ich ihm bleiben möge. Diesen Wunsch werde ich Johann nur zu gern erfüllen! Möge unsere Liebe auf immer Bestand haben!

Kochberg, 11. September 1782
Ich war für einige Tage in Weimar. Wie freute sich der Liebste, mich zu sehen!
Gleich nach meiner Ankunft lud er mich zu einem Mittagessen in seinem Garten ein. Ein herrlicher Spätsommertag verwöhnte uns mit Sonnenschein und angenehmer Wärme, Johann mich mit allerlei Köstlichkeiten und seiner Liebe.
Jeden Tag meiner Anwesenheit erkundigte er sich nach meinem Befinden und versuchte so viel Zeit mit mir zu verbringen, wie es ihm möglich war.
Das Abschiednehmen wurde uns sehr schwer! Der beste Teil seines Lebens gehe mit mir weg, klagte er und beschwor mich, ich solle ihm bald mich und meine Liebe zurückbringen.

Kochberg, 13. September 1782
Liebe Lotte, überall suche ich dich, schrieb Johann gestern. So sehr mich seine Klagen auch bekümmern, überwiegt doch die Hoffnung auf ein baldiges Wiedersehen. Schon am Sonntag kommt er mich besuchen!

Kochberg, 18. September 1782
Johann war zwei Tage hier. So sehr ich mich auf seine Ankunft freute, so sehr quälte er mich dann mit seinen Launen. Unzufrieden mit sich und der Welt, klagte er über seine vielen Pflichten. Er meinte, er sei viel mehr zum Privatmenschen geschaffen und begreife nicht, warum ihn das Schicksal in eine Staatsverwaltung und eine fürstliche Familie hat einflicken mögen.
Ich kann seinen Verdruss nicht recht verstehen, hat er sich diesen Platz doch selbst ausgewählt. Insgeheim empfinde ich seine Klagen auch als undankbar. Es gibt doch wahrlich schlimmere Umstände im Leben als die seinen.

Ich bat ihn, er solle doch bedenken, wie viel Glück ihm in den letzten Jahren hier widerfahren sei, was für vielfältige Möglichkeiten er habe und welches Ansehen er inzwischen besitze. Aber er wollte von all dem nichts hören.
Beim Abschied war er dann wieder ganz artig und verließ mich nur ungerne. Solange er mich sehen konnte, winkte er mir mit dem Schnupftuche zu.
Wir hätten unsere gemeinsamen Stunden besser nutzen sollen, als uns über Umstände zu streiten, die nicht zu ändern sind.

Kochberg, 22. September 1782
Die ersten Tage der Trennung sind immer die schwersten, schreibt Johann. Tausendfältig war ihm die Freude, mich zu sehen, tausendfältig auch das traurige Gefühl, als er mich wieder verlassen musste. In der letzten Nacht habe er von mir geträumt und als er erwachte, dachte er im ersten Moment, er läge in seinem Kochberger Bette.
So launisch, wie der Freund bei seinem letzten Besuch war, bin ich momentan ganz zufrieden damit, allein hier zu sein. Aber das werde ich ihn nicht wissen lassen. Hoffentlich ist er bei meiner Rückkehr wieder besserer Stimmung.

Weimar, 8. Oktober 1782
Ich bin zurück in der Stadt. Johann war überglücklich, mich jetzt wieder nur 300 Schritte von seinem Zuhause entfernt zu wissen. Mich erleichterte es sehr, ihn so zufrieden und wohlgestimmt vorzufinden!

Weimar, 26. Oktober 1782
Die letzten Wochen sind wieder in Windeseile vergangen. Wann immer es möglich war, trafen wir uns.

Manchmal schien mir, seine Pflichten drückten Johann zu stark, an anderen Tagen kam er mir vergnügt und zufrieden vor.
Heute leidet der arme Freund unter Zahnweh. Darum will er den Tag allein verbringen.
Am Kamin, so schrieb er, steigen mit dem Feuer viele alte Ideen auf, die er festhalten müsse.
Gegen Abend erwartet er mich aber zusammen mit meinem Mann zum Tee. Auch andere Gäste sind noch eingeladen. Ich solle nicht zu spät kommen, bat er, damit ich als Erste seine Stube betreten könne.

Weimar, 3. November 1782
Ich werde heute nicht an den Hof gehen und Johann hat sich auch dagegen entschieden. Wenn ich um vier Uhr von meiner Mutter komme, wollen wir uns treffen, um zusammen zu schreiben und zu lesen. Ich bin gespannt, welches Buch er heute für uns ausgewählt hat.

Weimar, 7. November 1782
Heute ist es sieben Jahre her, dass der Liebste nach Weimar kam! Manchmal erscheint mir die gemeinsame Zeit wie ein schöner Traum. Wie hat sich mein Leben seit seiner Ankunft doch verändert, wie ist es mir wieder lieb und teuer geworden durch ihn!
Die Schicksale der Menschen seien wunderlich, schrieb Johann vorhin und ich kann ihm nur zustimmen!

Weimar, 9. November 1782
Als ich gestern bei Johann war, ergriff mich urplötzlich die Furcht, dass unser 8. Jahr nicht so glücklich werden könnte wie das vorangegangene. Vielleicht lag es daran, dass der Geliebte in manchen Momenten so zerstreut und abwesend wirkte? Oder weil er wieder einmal von Italien schwärmte,

dem Land seiner Sehnsucht, das schon sein Vater einst bereiste?
Kennst du das Land, wo die Zitronen blühn, dichtete Johann ganz versunken.
Als ich daraufhin meine Befürchtungen äußerte, versicherte er mir, dass alle Sorgen unbegründet seien und wir auch in den nächsten Jahren sehr glücklich sein würden.
Ich wollte Johann gerne glauben und doch begleiteten mich meine Gespenster bis in den Schlaf.
Am heutigen Morgen erreichte mich ein Zettelchen, in dem mich der Geliebte bat, ich solle mich nicht weiter vor dem 8. Jahr fürchten. Überschwänglich dankte mir Johann für meine Liebe und Treue und wünschte sich, dass ich ihn auch weiterhin so liebe wie gestern und immer. Wie es scheint, habe ich mir wirklich ganz unnötig Gedanken gemacht!

Weimar, 15. November 1782
Wieder einmal war Johann seltsamer Stimmung, auch wenn er mich bald darauf wegen seiner Launen um Verzeihung bat. Es sei ihm unerträglich, mir eine unangenehme Empfindung zu verursachen, schrieb er.
Leider tut er es immer wieder aufs Neue. Aber ich will ihm nichts nachtragen und hoffe, er ist später freundlicheren Gemüts. Dann will er mich abholen und wir wollen gemeinsam zum Hofe fahren.

Weimar, 16. November 1782
Ich sei das Einzige, das für ihn hier noch anziehend sei, der einzige Faden, an dem er noch hängen würde, meinte Johann heute. Dann klagte er erneut über seine vielfältigen Aufgaben, die ihm die wertvolle Zeit stehlen würden.
Ich konnte ihm nicht in allem recht geben, doch ich hörte ihm still zu, ohne ihn zu kritisieren, wie es sonst häufig meine

Art ist. Da bedankte er sich plötzlich freundlich bei mir für mein Mitleiden und bat mich um Verzeihung.
Es scheint ihm gutgetan zu haben, dass er sich einmal alles von der Seele reden konnte.
Aber ich muss gestehen, Johanns Unzufriedenheit macht mir Sorgen. Genügt ihm denn unsere Liebe nicht mehr, um glücklich zu sein? Er wirkt jetzt oft so ruhelos.

Weimar, 17. November 1782
Gerade kam ein morgendliches Zettelchen von Johann, in dem er mich wissen ließ, dass er seine Briefe und Papiere der letzten zehn Jahre ordentlich in Päckchen sortiert habe. Er wolle diese vergangenen Jahre vor sich liegen sehen wie ein langes durchwandertes Tal, das man vom Hügel aus betrachte. Ich finde, das ist ein schöner Gedanke!
Beunruhigender finde ich dagegen seine Worte, dass er immer weniger begreife, was er ist und was er sein solle. Er flehte mich regelrecht an, ich möge ihm sein Anker zwischen den Klippen sein.
Nichts bin ich lieber und doch bete ich, dass dieser Sturm bald vorüberzieht und der Geliebte wieder in ruhigere Gewässer findet. Ich will ihm dabei, so gut ich es vermag, behilflich sein!
Leider kann ich heute nichts für ihn tun, denn er bat mich um Urlaub, da er gerade ein unendliches Bedürfnis nach Rückzug und Einsamkeit verspüre. Unter dem Vorwand, sich nicht wohlzufühlen, habe er sich sogar bei Hofe und beim Conseil entschuldigen lassen.
Ich mache mir große Gedanken um den Geliebten. Hoffentlich besinnt er sich bald!

Weimar, 18. November 1782
Nach langem Überlegen habe ich gestern noch Fritz zu Johann geschickt. Der Besuch meines Sohnes schien mir die

einzige Möglichkeit, um den lieben Freund aus seiner trüben Stimmung zu reißen.
Es ist geglückt, denn am Abend verließ Johann seine Einsiedelei, um zu mir zu kommen. Wir redeten lange und sehr ausgiebig.
Heute Morgen erhielt ich ein liebes Zettelchen, in dem er mir versicherte, dass nur meine Liebe ihn wieder lebendig gemacht habe! Er wolle zwar auch diesen Tag in der Stille verbringen, aber am Abend würde er wieder ganz mein sein. Er schrieb, wenn er allein sei, fange er wieder an, sich selbst zu erkennen. Es sei, als ob er den Geheimrat und sein anderes Selbst voneinander trennen müsse, um sich im Inneren treu zu bleiben.
Ach, was für Gedanken den lieben Freund beschäftigen! Es macht mich zwar traurig, dass er heute lieber die Einsamkeit wählt, wo er früher meine Gesellschaft bevorzugt hätte, aber ich will's ihm nicht nachtragen. Ich kenne den Wunsch nach Rückzug ja selbst nur zu gut.

Weimar, 20. November 1782
Johann findet seine Freude an Heimlichkeiten und ich will ihm den Gefallen gern tun. Er erklärte mir, wie ich unbemerkt aus der Stadt kommen könne, um mit ihm eine heimliche Spazierfahrt zu unternehmen. Die gemeinsamen ungestörten Stunden werden uns bestimmt guttun!

Weimar, 24. November 1782
In seinem neuen repräsentativen Zuhause gibt Goethe jetzt häufig Empfänge, um seinen gesellschaftlichen Pflichten nachzukommen. Über einen Mangel an Interesse kann er sich dabei nicht beklagen, denn seine Einladungen sind heiß begehrt.

Wann immer er nebenher Zeit findet, überarbeitet er seinen Werther. Dabei sehne er sich, so schrieb er, in die Abgeschiedenheit seines Gartenhäuschens zurück.
Ich finde, er sollte stattdessen lieber froh sein, so ein warmes und behagliches Zuhause in der Stadt zu besitzen. Im Moment ist es dem Freund leider nicht leicht recht zu machen!

Weimar, 8. Dezember 1782
Goethes Stimmung ist nicht besser geworden. Nun liegt ihm der Herzog auch noch in den Ohren, acht Tage mit ihm zu verreisen.
Johann fragte, was ich dazu meine. Aber was soll ich sagen? Es steht mir nicht zu, die Wünsche unseres Herzogs infrage zu stellen.
Ich verstehe den Freund momentan nicht! Er beklagt sich einerseits über das häufige Reisen, wünscht sich aber gleichzeitig, endlich wieder durch fremde Luft zu gehen.
Was versetzt den Geliebten nur in solch inneren Aufruhr, dass er an einem Tag dieser und am nächsten schon wieder anderer Meinung ist?

Weimar, 11. Dezember 1782
Vor seiner Abreise klopfte Johann an meine Tür, um noch einmal meine Stimme zu hören. Leer und kalt sei es in der Welt draußen, meinte er, und gemütlich und warm nur bei mir.
Verstehe einer den geliebten Freund! Hatte er sich nicht gerade noch fort gewünscht? Im Moment steckt Johann wirklich voller Widersprüche. Trotzdem ließ ich ihn nur ungern ziehen.

Weimar, 12. Dezember 1782
Ein Brief aus Erfurt erreichte mich gerade. Die Feder sei abscheulich, beschwerte sich Johann, sie tauge nicht zum Dolmetscher unserer Liebe.
Nun, da werde ich daran denken müssen, ihm bei seiner Rückkehr eine neue zu schenken.
Aber bis dahin wird es noch dauern, morgen will er mit dem Herzog erst einmal weiter nach Neunheilingen, um dann am Freitag wieder in Erfurt zu sein.
Eigentlich sei er nirgends, wenn er nicht bei mir sei, versicherte der Geliebte und versprach für den Sonnabend seine Heimkehr.
Ich hoffe sehr, dass diese Reise den lieben Freund wieder zur Besinnung bringt. Er muss doch erkennen, in welch glückliche Rolle das Schicksal ihn hier gestellt hat.

Weimar, 15. Dezember 1782
Johann ist zurück und schickte mir wunderschöne Blumen. Ich freue mich zwar darüber, aber die Aussicht auf den baldigen erneuten Abschied macht mich traurig. In ein paar Tagen schon bricht Johann nach Leipzig auf und es scheint, als wäre diese Reise ganz in seinem Sinne.
Was nützt es da, wenn wir uns später zum Essen sehen? Unsere gemeinsamen Stunden sind schon wieder gezählt.

Weimar, 25. Dezember 1782
Mein 40. Geburtstag, ohne ihn! Ich bin untröstlich, dass Johann selbst über die Feiertage nicht zurückgekehrt ist. Immer noch weilt er in Leipzig und verbringt dort eine vergnügte Zeit.
Ich weiß, ich sollte dankbar dafür sein, dass er wieder guter Stimmung ist. Aber es gelingt mir einfach nicht, meine Enttäuschung über sein Fortbleiben zu vertreiben.

Sein letzter Brief machte es auch nicht besser. Wenn er mich nicht hätte, ginge er in die weite Welt, schrieb er. Als wäre Leipzig nicht schon weit genug entfernt! Ich hoffe, er kehrt endlich zurück!

Weimar, 31. Dezember 1782
Johann bleibt auch über den Jahreswechsel in Leipzig. Um meinetwillen, schrieb er, weil er die letzte Zeit oft so unleidlich war.
Um meinetwillen? Als wäre ich es im Laufe der Jahre nicht gewohnt, seine Stimmungen zu erdulden. Noch mehr verletzt mich aber sein Wunsch, sich am liebsten ein Vierteljahr in Leipzig aufhalten zu können. Diese Stadt sei ihm wie eine neue kleine Welt, schreibt er. Er habe zwar dort studiert, doch vieles habe sich inzwischen verändert. Vor seiner Rückkehr will er noch ein Konzert besuchen, um die Stadt auch von dieser Seite kennenzulernen. Erst am Donnerstag beabsichtigt er von dort abzugehen.
Was ist nur geschehen? Einst sehnte Johann jede Stunde in meiner Gegenwart herbei, nun ist es so, als blühe er erst in der Ferne auf.

Weimar, 4. Januar 1783
Endlich ist der Geliebte zurück! Sehnsuchtsvoll erwarte er die Stunde, mich wiederzusehen, schrieb er mir eben.
Auch ich kann mich kaum noch gedulden, ihn zu begrüßen! Vergessen sind all der Ärger und Gram der vergangenen Tage. Jetzt zählt nur, dass er wieder da ist und mich nach wie vor liebt!

Weimar, 10. Januar 1783
Mein guter Freund Knebel bat mich um eine gemalte Landschaft von mir. So gern ich auch zeichne, so sehr bin ich mir meiner Schwächen bewusst. Ich bringe es nicht übers Herz,

ein Bild von mir zu verschenken, wenn ich es zuvor nicht selbst als gut befunden habe. Schweren Herzens suchte ich deswegen ein Bild von Johann heraus, auch wenn ich es nur zu gern für mich behalten hätte. Ich schickte es Knebel, damit er das Landschäftchen zu Goethes und meinem Andenken an seine Wand hängt.

Weimar, 23. Januar 1783
Es liegt so viel Schnee, dass die ganze Welt wie verzaubert aussieht. Nur wird der Geliebte nun wohl nicht ungesehen den Weg durch den Garten nehmen können, sondern muss vor aller Augen die Gasse entlanggehen, wenn er zu mir kommen will. Aber sollen die Leute doch reden. Ich bin jedenfalls sehr erleichtert, dass er nicht mehr draußen in seinem kalten Gartenhaus wohnt.

Weimar, 31. Januar 1783
Er sei vom Arbeiten so gesotten und gebraten, dass er mich weder heute früh noch am Nachmittag sehen könne, schrieb mir der Freund eben.
Dann bleibt uns wohl nur der Abend. Eigentlich wollte ich da auf die Redoute gehen, aber nun werde ich zu Hause bleiben und auf Johann warten.

Weimar, 2. Februar 1783
Welch ein glücklicher Tag! Heute wurde endlich der lang erwartete Thronfolger geboren. Carl-Friedrich von Sachsen-Weimar-Eisenach.
Herzogin Luise hat allen Grund, dankbar und zufrieden zu sein, doch leider tut sich ihre melancholische Natur schwer mit solchen Gefühlen.
Ihre Ehe mit unserem Herzog stand leider von Anfang an unter keinem guten Stern. Ihr Gatte und sie sind charakterlich einfach zu verschieden. Luise ist ein zartes, stilles We-

sen, sehr empfindsam und verschlossen. Zudem ist die junge Herzogin von ernster Natur und scheint ihren Ehemann mehr als Last denn als Grund zur Freude zu empfinden.
Carl August dagegen ist ein junger, sinnesfreudiger und vor Kraft strotzender Mann. Seine laute, oft ungestüme Art muss für seine sensible Gemahlin wohl ein Gräuel sein. Auch sein Mangel an Rücksichtnahme macht ihr schwer zu schaffen. Neulich erlebte ich selbst, wie er mit seinen Hunden in ihren Salon stürmte und die Tiere, die zuvor durch Dreck und Regen getobt waren, überall ihre schmutzigen Spuren hinterließen.
Goethe versucht immer wieder zwischen den Eheleuten zu vermitteln. Er ist der Meinung, er habe einen guten und beruhigenden Einfluss auf Carl August. Ganze Abende sitzen die beiden Männer zusammen und führen tiefe Gespräche über die Natur oder die Kunst. Da können wir nur hoffen, dass der Umgang mit Johann beim Herzog auch zu mehr Verständnis für seine Ehefrau beiträgt.
Die liebe Luise klagt zwar nicht, aber ich sehe, dass sie leidet. Obwohl sie 15 Jahre jünger ist als ich, hat sie mich gern in ihrer Nähe. Auch ich habe die junge Herzogin in mein Herz geschlossen und verbringe oft Zeit mit ihr. Nun bin ich sehr erleichtert, dass Luise endlich den lang ersehnten Sohn in ihren Armen halten kann.

Weimar, 17. Februar 1783
Unser Thronfolger ist ein gesunder und wohlgeratener Prinz. Auch wenn es keine großen Feierlichkeiten gab, ist doch ganz Weimar voll der Freude und Begeisterung. Auch unsere Herzogin scheint nach dieser Geburt endlich zu einer gewissen inneren Zufriedenheit gefunden zu haben.

Weimar, 25. Februar 1783
Vor einer Weile sprach Johann einmal nebenher von einem Maler, der sich auf den Weg nach Rom gemacht hatte. Heute erzählte er mir, dass dieser Johann Heinrich Wilhelm Tischbein inzwischen wohlbehalten angekommen sei und voller Überschwang dem Schicksal danke, das ihn bereits zum zweiten Mal in diese Stadt geführt habe.
So träumerisch, wie er davon berichtete, scheint es mir fast, als wünsche er sich insgeheim an dessen Seite. Aber ich werde ihn nicht danach fragen. Er würde es sowieso nicht zugeben.

Weimar, 13. März 1783
Johann hat zu Ehren der Herzogin Luise einen prächtigen venezianischen Karnevalsumzug organisiert. Carl August selbst führte den Zug von 139 Menschen und 100 Pferden an. Was für ein Spektakel! Auch der lieben Luisen hat's gefallen. Sie wirkte gelöster als sonst und hat sogar manches Mal gelächelt.
Ein ganz besonderes Erlebnis war es, Goethe als Ritter in alter Tracht zu sehen. Auf seinem weißen Pferd, gekleidet mit einem Purpurmantel und einem Barett mit Federn, wirkte er wie ein Held aus einer längst vergangenen Zeit. Wenn ich ihn nicht schon längst lieben würde, wäre es bei seinem Anblick um mich geschehen gewesen!

Weimar, 17. März 1783
Ein liebes Zettelchen vom Freund erreichte mich soeben. Sein ganzes Wesen suche mich und verlange nach mir, schrieb er und wünschte sich, dass ich gegen Mittag mit ihm spazieren gehe. Dann könne er bis dahin mit Vergnügen in seinen Akten lesen.

Diesen Wunsch erfülle ich ihm nur zu gerne. Das Wetter ist heut freundlicher als die letzten Tage und die frische Luft wird uns bestimmt guttun.

Weimar, 25. März 1783
Johann kann einfach nicht akzeptieren, dass ich weiterhin meinen Kaffee trinke und mir diesen Genuss von ihm auch nicht nehmen lasse.
Wenn ich diesen schädlichen Trank bei ihm einnehmen wolle, so müsse ich ihn mir mitbringen, schreibt er.
Nun, des lieben Friedens willen werde ich mich bei meinem Besuch mit Tee zufriedengeben.

Weimar, 30. März 1783
Johann ist in diesem Jahr genauso beschäftigt wie im vergangenen. Er lese alte Akten, die ihn zwar klüger, aber nicht glücklicher machen, ließ er mich heute wissen.
Ich hoffe nur, er kann sich später davon losreißen, um zu mir zu kommen.

Weimar, 3. April 1783
Heute besuchte ich die Herzogin. Der Prinz wächst zusehends und es ist eine Freude, ihm dabei zuzuschauen. Auch Luise macht einen glücklicheren Eindruck, als man ihn zuvor von ihr gekannt. Mit der Geburt des Thronfolgers scheint eine schwere Last von ihren Schultern genommen worden zu sein.

Weimar 10. April 1783
Was für ein herrlicher Frühlingstag! Gleich werde ich in die Kirche gehen. Johann wird während dieser Zeit in seinem Garten in der schönen Sonne auf mich warten. Nie ließ er sich in den letzten Jahren von mir überreden, mich in die Kirche zu begleiten. Er meinte einmal, er könne das Predi-

gen nicht vertragen, in seiner Jugend habe er sich daran übergessen.
Nach dem Kirchgang wollen wir zusammen aufs Land fahren. Ihn verlange es sehr danach, unter dem schönen Himmel meine lieben Augen zu sehen, schrieb er vorhin.
Ich kann es auch kaum erwarten, in der milden Frühlingssonne an seinem Arm zu spazieren.

Weimar 11. April 1783
Ich habe unsere gestrige Ausfahrt sehr genossen! Die Natur begann überall zu grünen und die Vöglein sangen ihre Lieder, während mein Geliebter und ich Arm in Arm die sonnigen Wege entlanggingen.
Es gibt Momente, da wünscht man sich, dass sie niemals vergehen. Aber viel zu schnell war unsere gemeinsame Zeit wieder einmal vorbei.
Als kleines Dankeschön habe ich Johann am Morgen ein Frühstück geschickt. Leider werden wir uns heute nur kurz sehen.

Weimar 13. April 1783
Morgen muss Johann nach Ilmenau. Ich mag gar nicht daran denken, erneut von ihm getrennt zu sein.
Am liebsten würde er mich mitnehmen, meinte der liebe Freund. Aber da das unmöglich sei, soll nun Fritz ihn begleiten. Damit der Knabe nicht zu früh rausmuss, wird er heute bei Johann übernachten.

Weimar, 16. April 1783
Fritz sei als mein Bildnis und liebes Andenken immer an seiner Seite, schrieb mir der Freund aus Ilmenau. Er berichtete, dass der Knabe heute ein Kohlenbergwerk besucht habe und ganz vergnügt von diesem Ausflug zurückgekommen sei.

Wie freue ich mich für Fritz, dass er an Johanns Seite die Welt entdecken kann.

Weimar, 20. April 1783
Zum Ostermorgen erhielt ich Blumen vom Geliebten. Endlich ist er zurück und hat auch Fritzen wohlbehalten wiedergebracht.
Johann wünscht sich, dass ich heute bei ihm esse und anschließend noch etwas bleibe. Er sagte, er wolle nicht zum Hofe gehen, denn der Hof nähme nur alle Freude weg und gäbe niemals Freude zurück.
Nun, ganz unrecht hat er damit nicht. Mir sind ein paar ungestörte Stunden mit ihm auch lieber.

Weimar, 28. April 1783
Unser kleines Prinzchen ist frisch und wohl. Er wird wohl ein starkes und munteres Kind werden. Johann ist ganz vernarrt in den Kleinen.
Ich gönne ihm die freundlichen Stunden mit dem Kind, wird er ansonsten doch von seinen Pflichten sehr vereinnahmt.
Es sei ein sauer Stückchen Brot, wenn man darauf aus ist, die Disharmonie der Welt in Harmonie zu bringen, klagte er.
In ruhigeren Stunden sitzt er wieder an seinem Werther und versucht ihn weiter zu verbessern.

Weimar, 4. Mai 1783
Der arme Freund! Mit meiner Ankündigung, ich wolle ihm etwas erzählen, ängstigte ich ihn. Er fürchtete, es gehe um unsere Liebe, und machte sich Sorgen, dass damit etwas nicht in Ordnung sei. Ich konnte ihn schnell beruhigen, denn es handelte sich um nichts von Belang. Wie wundersam sei es, entgegnete er daraufhin erleichtert, wenn des Menschen ganzes Glück an einem einzigen Faden hänge.

Wie wahr! Auch mein Glück hängt an einem seidenen Fädchen, geknüpft durch Johanns Liebe.

Weimar, 18. Mai 1783
Heute bat Johann, ich solle mit meinem Mann über Fritz sprechen. Der Geliebte will den Knaben nun ganz zu sich nehmen.
Ich werde sehen, dass ich Josias zur Zustimmung bewege. Fritz befindet sich bei Goethe in der besten Gesellschaft, die ich mir für den Jungen nur wünschen kann.
Heute Abend erwarte ich den lieben Freund zum Essen. Danach wollen wir zusammensitzen und zeichnen. Ich liebe diese stillen Stunden, wenn wir beisammen sind und doch ein jeder seiner Tätigkeit nachgeht.

Weimar, 25. Mai 1783
Im Hause ist es nun noch ruhiger geworden. Carl ist zum Studium in Helmstedt und Ernst lernt das Forstwesen. Seit heute hat Johann meinen Fritz vollständig zu sich genommen und will sich um seine Erziehung kümmern. Ich bin sehr froh darüber, ist es doch zu Fritzens Bestem. Auch Johann ist glücklich, den Jungen bei sich zu haben, und sieht es als Beweis meines Vertrauens und meiner Liebe an.
Mein Mann war mit dem Vorschlag sofort einverstanden. Er hält es für gut, dass der Elfjährige auch etwas anderes sieht als nur sein Zuhause, außerdem weiß er, dass der Knabe von Goethe viel lernen kann.

Weimar, 26. Mai 1783
Fritz hat bei Johann gut geschlafen und am Morgen artig seine Sachen eingeräumt. Sogar ein eigenes Zimmer hat er bekommen, berichtete mir der Junge freudig.
Johann schreibt, er liebe alles an dem Knaben und sei dankbar, dieses Pfand meiner Liebe bei sich haben zu dürfen.

Weimar, 29. Mai 1783
Johann ist auf Reisen und hat Fritz mit sich genommen. Gerade erreichte mich ein Brief aus Jena, in dem mir der Freund ausführlich von ihren gemeinsamen Erlebnissen des letzten Tages berichtete.
Wie freue ich mich für meinen Jungen! Was er dank des lieben Freundes doch alles sehen und erfahren kann. Es wird ihm für sein weiteres Leben sicher sehr von Nutzen sein.
Aber wenn ich die beiden manchmal so zusammen sehe, plagt mich auch das schlechte Gewissen. Ist es richtig, den Geliebten so fest an mich zu binden? So kinderlieb, wie er ist, sollte er eigene Abkömmlinge haben. Aber durch seine Liebe zu mir werden ihm diese verwehrt bleiben.
Doch Gewissensbisse hin oder her, ich habe keine andere Wahl, als Johann zu lieben. Er hat sich ja auch noch nie beklagt und behandelt Fritz ganz selbstverständlich wie einen eigenen Sohn.

Weimar, 2. Juni 1783
Meine beiden liebsten Menschen sind wohlbehalten zurückgekehrt und hatten mir viel zu erzählen.
Doch heute ist Johann wieder mit seinen Akten beschäftigt, erst gegen Abend will er kommen.
Er ließ mich wissen, dass er Fritzen umquartiert habe. In der dunklen Kammer war schlechte Luft, die er nicht einatmen sollte. Nun hat der Knabe ein freundlicheres Zimmer. Aber ich soll ihm noch nichts davon verraten, es soll eine Überraschung sein.

Weimar, 14. Juni 1783
Schon wieder musste der Freund verreisen. Aus Erfurt schrieb er, wie leid es ihm tat, von mir zu gehen. Auch nach Gotha muss er noch fahren.

Dieses Mal konnte er Fritz leider nicht mit sich nehmen, was den Knaben sehr betrübt. Johann richtete ihm in seinem Brief aber Grüße aus und ermahnte ihn, bis zu seiner Rückkehr seine Zeichnungen fertigzustellen. Als ich es Fritzchen sagte, machte der Junge sich sogleich eifrig an die Arbeit. Da sieht man, welch guten Einfluss Johann auf ihn hat.

Weimar, 20. Juni 1783
Johann und ich kennen uns nun schon so lange, sind uns vertraut, wie es zwei Menschen nur sein können. Vielleicht tun wir uns genau deswegen manchmal so weh?
Wie habe ich seine Rückkehr herbeigesehnt, doch heute war mit ihm wieder kaum zu reden. Ein Wort gab das andere und führte letztlich zu einem üblen Streit.
Ich habe eben meiner Schwägerin Sophie davon geschrieben, um mir das Herz ein wenig leichter zu machen. Aber leider wird sie mir auch nicht helfen können. Wie sollte sie auch, ist es doch kaum zu verstehen, warum schon ein falsches Wort von ihm mir solchen Kummer bereitet.

Weimar, 21. Juni 1783
Johann bat mich darum, ihn nicht zu schonen und ihm alles zu sagen, was ich auf dem Herzen habe. Erst zögerte ich, aber dann sprach ich alles aus, was mich bedrückte. Es war die richtige Entscheidung, denn es stellte sich heraus, nichts von dem, was mich so verletzte, war böse Absicht von ihm gewesen.

Weimar, 28. Juni 1783
Alles ist wieder gut zwischen uns! Immer wieder beteuert Johann mir seine Liebe und ich werde nicht müde, seinen Worten zu lauschen. Wann immer es ihm möglich ist, ist er mein treuer Abendgast. Oft lesen wir dann zusammen oder er erzählt mir von seinen geplanten Werken. Vor ein paar Ta-

gen zeigte er mir auch einen bereits überarbeiteten Teil des Werthers. Ich finde, dieser ist ihm gut gelungen. Der Text klingt reifer als das damalige Original.
Heute saßen wir zusammen und zeichneten. Er lobte wieder einmal meine Porträtzeichnungen, ganz besonders aber die Landschaftsmalerei. Nun, ich kann immer noch nichts Besonderes daran finden. Aber ich werde trotzdem fleißig weiter die Zeichenschule besuchen. Immerhin macht mir das Zeichnen Freude, auch wenn meiner Meinung nach nichts Rechtes dabei herauskommen will.

Weimar, 13. Juli 1783
Sein ganzes Wesen ruhe in mir, schreibt Johann und schickte mir einen Kirschkuchen, der mir wohl bekommen möge. Nach Tische wolle er ein wenig ausreiten, aber am Abend wird er bei mir sein, versprach der liebe Freund.

Weimar, 21. Juli 1783
Johann schrieb, er habe viel zu lesen und zu kramen. Trotzdem wollte er wissen, ob ich heute nach Belvedere gehen werde. Leider habe ich Kopfweh und werde wohl zu Hause bleiben müssen.
Er schickte mir Ostheimer Kirschen, die er gerade selbst durch einen Boten bekommen hatte. Wie der Geliebte doch immer wieder aufs Neue an mein Wohlbefinden denkt und mir mit kleinen Aufmerksamkeiten meine Stunden versüßt!

Weimar, 15. August 1783
Was für heiße, schwüle Tage! Ganz faul und träge macht mich diese Hitze. So habe ich auch mein Tagebuch wieder einmal sehr vernachlässigt. Nur der Strom der Briefe und Zettelchen zwischen Johann und mir reißt nie ab.

In der letzten Nacht hatte der geliebte Freund schmerzliche Träume von mir. Nun will er mich gleich sehen, damit ich ihm durch meine Gesellschaft diese Eindrücke zerstreue.

Weimar, 28. August 1783
Der 34. Geburtstag des Geliebten! Ich habe ihm ein schönes Blumengebinde geschickt.
Artig hat er sich bedankt und mich gebeten, meine lieben Herzensgefühle für ihn für den Rest meines Lebens zu behalten. Dies Versprechen gebe ich ihm nur zu gern!
Auch seine Freunde haben ihn heute mit viel Gutem bedacht und ihm große Freundlichkeit erwiesen, ließ Johann mich glücklich wissen.

Weimar, 30. August 1783
Bald wird Johann erneut verreisen, aber nicht auf Anweisung des Herzogs. Es zieht ihn wieder in den Harz. Glücklicherweise dieses Mal bei besserem Wetter als damals im Winter.
Er sei noch nicht einmal weg und sehne sich schon nach mir, meinte er. Denn nur meine Liebe und mein Umgang allein machten ihn glücklich.
Dann verstehe ich nicht, warum er nicht einfach hierbleiben kann. Aber ich werde diese Frage nicht äußern. Letztlich weiß ich ja selbst, dass er von Zeit zu Zeit in die Ferne ziehen muss, um sich der Bedeutsamkeit seiner Heimat wieder bewusst zu werden.

Weimar, 6. September 1783
Heute ist Johann in den Harz gereist und hat Fritz mit sich genommen. Wie leer fühlt sich mein Herz an, jetzt, wo die beiden Lieben fort sind. Ich bete, dass ich sie bald wieder heil in meine Arme schließen kann. Immerhin ist so eine Reise nicht ohne Risiken.

Auch Johann hatte wohl insgeheim ähnliche Gedanken, denn vor seiner Abreise vertraute er mir die Schlüssel für seinen Schreibtisch, für einen Schrank und eine Kiste an. Falls ihm etwas zustoßen sollte, würde ich dort alles finden, was von Wichtigkeit sei, meinte er.
Darüber kann und will ich nicht nachdenken! Die Sorge würde mich sonst umbringen.

Weimar, 24. September 1783
Regelmäßig erreichen mich Briefe, in denen mir Johann von seiner Reise berichtet. Fritz kommt dank ihm gut rum in der Welt. So waren sie bereits zu Gast in Langenstein bei der Branconi, besuchten die Roßtrappe bei Thale und die Baumannshöhle in Rübeland. Zusammen erklommen sie sogar den Brocken. Fritz ritt dabei artig auf seinem kleinen Pferd neben ihm her und genoss das Abenteuer, schrieb der liebe Freund.
Ich bin Johann so dankbar dafür, dass er dem Knaben all das ermöglicht.
Auch Fritz selbst hat mir freudig von ihren spannenden Erlebnissen geschrieben und ich habe ihm gleich geantwortet.
Es freut mich sehr, dass du in der schönen weiten Welt meiner gedenkst, lobte ich ihn, mahnte den Jungen aber auch, auf seine Garderobe zu achten. Immerhin bleibt er viel länger fort als ursprünglich geplant. Da werden seine Sachen wohl schlimm aussehen.
Ich berichtete ihm auch von unseren jungen Kätzchen, die springen und sich balgen wie ehemals die jungen Herren von Stein. Wohingegen unsere Katze Murz in ihrer Mutterrolle sehr ernsthaft geworden ist.
Vielleicht weckt ja mein Brief seine Neugier auf die kleinen Kätzchen und er bekommt etwas Sehnsucht nach zu Hause.
Denn so sehr es mich auch freut, dass die beiden eine schöne

Zeit miteinander verleben, hoffe ich doch, dass sie bald zu mir zurückkehren.

Weimar, 29. September 1783
Heute erreichte mich ein Brief aus Göttingen. Ich nahm an, dies wäre jetzt die letzte Station ihrer Reise, aber Fritz besteht darauf, auch noch nach Kassel zu fahren. Johann versicherte, wenn es nach ihm ginge, käme er geradewegs zu mir zurück, aber er will dem Knaben diese Freude nicht versagen.

Weimar, 2. Oktober 1783
Aus Kassel schreibt der Geliebte, dass Fritz vom Reisen nicht genug bekomme. Am liebsten würde er noch nach Frankfurt fahren, um Goethes Elternhaus zu sehen. Als Johann daraufhin Fritzchen daran erinnerte, dass seine Mutter zu Hause auf die Rückkehr ihres Sohnes warten würde, antwortete der Knabe keck, dass die werte Frau Goethe doch schon viel länger auf ihren Sohn warten müsse.
Auch wenn er damit recht hat, wird sich der Wunsch des Knaben nicht erfüllen. Johann plant am 5. Oktober von Kassel abzugehen und dann weiter nach Eisenach zu reisen. Anschließend hat er versprochen, endlich nach Weimar zurückzukommen. Mit diesen Plänen muss nun auch mein reiselustiger Herr Sohn vorliebnehmen.

Weimar, 7. Oktober 1783
Endlich sind die beiden glücklich und unversehrt heimgekehrt! Fritz ist voller Geschichten, die er mir ununterbrochen erzählt. Johann hat mir ein Frühstück zum guten Morgen geschickt und wird diesem, so versicherte er, sobald er kann, folgen.

Weimar, 27. Oktober 1783
Mit dem geliebten Freund in meiner Nachbarschaft vergehen die Tage wieder wie im Fluge. Unsere Treffen, die Begegnungen bei Hofe oder im Theater, unsere ständigen Briefe und Zettelchen, all meine Gedanken gehören wieder nur ihm allein! Seine Liebe zu mir ruhe auf gutem Felsengrund, schrieb er heute.
Ja, so empfinde ich es auch! Was sich anfangs wie Treibsand anfühlte, ist inzwischen zu einem festen Fundament geworden, auf dem sich eine Liebe für die Ewigkeit erbauen lässt.

Weimar, 19. November 1783
Wie genieße ich das Beisammensein mit dem Geliebten! Jetzt, wo wir beide in Weimar sind und uns nur ein paar Meter voneinander trennen, sehen wir uns oft sogar mehrmals am Tag.
Ich könnte mich glücklich schätzen, würde ich nicht Johanns innere Unruhe spüren. Heute bat er mich sogar darum, ihm auf einige Zeit Urlaub zu geben und ihn nicht immer noch enger an mich zu ziehen.
Diese Worte schmerzen mich sehr! Ich kann nicht schon wieder auf ihn verzichten und hoffe, er hat diesen Wunsch nicht allzu ernst gemeint.

Weimar, 22. November 1783
Heute haben wir den ersten Frost. Dann wird es sicher bald wieder eine Eisbahn geben. Aber vorerst muss ich noch auf dieses Vergnügen verzichten. Ich fühle mich in letzter Zeit nicht gut und habe oft böses Kopfweh.

Weimar, 23. November 1783
Johann leidet unter Halsweh. Ich habe ihm zu seiner Erbauung gutes Essen geschickt. Er bedankte sich zwar, meinte aber, ein paar Zeilen von meiner Hand wären ihm der liebste

Nachtisch gewesen. Wieder einmal ist es mir nicht gelungen, es dem Freund recht zu machen, so gut es auch von mir gemeint gewesen war.

Weimar, 6. Dezember 1783
Mein unsägliches Kopfweh macht mir meine ganzen Pläne kaputt. Ich musste heute sogar Johann absagen.

Weimar, 8. Dezember 1783
Auch heute werde ich den lieben Freund nicht sehen. Voller Sorge bat er mich, nicht zu früh auszugehen, so sehr er mich auch vermisse. Damit es mir bald besser gehe, wolle er mich lieber noch einen Tag entbehren. Ich denke, Ruhe ist für mich heute wirklich die beste Wahl.

Weimar, 19. Dezember 1783
Der Dezember hat Johann und mich bisher nicht gut behandelt. Erst seine Halsschmerzen und mein ständiges Kopfweh, dann litt der Freund auch noch unter Zahnschmerzen und einer dicken Backe.
Inzwischen geht es ihm besser und er ist wieder frohen Gemüts. Gerade ließ er anfragen, wie ich mich befinde und ob er hoffen könne, mich außerhalb des Bettes vorzufinden.
Leider lässt mein Gesundheitszustand noch immer zu wünschen übrig. Auch wenn ich glaube, dass es sich nun langsam bessert, muss ich ihm doch den Besuch abschlagen.

Weimar, 21. Dezember 1783
Der Freund zeigte mir heute einen Brief, den er an seine verehrte Frau Mutter geschrieben hat. Er berichtet ihr darin, dass er den Sohn der Oberstallmeisterin von Stein, seiner wertesten Freundin, bei sich aufgenommen habe. Der Knabe sei ein gutes, schönes Kind, das ihm viel angenehme Stunden bereite. Mir wurde bei diesen Worten ganz warm ums Herz!

Weimar, 31. Dezember 1783
Viel Glück für 1784, schreibt der Geliebte und versichert, er habe nur gute Hoffnungen für das neue Jahr. Er wüsste sich keinen besseren Platz zu ersinnen als diesen hier.
Dann waren also all meine Sorgen, es könnte ihn bald erneut in die Ferne ziehen, gänzlich unbegründet.
Möge das neue Jahr unsere Liebe erhalten und das Schicksal uns gewogen sein. Dann ist mir vor dem Leben nicht bange!

Weimar, 1. Januar 1784
Ich werde, wie du mir geweissagt hast, immer glücklicher. Am glücklichsten aber durch dich, schrieb mir Johann heute. Wie könnte mir bei diesen Zeilen nicht das Herz aufgehen! Auch ich werde mit jedem Tag, an dem er bei mir ist, glücklicher und zufriedener. Nach Tische werden wir uns endlich wiedersehen.

Weimar, 23. Januar 1784
Gerade erreichte mich ein Morgengruß des Geliebten. Gleich muss er ins Conseil und auch am Abend plagen ihn Verpflichtungen. So geht das jetzt tagein, tagaus, manchmal bleibt uns kaum genügend Zeit, um uns zu sehen.
Die vielen Aufgaben, die er sich im Laufe der Zeit hat aufhalsen lassen, machen mir Sorgen. Manchmal erscheinen sie mir wie eine drückende Last auf seinen Schultern. Auch Wieland sprach mich kürzlich darauf an und meinte, Goethe solle auf seine Gesundheit achtgeben.
Nun, ich will höchstpersönlich darauf achten, dass Johann sich nicht zu sehr überfordert!

Weimar, 16. Februar 1784
Ich glaube, ich habe mir wieder ganz unnötige Gedanken gemacht, denn eben zeigte mir Johann einen Brief, den er an Knebel geschrieben hat.

Persönlich sei er sehr glücklich, heißt es da. Die Geschäfte, die Wissenschaften, ein paar Freunde, das ist der ganze Kreis seines Daseins, in den er sich klug verschanzt habe. Und in deine Liebe, flüsterte er mir leise zu und sah mich dabei mit seinen dunklen, ausdrucksstarken Augen so an, dass mir das Herze schneller schlug.

Weimar, 21. Februar 1784
Heute ist Johann nach Ilmenau aufgebrochen. Er hat Fritz und Ernst mitgenommen. Für meine Söhne ist es ein großes Abenteuer, den Freund begleiten zu dürfen. Ganz besonders aufgeregt war natürlich Fritz.
Das Wetter ist zwar kalt, aber es soll bald besser werden. Johann hat mir versprochen, dass sie sich alle warm einpacken werden. So sehr ich den dreien die Reise auch gönne, so sehr ersehne ich ihre baldige Rückkehr.

Weimar, 22. Februar 1784
Gott sei's gedankt, sie sind gut angekommen! Johann schreibt, Fritz und Ernst seien recht lustig und hätten mancherlei Torheit im Sinn. Wie ich Johann kenne, ist das sicher ganz nach seinem Geschmack. Er ist sich ja selbst für keinen Schalk zu schade. Wenn ich nur daran denke, wie er einst bei Mondschein in der Ilm badete und einen armen Wanderer fast zu Tode erschreckte, als er, einem Nachtgespenst gleich, unverhofft aus den Fluten stieg.

Weimar, 23. Februar 1784
Die Gegend um Ilmenau muss jetzt im Winter sehr schön sein. Johann schreibt, es liege viel Schnee und sie seien meistens mit dem Schlitten unterwegs. Wenn es das Wetter zulässt, will er auch die Hermannsteiner Höhle besuchen.
Aber morgen muss er erst einmal eine Rede zur feierlichen Eröffnung des Bergbaus halten. Dieses Vorhaben, das er vor

Jahren begonnen hat, ist nun endlich geglückt. Ich sei ihm dort überall gegenwärtig, versicherte er mir.

Weimar, 29. Februar 1784
Der liebe Freund hat mir meine Söhne wohlbehalten heimgebracht. Nach einem kurzen Besuch gestern Abend musste er in seiner Zuständigkeit für den Wege- und Flussbau heute schon wieder weiter nach Jena.

Weimar, 1. März 1784
Johann kümmert sich in Jena um die Maßnahmen gegen die Überschwemmungen, die die Saale dort angerichtet hat. Der Herzog kann wirklich froh sein, dass er ihn hat. Aber andersrum ist es ja ebenso.

Weimar, 8. März 1784
Wieder einmal erhielt ich ein Geschenk vom lieben Freund. Dieses Mal war es eine hübsche Schnalle für meinen Hut. Niemals hat sich Josias in den Jahren unserer Ehe so etwas Originelles einfallen lassen.
Johann fragte, ob ich beim Erwachen auch an ihn gedacht habe, denn solche Liebe könne nicht einseitig sein. Natürlich habe ich das! Ich denke beim Einschlafen ebenso an ihn wie beim Aufwachen. Manchmal ist es fast, als würde ich nichts anderes tun, als immerzu an ihn zu denken!

Weimar, 24. März 1784
Welch ein großer Verlust! Die erstgeborene Tochter unserer Herzogin ist gestorben. Gerade einmal fünf Jahre war das liebe Kind.
Ach, wie kann ich den Schmerz der armen Luise nachempfinden. Auch ich musste ja meine eigenen Töchter eine nach der anderen begraben. Die Trauer darüber vergeht nie so

ganz, wenn es auch mit der Zeit etwas leichter wird, sie zu tragen.
Ich werde heute Abend Luise besuchen und versuchen, ihr ein wenig Trost zu spenden. Der Tod des Prinzesschens hat viele gute Hoffnungen zerstört.

Weimar, 25. März 1784
Auch Johann geht der Tod der kleinen Prinzessin sehr nahe. Er, der alle Kinder gleichermaßen liebt, scheint sogar besonders schwer an dem Verlust zu tragen.
Umso mehr rechne ich es ihm hoch an, dass er heute Abend für die Herzogin lesen will, um ihre traurige Lage ein klein wenig zu verbessern.

Weimar, 27. März 1784
Was für eine Entdeckung! So stolz habe ich den geliebten Freund selten gesehen. Voller Freude teilte er mir mit, dass er bei seinen Forschungen in Jena den Zwischenkieferknochen beim Menschen entdeckt habe. Weder Gold noch Silber habe er gefunden, schreibt er, sondern eine anatomische Entdeckung gemacht, die beweist, dass Mensch und Tier miteinander verwandt sind.
Oh, ich fürchte, die Theologen wird diese Erkenntnis nicht besonders freuen.

Weimar, 13. April 1784
Wieder kam ein Brief aus Jena. Johann geht es dort gut und voller Enthusiasmus forscht er weiter an seinem Knöchlein. Nun hat er sich sogar die Knochen eines Löwen und eines Walrosses vorgenommen.

Weimar, 30. April 1784
Ich habe beschlossen, den Sommer in der Einsamkeit Kochbergs zu verleben. Nun muss ich diese Absicht nur noch dem

lieben Johann beibringen. Aber er kann nicht viel dagegen sagen, weil er ja selbst ständig unterwegs sein wird. Anfang Juni geht der gesamte Hof nach Eisenach und Johann muss wegen des Landtages auch mit. Anschließend plant er eine Reise auf den Fichtelberg. Ich erhoffe mir in Kochberg also wenig Besuch.

Weimar, 4. Mai 1784
Heute habe ich unsere gemeinsamen Stunden am Abend, als endlich die Pflichten des Tages hinter uns lagen, besonders genossen. Erst lasen wir gemeinsam und anschließend redete Johann sehr geistreich über allerlei wissenschaftliche Dinge, mit denen er sich derzeit beschäftigt. So sind mir durch ihn sogar die Knochen und das Steinreich interessant geworden.

Weimar, 6. Mai 1784
Vermehre nicht durch dein süßes Betragen täglich meine Liebe zu dir, schrieb Johann heute. Doch genau das ist mein Ansinnen! Es gilt, die gemeinsame Zeit gut zu nutzen, bevor bald wieder die leidigen Tage des Getrenntseins kommen.
Er wisse gar nicht, wie er die lange Zeit ohne mich überstehen soll, klagte der Geliebte und wünschte sich, dass der Mai ein Monat der Harmonie sein möge.
Diesem Wunsch kann ich mich nur anschließen. Wie schade, dass Johann morgen schon wieder nach Jena muss.

Weimar, 25. Mai 1784
Johann ist zurück und wir verbringen unsere gemeinsamen Tage nach alter Gewohnheit. Nie wird es mir in des Geliebten Gesellschaft langweilig, denn dafür sind sein Verstand und seine Fantasie viel zu rege und vielfältig.
Wie lieb ist es mir, auf unseren Spaziergängen mit ihm über die verschiedensten Dinge zu plaudern oder am Abend beisammenzusitzen, um zu lesen oder zu zeichnen.

Ich darf gar nicht daran denken, dass diese gemeinsame Zeit bald ihrem Ende entgegengeht und wir dann auf Wochen voneinander getrennt sein werden.

Kochberg, 4. Juni 1784
Nun bin ich wieder in Kochberg. Ich spüre, wie gut mir die Ruhe tut und wie sie mir hilft, die Dinge aus einem gewissen Abstand heraus zu betrachten.
Nur ich sei der Anker, der sein Schifflein an der Reede hält, schreibt der Freund heute. Auch er ist nun bereit zum Aufbruch, hat schon alle Sachen gepackt.

Kochberg, 6. Juni 1784
Johann ist beim Prinzen in Gotha. Er schwärmt von den neuen Parkanlagen und wünscht sich, dass ich sie auch sehen könnte.
Anstatt meiner durfte Fritz ihn begleiten. Er nehme den Jungen überall mit hin, damit er sich richtig zu betragen lerne, schrieb Johann. Wenn ich seinen Worten Glauben schenken darf, ist Fritz recht munter und macht seine Sache gut.
Der Geliebte benimmt sich bei der Erziehung so verständig, dass manch einer von ihm lernen kann. Er ist einer der wenigen, die Rousseaus inneren Sinn der Erziehung wirklich erfasst haben. Weil Fritz zudem von Natur aus ein ausgeglichenes und heiteres Gemüt hat, macht es Johann selbst viel Freude, den Knaben um sich zu haben.
Ich werde jetzt hinuntergehen und mich noch für eine Weile auf meinen Lieblingsplatz vor der Brücke setzen. Solche ruhigen Momente sind gerade rar. Ich muss mich so viel um die Wirtschaft kümmern, dass ich kaum Zeit zum Klavierspielen oder Zeichnen finde.

Kochberg, 7. Juni 1784
Nun ist Johann in Eisenach angekommen. Für seine Forschungen ließ er sich dorthin von Samuel Thomas von Sommering aus Kassel einen Elefantenschädel schicken. Den hält er sicher im hintersten Winkel seines Zimmers versteckt, damit ihn die Leute nicht für verrückt halten. Seine Hauswirtin glaubt, dass in der Kiste Porzellan sei, sonst würde sie ihn wohl samt Schädel aus dem Hause jagen.

Kochberg, 17. Juni 1784
Johann schreibt mir tagtäglich aus Eisenach. In jedem seiner Briefe klagt er erneut, wie einsam er sei und wie sehr er sich zu mir nach Kochberg wünsche.
Man sagte ihm, er könne in nur 31 Stunden in Frankfurt sein, aber er hegt nicht den flüchtigsten Gedanken, dorthin zu gehen, so sehr habe ich seine Natur an die meine gezogen.
Fritzen geht es gut. Er hat viele neue Gegenstände, mit denen er spielen kann. Ich hoffe, der Freund verwöhnt meinen Jungen nicht zu sehr.

Kochberg, 19. Juni 1784
Die Angelegenheiten in Eisenach gehen leidlich, schreibt Johann. Er habe Hoffnung, bald zu entwischen. Mir allein mag er alles schreiben, so wie er mir allein auch alles sagen möchte. Bei anderen Menschen, so vernünftig sie auch sein mögen, fehlen ihm viele Töne, die bei mir alle anschlagen. Alles, was die Menschen suchen, habe er in mir gefunden, versichert er.
Wie sehr fehlt mir der Geliebte! Wie gerne hätte ich ihn einige Zeit bei mir!

Kochberg, 25. Juni 1784
Dieser Monat und auch etliche Tage des folgenden werden noch vergehen, bis ich Johann endlich wiedersehe. Sehn-

süchtig warte ich auf jeden seiner Briefe! Gestern schrieb er, er habe einen Moment ernsthaft überlegt, ob er nicht einen Augenblick zu mir eilen solle. Aber es ging dann doch nicht und er müsse sich weiterhin in Geduld üben.
Fritzen scheint von unserem Sehnen nichts zu spüren. Übermütig tanzte er im Hemde im Bett, berichtete Johann. Da habe er ihn herzlich an sich gedrückt und gefühlt, dass er nur seinet- und meinetwegen gern lebe.

Kochberg, 27. Juni 1784
In allerlei Richtungen gehen meine Gedanken, besonders dann, wenn hier Ruhe eingekehrt ist. Ich sehne mich nach Johann, genieße aber trotzdem diese Zeit für mich allein. Die Stille hilft mir dabei, neue Kraft zu schöpfen.
So oft ich auch an Johann denke, manchmal geht mir auch meine Ehe durch den Sinn. Seit über 20 Jahren sind Josias und ich schon verheiratet. Alles in allem ist er mir immer ein guter Ehemann gewesen. Etwas anderes zu behaupten wäre ungerecht. Dass er weder meine Interessen noch meine Gedankenwelt nachvollziehen kann, daraus will ich ihm keinen Vorwurf machen.
Ja, ich habe mich früher oft in dieser Ehe gelangweilt. Mir fehlte der gedankliche Austausch, die Inspiration, die Freude. Seitdem Johann in mein Leben getreten ist, gehören diese Zeiten aber der Vergangenheit an. Was kann ich mich doch glücklich schätzen, gleich von zwei Männern geliebt zu werden. Ich möchte keinen von beiden missen!
Ich habe noch einen weiteren Grund zur Freude. Auf mein Drängen hin ist der gute Knebel nach Weimar zurückgekehrt. Allerdings macht er einen unruhigen, fast getriebenen Eindruck. Ich befürchte fast, er wird es dort nicht allzu lange aushalten.

Kochberg, 29. Juni 1784
Heute schreibt der Geliebte, dass er kein einzelnes, kein selbstständiges Wesen mehr sei. Alle Schwächen habe er an mich angelehnt, seine weichen Seiten seien durch mich geschützt, seine Lücken durch mich ausgefüllt. Wenn ich von ihm entfernt bin, wird sein Zustand dadurch höchst seltsam. Auf einer Seite ist er gewappnet und gestählt, auf der anderen wie ein rohes Ei.
Was für seltsame Gedanken! Wenn er nur bald zurückkehrt, will ich ihm gerne Schutz und Schild sein! Wenn ich's bedenke, fühle ich den Zustand ja genauso. Auch ich bedarf seiner an meiner Seite, um mich vollständig zu fühlen.

Kochberg, 1. Juli 1784
Dürr und leer ist es hier bei der Hitze. Mein liebster Zeitvertreib ist es, vor der Haustüre im Schatten zu sitzen.
Inzwischen kriege ich eine vortreffliche Einsicht in die gesamte Wirtschaft. Heute war ich sogar im Kuhstall. Mein Mann hat leider keine glückliche Hand bei der Bewirtschaftung des Gutes. Zumal er nur selten bei Hofe abkömmlich ist. Johann schrieb, er bewundere meinen Eifer, klagte aber auch wieder über unsere lange Trennung. Aber nun ist unser verlorener Monat ja vorbei und der neue gibt mir Hoffnung, den Geliebten und meinen Sohn bald wiederzusehen.
Selbst Fritz habe inzwischen solche Sehnsucht nach Weimar, lässt mich Johann wissen, dass es ihn in den Knien ziehe. Er habe zwar mit dem Knaben darüber gescherzt, aber heimlich noch viel größere Sehnsucht empfunden.

Kochberg, 8. Juli 1784
In einem schwachen Moment schrieb ich dem Freund von meiner Sehnsucht und verriet ihm auch meine Furcht, dass er in der Fremde vielleicht einer Frau begegnen würde, die

frei für ihn sei. Kaum hatte ich den Brief dem Boten übergeben, bereute ich es schon.
Postwendend bekam ich eine Antwort. Betrübt hätten ihn meine Zeilen, klagte er. Ob ich denn glauben würde, dass seine Sehnsucht nach mir sich in der Ferne verlieren oder vermindern könnte? Nirgends sei irgendetwas zu finden, das meiner Liebe gleiche. Die Anmut und Gefälligkeit anderer Frauen trügen alle die Zeichen der Vergänglichkeit in sich, nur ich sei ewig bleibend, so wie er mir bleibe. Er wolle versuchen, so schnell wie möglich zu mir zu kommen.
Wie erleichtern mich seine Worte. Ich mache mir einfach zu viele Sorgen!

Kochberg, 24. Juli 1784
Johann ist wieder in Weimar, steckt aber mitten in der Arbeit. Von allen Seiten sei er mit Papieren belagert, schreibt er. Heute muss er schon wieder nach Jena.
Der Herzog geht bald nach Braunschweig und verlangt, dass Goethe ihn begleitet. Der Freund ist davon allerdings alles andere als begeistert.
Überhaupt scheint sich Johann viele Gedanken zu machen. Eindringlich bat er mich heute, unsere Briefe ja sorgsam zu verschließen, damit kein fremdes Auge sie zu Gesicht bekomme. Er sei aus mehr als einer Ursache sorgsam, meinte er.
Nun, wenn ich auch nicht weiß, was der Anlass seiner Besorgnis ist, muss er mich nicht zur Achtsamkeit ermahnen. Schon zu meinem Schutze halte ich unsere Briefe gut unter Verschluss. Nicht auszudenken, wenn sie Josias oder einem unserer Bediensteten versehentlich in die Hände fallen würden. Nicht einmal diesem Tagebuch vertraue ich ja alle meine Geheimnisse an!

Weimar, 3. August 1784
Ich bin für ein paar Tage nach Weimar zurückgekehrt und endlich konnten wir uns wiedersehen. Zum Mittagsmahl werde ich heute den Freund besuchen. Seine restliche Zeit wird wohl vom Conseil in Anspruch genommen.
Wie bedauerlich, dass wir unser gemeinsames Glück nur so kurz genießen dürfen. Bald schon werde ich wieder abreisen.

Kochberg, 15. August 1784
Herzogin Luise beklagte sich über meine lange Abwesenheit und fragte, ob ich mich in Kochberg begraben lassen wolle. Nichtsdestotrotz versicherte sie mir, sie würde nie aufhören, mich zu lieben.
Ach, die gute Freundin! Ich werde ihr gleich eine Antwort schreiben, damit sie weiß, dass auch ich sie nicht vergessen habe.

Kochberg, 24. August 1784
Heute erhielt ich ein Gedicht von Johann! Schon Anfang des Monats begann er mit der Niederschrift. Er nannte es „Die Geheimnisse" und bat mich, mir aus seinen Zeilen das zu nehmen, was für mich bestimmt sei. Ihm wäre es sehr angenehm, mir auf diese Weise zu sagen, wie lieb er mich habe.
„Gewiss, ich wäre schon so ferne, soweit die Welt nur offen liegt gegangen, bezwängen mich nicht übermächtige Sterne, die mein Geschick an deines angehangen", so dichtete der liebe Freund.
Besonders berührt hat mich aber seine letzte Zeile: „Allein nach dir und deinem Wesen drängt, mein Leben nur an deinem Leben hängt." Wie gerne würde ich ihn jetzt in meine Arme schließen!

Kochberg, 27. August 1784
Während ich weiterhin meine Tage in Kochberg zubringe, ist der liebe Freund wieder unterwegs. Anfang August schon, gleich nach meinem Besuch in Weimar, brach er zu einer erneuten Harzreise auf, dieses Mal gemeinsam mit dem Maler Georg Melchior Kraus. Der Frieden der Berge war ihm aber nicht lange vergönnt, denn keine Woche nach seiner Abreise rief ihn der Herzog an den Braunschweiger Hof. Von Braunschweig aus schreibt Johann mir nur auf Französisch. Zu groß sind die Geheimnisse und er befürchtet, bespitzelt zu werden. Es wird über einen Fürstenbund verhandelt und nichts davon soll nach außen dringen.
Ich werde hier auch besser nichts Näheres darüber schreiben, nur so viel, dass Johann sich bei den Verhandlungen und an den langen Abenden bei Tische nicht sonderlich wohlfühlt. Ich kann nur für ihn hoffen, dass er nicht mehr allzu lange dort ausharren muss.
Nur meine Briefe allein ließen ihn aufleben, versicherte er mir. So sehr mich diese Zeilen freuten, so sehr schockierte mich sein anschließender Wunsch, ich möge ihm mein Tagebuch schicken, denn erst dann wäre sein Glück vollkommen.
Nein, das kann ich nicht tun! Vor Jahren quälte er mich schon einmal mit solcher Bitte. Aber genauso wenig wie damals werde ich ihm jetzt Zugang zu meinen intimsten Gedanken und Gefühlen gewähren, die sich hauptsächlich um ihn drehen. Ich würde vor Scham im Erdboden versinken!

Kochberg, 7. September 1784
Ganze sechzehn Tage wurde Johanns Anwesenheit in Braunschweig verlangt. Von den Fesseln des Hofes entbunden, aus der Freiheit der Berge schrieb er jetzt und berichtete, dass er von Goslar, gemeinsam mit Kraus, wieder in den Harz zurückgekehrt sei. Dort haben sie die schönsten Tage genossen

und sind sogar auf dem Brocken gewesen. Das alles bei dem herrlichsten Wetter.
Nun will Johann vor Ort noch einige geologische Studien vornehmen und Kraus soll seine Entdeckungen zeichnen. Aber am 15. September hofft er wieder zurück in Weimar zu sein.
Leider hat sich meine Vorahnung bezüglich meines alten Freundes Knebel bestätigt. Im August ist er wieder aus Weimar abgereist und lebt nun in Jena, wo er im Schloss einige Zimmer bezogen hat.
Wenigstens ist Jena nicht aus der Welt und ich werde ihn wohl trotzdem noch von Zeit zu Zeit zu Gesicht bekommen.

Kochberg, 16. September 1784
Johann ist zurück! Von seiner Reise habe er mir viel zu erzählen und zu zeigen. Doch er will mich nicht bitten, zurückzukommen, weil er schon wieder nach Jena müsse und auch sonst vielerlei zu tun habe, schreibt er. Bevor der Herzog nicht zurück sei, könne er auch nicht zu mir.
Seine Zeilen betrüben mich! Plagt ihn denn gar keine Sehnsucht mehr nach mir? Ich vermisse ihn dafür umso mehr. Noch dazu quält mich das Zahnweh.

Kochberg, 17. September 1784
Gleich gestern noch schrieb ich Johann einen vorwurfsvollen Brief. Schon heute erhielt ich darauf eine Antwort, in der er mir versicherte, dass er so bald wie möglich kommen würde. Er meinte, er verstehe meine Gefühle, sogar die, die er nicht verdient habe, und sandte mir als Symbol seiner Zärtlichkeit Früchte mit.
Ach, ich habe ihm wohl wieder einmal unrecht getan. Was kann er denn für all die Verpflichtungen, die der Herzog ihm aufbürdet? Statt ihm Vorwürfe zu machen, sollte ich Johann

besser dankbar sein, dass er sich trotz seiner raren Zeit so liebevoll um Fritzchen kümmert.

Kochberg, 20. September 1784
Der Wunsch, mit mir zusammen zu sein, das Bedürfnis, mir alle seine Ideen mitzuteilen, existiere unvermindert und mit der gleichen Lebhaftigkeit in seinem Herzen, schwor mir der liebe Freund. Aber wir würden beide so stark unsere Pflicht tun, fuhr er fort, dass wir am Ende sogar an unserer Liebe zweifeln würden. Mich halte die Wirtschaft zurück und ihm sei es aus geschäftlichen Gründen unmöglich, zu mir zu kommen. Wenn unsere Gründe auch triftig seien, so mache es ihn doch unglücklich, dass wir so vernünftig sind.
Wie recht er hat! Ich empfinde es genauso und doch können wir nicht aus unserer Haut.
Was bleibt uns da übrig, als weiter unsere vom Schicksal vorgeschriebenen Rollen zu spielen.

Kochberg, 25. September 1784
Den ganzen Winter wolle er bei mir sein. Dann würde uns das Schicksal für unsere jetzigen Strapazen belohnen und nichts könne uns trennen, versicherte mir der geliebte Freund heute. In dieser Zeit würde er seine Geschäfte erledigen, die ganzen restlichen Stunden aber nur für mich da sein. Die härteste Jahreszeit werde so die angenehmste, weil er sie an meiner Seite verbringen könne.
Ich sehne den langen Winter herbei, dann können wir endlich wieder unser gemeinsames Leben fortführen!

Kochberg, 28. September 1784
Seitdem Johann in Braunschweig war, schrieb er mir die meisten Briefe in französischer Sprache.
Aber nun kein Wort auf Französisch mehr, verkündete er heute überraschend.

Gegen diesen Vorsatz habe ich nichts einzuwenden. So geläufig mir die französische Sprache auch ist, so erscheint es mir inzwischen doch befremdlich, mit ihm nicht in Deutsch zu korrespondieren. Denn das ist die Sprache meiner Träume und meines Herzens.

Kochberg, 5. Oktober 1784
Wieder ist Johann unterwegs, dieses Mal musste er nach Ilmenau. Wie habe er sich stattdessen an meine Seite gewünscht, versicherte er. Aber nun wolle er seine Expedition nicht übereilen, da er mich ja sowieso nicht zu Hause antreffen würde.
Ich höre den Vorwurf aus seinen Worten heraus, kann es aber leider nicht ändern.

Weimar, 16. Oktober 1784
In der letzten Zeit habe ich viel nachgedacht und mich dazu entschieden, für ein paar Tage nach Weimar zurückzukehren. Seit gestern ist auch Johann wieder hier.
Gleich will er zu mir kommen, teilte der Freund mir eben in einem Brief mit, klagte aber gleichzeitig auch schon wieder über meinen bald nahenden Abschied.
Kann er denn nicht einen Augenblick glücklich sein, ohne mir schon wieder Vorwürfe zu machen?

Kochberg, 21. Oktober 1784
Ich bin wieder in Kochberg. Alle seine Freuden seien mit mir verreist, klagte Johann und bat mich, bald zurückzukommen.
Wieder einmal fühle ich mich hin- und hergerissen zwischen meinen Verpflichtungen hier und der Sehnsucht nach dem Geliebten.
Ich hoffe, dass die Stille an diesem Ort meine aufgewühlten Sinne bald zur Ruhe bringen wird.

Außerdem lenkt es mich ab, mich weiterhin der Wirtschaft zu widmen. Auch wenn ich inzwischen fürchte, dass ich das Übel nicht allein beheben kann.

Kochberg, 25. Oktober 1784
Immer wieder aufs Neue fleht der Geliebte mich an, endlich heimzukehren. Jetzt habe ich mich für den kommenden Freitag angekündigt und dachte, es würde Johann freuen. Aber stattdessen entrüstete er sich darüber, dass ich denken würde, meine Rückkehr sei bald, dabei aber vergesse, dass heute ja erst Montag sei.
Mir scheint, als gelänge es mir überhaupt nicht mehr, es jemandem recht zu machen. Weder mir selbst mit meinen eigenen Ansprüchen noch dem ungeduldigen Geliebten.

Kochberg, 28. Oktober 1784
Nichts als Klagen und Vorwürfe, kaum mag ich noch seine Briefe öffnen. Es sei nicht gut, dass ich so lange ausbleibe, beschwört er mich. Wegen mir habe er Mutter und Vaterland zurückgesetzt. Nun müsse er seine Tage allein zubringen und daraus könne nichts Gutes entstehen. Wenn er mich weiterhin vermissen solle, müsste er eine völlige Umkehrung seines Haushaltes machen.
Ich habe doch meine Rückkehr bereits angekündigt? Was will er denn nun noch?

Weimar, 30. Oktober 1784
Ich bin zurück und gleich gestern Abend war Johann mein Gast. Was soll ich sagen, als er vor mir stand, meine Hand küsste und mir dann tief in die Augen sah, verflog jeder Ärger wie Schall und Rauch. Die alte Vertrautheit stellte sich sofort wieder ein, so als wären wir nie voneinander getrennt gewesen. Wir verbrachten ein paar wundervolle Stunden zusammen!

Was bin ich glücklich, wieder mit ihm vereint zu sein! Möge unser ganzer Winter dem gestrigen Abend gleichen, schrieb er mir heute Morgen.

Weimar, 2. November 1784
Heute sprach ich mit Johann über unseren gemeinsamen Freund Carl Ludwig von Knebel. Bald zehn Jahre ist es jetzt her, erzählte mir Johann, dass Knebel damals in Frankfurt bei ihm zum ersten Mal ins Zimmer getreten sei. Wie viele wunderbare Verhältnisse sich seit jener Stunde geknüpft haben, sinnierte er.
Wie wahr! Ich danke dem gnädigen Schicksal dafür, dass es Goethes Wege von der freien Reichsstadt Frankfurt ausgerechnet zu uns in die Provinz geführt hat.

Weimar, 9. November 1784
Wir haben unsere regelmäßigen Treffen wieder aufgenommen, wann immer es Johanns Dienstgeschäfte zulassen. Gestern Abend lasen wir gemeinsam „Die Geheimnisse".
Ich dankte ihm nochmals für das schöne Gedicht und wurde nicht müde, es aus seinem Munde zu hören. Nicht müde, später diesen Mund zu küssen. Aber das gehört nicht hierher, zu groß ist die Gefahr, dass dieses Büchlein doch einmal jemand anderer in die Hände bekommt.
Seine liebe Seelenführerin nannte er mich heute. Das ist er auch für mich, mein lieber Seelenführer, und noch so vieles mehr!

Weimar, 19. November 1784
Johann musste nach Jena reisen und ich vermisse ihn mit jeder Faser meines Seins. Zur Zerstreuung wollte ich am Abend ausgehen. Aber nun entschied ich, Spinoza zu lesen, so wie wir es gestern noch gemeinsam taten. Dadurch werde ich mich dem lieben Freund näher fühlen!

Morgen Abend kommt er zurück und wir können unser Leben wieder fortsetzen.

Weimar, 24. November 1784
Leider ist der liebe Freund wieder viel beschäftigt. Aber der Abend wird nur uns gehören. Anfangs wollte er noch Herders einladen, aber ich war dagegen. Einst flehte er mich an, ihm ein paar ungestörte Stunden zu schenken, nun will er diese ungenutzt mit anderen vertun?
Wecke nicht den Amor in mir, wenn der unruhige Knabe ein Kissen gefunden hat und friedlich schlummert, sagte er neulich zu mir. Noch immer denke ich über diese Worte nach, verstehe sie aber nicht. War es nicht genau das, was er immer begehrte? Will er etwa gar nicht mehr mit mir allein sein?

Weimar, 25. November 1784
Was mache ich mir nur immer für unnötige Gedanken! Diesen Abend will Johann wieder bei mir verbringen, ohne dass ich ihn zuvor darum bat. Wenn er sich nicht schämen würde, brächte er sogar seine Akten mit, um den ganzen Tag bei mir zu sein, schrieb er.
Das klingt nicht so, als würde er meine Nähe scheuen. Vielleicht sollte ich nicht jedes Wort von ihm auf die Goldwaage legen.

Weimar, 5. Dezember 1784
Der Herzog schrieb Johann aus Frankfurt und verlangte, er solle nachkommen. Nun ist der Freund in Verlegenheit und fragte mich um Rat, ob er diesen Wunsch ablehnen könne.
Ich riet ihm dazu, wenn auch mit schlechtem Gewissen. Sicherlich hätte sich seine Mutter sehr über einen Besuch ihres Sohnes gefreut. Aber ich brachte es nicht übers Herz, ihm zuzureden. Das Wetter ist so schlecht und was, wenn er Ge-

fallen an seiner alten Heimat findet und nicht mehr zurückkehrt?

Nun wird mir der liebe Freund glücklicherweise erhalten bleiben. Immerhin versprach er mir ja auch, den ganzen Winter mit mir zu verbringen.

Weimar, 7. Dezember 1784
Der Brief an den Herzog ist abgeschickt und ich finde, Johann hat seine Worte gut gewählt.
Es würde ihm kein Vergnügen machen, wenn er käme, schrieb er Carl August. So viele innere und äußere Ursachen hielten ihn ab, seinem Ruf zu folgen. Lieber wolle er das Ende des Jahres in Sammlung verbringen.
Ich denke, dagegen kann auch der Herzog nichts sagen.

Weimar, 29. Dezember 1784
Ein arbeitsreiches Jahr geht für Johann zu Ende. Aber in diesem Monat haben wir uns gesehen, wann immer es möglich war. Wenn es uns einmal nicht gelang, so empfand Johann es als verlorenen Tag. Trotz seiner vielen Arbeit sei ihm in einem Dezember lange nicht so wohl gewesen wie in diesem, versicherte er mir. Ich empfinde es genauso, auch wenn mich ein Schnupfen quält. Aber ich bin guten Mutes, dass dieses kleine Übel schnell vergehen wird.
Bald begrüßen wir wieder ein neues Jahr. Ich freue mich auf weitere zwölf Monate mit dem geliebten Freund. An seiner Seite ist mir vor nichts bange.
Natürlich gibt es immer noch Zeiten, in denen ich den Rückzug nach Kochberg brauche. Dann liebe ich ihn aus der Ferne und sehne jeden seiner Briefe herbei, um ihn wieder und wieder zu lesen. In stillen Stunden träume ich auch manchmal davon, frei zu sei. Frei, um mit ihm gehen zu können, wohin auch immer es uns zieht.

Aber ich will nicht undankbar sein, auch unser gemeinsames Leben hier in Weimar erscheint mir manchmal wie ein schöner Traum. Fast ist es ja, als wären wir doch miteinander verheiratet. Wenn auch in aller Heimlichkeit, leben wir wie ein Ehepaar zusammen, nur eben in getrennten Wohnungen.

Weimar, 6. Januar 1785
Gestern Abend war Johann mein Gast, ging aber zeitig. Kaum war er zu Hause, schrieb er, er wünsche mich zu sich oder sich selbst wieder zurück.
Ja, ich bedauerte seinen frühen Abschied sehr und hätte gern noch ein paar traute Stunden mit ihm verbracht. Aber es ging nicht, denn ich hatte Besuch aus Rudolstadt.
Auch jetzt sehne ich mich schon wieder nach dem Geliebten. Nur seine Liebe gibt mir die Geborgenheit und Sicherheit, die ich benötige, um mich glücklich und zufrieden zu fühlen.
Meine Zweifel sind im Laufe der Zeit immer leiser geworden. Geblieben ist die Freude auf ein weiteres gemeinsames Jahr mit ihm.

Weimar, 9. Januar 1785
Johann ist in Jena. Das Wetter sei so schön und die Berge so freundlich anzusehen, dass nur noch ich ihm zu seinem Glücke fehle, lässt er mich wissen.
Da stellt sich mir die Frage, warum er nicht einfach hiergeblieben ist. Aber er meinte, dort in der Stille besser arbeiten zu können. Zumindest hat er versprochen, morgen zurück zu sein.

Weimar, 27. Januar 1785
Johann ist viel beschäftigt. Fleißig liest er Akten und kümmert sich um seine Aufgaben. Immer öfter zieht er sich aber auch zurück, um seine Zeit allein zu verbringen.

Auch wenn ich es ihm nicht sage, schmerzt mich sein Verhalten sehr. Manchmal scheint es mir sogar, als würden auch seine Briefe kühler und weniger innig klingen. Aber vielleicht sollte ich mir nicht wieder so viele Sorgen machen und von meinem viel beschäftigten Freund einfach nicht zu viel erwarten.

Weimar, 2. Februar 1785
Johann lehnt jetzt immer mehr Einladungen ab, um seinen Pflichten nachkommen zu können. Sogar ein Mittagessen bei der Herzogin hat er heute ausgeschlagen. Dafür will er am Abend zu mir kommen.

Weimar, 9. Februar 1785
Johann hat die Herders und mich zum Essen eingeladen. Er bat mich, wegen des schlechten Wetters die Eheleute Herder in meiner Kutsche mitzunehmen.
So gern ich ihm den Gefallen auch tue, bedeutet es doch, dass Johann und ich nicht einen einzigen trauten Moment für uns allein haben werden. Ich wäre lieber ein paar Minuten vor seinen anderen Gästen angekommen.

Weimar, 13. Februar 1785
Mithilfe großer Überredungskunst konnte ich Johann heute von seinem Schreibtisch weglocken und ihn zu einer kleinen Spazierfahrt überreden. Das erste Mal seit acht Tagen war er endlich wieder an der frischen Luft. Der arme Freund arbeitet einfach viel zu viel!

Weimar, 15. Februar 1785
Johann ist überglücklich! Der Herzog bekam ein Einsehen und hat ihn von einigen seiner Aufgaben entlastet. So muss er auch nicht mehr an den Sitzungen des geheimen Conseils teilnehmen.

Nun kann der liebe Freund endlich wieder mehr seiner eigentlichen Bestimmung als Schriftsteller folgen. Hoffentlich findet er nun auch wieder mehr Zeit für mich!

Weimar, 4. März 1785
Seit ein paar Tagen fühle ich mich nicht recht wohl. Johann wollte eigentlich unseren alten Freund Knebel in Jena besuchen. Aber nun sorgt er sich um mich und will mich ungern allein lassen.

Weimar, 9. März 1785
Mir geht es wieder besser und Johann ist nun doch nach Jena gefahren. Er wohnt bei Knebel und habe da ein artiges Stübchen mit einer guten Aussicht, schreibt er. Sehr kalt sei es und es liege eine Menge Schnee.
Die Freunde werden es sich zusammen sicher gut gehen lassen, auch wenn Johann seine Arbeit als Grund für die Reise vorgeschoben hat.
Ich wünschte, ich könnte die Abende gemeinsam mit ihnen verbringen! Manchmal träume ich insgeheim davon, die Freiheit zu besitzen, tun und lassen zu können, was ich möchte. Ohne mir Gedanken über Etikette, Verpflichtungen und Klatsch machen zu müssen. Leider ein unerfüllbarer Traum!

Weimar, 11. März 1785
Johann kommt mit seiner Arbeit nicht recht voran und ist deswegen unzufrieden. Zu Hause hätte er mehr getan, schreibt er. Wenn er von mir entfernt ist, fühle er einen Mangel, den er mit nichts überwinden könne.
Ich hoffe, er erinnert sich an seine Worte, wenn es ihn wieder einmal fortzieht!

Weimar, 14. März 1785
Johann ist wieder zurück! Er schreibt, der beste Teil des Tages werde der sein, den er bei mir verbringe.
Nun, dem kann ich mich nur anschließen. Ich freue mich darauf, den Abend mit ihm zu verleben und seinen neuesten Einfällen zu lauschen. Er widmet sich momentan umfassend naturwissenschaftlichen Studien und lässt mich gern an seinen Erkenntnissen teilhaben. Kürzlich las ich dank ihm sehr interessante Schriften über den Magneten und fand viel Gefallen an dem Thema.

Weimar, 15. März 1785
Unsere gemeinsame Zeit trägt jetzt graue Schatten, da Johann krank ist. Er bat mich aber, mir keine allzu großen Sorgen zu machen. Der Schlaf und ich würden alles an ihm heilen, was zu heilen ist, meinte er optimistisch.
Ich werde mir die große Mühe geben, diesem Anspruch gerecht zu werden. Für einen guten Schlaf ist er aber allein zuständig.

Weimar, 21. März 1785
Noch immer fühlt Johann sich nicht wohl. Jetzt quält ihn ein übles Weh an den Zähnen. Deswegen will er mich heute nicht sehen und lieber zu Hause bleiben.
Ich werde ihm später ein wenig Suppe schicken, in der Hoffnung, dass sie zu seiner Genesung beiträgt.

Weimar, 2. April 1785
Liebe mich und glaube, dass ich dir immer mit ganzer Herzlichkeit angehöre, versicherte mir der liebe Freund heute.
Seitdem er wieder genesen ist, schreiben wir abends an der kleinen botanischen Abhandlung für Knebel. Ich liebe diese gemeinsamen Stunden, wenn Johann mich an all dem teilha-

ben lässt, was ihn beschäftigt. Gestern lieh er mir sogar sein Mikroskop.

Weimar, 7. April 1785
Wieder plagt den Freund das Zahnweh. Sicher rührt daher auch die Unzufriedenheit, die ich bei ihm spüre.
Aber trotz der Arbeitsentlastung seitens des Herzogs quält Johann auch weiterhin die Doppelbelastung als Minister und Schriftsteller. Er ist der Meinung, dass ihn die Arbeiten für den Hof vom Schreiben fernhalten.
Ich kann seine Klagen nur schwer nachvollziehen. Immerhin ist der Herzog ihm gerade ein großes Stück entgegengekommen. Er hat sogar Schmidt zum Geheimen Assistenzrat ernannt, um Johann noch mehr zu entlasten.

Weimar, 13. April 1785
Ich bat Johann um ein Buch über Karlsbad. Er hat mir meinen Wunsch sogleich erfüllt. Nun kann ich mich schon ein wenig auf unsere Reise vorbereiten. Im Sommer fahren wir beide zur Kur nach Böhmen. Wie freue ich mich auf diese schönen, unbeschwerten Tage fernab der Heimat mit all ihren Verpflichtungen.

Weimar, 20. April 1785
Endlich fühlt sich Johann wieder wohl. Wir wollen für immer zusammenbleiben, bat er mich heute. Ich versprach es ihm nur zu gern und sagte ihm, er solle darüber ohne Sorge sein.

Weimar, 25. April 1785
Schon wieder ist Johann unterwegs. Wegen des Wasserbaus musste er nach Jena reisen. Manchmal wünschte ich mir, er wäre weniger begabt in all diesen Dingen. Dann wäre sein Rat nicht so oft gefragt und er würde bei mir bleiben können.

Weimar, 8. Mai 1785
Ich würde ihm gar nicht mehr schreiben, nur wenn er mich dazu auffordere, schimpfte heute der Freund.
Ich muss gestehen, in letzter Zeit war ich wirklich ein wenig säumig. Aber ich versprach ihm, mich zu bessern.

Weimar, 10. Mai 1785
Der Herzog überraschte Goethe mit einer Besoldungszulage. Sehr zu Johanns Freude, denn neben der finanziellen Annehmlichkeit ist es ja auch eine Würdigung seiner Leistungen.
Später werden wir uns im Garten sehen.

Weimar, 2. Juni 1785
Mich erreichte ein Abschiedsgruß vom Geliebten. Wieder musste er nach Ilmenau und hat auch Fritz mitgenommen.
Das nächste Mal scheide er freudiger, in der Hoffnung, mich jenseits der Berge wiederzufinden, schreibt er.
Wie freue ich mich auf diese gemeinsame Zeit in Karlsbad!

Weimar, 7. Juni 1785
Heute musste ich meiner Schwägerin Sophie beistehen. Ihre Freundin, Emilie von Werthern, die Frau des Stallmeisters, ist während eines Besuchs bei ihrem Bruder überraschend verstorben. Sophie ist untröstlich!
Ich hielt die Werthern zwar immer für ein wenig zu kokett und leichtlebig, aber solch ein frühes Ableben hat sie wahrlich nicht verdient. Ich fühle mit dem trauernden Ehemann und den anderen Angehörigen.

Weimar, 14. Juni 1785
Täglich und stündlich freue er sich auf unsere Karlsbader Reise, versicherte mir Johann in seinem heutigen Brief.

Auch ich sehne die Zeit herbei, in der wir des Schreibens nicht mehr bedürfen, weil wir uns am selben Ort befinden.

Karlsbad, 25. Juni 1785
Wohlbehalten bin ich in Karlsbad eingetroffen. Schon bei meiner Ankunft erwartete mich ein Brief des lieben Freundes als kleiner Willkommensgruß.
Zu meinem großen Bedauern konnte ich nicht gemeinsam mit Johann reisen. Er war in Weimar noch unabkömmlich, ist jetzt aber, zusammen mit Knebel, auf dem Weg hierher. Er bat mich, dafür Sorge zu tragen, dass wir nicht weit auseinander wohnen und zusammen unsere Speisen einnehmen können. Natürlich habe ich mich sofort darum gekümmert.

Karlsbad, 28. Juni 1785
Johann ist immer noch nicht angekommen. Ich erhielt einen Brief aus Neustadt, wo er seine Reise unterbrechen musste. Er ist krank, hat eine dick geschwollene Backe, so wie im letzten Winter. Er ist betrübt, dass diese Tage nun für uns verloren sind, und ich empfinde es ebenso. Ich hoffe, er kommt bald!

Karlsbad, 5. Juli 1785
Heute ist Johann endlich angekommen! Nun können wir hier einen ganzen Monat zusammen verleben. Im Hotel „Drei Rosen" wohnen wir, nur eine Treppe voneinander entfernt. Ich bin überglücklich!

Karlsbad, 20. Juli 1785
Die Tage sind angefüllt mit turbulentem Müßiggang. Jeden Morgen kommt ein jeder mit seinem Töpfchen an den Sprudel und genießt still das heiße Wasser.
Johann lebt in der Gesellschaft hier richtig auf. Endlich hat er genügend Publikum, das jedem seiner Worte begierig

lauscht. Manches Mal habe ich da fast das Gefühl, überflüssig zu sein. Da ist es ein Glück, dass auch mein guter Freund Knebel hier ist.

Weimar, 14. August 1785
Ich musste meine Heimreise allein antreten. Zu meiner großen Enttäuschung hatte Goethe sich entschieden, noch acht Tage länger zu bleiben. Da hilft es mir wenig, dass er in seinem Brief beteuert, ohne mich sei dort alles leer und in Gedanken versunken sei er schon einige Male die Treppe im Hotel hochgestiegen, um mich zu besuchen.
Früh habe ich gelernt, meine wahren Gefühle hinter einer Maske aus freundlicher Distanziertheit zu verbergen. Aber er, hätte nicht gerade er, dem mein Herz gehört, spüren müssen, was er mir mit der Entscheidung, noch zu bleiben, antat?
Soll er sich doch im Glanze der Aufmerksamkeit der anderen Gäste sonnen. Er braucht mich nicht zu seinem Glück und ich will ihn auch nicht sehen!

Weimar, 16. August 1785
Gestern ging Goethe von Karlsbad ab und tritt über Joachimsthal und Schneeberg die Heimreise an. Endlich wieder auf dem Weg zu meiner Geliebten, schrieb er, der einzigen Sicherheit meines Lebens.
Er hat wirklich keine Ahnung, wie sehr er mich damit verletzt hat, lieber zu bleiben, anstatt mich nach Hause zu begleiten.

Weimar, 31. August 1785
Johann ist zurück und schwärmte mir begeistert von seinen letzten Tagen in Karlsbad vor, die er inmitten all seiner Bewunderer verbracht hat. Nein, er ist sich wirklich keiner Schuld bewusst. Ich versuchte meinen Kummer tief in mei-

nem Herzen zu begraben, aber es gelang mir nicht. Schließlich machte ich ihm doch schwere Vorwürfe.
Doch er verstand meine Enttäuschung nicht und ging verstimmt nach Hause. Was für ein trauriger Abschied, wo ich doch morgen nach Kochberg reisen werde.

Kochberg, 2. September 1785
Seit gestern bin ich wieder in meinem Schloss. Johann hat mir noch einen Abschiedsbrief geschrieben. Um mir nicht völlig fremd zu werden, so seine Worte, da unsere mündliche Unterhaltung zu nichts Gutem geführt habe. Er hoffe, die Ruhe werde mir guttun, schloss er seine Zeilen.
Unser Streit tut mir schon wieder leid. Ich hätte ihm keine Vorwürfe machen sollen.

Kochberg, 4. September 1785
Ein lieber Brief vom Freunde erreichte mich. Sein innigst und einzig geliebtes Wesen sei ich, schreibt er. Er sei ganz mein und alles binde ihn nur noch mehr an mich. Wie bin ich erleichtert, dass mir der Geliebte nichts nachträgt!

Kochberg, 6. September 1785
Fritz ist wohlbehalten bei Goethes Mutter in Frankfurt angekommen. Erst war ich gegen diese Reise, zumal Johann ihn nicht begleiten konnte, aber der Knabe ließ mir keine Ruhe. Auch Johann redete mir gut zu, das Vorhaben zu gestatten.
Letztlich war es wohl die richtige Entscheidung. In Fritzens Brief kann ich lesen, wie gut ihm diese Reise tut.

Kochberg, 11. September 1785
Johann wäre mich gerne besuchen gekommen. Aber ich sagte ihm ab, da mein Mann jetzt hier ist. Statt Johann selbst kam nun ein Bote aus Weimar und brachte mir eine Melone.

Kochberg, 20. September 1785
Johann schreibt, wenn Fritzen zurückkehrt, werde er ihn mir nicht schicken, um mich nicht in meinem Ausbleiben zu bestärken. Wieder bittet er, ich solle bald heimkommen, damit sein Leben wieder anfangen könne. Leider kann ich ihm diesen Wunsch nicht erfüllen, zu viel hält mich noch hier.

Kochberg, 22. September 1785
In seinem heutigen Brief erinnerte Johann an seinen ersten Besuch in Kochberg vor beinahe zehn Jahren und beteuerte, wie gerne er hier wäre. Ich gestehe, ich vermisse ihn auch sehr!

Kochberg, 25. September 1785
Johann ließ mich wissen, dass der Herzog etwas arrangieren will, um von Imhofen, den Mann meiner Schwester, mit seiner Familie nach Weimar zu holen. Das Vermögen meines Schwagers ist größtenteils aufgebraucht und Carl August überlegt, ihm eine diskrete Zuwendung zukommen zu lassen.
Das wäre sehr großzügig von ihm und mich würde es erleichtern, meine liebe Schwester wieder in der Nähe zu wissen.
Ich habe ihr in dieser Angelegenheit schon geschrieben und sie teilte mir freudig mit, dass ihr Mann wirklich Anstalten macht, nach Weimar umzusiedeln.

Kochberg, 1. Oktober 1785
Heute wollte Johann mich besuchen kommen, aber er konnte kein Pferd auftreiben. Alles war auf dem Buttstädter Jahrmarkt. Erst wollte er zu Fuß kommen, aber dann fing es an zu regnen und wurde sehr windig. Also musste er sein Vorhaben fallen lassen. Wie bedauerlich, sein Besuch hätte mich sehr gefreut, zumal Josias wieder fort ist.

Kochberg, 3. Oktober 1785
Fritz ist wohlbehalten zurück, schrieb Johann. Der Knabe scheint eine wirklich glückliche Zeit bei Johanns Mutter verbracht zu haben. Wie ungern ließ ich ihn anfangs, nur in Begleitung von Fremden, reisen. Aber es war gut, dass ich meine Furcht überwunden und meine Meinung geändert habe. So konnte Fritzchen eine ereignisreiche und sicher auch lehrreiche Zeit verleben, die ihm später einmal von Nutzen sein wird.

Kochberg, 10. Oktober 1785
Was für eine Freude, meine Schwester Luise ist in Weimar angekommen! Wie bin ich unserem Herzog für seine Unterstützung dankbar.
Nun wird es auch für mich Zeit, mein Schloss wieder zu verlassen und in die Stadt zurückzukehren. Sechs Wochen war ich nun hier. Die Zeit hat mir gutgetan, trotz aller Klagen Johanns über meine lange Abwesenheit.
Heute schrieb er, der Anblick meiner Schwester habe ihm wehgetan, da sie mir so ähnlich und doch nicht ich sei. Ich kann es kaum noch erwarten, sie endlich zu sehen. Und ihn!

Weimar, 14. Oktober 1785
Ich bin zurück! Anfangs war Johann noch etwas verärgert, weil ich so lange fortgeblieben bin. Aber nun hat sich sein Groll verzogen und er besucht mich wieder.
Oft sehe ich auch meine Schwester. Es ist eine Freude, sie wieder in der Nähe zu wissen!

Weimar, 24. Oktober 1785
Johann schreibt, wenn ich zu Hause bleibe, will er später kommen, seine Arbeit und auch Essen für Mittag und Abend mitbringen. Möchte ich aber lieber an den Hof gehen, so wird er zu Hause bleiben und dort fleißig sein.

Nun, ich wollte eigentlich ausgehen, aber jetzt werde ich stattdessen lieber die Zeit mit ihm verbringen.

Weimar, 1. November 1785
Eine Einladung von Johann wehte mir gerade ins Haus. Mit meiner Schwester soll ich heute Abend vorbeikommen, um mit ihm am Kamin Tee zu trinken. Ein schöner Gedanke, der sicher auch Luise freuen wird.
Er liebe mich herzlich, versicherte der Freund und verriet mir, dass er heute Nacht von mir geträumt habe.

Weimar, 7. November 1785
Johann ist in Sachen Bergbau und Steuerwesen nach Ilmenau gereist. Er gehe, doch sein Herz bleibe bei mir, schreibt er und betont gleichzeitig, dass er im Gegensatz zu mir, die ich wochenlang in Kochberg weilte, Weimar nicht freiwillig fernbliebe.
Auch meine lange Anwesenheit auf unserem Landgut hatte ihre Gründe, schließlich musste ich mich um die dortige Wirtschaft kümmern. Aber ich mochte Johann nicht widersprechen, es hätte nur erneuten Ärger verursacht.

Weimar, 14. November 1785
Johann hat seine Rückkehr verschoben, dieses Mal ganz ohne dienstlichen Grund. Er will Freunde in Gotha besuchen. Dabei beteuerte er mir in seinem letzten Brief noch, wie sehr ich ihm fehlen würde!

Weimar, 19. November 1785
Ich weiß nicht mehr, woran ich bei Johann bin. Anfangs schwor er, dass er mich vermisst, aber dann verschiebt er seine Heimreise, weil ihm plötzlich anderes wichtiger geworden ist.

Weimar, 24. November 1785
Johann ist zwar zurück, beklagte sich aber, dass wir jetzt getrennter seien, als es sonst der Fall war. Ich wusste darauf nichts zu entgegnen, denn er selbst hat doch für diesen Umstand gesorgt!
Durch seine Sparmaßnahmen wurde die große Hoftafel aufgehoben und mein Mann nimmt nun seine Speisen nicht mehr bei Hofe, sondern zu Hause ein.
So sehr ich mir früher auch gewünscht hätte, Josias tagtäglich bei Tische zu sehen, so sehr vermisse ich jetzt die ungestörte Zeit mit Johann. Es ist ungerecht von ihm, mir deswegen Vorwürfe zu machen!

Weimar, 30. November 1785
Johann scheint mir in manchen Momenten ferner denn je. Gestern lehnte er einen gemeinsamen Spaziergang aus fadenscheinigen Gründen ab und ließ mich stattdessen alleine gehen. Früher hätte er niemals so reagiert! Jede Sekunde mit mir erschien ihm da wertvoll und durch nichts zu ersetzen.
Sein Verhalten macht mich traurig! Dabei hatten wir uns so auf unseren gemeinsamen Winter gefreut.

Weimar, 5. Dezember 1785
Gestern verbrachten wir endlich wieder einen ungestörten Abend zusammen. In manchen Augenblicken erschien mir der liebe Freund wie immer, dann wieder wirkte er abwesend und zerstreut. Es wird wohl an seinen vielen Aufgaben liegen. Auch wenn der Herzog ihn von einigen entlastet hat, trägt er ja immer noch genug Verantwortung auf seinen Schultern.

Weimar, 6. Dezember 1785
Gestern ist mir ein kleines Missgeschick geschehen. Nach dem Zusiegeln der Briefe klebte an dem Zettelchen für Jo-

hann versehentlich ein Briefchen an die Fürstin. Undenkbar, wenn es umgekehrt gewesen wäre und sie den falschen Brief gelesen hätte.
Der Freund mahnte mich sogleich, besser achtzugeben. So wie er nicht müde wird, mich darauf hinzuweisen, seine Briefe nur sicher zu verschließen. Ich muss wirklich achtsamer sein!

Weimar, 12. Dezember 1785
Johann ist wieder in Jena. Wenn ich nur bei ihm sein könnte, sollte es ihm ein recht glücklicher Aufenthalt werden, schreibt er und schwört, dass seine innerste Seele mir gehöre. Seine Sachen dort gingen gut, berichtete er, und seine Gegenwart sei notwendig. Deswegen werde er noch bis Donnerstag bleiben.
So lange noch? Auch hier ist seine Gegenwart vonnöten!

Weimar, 16. Dezember 1785
Endlich ist er zurück! Wie glücklich unterscheidet sich dieser Morgen von den vergangenen, da ich dich wieder in der Nähe begrüßen und dir sagen kann, wie unendlich ich dich liebe, schreibt er.
Welcher Frau würde bei diesen Zeilen nicht das Herz aufgehen? Aber meine Freude ist nur von kurzer Dauer. Der Herzog verlangt, dass Johann morgen mit ihm nach Gotha gehen soll. Der Freund kann sich dieser Aufforderung leider nicht entziehen.

Weimar, 22. Dezember 1785
Pünktlich vorm heiligen Christfest sind Johann und der Herzog zurück. Johann hat sich bei der Reise einen Schnupfen zugezogen und fühlt sich nicht recht wohl. Trotzdem kam er für eine Weile vorbei, um mich zu sehen.

Weimar, 24. Dezember 1785
Johann fühlt sich ein wenig besser. Er ließ mir für Fritzen ein Geschenk zukommen, das den Knaben sicher freuen wird. Der liebe Freund ist heute erst bei der Herzogin zur Bescherung und kommt dann anschließend zu mir.

Weimar, 26. Dezember 1785
Heute bekam ich von Johann noch ein nachträgliches Geschenk. Er wollte es mir am Heiligen Abend geben, konnte sich dann aber nicht besinnen, wohin er es gelegt hatte.
Wie seltsam! So zerstreut kenne ich den Freund gar nicht. Wo ist er nur mit seinen Gedanken? Früher drehten sie sich doch ausschließlich um mich und mein Wohlergehen. Wenn ich nur daran denke, wie er monatelang insgeheim den Schreibtisch plante, um mir damit eine Freude zu machen.
Und nun vergisst er sein Geschenk? Ich versuche dem nicht zu viel Bedeutung beizumessen, aber ich muss gestehen, es macht mich doch traurig. Wüsste ich nur, was ihn die ganze Zeit so beschäftigt.

Weimar, 31. Dezember 1785
Schon wieder liegt ein Jahr hinter uns. Gestern versicherte mir Johann erneut, dass er mich über alles liebe. Wann werden wir wieder ruhige Abende und gesellige Tage zusammen verleben?, fragte er.
Auch meine Gefühle für ihn sind unverändert stark, doch ich mache mir auch Gedanken über sein oft so widersprüchliches Verhalten. Manchmal scheint es mir fast, als ginge er mir aus dem Weg, obwohl er gleichzeitig schwört, sich nach mir zu sehnen.
Vielleicht bin ich aber auch einfach zu überempfindlich. Da Josias jetzt zu Hause speist, sind viele Selbstverständlichkeiten zwischen Johann und mir weggefallen. Die neue Situation ist für uns beide ungewohnt und macht uns zu schaffen.

Dazu kommt nun noch eine schwere Krankheit meines Sohnes Ernst. Seit Weihnachten klagt er über starke Schmerzen und kann kaum laufen. Ich bete um seine baldige Genesung! Auch Johann nimmt großen Anteil am Leid meines Jungen. Was würde ich nur ohne den lieben Freund machen!
Lass uns einander auch im neuen Jahre erhalten bleiben, wünschte er sich in seinem letzten Briefe. Diesem Wunsch des Geliebten kann ich mich nur anschließen. Möge unsere Liebe mit jedem Jahr immer noch größer und inniger werden!

Weimar, 3. Januar 1786
Am Nachmittag war ich bei Johann. Das Wetter war herrlich und ich hatte auf einen gemeinsamen Spaziergang gehofft. Aber Johann hatte noch zu tun und bot mir an, mich währenddessen mit dem Mikroskop zu beschäftigen.
Später saßen wir dann zusammen und unterhielten uns, bis am Abend meine Schwester mit den Herders vorbeikam. Es wurde ein schöner, geselliger Abend. Auch Johann schien mir sehr vergnügt.

Weimar, 8. Januar 1786
Johann und ich lesen zusammen den Hamlet. Bei solch gemeinsamen Beschäftigungen sind wir uns wieder so nah wie eh und je. Ansonsten ist der Freund leider oft schweigsam und mit seinen Gedanken abwesend. Er lässt mich nicht mehr an allem teilhaben, was ihn beschäftigt. Ich hoffe, sein Rückzug liegt nur daran, dass er überarbeitet ist.

Weimar, 10. Januar 1786
Johann muss nach Jena fahren und sich den neuen Wasserbau ansehen. Er erbat sich von meinem Mann aus dem Fuhrpark des Herzogs einen leichten Wagen für die Reise. Er bot an, Ernst mitzunehmen, um ihn auf andere Gedanken

zu bringen. Aber ich bin der Meinung, der Gesundheitszustand meines Sohnes lässt eine Reise nicht zu. Die Schmerzen im Bein machen ihm zu sehr zu schaffen.

Weimar, 14. Januar 1786
Zuckerwerk und Blumen vom lieben Freund! Er schreibt, er sende mir diese Sachen, damit ich ein Bild davon habe, wie süß und schön seine Liebe zu mir sei.
Welch wundervolle Geste! Hoffentlich sehe ich ihn heute.

Weimar, 24. Januar 1786
Wieder ist Johann fort, dieses Mal auf dem Weg nach Gotha. Gestern Abend saßen wir noch zusammen. Er nehme mich im Herzen mit, meinte er und versicherte, dass er ganz und gar mir gehöre. Ich müsse ihm eben alles ersetzen.
Ja, das werde ich, so gut ich es vermag. Ich weiß, dass er unserer Liebe wegen auf Ehefrau und eigene Kinder verzichten muss. Vielleicht sollte ich deswegen ein schlechtes Gewissen haben? Aber ich liebe ihn viel zu sehr, um ihn freizugeben!

Weimar, 19. Februar 1786
Ich habe lange nichts mehr geschrieben, mir fehlte einfach die Muße dafür. Zu viele Gedanken und Sorgen gehen mir durch den Kopf.
Auch wenn Johann in Weimar weilt, macht er sich oft rar. An manchen Tagen sehe ich ihn gar nicht, an anderen nur für einen kurzen Moment. Er habe zu viele Arbeiten zu erledigen, entschuldigt er sich, wenn ich mich beklage. Aber seine umfangreichen Pflichten haben ihn doch früher auch nie von seinen Besuchen bei mir abgehalten?
Selbst bei Hofe lässt er sich, wann immer möglich, entschuldigen. Er mag dem Hofe gerne alles zu Gefallen tun, nur nicht bei Hofe, schrieb er mir neulich.

Ich mache mir wirklich Gedanken um den Freund. Er ist oft so abwesend und in sich gekehrt. Wüsste ich doch nur, was ihn so beschäftigt, dass er nicht einmal mit mir darüber spricht.

Weimar, 27. Februar 1786
Johann ist krank und auch ich fühle mich seit einigen Tagen nicht wohl. So werden wir uns heute leider wieder nicht treffen.

Weimar, 4. März 1786
Der liebe Freund fühlt sich wieder ganz leidlich. Die Arznei scheint ihm recht wohl bekommen zu sein. Ich bin zwar noch ein wenig schwach, aber er will trotzdem gegen Mittag kurz vorbeikommen. Sonst hätte er wieder keine Hoffnung, mich heute zu sehen, schreibt er.

Weimar, 7. März 1786
Gestern fand Johann endlich Zeit für einen ausgiebigen Besuch. Wir verbrachten den ganzen Abend zusammen und es war wie früher. Ich wünschte, wir fänden wieder mehr Gelegenheit für solches vertrautes Miteinander.

Weimar, 10. März 1786
Je mehr ich das Gefühl habe, dass Johann sich von mir zurückzieht, umso mehr tue ich es ihm gleich, ohne etwas dagegen machen zu können.
Den ganzen Tag habe ich ihn heute weder gesehen noch ein Wort von ihm gelesen. Erst kurz vorm Zubettgehen brachte der Bote ein Zettelchen.
Er sei fleißig gewesen, um alles Versäumte nachzuholen, berichtete er und beklagte, dass er nichts von mir gelesen oder gehört habe. Was für ein ungerechtfertigter Vorwurf! Er ist es doch, der keine Zeit für mich hat!

Weimar, 25. März 1786
Johann ist gestern nach Jena gefahren. Ich bedauere zwar seine Abreise, aber andererseits war er mir in der letzten Zeit ja auch dann fern, wenn er in meiner Nähe weilte.
Eben erhielt ich einen Brief, in dem er mir mitteilte, dass er gut angekommen sei und einen angenehmen Abend mit Knebel verbracht habe. Sie hätten viel geschwatzt und dabei habe er gemerkt, dass es am besten sei, mich recht lieb zu haben.
Nun, wenn das so ist, wünsche ich mir, dass er mir diese Liebe auch wieder mehr zeigt! In letzter Zeit fühle ich mich so oft einsam.

Weimar, 29. März 1786
Seitdem Johann zurück ist, haben wir uns kaum gesehen. Heute Abend geht er zur Herzoginmutter, die schwer erkrankt ist. Tagsüber will er an seinen Werken arbeiten. Für mich bleibt da höchstens zwischendurch ein Augenblick seiner Zeit.

Weimar, 30. März 1786
Nach seinem Besuch bei Anna Amalia kam Johann gestern unverhofft noch zu mir. Endlich war er wieder ganz der Alte und seine Liebe glühte so stark wie schon lange nicht mehr. Zumindest habe ich es so empfunden.
Ach, nach seinem Besuch fühle ich mich heute so glücklich! Auch wenn ich nach wie vor in großer Sorge um Ernst bin. Die Krankheit der Herzoginmutter bereitet mir ebenfalls Kummer.
Aber der lieben Seele muss bei allem Leid auch ein Augenblick der Freude vergönnt sein, damit sie zu neuen Kräften finden kann.

Weimar, 8. April 1786
Eine dicke Backe fesselt Johann ans Haus. Wenigstens hat er keine Schmerzen. Er versucht sein Leiden mit Mundbad und Kräuterkissen zu lindern und hat zur Ablenkung den ganzen Nachmittag gezeichnet.
Zu gerne hätte ich ihm dabei Gesellschaft geleistet, aber ich bin selbst krank. So habe ich mich in die Stille meines Schlafzimmers zurückgezogen, sogar das Schreiben wird mir gerade zu viel.

Weimar, 9. April 1786
Ein Zettelchen vom lieben Freund. Nie habe er sich sehnlicher gewünscht, mit mir unter einem Dach zu leben, schreibt er. Ein unerfüllbarer Wunsch und so leidet eben jeder still für sich in seinem Reich.

Weimar, 11. April 1786
Heute konnte ich wieder ausgehen und habe Johann besucht. Seine Geschwulst bessert sich und die Backe schwillt wieder ab. Er freute sich sehr herzlich über meine Gegenwart und versprach mir, dass wir uns auch morgen sehen werden.

Weimar, 21. Mai 1786
Mir fehlt in letzter Zeit oft die Lust für dieses Tagebuch. Wie mir auch für vieles andere die Energie fehlt. Der Zustand von Ernst macht mir große Sorgen. Er leidet unter Schmerzen und es will sich einfach nicht bessern. Johann ist jetzt in Jena und will noch andere Ärzte hinzuziehen. Aber große Hoffnung, dass sie ein Wunder vollbringen werden, hege ich nicht. Trotzdem bin ich dem lieben Freund für seine Bemühungen und seine Anteilnahme dankbar.
Zumindest geht es unserer Herzoginmutter Anna Amalia wieder besser. Von Ende April bis Anfang Mai war sie so schwer erkrankt, dass alle in Sorge um sie waren.

Weimar, 4. Juni 1786
Johann ist ständig unterwegs. Zumindest schreibt er mir von seinen Reisen lange Briefe und lässt mich so an seinen Erlebnissen teilhaben. Gerade hält er sich wieder in Jena auf und richtete mir von dort Grüße von Knebel aus. Er würde sich der schönen Zeit in der schönen Gegend noch mehr erfreuen, wenn ich bei ihm wäre, versicherte mir der Geliebte.
Dabei schien es mir in letzter Zeit wieder häufig so, als würde er meine Gegenwart eher meiden. Wenn er dann einmal da war, benahm er sich zurückhaltend und wich einem Gespräch aus. Fast wirkte es so, als hätte er ein schlechtes Gewissen und würde mir irgendetwas verheimlichen. Aber was sollte das sein?
Sicherlich sehe ich Gespenster und mache mir wieder einmal zu viele Sorgen. Ich hoffe, Johann kehrt bald zu mir zurück und vertreibt mit seiner Liebe diese Hirngespinste.

Weimar, 9. Juni 1786
Johann ist zurück und lud mich zu einem Spaziergang ein. Nur zu gern bin ich diesem Wunsch nachgekommen! Bei schönstem Wetter gingen wir Seite an Seite und er sprach über seine Erlebnisse. Endlich fühlte ich mich dem Geliebten wieder sehr nah.
Nun bin ich mir auch wieder sicher, sein Rückzug von Zeit zu Zeit hat nichts mit einem Mangel an Liebe zu tun. Er ist nun mal ein viel beschäftigter Mann und trägt viel Verantwortung auf seinen Schultern. Umso mehr sehne ich unsere gemeinsame Zeit in Karlsbad herbei!

Weimar, 15. Juni 1786
Ich mache mir immer größere Sorgen um Ernst. Im Mai wurden ihm Krücken angepasst. Zu meinem Leidwesen kann er kaum noch gehen. Wie befürchtet, besteht wenig Hoffnung auf Besserung. Daran kann leider auch diese Koryphäe, die

Johann um Rat gefragt hat, nichts ändern. Auch der Freund ist sehr beunruhigt und versucht zu helfen, wo es nur geht. Man spürt, wie sehr ihm Ernst am Herzen liegt.
Hoffentlich bleibt wenigstens mein Fritzchen bei guter Gesundheit. Ich könnte es nicht ertragen, wenn ihm etwas zustoßen sollte.
Johann ist momentan in Ilmenau, wird aber übermorgen über Gotha nach Hause reisen. Dann wollen wir unsere Reise nach Karlsbad vorbereiten.

Weimar, 16. Juni 1786
Ich denke viel an Johann und sehne ihn mir zurück. Aber auch wenn er nicht auf Reisen ist, verbringt er ja seine Zeit oft in Abgeschiedenheit, um an seinen Werken zu arbeiten. Ich will es ihm nicht verübeln, auch wenn es mich sehr betrübt.
Aber schlimmer ist noch, dass er auch bei seinen seltenen Besuchen nur noch in seine eigenen Betrachtungen versunken ist und sich mir nicht mehr mitteilt.
Aber ich darf nicht undankbar sein. Um Ernst kümmert sich der liebe Freund rührend und hat mehrere Ärzte um Rat gefragt. Am liebsten wäre ihm sogar, ich würde Ernst mit zur Kur nach Karlsbad nehmen. Ich bin dagegen, diese Reise wäre viel zu beschwerlich für meinen Sohn.

Weimar, 17. Juni 1786
Zu meinem Kummer weilt Johann noch in Gotha und beim Anblick meines kranken Sohnes wird mir das Herz noch schwerer. Ernst trägt sein Leid zwar tapfer, aber niemand weiß ihm zu helfen. Ich selbst am allerwenigsten.
Johann tut sich schwer mit meiner Entscheidung, die Reise ohne Ernst antreten zu wollen. In manchen Momenten verstehe ich mich ja selbst nicht. Wenn mein Sohn mich schon nicht begleiten kann, müsste ich dann nicht bei ihm bleiben?

Es ist wohl auch eine Flucht vor meiner eigenen Hilflosigkeit, ein Versuch, diesem Anblick des Leidens für eine Weile zu entgehen.
Aber seinen Gedanken und Gefühlen kann man nicht entkommen. Krankheit und Mangel sind die zwei Übel, die mir schwer auf dem Herzen liegen, wenn ich sie zu Augen bekomme. Alle übrigen Leiden hängen mehr oder weniger von unseren eigenen Vorstellungen ab und können dadurch von uns beeinflusst werden.
Wie sehr sehne ich die Zeit mit Johann in Böhmen herbei!

Weimar, 25. Juni 1786
Ich mache mir immer so viele Gedanken und zweifele viel zu oft an Johanns Liebe. Aber heute bewies mir der Geliebte erneut, dass es dazu keinen Grund gibt.
Er ist immer noch dabei, seinen Werther zu überarbeiten. Er nahm ein paar heftige Worte heraus und fügte einige Episoden ein. Eine davon beschreibt insgeheim unser Treffen in Ilmenau, damals im August 1776. Fast zehn Jahre ist es jetzt her. Beim Lesen ward mir ganz warm ums Herz und die Erinnerung wurde wieder so präsent, als wäre es erst gestern gewesen.
Wie könnte mir Johann seine Liebe besser versichern als mit diesem literarischen Denkmal!

Weimar, 28. Juni 1786
Noch ein paar Tage, dann reise ich nach Karlsbad. Leider ohne Johann, er muss nachkommen. Ich kann ihm keinen Vorwurf daraus machen, es liegt nicht in seiner Hand. Aber warum gehen die Dinge nie so, wie wir sie uns zuvor ausgemalt haben?

Karlsbad, 10. Juli 1786
Am 1. Juli habe ich Weimar verlassen. Nun bin ich in Böhmen und verbringe meine Tage so gut wie möglich ohne den lieben Freund. Leider ist er zu Hause immer noch unabkömmlich, weil die Niederkunft der Herzogin erwartet wird.
Johann schreibt, er wünschte, dass ich sehen könnte, wie ich ihm überall fehle. Wem soll ich sagen, was ich denke, fragt er. Mit Ernst geht es leider nicht besser, Fritz dagegen sei aber lustig und wohlauf, berichtete er weiter.
Ach, wäre ich doch bei meinen Lieben geblieben! Die Stunden hier vergehen im gleichförmigen Einerlei. Ohne Johann an meiner Seite will mir nichts Freude bereiten und zudem lässt mich die Sorge um Ernst keine Ruhe finden.
Ich hoffe, dass Johann nicht mehr allzu lange in Weimar festsitzt und bald nachkommen kann!

Karlsbad, 15. Juli 1786
Noch immer ist der liebe Freund in Weimar und wartet auf die Geburt des fürstlichen Kindes. Johann schreibt mir oft und ausführlich, aber unsere geplante gemeinsame Zeit hier verstreicht Tag für Tag, so wie die Sandkörner eines nach dem anderen durch eine Sanduhr rieseln. Mit jedem Tag ohne ihn wird mein Gemüt ein wenig dunkler. Ich will's ihm nicht anlasten, denn ich weiß, er kann es nicht ändern.
Ich hoffe sehnsüchtig, dass dieses Kind endlich das Licht der Welt erblickt und Johann seine Reise antreten kann!

Karlsbad, 17. Juli 1786
Der Brief, der mich heute erreichte, machte mich vor Empörung sprachlos. Was für ein Skandal! Etwas Schändlicheres hat unser kleines Weimar wohl noch nie erlebt.
Die Werthern, für tot gehalten, begraben und ausgiebig betrauert, stellt sich plötzlich als höchst lebendig heraus, berichtete Johann. Mit ihrem Geliebten Bergrat von Einsiedel

täuschte sie ihren Tod nur vor, ließ eine Puppe begraben und flüchtete anschließend mit ihm nach Afrika, um dort ein neues Leben zu beginnen.
Was für eine Schande! Und welche Tragödie für den armen Ehemann, der um sie trauerte. Nein, so ein skandalöses Verhalten kann ich nicht gutheißen! Nun will die feine Dame sich offiziell scheiden lassen, um anschließend ihren Liebhaber heiraten zu können.
Johann scheint die ganze Geschichte recht amüsant zu finden, beklagte aber deren nüchternes Ende. Wie abscheulich, so schreibt er, zu sterben, nach Afrika zu gehen, den sonderbarsten Roman zu beginnen, um sich am Ende auf die gemeinste Weise scheiden zu lassen.
Ich kann seinen Humor nicht teilen, sondern verurteile das Verhalten der Werthern aufs Schärfste. Wenn ich nur daran denke, wie untröstlich meine Schwägerin war, als sie vom Tod ihrer engen Freundin erfuhr. Mir war das Schicksal meiner Bekannten ja auch nicht einerlei. Nun stellt sich heraus, nichts als Lug und Trug. Empörend! So geht man nicht mit den Gefühlen anderer Menschen um.

Karlsbad, 18. Juli 1786
Fritz ist sehr lustig, schrieb der liebe Freund. Johann trägt mir aber anscheinend immer noch nach, dass ich Ernst nicht mitgenommen habe. Da sein Wunsch, ihn in Karlsbad zu wissen, nicht in Erfüllung gegangen sei, wisse er nicht, was er für den armen Jungen noch tun könne, meinte er und berichtete weiter, dass Ernst sehr geduldig sei und seine Leidenskraft über alle Begriffe gehe.
Wie schmerzen mich seine Zeilen, höre ich doch den stillen Vorwurf heraus. Sicher hält er mich für gleichgültig und lieblos meinem Jungen gegenüber, dabei habe ich mir die Entscheidung wirklich nicht leicht gemacht.

Karlsbad, 19. Juli 1786
Endlich! Gestern brachte unsere Herzogin ihr Kind zur Welt. Es ist ein Mädchen, Mutter und Kind sind wohlauf. Nun kann Johann endlich abreisen! Ich bin so erleichtert! Wie freue ich mich auf unsere gemeinsamen Kurtage, auch wenn diese Zeit nun kürzer sein wird als ursprünglich geplant.

Karlsbad, 22. Juli 1786
Ich bin noch immer allein und fühle mich einsamer denn je! Ich hatte gehofft, nach der Geburt des Kindes stände Johanns Abreise nichts mehr im Wege. Aber nun schrieb er, dass er erst noch nach Jena müsse. Welch eine Enttäuschung!
Zumindest drängt er mich nicht mehr, Ernst nach Karlsbad zu holen. Auch der Arzt ist jetzt der Meinung, dass der Transport zu anstrengend für den Jungen wäre. Außerdem verspricht er sich auch keine Besserung oder gar Genesung mehr von einer Kur.
Jetzt muss wohl auch Johann einsehen, dass meine Entscheidung letztlich die richtige war.
Der Herzogin geht es Gott sei Dank gut, das Kind wurde bereits getauft und Herder hat dabei eine schöne Rede gehalten, berichtet mir Johann aus der Heimat.

Karlsbad, 24. Juli 1786
Heute will sich Johann endlich auf den Weg nach Karlsbad machen. Beten wir zu Gott, dass sich ihm keine neuen Hindernisse in den Weg stellen!

Karlsbad, 27. Juli 1786
Endlich ist Johann angekommen! Welche Freude war das bei unserem Wiedersehen! Nun beginnt unsere lang ersehnte gemeinsame Zeit.

Karlsbad, 1. August 1786
Ich komme kaum zum Schreiben, so ausgefüllt sind meine Tage. Goethe wurde hier von der Gesellschaft mit großer Freude aufgenommen. Er ist immer von unzähligen Herrschaften umgeben, liest ihnen aus seinen Werken vor und genießt diese Aufmerksamkeit sichtlich.
Und ich? Ich halte mich in seiner Nähe auf und tue so, als würde ich mich für ihn freuen. Aber insgeheim wünsche ich mir, es bliebe mehr Zeit nur für uns allein!
Manchmal scheint es mir sogar, als weiche der Freund mir aus, als scheue er die stillen Momente mit mir.
Wirft er mir etwa immer noch vor, dass ich Ernst zu Hause gelassen habe? Begreift er denn nicht, dass ich diese schwere Entscheidung auch für uns getroffen habe? Nach all den Wochen und Monaten voller familiärer Verpflichtungen sehnte ich mich so sehr nach ein wenig unbeschwerter Zeit nur mit ihm!
Seit Josias zu Hause speist, sind die ungestörten Stunden mit Johann rar geworden. Dazu diese ständige Sorge um Ernst und auch der Gesundheitszustand meines Mannes macht mir wieder zu schaffen. Er ist in die Jahre gekommen, vom einstigen Hofkavalier, der die Nächte durchtanzte, ist nicht mehr viel übrig geblieben.
Nie brauchte ich eine Kur so dringend wie in diesem Jahr! Nie hoffte ich mehr auf ein paar glückliche Stunden mit dem Geliebten, wie es sie früher so zahlreich gab. Aber Johann ist hier nur fortwährend beschäftigt!

Karlsbad, 13. August 1786
Trotz der zahlreichen Ablenkungen an diesem Ort hat Johann Fritz nicht vergessen. Heute schrieb er dem Jungen einen lieben Brief, den er mir zu lesen gab.
Oft verlange er nach ihm und wünsche, ihn bei sich zu haben, so Johanns Worte. Das Wasser schlage gut an und er

sei wohlauf. Er hoffe sehr, dass es Fritzen zu Hause ebenso gut gehe und er in seinem Hause glücklich residiere.
Nun, wie ich Fritzchen kenne, wird er es genießen, der Herr im Hause zu sein oder zumindest sich als dieser zu fühlen.
Aber Johanns nächste Zeilen trieben mir fast die Tränen in die Augen, denn er berichtete meinem Sohn von meiner morgigen Abreise.
Ja, so schnell endet unsere gemeinsame Zeit hier schon wieder! Was habe ich mir für diese Tage nicht alles erhofft und ausgemalt! Aber es sollte anders kommen. Erst Johanns immer wieder verzögerte Ankunft, dann die ständige Angst um Ernst und nicht zuletzt die Enttäuschung über die wenige Zeit, die der Freund und ich letztlich zusammen verbrachten.
Ich fühle mich nach diesen Kurtagen nicht erholt und erfrischt, sondern genauso müde und kraftlos wie zuvor. Erschwerend kam noch dieses wechselhafte Wetter aus Sonnenschein und Regen hinzu.

Schneeberg, 15. August 1786
Gestern bin ich aus Karlsbad abgereist. Johann hat mich bis hierher, nach Schneeberg, begleitet. Gut zwölf Stunden waren wir unterwegs. Er will hier die Bergwerke besuchen und, so sagte er schmunzelnd, die Kobolde in ihrem eigensten Zuhause sehen.
Eben nahmen wir Abschied voneinander. Ich mache mich jetzt auf die Heimreise, er dagegen wird von hier aus nach Karlsbad zurückkehren.
Eine Entscheidung, die mich wiederum tief enttäuscht hat, denn ich hoffte insgeheim, dass er mich zurück nach Hause begleiten würde. Aber Johann will seine Kur fortsetzen und so die anfangs versäumte Zeit nachholen.
Zumindest trug er beim Abschied meinen Ring an der Hand und versicherte mir, dass er mich nach wie vor liebe.

Ich hoffe, er kommt bald nach und wir können unser gemeinsames Leben in Weimar wieder aufnehmen!

Weimar, 23. August 1786
Ich bin wieder zu Hause. Gerade erhielt ich einen Brief von Johann. Er weilt immer noch in Karlsbad. Die Freude, die er hatte, mit mir zusammen zu sein und meine Liebe zu fühlen, könne er nicht ausdrücken, schreibt er.
Warum fühlte es sich dann in manchem Moment so an, als wäre er meilenweit von mir entfernt?
Alle Abende lese er vor und habe dabei ein recht schönes Publikum, berichtet er weiter.
So gerne ich ihm diese Aufmerksamkeit gönnen möchte, erinnere ich mich doch schmerzlich an die Zeiten, als ich ihm als liebes Publikum genügte.

Weimar, 24. August 1786
Was für ein seltsamer Brief von Johann! Noch mindestens eine Woche wolle er bleiben, teilte er mir mit. Um dann in der freien Welt mit mir zu leben, in glücklicher Einsamkeit, ohne Namen und Stand.
Was meint er damit? Natürlich wird er weiterhin mit mir leben, so wie in all den Jahren zuvor. In glücklicher Einsamkeit in unseren gestohlenen gemeinsamen Stunden, auch wenn sie weiterhin rar sein werden.
Aber ohne Namen und Stand? Einst sprach er über solche Gedanken, flehte mich an, mit ihm in die Welt zu ziehen, um ein neues Leben zu beginnen. Aber solche kindischen Träumereien habe ich ihm immer aufs Schärfste untersagt.

Weimar, 26. August 1786
Johann hat seinen Aufenthalt nochmals verlängert. Ich versuche, es ihm nicht übel zu nehmen, immerhin arbeitet er mit

Herder dort an seinen Werken. Ich weiß, wie wichtig dem Freund seine Arbeiten sind. Aber er fehlt mir doch sehr!

Weimar, 28. August 1786
Heute hat Johann Geburtstag. Anfangs ging ich fest davon aus, dass er bis zu seinem Ehrentag zurückkehren würde, aber nun weilt er nach wie vor in Karlsbad.
Jetzt teilte er mir auch noch mit, er wolle nach seiner Kur eine Weile in den Wäldern und Bergen herumstreifen.
Diese Ankündigung bestürzte mich, kann ich nun wohl erst in ein paar Wochen mit ihm rechnen. Aber ich werde mir meine Enttäuschung nicht anmerken lassen!
In Gedanken an den Freund habe ich den heutigen Tag mit meiner Schwester in seinem Garten verbracht. Hier fand ich auch ein paar stille Minuten für mich allein an meinem Lieblingsplatz oberhalb des Hauses.
Wie habe ich mich einst gefreut, als Johann an dieser Stelle Bänke aufstellen und mir zu Ehren eine Steintafel mit der Inschrift anbringen ließ: „Hier gedachte still ein Liebender seiner Geliebten."
Heute war es umgekehrt, da gedachte still eine Liebende ihres Geliebten!
Ich habe ihm auch heimlich ein Geschenk auf seinen Schreibtisch gelegt, damit er bei seiner Ankunft gleich eine kleine Freude hat.

Weimar, 31. August 1786
Johann hat seinen 37. Geburtstag auch ohne mich gebührend gefeiert, ließ er mich wissen. Dann soll er doch, wenn er meint, in der Fremde besser aufgehoben zu sein als zu Hause bei seinen Freunden.
Ich werde ihm nicht verraten, wie sehr ich seine Rückkehr herbeisehne und wie sehr mich sein Fortbleiben schmerzt.

Er sei immer noch fleißig, schreibt er, und sein Pensum sei sehr groß. Deswegen wird es ihm recht wohl sein, wenn er endlich im Wagen sitzen könne.
Ich wünschte nur, die Kutsche würde ihn zu mir zurückbringen. Aber ich werde mich weiter gedulden müssen, bis ich ihn wiedersehe.

Weimar, 2. September 1786
Heute erhielt ich einen langen, geheimnisvollen Brief von Johann. Er will noch länger fortbleiben, auch wenn er über seine genauen Pläne Stillschweigen wahrt. Für Ende September verspricht er mir ein Röllchen mit Zeichnungen. Dann solle ich auch erfahren, wohin ich ihm schreiben könne.
Ende des Monats erst? Seine Zeilen verstören mich! Er schreibt zwar, dass er mich herzlich liebe, betont aber auch, dass er im Stillen gar mancherlei getragen und sich nichts sehnlicher gewünscht habe, als dass keine Gewalt unserem Verhältnis etwas anhaben könne. Sonst wolle er nicht in meiner Nähe wohnen und lieber in der Einsamkeit der Welt bleiben, in die er jetzt hinausgehe. Anschließend bat er, dass ich niemanden merken lasse solle, dass er noch länger ausbleibe.
Ich verstehe ihn nicht! Warum macht er aus seinen Absichten so ein Geheimnis? Wie lange beabsichtigt er noch fortzubleiben? Früher informierte er mich doch über jeden seiner Schritte, warum lässt er mich nun im Unklaren? Er kann doch mit mir über alles reden!

Weimar, 4. September 1786
Gestern ist Johann von Karlsbad abgereist. Mit unbestimmtem Ziel, niemand weiß etwas Genaueres.
Man erzählt sich, er habe vom Herzog auf unbestimmte Zeit Urlaub genommen und sein Diener Seidel solle sich in der

Zwischenzeit um alles kümmern. Auch Fritzchen hat einen Brief von Johann erhalten. Darin verspricht er dem Jungen, ihm viel zu erzählen, wenn er zurückkomme. Leider verrät er auch ihm nichts über seine genauen Absichten.
Ich denke, er wird wohl in den Bergen unterwegs sein, um Gesteinsproben zu nehmen und zu zeichnen. Aber ich finde, er müsste nicht so ein Geheimnis daraus machen.
Werde ich wirklich erst Ende September erfahren, wohin ich ihm schreiben kann? Sonst konnte er es doch nie erwarten, einen Brief von mir in den Händen zu halten!
Wahrscheinlich habe ich ihn nur falsch verstanden. Sicherlich ging es nur um die Zeichnungen, die er mir zum Ende des Monats zuschicken will. Er lässt mich doch niemals länger als ein paar Tage auf einen Brief von sich warten!

Weimar, 14. September 1786
Über eine Woche habe ich nichts von Johann gehört! Dabei ist er doch schon am 3. September aufgebrochen. Wohin es ihn anschließend trieb, weiß ich nicht. Dieses Stillschweigen über seine Pläne mir gegenüber ist so gar nicht seine Art.
Ich mache mir große Sorgen um den Freund und leide deswegen unter Schlaflosigkeit. Hoffentlich ist meinem geliebten Johann nichts zugestoßen!

Weimar, 25. September 1786
Immer noch kein Wort von Johann! Ich bin in unendlicher Sorge, zugleich aber auch ärgerlich und verwirrt. Warum lässt er mich so im Unklaren? Jeder fragt mich, was aus Goethe geworden ist, und ich, seine engste Vertraute, weiß darauf keine Antwort zu geben.
Auch meinen Fritz hat er einfach allein gelassen. Der Knabe ist nun ganz unsicher, ob er in Goethes Haus bleiben darf. Vielleicht sollte ich ihn bis zu Goethes Rückkehr besser wieder zu mir nehmen?

Aber was, wenn Johann doch etwas Schlimmes passiert ist und ihn keine Schuld an diesem wortlosen Verschwinden trifft? Er würde doch seinen Ziehsohn, seine Freunde und vor allem mich niemals so im Unklaren lassen?
Ich weiß nicht, was ich tun soll. Mir bleibt nichts, als zu Gott zu beten, dass er mir ein Lebenszeichen vom lieben Freund schicken möge!

Kochberg, 30. September 1786
Ich habe mich auf mein geliebtes Schloss zurückgezogen. Hier muss ich wenigstens keine Fragen über Goethes Verbleib beantworten.
In Weimar wird geklatscht und gemutmaßt, was es mit seinem Verschwinden auf sich haben könnte. Alle scheinen sich sicher zu sein, dass es ihm hier zu eng geworden ist und er sich deswegen vom Herzog Urlaub erbat.
Dann waren alle meine Sorgen, ihm könne etwas zugestoßen sein, unbegründet? Er hat mich einfach verlassen? Ohne ein Wort des Abschieds oder der Erklärung stahl er sich nach all den Jahren unserer Liebe wie ein Dieb aus meinem Leben. Ließ alles, was ihm einst so lieb und teuer war, zurück, als wäre es nie von Bedeutung gewesen. Ich bin fassungslos bei diesen Gedanken! Was habe ich ihm nur angetan, dass er mich so von sich stößt?
In meiner Verzweiflung habe ich meine Gefühle in Worte gefasst:

Ihr Gedanken fliehet mich,
wie der Freund von mir entwich.
Ich erinnere mich der Stunden,
die so liebevoll verschwunden.
Ach, wie bin ich allein,
werde immer einsam sein!

Kochberg, 10. Oktober 1786
Ich fühle mich müde und kraftlos, bin einsam und verlassen! Die sonst so geliebte Abgeschiedenheit Kochbergs spendet mir keinen Trost. Ich fühle mich nur noch mehr wie abgeschnitten von der Welt und vom Leben.
Seitdem Goethe mich verlassen hat, macht mir nichts mehr Freude, nichts ergibt mehr einen Sinn. Er hat unsere Liebe verraten, möchte ich in meiner Verzweiflung schreien und bleibe doch stumm!
Ich bin so verletzt, wütend und traurig. Manchmal alles zugleich, doch meistens überwiegt diese tiefe Traurigkeit, die mir jegliche Energie raubt. Aber ich darf mir nichts anmerken lassen und muss meinen wahren Gemütszustand verstecken. Nur diesem Tagebuch wage ich meine Gefühle und Gedanken anzuvertrauen.

Kochberg, 31. Oktober 1786
Erloschen ist das Licht meiner Tage, verloren die Liebe meines Lebens! Es ist gut, dass Fritz bei mir ist, sonst würde ich ganz und gar in der Dunkelheit meines Inneren versinken.

Kochberg, 1. November 1786
Noch immer kein Wort von Goethe! So ausgiebig er mir einst über jeden seiner Schritte berichtete, so allumfassend ist jetzt sein Schweigen.
Jeden Tag aufs Neue nehme ich mir vor, nicht mehr an ihn zu denken, aber alles hier erinnert mich an die unwiderruflich vergangene schöne Zeit mit ihm. Während meiner Grübeleien wurde mir auch bewusst, warum er in den letzten Monaten oft so einen abwesenden Eindruck auf mich machte. Sicherlich hat er da längst mit dem Gedanken gespielt, alles hinter sich zu lassen, wälzte in seinem Kopf möglicherweise schon Pläne, wie es ihm am besten gelingen könne.

Kein Wunder, dass es mir manchmal schien, als ginge er mir aus dem Wege. Das schlechte Gewissen wird ihn geplagt haben, auch wenn es ihn letztlich nicht von seiner Flucht abgehalten hat. Manchmal wünsche ich mir, ich wäre ihm niemals begegnet! Dann müsste ich jetzt nicht so leiden!

Kochberg, 3. November 1786
Ich lese noch einmal seine letzten Briefe aus Karlsbad, um einen Anhaltspunkt zu finden, der mir sein Verhalten erklären könnte. In einem Brief schrieb er von seinem Leid drüber, dass ich ihm nicht ganz angehören könne, dass er mich nie besitzen dürfe.
Aber habe ich ihm denn nicht alles gegeben? Mit jeder Faser meines Herzens, mit meiner ganzen Seele habe ich ihn geliebt!
Oder hätte ich es wie Emilie von Werthern machen sollen? Alles hinter mir lassen und an der Seite des Geliebten in die Welt ziehen? Nein, niemals könnte ich so ein Verhalten vor mir selbst rechtfertigen, geschweige denn, so glücklich werden. Aber ohne Goethe kann ich es noch weniger!

Kochberg, 18. November 1786
Schweigen, Stille, Dunkelheit. Ich will nicht mehr über ihn und sein unerklärliches Verhalten nachdenken. Ich muss mich damit abfinden, dass er gegangen ist, so unverhofft, wie er einst in mein Leben trat.
Niemals zuvor habe ich einen Menschen so geliebt wie ihn, niemals zuvor wurde ich schmählicher hintergangen! Meine Enttäuschung ist abgrundtief. Niemals kann ich ihm das verzeihen!

Kochberg, 25. November 1786
Nun ist es Gewissheit! Goethe geht es gut, aus freien Stücken bleibt er Weimar fern. Er weilt in Rom, in Italien, dem Land seiner frühesten Sehnsucht.
Nein, er selbst hielt es nicht für nötig, mich das wissen zu lassen. Nur an seine Freunde in Weimar hat er einen Brief geschrieben.
Endlich in der Hauptstadt der alten Welt angelangt, so seine Worte. Ausgiebig berichtete er, dass er über das Tiroler Gebirge, den Gardasee, Verona, Venedig und Florenz gereist sei. Inkognito und unerkannt. Endlich seien alle Träume seiner Jugend lebendig geworden, schwärmte er glücklich.
Ich bin sprachlos angesichts dieser Zeilen! Und sein Verhalten bedarf auch keines Wortes mehr.

Weimar, 6. Dezember 1786
Heute erhielt ich einen Brief von Goethe aus Rom! Nach über drei Monaten Zeilen von seiner Hand! Vor Tränen verschwamm mir die einst so vertraute und geliebte Handschrift vor meinen Augen.
Als ich seine Worte las, schien es mir, als wäre es eine Botschaft aus einer anderen, längst vergangenen Zeit. Einer Zeit, in der ich noch voller Liebe und Hoffnung war. Was ist heute davon übrig geblieben? Nichts! Stattdessen regieren Traurigkeit und Wut meine Tage.
Goethe hat mein Vertrauen aufs Übelste missbraucht. Statt sich in seinem Brief dafür zu entschuldigen, berichtet er, dass er in Rom so glücklich und zufrieden sei wie nie zuvor.
Ahnt er denn wirklich nicht, was er mir mit seiner geheimen Flucht antat?
Mir fällt es unsäglich schwer, bei Hofe mein Gesicht zu wahren. Ich weiß, sie lachen und klatschen über mich. Und ich muss so tun, als würde ich mich für Goethe freuen, als wäre seine Reise auch ganz in meinem Sinne.

Weimar, 10. Dezember 1786
Nach langem Überlegen habe ich Goethe nach Rom geschrieben. Ausgiebig habe ich meiner Verzweiflung und meinem Ärger Ausdruck verliehen.
Aber er will mich nicht verstehen, macht mir sogar noch Vorwürfe. Ich hätte es bleiben lassen sollen!
Fritz erhielt heute Post von Goethes Mutter. Sie schrieb, wie fröhlich sie sei, dass sich der Wunsch ihres Sohnes, Rom zu sehen, erfüllt habe. Dabei war auch sie nicht in seine Pläne eingeweiht!
Nein, ich kann mich nicht für ihn freuen! Mein Herz ist nur voll von Groll und Schmerz. Die Liebe, die dort einst wohnte, ist mit Goethe davongereist.

Weimar, 15. Dezember 1786
Angeblich sei alles nur ein Missverständnis gewesen, schreibt Goethe. Er habe Seidel einen Kasten geschickt, in dem Briefe an mich lagen. Sein Diener sollte ihn öffnen und die Post an mich weitergeben, tat es aber versehentlich nicht.
Was hätte es geändert? Wie könnte irgendein Wort entschuldigen, dass Goethe ohne Abschied gegangen ist? Nicht nur mich hat er verlassen, sondern auch Fritz. Ich habe den Knaben nun wieder nach Hause geholt. Was soll er alleine mit Seidel in Goethes Haus sitzen?
Nach den Vorwürfen im letzten Brief fleht Goethe mich nun an, ihm zu verzeihen. Ich solle ihn nicht als geschieden von mir ansehen, weil nichts auf der Welt mich ersetzen könne.
Worte, nicht als Worte, damit konnte er schon immer gut umgehen. Aber was nutzen sie, seine Taten sind durch nichts zu entschuldigen.
Ich habe alle meine Briefe, die ich ihm im Laufe der Jahre schrieb, zurückgefordert. Sobald ich sie erhalten habe, werde ich sie umgehend vernichten. Es genügt, dass er mich durch seine heimliche Abreise und das monatelange Schwei-

gen zum Gespött von ganz Weimar gemacht hat. Undenkbar, wenn noch jemand diese Briefe in die Hände bekommen würde.
Wie konnte ich nur so naiv und gutgläubig sein? Niemals hätte ich seinen Liebesschwüren Glauben schenken dürfen!

Weimar, 20. Dezember 1786
Ich sitze hier und versuche meiner Traurigkeit und bodenlosen Enttäuschung Herr zu werden. Für manchen Moment gelingt es mir, dann schwelge ich in Erinnerungen, denke an schöne und innige Zeiten. Aber nie ist das von langer Dauer, denn sogleich fällt mir wieder ein, was Goethe mir angetan hat.
Er schrieb mir von einem Reisetagebuch, das er mir zukommen lassen will. So wie damals aus der Schweiz, als ich mir seiner Liebe noch sicher war und seine Rückkehr nur eine Frage von Tagen oder Wochen. Nun gibt es keine Sicherheit mehr, keine Liebe und auch kein Hoffen! Was sollte irgendein Reisetagebuch daran ändern können?
Nie wieder werde ich die Seine sein! Ich bete nur zu Gott, dass mein Herz vor Groll und Trauer nicht vollkommen versteinert.

Weimar, 25. Dezember 1786
Heute ist mein 44. Geburtstag. Wieder ein Tag ohne ihn, so wie jeder zukünftige Tag ohne ihn sein wird. Aber er ist nicht gestorben, sodass ich wenigstens um ihn trauern könnte, nein, er hat mich ganz absichtlich allein gelassen.
Wenn mir das wieder einmal in aller Deutlichkeit bewusst wird, spüre ich so eine Wut und einen Hass auf ihn, dass ich selbst erschrecke.
Nie war ich ein Mensch überschäumender Gefühle, immer habe ich in meinem Leben auf ein beherrschtes Auftreten geachtet. Aber Goethes Verrat macht nun all das zunichte!

Weimar, 28. Dezember 1786
Den ganzen November und Dezember schon fühle ich mich kränklich, leide an Schlaflosigkeit und Kopfschmerzen. Dazu all diese Grübeleien und traurigen Gedanken, denen ich nicht Einhalt gebieten kann.
Manches Mal verspüre ich auch wie ein inneres Aufbäumen gegen das Schicksal in mir. Dann hadere ich und frage mich, warum ich all das ertragen muss. Dieses Kommen und Gehen, dieses Gewinnen und Verlieren. All diese bohrenden Zweifel und tiefsten Hoffnungen in den letzten Jahren. Ein ständiges Auf und Ab.
Ja, Goethes Liebe hat mir zu neuer Lebendigkeit verholfen, damals, als ich bereits mit dem Leben abgeschlossen hatte. Aber durch seinen jetzigen Verrat hat er mir nun wieder jede Lebensfreude genommen. Schlimmer noch, ich fühle mich einsamer und resignierter als je zuvor.
Dabei sehne ich mich insgeheim noch immer nach diesem Mann, nach seinem Blick, der bis in meine Seele reicht, nach seinem Lächeln und seinen zärtlichen Berührungen. Aber all das ist unwiderruflich vorbei!
Früher habe ich so oft befürchtet, dass er sich verlieben und eine andere heiraten würde. Aber jetzt habe ich ihn nicht an eine Frau, sondern an die Ferne verloren.
Selbst wenn Goethe irgendwann zurückkehren sollte, ich kann ihm nicht vergeben! Ich wünschte nur, ich könnte endlich aufhören, ihn zu lieben!

Weimar, 30. Dezember 1786
Wie es ihm wohl in Rom ergeht? Diese Stadt zu sehen war sein Wunsch seit frühester Jugend.
Könnte ich mich doch so selbstlos mit ihm freuen, so wie es seine Mutter tut. Auch der Herzog scheint ihm nichts nachzutragen, er hat seine Zustimmung für ein längeres Fortbleiben

erteilt. Ob Goethe nach seiner Reise hierher zurückkehren wird? Selbst wenn das so sein sollte, der Gedanke verursacht mir keine Freude. Im Gegenteil, ich will ihn nicht sehen!
Trotzdem frage ich mich immer wieder, warum er selbst mit mir nie über seine geheimen Pläne sprach? Aus Furcht, ich könnte versuchen, ihn von der Reise abzuhalten?
Was immer auch sein Grund gewesen sein mochte, sein Verhalten kränkt mich zutiefst. Leider besitze ich nicht die glückliche Natur, dass die Wunden meiner Seele mit der Zeit vernarben. Ich weiß, niemals werde ich diese Kränkung verwinden! Bloßgestellt hat Goethe mich vor meinen Freunden und vor der ganzen Weimarer Gesellschaft. Jeder dachte doch, ich, seine engste Vertraute, müsste in seine Absichten eingeweiht sein.
Ach, was weiß ich schon von Goethes Absichten. Wie oft schwor er mir seine Liebe, sogar von Seelenwanderung sprach er einst.
Ich weiß nicht, ob ich ihm in einem fernen Leben wiederbegegnen möchte. Aber sollte das Schicksal wirklich ein erneutes Treffen unserer Seelen vorgesehen haben, dann wünsche ich mir einfachere Umstände für unsere Liebe. Oder zumindest mir mehr Kraft und Mut, um alles hinter mir lassen zu können und mit ihm ein neues Leben zu beginnen. Vielleicht sogar in seinem Sehnsuchtsland, dort, wo die Zitronen blühen.
Aber genug mit solch unsinnigen Gedanken, die zu nichts führen! In diesem Leben kann ich weder Josias noch meine Söhne verlassen. Mein vom Schicksal vorherbestimmter Platz ist hier, nirgendwo anders. Daran konnte auch ein Goethe nichts ändern!

Weimar, 31. Dezember 1786
Als ich gestern Goethes Gedicht „An den Mond" noch einmal las, kam mir der Gedanke, es umzuschreiben. Hier ist nun „An den Mond" (nach meiner Manier):

*Füllest wieder Berg und Tal still mit Nebelglanz,
lösest endlich auch einmal meine Seele ganz.*

*Breitest über mein Gefild, lindernd deinen Blick,
da des Freundes Auge mild, nie mehr kehrt zurück.*

*Lösch' das Bild aus meinem Herz, vom geschiedenen
Freund, dem unausgesprochenen Schmerz,
stille Träne weint.*

*Mischet euch in diesen Fluss! Nimmer werd' ich froh.
So verrauschte Scherz und Kuss und die Treue so.*

*Jeden Nachklang in der Brust, froh' und trüber Zeit,
wandle ich nun unbewusst in die Einsamkeit.*

*Selig, wer sich vor der Welt ohne Hass verschließt,
seine Seele rein erhält, ahnungsvoll genießt.*

*Was dem Menschen unbekannt oder wohl veracht't,
in dem himmlischen Gewand, glänzet bei der Nacht.*

III

Mit diesem Gedicht endeten Charlotte von Steins Notizen. Betroffen klappte Carla das Tagebuch zu und legte es beiseite. Sie konnte Charlottes Traurigkeit und Enttäuschung förmlich spüren. Was für ein trauriges Ende dieser einst so großen Liebe! Oder war es vielleicht gar nicht das Ende?, überlegte sie. Wenn sie sich richtig erinnerte, war Goethe im hohen Alter in Weimar gestorben. Dann musste er ja irgendwann dorthin zurückgekehrt sein? Ob die beiden nach seiner Heimkehr wohl wieder zueinander gefunden hatten?

Es ist fast wie bei uns, kam es Carla in den Sinn. Auch Georg ist in Rom und hat mich allein zurückgelassen. Aber zumindest hatte er ihr zuvor die Möglichkeit gegeben, ihn zu begleiten. Wenn auch sein Ultimatum, sich innerhalb kürzester Zeit zwischen ihm und ihrem Mann zu entscheiden, in ihren Augen eher einer Erpressung glich.

Das ganze restliche Wochenende verbrachte Carla mit Grübeln, schwankte, wie so oft, zwischen Sehnsucht, Ärger und Enttäuschung. Zwischendurch blätterte sie immer wieder im Tagebuch. Dabei fielen ihr noch mehr Gemeinsamkeiten zwischen Charlottes Geschichte und ihrer eigenen auf. Da war zum Beispiel dieses wilde Treiben Goethes nach seiner Ankunft in Weimar. Während er mit dem Herzog zu Pferde durch die Gegend getobt war, waren es bei Georg wilde Motorradtouren mit dem Bürgermeister gewesen.

Apropos Bürgermeister, nur dank ihm war Georg überhaupt in ihre Stadt gekommen. Goethe war damals einer Einladung des Herzogs gefolgt.

Dann waren beide auch noch Schriftsteller und Charlotte war verheiratet, genauso wie sie selbst. Und genau wie diese Weimarer Hofdame hatte sie sich trotzdem in einen jüngeren, von der Frauenwelt umschwärmten Dichter verliebt.

Halt, stopp!, rief sie sich zur Ordnung. Es war vollkommen verrückt, diese Geschichte aus längst vergangenen Zeiten auf

sich selbst zu beziehen. Vom vielen Nachdenken und Grübeln war sie schon ganz durcheinander.
Zur Ablenkung nahm sie sich wieder den Roman, den sie schon am Donnerstagabend hatte lesen wollen, und dieses Mal gelang es ihr wirklich, für eine Weile weder an Georg noch an Charlotte von Stein zu denken.
Aber am Montagmorgen hatte sie nichts Eiligeres zu tun, als Saskia von dem geheimnisvollen Tagebuch zu erzählen.

„Und du meinst wirklich, es ist das Tagebuch der Frau von Stein?" Saskia klang skeptisch.
Sie saßen sich bei einer Tasse Tee an ihren Schreibtischen gegenüber und Carla hatte soeben ausgiebig von Charlotte und deren Geschichte berichtet.
„Auf jeden Fall! Es passt alles zusammen", war Carla überzeugt.
„Aber was ist mit der Schrift, konntest du die Handschrift einfach so lesen?", ließ ihre Kollegin nicht locker.
„Ja, das ging ganz gut. Es war recht ordentlich geschrieben. Aber erzähl bitte niemandem von dem Tagebuch. Wenn unsere Chefin das mitbekommt, hängt sie es doch gleich an die große Glocke."
„Stimmt! Keine Sorge, ich sage ihr nichts. Aber mich würde schon interessieren, ob wirklich Georg das Tagebuch geschickt hat."
„Wer denn sonst?" Carla gab sich uninteressierter, als sie tatsächlich war.
„Ja, aber warum? Und wo hat er es her?" Saskia schien mit dem Gehörten nicht zufrieden. Neben ihrer Schwester Charly war sie die Einzige, die alles über ihre Beziehung zu Georg wusste. „Vielleicht solltest du doch mal seine E-Mails und Nachrichten lesen? Da findest du möglicherweise eine Antwort."
Carla schaute etwas schuldbewusst, auch wenn sie nach wie vor der Ansicht war, richtig gehandelt zu haben. „Alle gelöscht!"
„Nicht mal mehr im Papierkorb?" Saskia konnte es nicht fassen.

„Nein, leider nicht. Der leert sich automatisch."
„Technik macht, was sie will", grinste Saskia und nahm es wieder mit Humor.
„Ich wüsste nur zu gerne, was es mit diesem Tagebuch auf sich hat und wie es mit Charlotte und Goethe weiterging", seufzte Carla.
„Dann musst du nach Weimar fahren!" Für ihre Freundin war mal wieder alles sonnenklar.
„Auf keinen Fall!" Carla schüttelte entschieden den Kopf. Zum Glück stürmte in diesem Moment ihre Chefin zur Tür herein und unterband damit weitere Diskussionen über das Thema.

Der nächste Tag war für Carla etwas Besonderes. Heute arbeitete sie genau zehn Jahre für Anne Herzog. Zu ihrer Freude hatten sowohl ihre Chefin als auch Saskia daran gedacht. Letztere öffnete bei ihrem Eintreten mit einem ordentlichen Knall eine Flasche Sekt.
Lachend nahm Carla die Glückwünsche entgegen. Nach dem Anstoßen überreichte ihr Frau Herzog ein Briefkuvert.
„Ein kleines Dankeschön! Machen Sie sich eine schöne Zeit."
Dann trank sie ihr Glas in einem Zug aus, winkte kurz in die Runde und eilte schon wieder zu einem dringenden Termin.
„Eine Energie hat diese Frau!" Saskia schüttelte schmunzelnd den Kopf. Dann zeigte sie auf den Umschlag und forderte Carla auf: „Los, schau rein!"
Carla öffnete ihr Geschenk und blickte dann fragend zu ihrer Freundin. „Ein Hotelgutschein?"
„Genau! Nun kannst du nach Weimar fahren. Ich habe schon nachgeschaut. Das Reiseunternehmen hat bundesweit Hotels und Pensionen im Angebot, auch in Weimar."
„Aber ...", stammelte Carla überrumpelt.
„Kein Aber! Ich denke, du willst wissen, was es mit dem Tagebuch auf sich hat. Dann fahr nach Weimar und finde es heraus. Ich war mit 17 Jahren übrigens selbst mal auf Klassenfahrt in dieser thüringischen Stadt. Wir waren damals nicht so begeis-

tert, weil es weit und breit keine Disco gab. Ach ja, und an einen peinlichen Auftritt im Schillerhaus erinnere ich mich noch. Ich musste vor Ort einen Vortrag im Rahmen des Deutschunterrichts halten und einige Touristen blieben stehen und hörten zu. Mann, war mir das unangenehm! Schon eigenartig, welche Erinnerungen einem so präsent bleiben. Heute würde ich Weimar bestimmt mit anderen Augen sehen."
„Dann komm doch mit", kam Carla plötzlich die perfekte Idee. Eine Reise mit Saskia, das konnte nur lustig werden. Bisher hatten sie sich zwar nie außerhalb ihrer Arbeit getroffen, aber nichtsdestotrotz sah sie ihre Kollegin als gute Freundin und Vertraute an.
„Du weißt doch, dass das nicht geht. Ich kann unmöglich die Kinder allein lassen. Und die Tiere wollen auch versorgt werden." Saskia zuckte zwar bedauernd mit den Schultern, schien aber nicht besonders betrübt.
„Kann das nicht dein Mann machen?" Carla war enttäuscht.
Saskia schmunzelte. „Er kriegt alleine nicht mal den Herd an. Die Kinder würden die ganze Zeit nur Chips und Schokolade essen. Unmöglich!"
Manchmal beneidete Carla Saskia um ihre Fähigkeit, die Dinge so leichtzunehmen. Trotz einer großen Familie sowie eines alten Bauernhofs mit vielen Tieren und großflächigen Ländereien wirkte ihre Kollegin nie gestresst oder überfordert. Carla wusste, sie selbst würde bei der Vielzahl an Aufgaben und Verpflichtungen schlichtweg durchdrehen.
„Na gut, dann warte ich eben, bis Jakob wieder da ist. Vielleicht findet er ja Zeit, mit mir nach Thüringen zu reisen."
Saskia schaute sie ungläubig aus ihren großen blauen Augen an. „Mit deinem Mann? Nicht dein Ernst! Du brauchst Zeit und Ruhe, wenn du auf Charlottes Spuren wandeln willst. Du musst die Atmosphäre dieser Stadt auf dich wirken lassen können. Deine Schnarchnase von Mann lenkt dich nur vom Wesentlichen ab und schleppt dich stattdessen von einem Autohaus zum nächsten."

„Saskia!", entfuhr es Carla entrüstet. Sie mochte es nicht, wenn ihre Kollegin so abfällig über Jakob sprach.
„Ist doch wahr", verteidigte die sich. „Hat er überhaupt schon angerufen?"
„Nein, doch weißt doch, dass er sich nur meldet, wenn es etwas Dringendes gibt."
„Und die Stimme seiner Frau zu hören ist nicht wichtig? Na egal. Fahr nach Weimar! Am besten gleich am nächsten Wochenende. Da ist Jakob doch sowieso noch unterwegs."
Als Carla daraufhin schwieg, fügte Saskia verschmitzt grinsend hinzu: „Und wer weiß, vielleicht laden dich ja Charlotte und Goethe zum Tee ein."
Auch Carla musste jetzt schmunzeln. „Ja, klar. Aber ich nehme lieber, genau wie Charlotte, einen Kaffee, allein schon, um Goethe zu ärgern."
„Gute Idee", lachte Saskia, wurde plötzlich aber ernst. „Weißt du, Carla, manche Reisen muss man allein machen."
„Du meinst, so wie Georg seine Reise nach Rom?" Schlagartig war die Erinnerung an ihn zurück und vertrieb Carlas gute Stimmung.
„Nein, ich meine deine Reise nach Weimar!"

Am Abend fiel Carla das Gespräch mit Saskia wieder ein. Der Gedanke, nach Weimar zu reisen und auf Charlottes Spuren zu wandeln, ließ sie nicht mehr los. Vielleicht konnte sie dort wirklich herausfinden, was es mit diesem Tagebuch auf sich hatte und wie die Geschichte weitergegangen war.
Aber nach wie vor wollte sie diese Reise nicht allein antreten. Kurz entschlossen griff sie zum Telefon und rief ihre Schwester an.
Charly ging zwar sofort ran, war aber in Eile. Am Theater stand eine große Premiere bevor und sie hatte alle Hände voll zu tun.
„Sorry, Schwesterchen. Ich kann hier gerade nicht weg. Vielleicht ja ein andermal." Carlas plötzliche Reiseabsichten schie-

nen sie aber zu überraschen. „Ich wusste gar nicht, dass du so spontan sein kannst", meinte sie, bevor sie sich verabschiedete.
Nachdem das Gespräch beendet war, ging Carla die letzte Bemerkung ihrer Schwester nicht aus dem Sinn. War sie wirklich so unflexibel?
Nein, entschied sie und buchte kurzerhand fürs Wochenende eine Hotelübernachtung in Weimar.
Anschließend war sie selbst über ihren Mut erschrocken. Sie war noch nie allein verreist! Aber nun war die Entscheidung gefallen und plötzlich fühlte Carla neben aller Aufregung auch eine riesige Vorfreude.
„Ich besuche Charlotte", flüsterte sie und musste lachen.

Als ahnte Jakob, dass sie ein Geheimnis vor ihm hatte, rief er kurz darauf, entgegen seiner sonstigen Gewohnheit, an.
„Was machst du gerade", fragte er nach einer kurzen Begrüßung.
Carla holte tief Luft. Da war sie wieder, diese Frage, mit der er sie jedes Mal aufs Neue nervte. Nicht, dass an den Worten an sich etwas verkehrt gewesen wäre. Aber Jakob hatte die Angewohnheit, genau diese Frage ständig und zu den unpassendsten Momenten zu stellen.
„Ich telefoniere mit dir", entgegnete sie deswegen etwas schnippisch.
„Ja, stimmt", kam es prompt ernst zurück. Und plötzlich wurde ihr schlagartig bewusst, was sie so an ihm vermisste: Humor! Für Jakob war die ganze Welt durchstrukturiert und planbar, aber auch ernsthaft und keineswegs lustig. Wie vermisste sie es, mit ihm auch einmal so herzerfrischend zu lachen wie mit Saskia. Oder früher mit Georg. Doch gleich schalt sie sich als ungerecht. Genau dieser Ernst und seine Verlässlichkeit waren es gewesen, die sie damals angezogen hatten. Und im Gegenteil zu Georg, der samt seinem Humor verschwunden war, war Jakob nach wie vor bei ihr.
„Und was machst du danach?", bohrte er nun nach.

Sie zählte gedanklich bis zehn. Er meinte es ja nur gut und hatte eben Interesse an ihr und ihrem Tun, versuchte sie sich zu beruhigen.
„Bist du noch dran?" Jakob dauerte die Pause zu lange.
„Natürlich. Entschuldige, ich bin nur ein bisschen müde. Ich werde mich bald hinlegen."
„So früh?" Die Missbilligung war deutlich zu spüren.
„Ja, ich werde im Bett noch ein bisschen lesen." Eine Sekunde plagte sie das schlechte Gewissen, dass sie ihm die geplante Reise verschwieg. Aber da verabschiedete er sich bereits.
„Schlaf gut. Wir sehen uns ja bald wieder."
Im Bett ließ sie das Gespräch noch einmal Revue passieren. Was erwartete sie eigentlich? Jakob war ein netter und zuverlässiger Mann. Und auch wenn seine Fragen immer ein wenig misstrauisch klangen, wusste sie doch, dass er nur Interesse an ihrem Tun zeigen wollte.
Carla seufzte. Sie konnte froh sein, Jakob an ihrer Seite zu haben. Denn die Zeiten, in denen ein stolzer Ritter auf seinem weißen Pferd vorbeikam, waren längst vorbei. Und selbst wenn sich heutzutage doch einmal ein solcher Verehrer hierher verirrte, blieb er nicht für lange. Das hatte sie ja mit Georg selbst erlebt.

Entgegen all ihrer Sorgen verlief die Fahrt nach Weimar vollkommen unproblematisch. Auch das Wetter meinte es gut mit ihr, blauer Himmel, Sonne und viel zu warme Temperaturen für diese Jahreszeit. Vom ungemütlichen Regenwetter der letzten Tage war keine Spur mehr.
Sogar einen Parkplatz direkt vor dem kleinen Hotel fand Carla. Das Haus machte schon auf den ersten Blick einen gemütlichen Eindruck und auch in ihrem Zimmer war alles zu ihrer Zufriedenheit.
Die nette Frau an der Rezeption erklärte ihr, dass es nur ein paar Minuten bis zum Frauenplan mit dem Goethehaus waren. So

verschob Carla das Auspacken auf später, für eine Nacht hatte sie sowieso nicht viel dabei, und verließ gleich wieder das Hotel.
Gespannt machte sie sich auf den Weg, um die Stadt zu entdecken, in der Charlotte einst gelebt hatte.
Nachdem sie einen großen Platz überquert hatte, kam sie schon auf den Fußgängerboulevard. Gemächlich schlenderte Carla die Straße entlang, betrachtete die Auslagen in den Schaufenstern der Geschäfte und freute sich über die gemütlichen Cafés und Restaurants. Obwohl es schon Ende Oktober war, standen noch überall Tische und Stühle vor der Tür. Viele Gäste nutzten diese Gelegenheit und saßen in der Sonne.
Carla fühlte sich auf Anhieb wohl in dieser Umgebung. Alles strahlte hier, trotz vieler Menschen, eine gewisse Ruhe und Gemütlichkeit aus. Was vielleicht auch an den vielen historischen Gebäuden lag. So entdeckte sie im Vorbeigehen das Wittumspalais von Anna Amalia, das Theater mit dem Denkmal von Goethe und Schiller davor und das Schillerhaus.
Kurz darauf stand sie schon auf dem Frauenplan und erblickte direkt vor sich Goethes Wohnhaus. Links davon, so verriet ihr ein Straßenschild, befand sich die Seifengasse.
Dieser Weg, so wusste sie aus Charlottes Tagebuch, führte direkt zum Wohnhaus der Familie von Stein.
Es war ein seltsames Gefühl, nun hier zu stehen und all das mit eigenen Augen zu sehen, was Charlotte in ihrem Tagebuch beschrieben hatte.
Ehrfürchtig betrachtete Carla Goethes imposantes Wohnhaus, verspürte aber wenig Lust, sich in die große Schar der Besucher einzureihen, die ins Innere drängte.
Stattdessen folgte sie der schmalen Seifengasse und stellte sich dabei vor, wie Charlotte von Stein oder Goethe diesen Weg gegangen waren.
Am Ende der Gasse stand sie dann vor Charlottes Wohnhaus, das nicht nur wegen seiner Größe, sondern auch aufgrund des rosafarbenen Fassadenanstrichs ins Auge fiel.

Auf der Suche nach dem Eingang umrundete Carla das Gebäude, aber welche Enttäuschung! Der Vorplatz war mit Unkraut vollkommen überwuchert, die Türen verschlossen.
Eine grauhaarige ältere Frau, wahrscheinlich wie sie eine Touristin, gesellte sich zu ihr.
„Schade, nicht wahr? Das schöne Haus ist seit Jahren eine Baustelle."
„Kann man denn gar nicht rein?" Enttäuscht blickte Carla zu den Fenstern im Obergeschoss, hinter denen einst Charlotte gelebt hatte.
„Nein, leider nicht. Ich hoffe seit Jahren darauf." Die fremde Frau hob bedauernd die Schultern. „Sie interessieren sich wohl für die Freifrau von Stein?"
„Ja, sehr sogar." Einen Moment war Carla versucht, ihr von dem Tagebuch zu erzählen, aber dann ließ sie es lieber bleiben. Wer wusste schon, mit wem sie es hier zu tun hatte. Bei einem solch wertvollen Fund sollte man besser vorsichtig sein.
„Dann kann ich Ihnen das Schloss der Familie von Stein in Großkochberg empfehlen", meinte die Frau freundlich und Carla schämte sich ein bisschen, ihr Schlechtes zugetraut zu haben.
Kochberg! Das war doch der Ort, den Charlotte so sehr geliebt hatte. Warum war sie nicht selbst darauf gekommen?, fragte sich Carla.
„Und das Schloss kann man besichtigen?" Nicht, dass sie dort die nächste Baustelle erwartete.
„Aber freilich doch. Es ist auch nicht allzu weit von hier. Ungefähr 30 Kilometer. Ich kann Ihnen einen Besuch wärmstens empfehlen. Sogar ein kleines Liebhabertheater gibt es dort."
„Vielen Dank für den Hinweis. Sie kennen sich ja gut aus."
„Immerhin wohne ich seit über 20 Jahren hier. In dieser Zeit hat sich in Weimar viel getan, aber dieses arme Gebäude fristet immer noch ein trauriges Dasein." Sie wies bedauernd auf Charlottes Wohnhaus, verabschiedete sich und setzte ihren Weg fort.

Carla blickte ihr nachdenklich nach. Also doch keine Touristin, überlegte sie. Vielleicht hätte sie die Frau doch auf Charlottes Tagebuch ansprechen sollen? Diese Chance war nun vertan, aber dafür hatte sie einen wichtigen Tipp bekommen!
Am liebsten wäre Carla sofort nach Kochberg aufgebrochen, um Charlottes Schloss zu sehen. Aber ein Blick auf die Uhr zeigte ihr, dass sie es heute nicht mehr pünktlich schaffen würde. Jetzt ärgerte sie sich, nicht doch schon am frühen Morgen losgefahren zu sein, wie ursprünglich geplant. Aber vor lauter Aufregung, allein auf Reisen zu gehen, war ihr laufend etwas anderes eingefallen, was sie vor ihrer Abfahrt unbedingt noch erledigen musste.
Inzwischen war es schon später Nachmittag und bis zum Abendessen, das im Reisegutschein inklusive gewesen war, blieb ihr nicht mehr allzu viel Zeit. Aber die würde sie zumindest gut nutzen!
So schlenderte Carla weiter durch die Stadt und entdeckte dabei den Marktplatz, das Fürstenhaus und die Bibliothek. Das Schloss, das damals nur eine Ruine gewesen war, war inzwischen natürlich längst wieder aufgebaut worden.
Unweit des Schlosses erstreckte sich ein großer Park, den sie bereits von Charlottes Haus aus gesehen hatte.
Sie entschied, bei dem schönen Wetter noch einen kleinen Spaziergang in der Natur zu machen, und folgte einem der Wege. Gedankenverloren ließ sie sich treiben, bis sie unverhofft in einiger Entfernung ein Haus erblickte.
Überrascht blieb Carla stehen. Goethes Gartenhaus! Wie konnte sie dieses Häuschen, in dem Charlotte und Goethe so innige Stunden miteinander verbracht hatten, nur vergessen?
Während sie näher eilte, betrachtete sie Goethes Rückzugsort. Er wirkte genau wie von Charlotte in ihrem Tagebuch beschrieben. Ein Häuschen mit zwei Etagen, gekrönt von einem hohen, spitzen Dach. An der hell gestrichenen Fassade waren Spaliere angebracht, an denen auch um diese Jahreszeit noch einige Ro-

sen blühten. Nur der Altan, auf dem Goethe einst unterm Sternenhimmel übernachtet hatte, fehlte heute leider.

Als sie am Zaun ankam, musste sie feststellen, dass das Museum bereits in einer halben Stunde schließen würde.

Aber Goethes Gartenhäuschen war ja nicht allzu groß, dreißig Minuten müssten für eine Besichtigung eigentlich ausreichend sein, überlegte sie.

Fast ehrfürchtig öffnete Carla die Tür und trat ins Haus. Sie bezahlte ihre Eintrittskarte und begann dann im Erdgeschoss mit der Besichtigung.

Geradeaus befand sich hier ein großer Raum, den Goethe einst als Speisezimmer genutzt hatte. Sein Erdsälgen, so nannte er den Raum, das wusste Carla aus Charlottes Tagebuch.

Sie betrachtete die wenigen Möbel und sah sich die Bilder an den Wänden an, konnte sich aber nicht recht vorstellen, wie Goethe einst hier mit seinen Gästen gespeist hatte. Dafür war der Saal zu spärlich eingerichtet und wirkte zu sehr wie ein Museum.

So verließ sie das Zimmer bald wieder und betrat die kleine Küche mit Herd, Kamin und Spülstein.

Hier hatte Goethe mit Charlottes Söhnen gestanden und hatte ihnen Eierkuchen gebacken, überlegte Carla und musste bei dieser Vorstellung schmunzeln.

Als neue Besucher in den Raum drängten, verließ sie die Küche und stieg über eine alte Holztreppe ins Obergeschoss.

In einem Vorraum begrüßten sie dort die Büsten von Herzog Carl August und seiner Mutter Anna Amalia. Nach der Lektüre von Charlottes Tagebuch schien es Carla fast, als begegneten ihr zwei alte Bekannte.

Der Rundgang begann im sogenannten Altanzimmer, auch wenn an den Altan selbst nichts mehr erinnerte.

Auch hier gab es nur wenige Möbel, doch trotzdem strahlte der Raum eine gewisse Gemütlichkeit aus. Möglicherweise lag es an seiner geringen Größe und den farbigen Wänden, vielleicht aber auch an den Porträts von Goethes Eltern, der Zeichnung

von seiner Schwester Cornelia und den Silhouetten von Charlotte von Stein und Charlotte Buff, der Frau, die Goethe einst zu seinem Werther inspiriert hatte.
Hier hatte Carla nun zum ersten Mal wirklich das Gefühl, in Goethes Reich eingekehrt zu sein.
Ein Eindruck, der sich in seinem Arbeitszimmer noch verstärkte. Am Fenster standen dort sein Stehpult und ein Sitzbock, der sogenannte Reiter. Den benutzte Goethe, so wusste Carla aus Charlottes Tagebuch, weil er beim Schreiben gerne zwischen Sitzen und Stehen gewechselt hatte. Das Teil wirkte zwar nicht besonders bequem, war aber unübersehbar alt. Die Vorstellung, dass der Dichter hier höchstpersönlich gestanden oder gesessen hatte, um Charlotte zu schreiben, war faszinierend. Fast meinte Carla, er würde gleich den Raum betreten und mit seiner Arbeit fortfahren.
Gedankenverloren ging sie zum Fenster. Wie oft mochte er hier gestanden und auf Charlotte gewartet haben?
Der Blick in den herbstlichen Park war idyllisch. Das Häuschen war umgeben von Natur und trotzdem nur wenige Gehminuten von der Stadt entfernt. Der perfekte Ort zum Schreiben. Leider war Charlottes Haus nicht zu sehen. Dafür würde sie wohl im Winter wiederkommen müssen, wenn an den Bäumen kein Laub mehr hing.
Carla verließ ihren Platz am Fenster und ging hinüber in eine kleine Bibliothek. Ein grau gestrichenes Holzregal und ein Mappenschrank standen in dem winzigen Raum. Wie sie wusste, verfügte Goethe über eine Vielzahl an Büchern und Sammlungen, die hier kaum Platz gefunden haben konnten. Kein Wunder, dass er später in das große Stadthaus umgezogen war.
Ich wäre lieber hiergeblieben, sinnierte Carla, die sich bereits in das kleine Häuschen im Grünen verliebt hatte, musste über diesen Gedanken aber selbst schmunzeln. Was wusste sie schon von den Pflichten und dem standesgemäßen Auftreten des Ministers Goethe. Wahrscheinlich war ihm irgendwann gar nichts

anderes übrig geblieben, als in das repräsentative Wohnhaus am Frauenplan zu ziehen. Und er hatte sein Gartenhäuschen ja auch zeitlebens behalten und war immer wieder dorthin zurückgekehrt.

Noch kleiner als Arbeitszimmer und Bibliothek wirkte das angrenzende Schlafzimmer mit Goethes Bett. Allerdings war es nur sein Reisebett, wie Carla auf einem Schild las.

Ob hier wohl auch Charlotte geschlafen hat, überlegte sie. Oder vielleicht draußen auf dem inzwischen leider verschwundenen Altan?

Neue Gäste drängten herein und störten ihre Gedanken.

Was für ein niedliches Häuschen, ging es ihr durch den Sinn, als sie die Treppe hinunterstieg.

„Schauen Sie sich noch den Garten an", meinte die Kassiererin. „Wir schließen zwar bald, aber ein paar Minuten haben Sie noch."

Carla nickte und beeilte sich, dieser Aufforderung nachzukommen.

Sie folgte dem Gartenweg, der zwischen Blumenrabatten direkt zum „Agathe Tyche", dem „Stein des guten Glücks" führte, dem Denkmal, mit dem Charlotte damals nicht viel anzufangen gewusst hatte. Ein seltsames Ding, fand auch Carla, während sie die Kugel, die auf einem großen Kubus ruhte, betrachtete.

Umso berührter war sie dafür, als sie kurz darauf Charlottes Lieblingsplatz oberhalb des Hauses entdeckte. Sie wusste aus dem Tagebuch, hier hatte Charlotte gern gesessen. Goethe hatte ihr zu Ehren sogar eine Steintafel an diesem Ort anbringen lassen. Die Inschrift war ein wenig verwittert, aber Carla gelang es, sie zu entziffern:

„Hier gedachte still ein Liebender seiner Geliebten."

Wie romantisch, dachte sie sehnsuchtsvoll, während sie sich auf eine der Bänke setzte.

Was war nur los mit ihr?, wunderte sie sich über sich selbst. Sie war doch früher nie besonders romantisch gewesen und hatte auch nicht an die große Liebe geglaubt. Sie war immer der

Meinung gewesen, diese sei nur eine Erfindung der Dichter und Philosophen. Oder der Menschen, die sich scheuten, ihr Leben so zu nehmen, wie es war.
So hatte auch ihre Heirat damals nichts mit überschäumenden Gefühlen zu tun gehabt, sondern ihre Ehe war eher aus praktischen Gründen geschlossen worden. Aber was war schlecht daran? Ihr Leben mit Jakob war doch in Ordnung gewesen. Vielleicht nicht besonders glücklich, aber wer war das schon?
Als es Carla im Schatten der Bäume zu kühl wurde, machte sie sich auf den Rückweg.
An der Pforte begegnete ihr die Frau von der Kasse, die sie überrascht anblickte. „Wo kommen Sie denn her? Ich hätte Sie jetzt fast eingeschlossen."
„Entschuldigung, ich habe wohl ein bisschen die Zeit vergessen", entgegnete Carla schuldbewusst und schlüpfte schnell durch die Gartentür, die die Frau ihr aufhielt.
Was für eine Vorstellung, über Nacht allein in Goethes Garten eingesperrt zu sein, dachte Carla erschrocken. Aber es war ja zum Glück nichts passiert, beruhigte sie sich sogleich selbst. Und notfalls hätte sie eben irgendwo über den Zaun klettern müssen.
Trotzdem schlug ihr Herz bei diesen Gedanken schneller. Warum war sie nur immer so ängstlich und unsicher?, fragte sie sich. Schon diese Reise ganz allein anzutreten war eine riesige Herausforderung für sie gewesen.
Wenn sie daran dachte, wie selbstbewusst Georg dagegen dieser Welt gegenübertrat. Wie viel Mut und Entschlossenheit er besaß, um seine Träume zu verwirklichen. Mit ihm an ihrer Seite war auch sie mutiger gewesen. Aber das war vorbei! Wieder einmal vermisste Carla ihn ganz furchtbar.
Sie entschied, zum Hotel zurückzugehen, um sich in ihrem Zimmer ein wenig frisch zu machen und dann zu Abend zu essen.
Den Weg aus dem Park fand Carla problemlos, doch in den verwinkelten Straßen der Stadt musste sie irgendwo falsch ab-

gebogen sein. Auf einmal stand sie vor einer schmalen Gasse und wusste nicht weiter. Hier war sie vorhin auf keinen Fall vorbeigekommen.

Gerade als sie nach einem Passanten Ausschau hielt, den sie nach dem Weg fragen konnte, wurde ihr Blick von einem großen Schild an einer der Fassaden angezogen.

„Palais Schardt" stand da weithin sichtbar. Carla stutzte. Schardt!? Das war doch Charlottes Geburtsname.

Ein Blick auf das Straßenschild bestätigte ihre Vermutung. Tatsächlich, es handelte sich um die Scherfgasse. Das musste Charlottes Elternhaus sein, wo sie ihre Kindheit und Jugend verbracht hatte.

Neugierig ging Carla bis zum Eingang und drückte auf die Klinke. Doch obwohl im Inneren noch Licht brannte, gab die Tür nicht nach. Enttäuscht wollte sie sich gerade abwenden, da tauchte hinter der Glasscheibe das Gesicht einer Frau auf. Sie winkte Carla zu, gab ihr ein Zeichen, einen Moment zu warten, und öffnete dann.

„Tut mir leid, aber wir haben seit 10 Minuten geschlossen. Schauen Sie doch bitte morgen Nachmittag wieder vorbei", meinte sie entschuldigend.

„Das geht leider nicht. Da bin ich schon auf dem Heimweg", antwortete Carla enttäuscht.

„Wie schade. Vielleicht kommen Sie ja noch einmal nach Weimar? Hier, nehmen Sie", die Frau streckte ihr einen Flyer entgegen. „Da finden Sie unsere Öffnungszeiten und einen Veranstaltungskalender. Wir haben hier wirklich schöne Konzerte und Theateraufführungen im kleinen Rahmen. Die sollten Sie sich nicht entgehen lassen."

Carla nahm den Flyer und nickte. „Danke, das klingt gut. Kann ich dann auch den Goethepavillon besichtigen?"

„Aber natürlich", versicherte die Frau. „Ach, wie bedauerlich. Normalerweise würde ich Sie einfach noch kurz reinlassen. Doch ausgerechnet heute bin ich verabredet. Ich muss mich sputen, um mich nicht zu verspäten."

„Nein, kein Problem. Ich komme wieder", versprach Carla und überlegte im selben Augenblick, ob sie diesen Vorsatz wohl wirklich wahrmachen würde.

„Aber Sie können sich den Pavillon ja zumindest schon mal von außen anschauen", fiel der freundlichen Frau ein. „Folgen Sie einfach der Gasse bis zum Ende und biegen Sie dann nach links ab. Am Ende der Mauer wieder links, da kommen Sie zur Rückseite dieses Grundstücks mit Garten und Pavillon. Dann auf Wiedersehen." Ein kurzes Winken und die Tür schloss sich.

„Danke", murmelte Carla, auch wenn die Frau sie nicht mehr hörte, und machte sich auf den Weg. Dabei schaute sie in den Flyer. Die Dame hatte wirklich nicht zu viel versprochen. Unter der Überschrift „Literatur und Musik" wurden verschiedene Veranstaltungen rund um das Thema Goethe angeboten. Eine davon widmete sich sogar seiner besonderen Beziehung zu Charlotte.

Sie musste unbedingt wiederkommen, entschied Carla. Zumal es im Palais Schardt sogar ein Café mit dem Namen Charlotte gab. Vielleicht konnte sie ihre Schwester ja doch noch zu einer gemeinsamen Reise überreden, wenn im Theater weniger zu tun war.

Carla folgte der Gasse bis zum Stadtarchiv und bog dann, wie beschrieben, ab. Als sie am Ende des Grundstücks um die Ecke schaute, sah sie ihn: den Goethepavillon!

Der zweigeschossige, hübsch restaurierte Rokoko-Pavillon befand sich inmitten eines kleinen, gepflegten Gartens und war über einen geschlossenen Gang mit dem Haus verbunden. In diesem Pavillon waren sich Charlotte und Goethe zum ersten Mal begegnet, erinnerte sie sich.

Wie wünschte sie sich in diesem Augenblick, in der Zeit zurückkreisen zu können, um diese Szene mit eigenen Augen zu beobachten. Oder wenigstens über den Zaun zu klettern und in eines der Fenster zu spähen.

Nach einem Moment des Verweilens wandte sie sich enttäuscht ab und überlegte, ob sie vielleicht morgen noch mal wieder-

kommen sollte, verwarf diesen Gedanken aber gleich wieder.
Nein, die Zeit würde dafür nicht ausreichen, denn auf keinen Fall wollte sie auf den Besuch in Charlottes Schloss verzichten. Und die Heimreise stand ihr ja anschließend auch noch bevor. Charlottes Elternhaus musste also leider bis zu ihrem nächsten Besuch in Weimar warten. Denn dass sie wiederkommen würde, stand inzwischen für Carla außer Frage.
Nun fragte sie doch noch einen Passanten nach dem Weg und stand zu ihrer Verwunderung keine drei Minuten später vor ihrem Hotel.
Im Zimmer packte Carla ihre Sachen aus, machte sich ein wenig zurecht und ging dann nach unten ins Restaurant.
Leider war dort kein freier Tisch mehr zu finden und so nahm sie, wenn auch ein wenig widerwillig, neben einer blondierten Frau um die fünfzig Platz. Sie nickten einander zu, Carla vertiefte sich in die Speisekarte, dann kam die Kellnerin und nahm ihre Bestellung auf.
Carla fühlte sich anfangs ein wenig unwohl neben der fremden Frau, aber die auffällig ganz in Rot gekleidete Dame erwies sich als sehr kontaktfreudig. Sie stellte sich als Simone Winter vor und fragte Carla, wie ihr denn Weimar gefalle.
Als Carla daraufhin erwähnte, dass sie sich für Charlotte von Stein und Goethe interessiere, war Frau Winter sofort in ihrem Element.
„Ach, die arme Frau von Stein. Verlassen hat sie der Schurke und ist allein nach Italien geflüchtet."
Carla musste sich ein Grinsen verkneifen. Goethe als Schurken zu bezeichnen, war dann doch etwas ungewöhnlich.
„Wie meiner", fügte Frau Winter grimmig hinzu, „der hat sich auch vom Acker gemacht."
Als Carla sie fragend anschaute, fügte sie hinzu: „Mein Mann oder besser gesagt, mein baldiger Ex-Mann. Die Scheidung ist nächsten Monat."
„Das tut mir leid." Carla wusste nicht, was sie dazu sagen sollte.

„Muss es nicht. Ich habe mich längst wieder verliebt." Frau Winter kicherte wie ein junges Mädchen und nickte Richtung Tresen, wo ein grauhaariger Mann die Gläser spülte. „In ihn! Er ist zwar noch etwas schüchtern, aber das wird schon."
„Wie schön", fühlte sich Carla genötigt zu sagen. Um zu verhindern, dass Frau Winter jetzt weiter über ihr Liebesleben berichtete, fragte sie:
„Wissen Sie, was aus Goethe und Charlotte von Stein nach seiner Italienreise geworden ist?"
„Natürlich weiß ich das. Fast zwei Jahre war der Schlawiner fort. In Rom hat er es sich mit einer schönen Italienerin gut gehen lassen. Als er dann im Sommer 1788 endlich zurückkehrte, erwartete er wohl von Frau von Stein, dass sie ihn mit offenen Armen empfangen würde. So nach dem Motto: Sei froh, dass du mich wieder hast! Als dem aber nicht so war und sie ihm stattdessen schwere Vorwürfe machte, wandte er sich keinen Monat später einer Jüngeren zu. Christiane Vulpius hieß das einfache Mädchen, das in einer Papierblumenfabrik arbeitete. Sie wurde erst seine Geliebte, dann die Mutter seiner Kinder und viel später auch seine Ehefrau. Von ihren gemeinsamen Kindern überlebte tragischerweise aber nur der erste Sohn. Und wie es das Schicksal so wollte, wurde August ausgerechnet an Charlottes Geburtstag, am 25. Dezember, geboren."
„Oh!" Carla war überrascht über das detaillierte Wissen der Frau, gleichzeitig aber schockiert, dass diese einst so große Liebe so traurig endete. „Was wurde dann aus Charlotte?"
„Die Baronin von Stein war sehr brüskiert, dass der Herr Geheimrat sich mit einer Frau eingelassen hat, die ihrer Meinung nach weit unter seinem Stand war. Der Kontakt brach mehr oder weniger ab, erst Jahre später näherten sich Charlotte und Goethe einander wieder an. Das vertraute Du kam aber keinem von beiden je wieder über die Lippen."
Frau Winter seufzte. „Jetzt muss ich aber los, so gerne ich Ihre Fragen auch beantworte."
Carla nickte. „Vielen Dank! Sie sind bestens informiert."

„Ach, wissen Sie, ich lese viel. Dabei erfährt man so einiges."
„Ich bin auch ein Bücherwurm", meinte Carla und verabschiedete sich von der redseligen Frau Winter, die ihre Rechnung bezahlte und dann eilig das Restaurant verließ. Dass inzwischen auch der ältere Herr hinterm Tresen verschwunden war, war ganz sicher kein Zufall, dachte Carla schmunzelnd.
Nun kam auch ihre Bestellung. Sie hatte sich für Tafelspitz, Goethes Leibgericht, und ein Schwarzbier entschieden.
Carla ließ es sich schmecken und hing dabei ihren Gedanken nach. Wie nett hier alle sind, überlegte sie. Ganz unkompliziert führte man Gespräche mit völlig Fremden, wie vorhin mit der älteren Frau vor Charlottes Wohnhaus oder eben mit ihrer Tischnachbarin.
Eine halbe Stunde später verließ Carla satt und zufrieden das Restaurant und ging hinauf in ihr Zimmer.
Im Bett ließ sie den Tag noch einmal Revue passieren. Für ihre erste Reise allein war doch alles ganz gut gelaufen, fand sie. Schade war nur, dass das Palais Schardt schon geschlossen gewesen war. Aber sie würde wiederkommen, denn dieses Weimar war für sie eine Liebe auf den ersten Blick!
Wie damals bei Georg, dachte sie wehmütig beim Einschlafen, auch wenn sie sich das selbst lange nicht eingestanden hatte.

Am nächsten Morgen checkte Carla gleich nach dem Frühstück aus und machte sich auf den Weg nach Kochberg. Laut ihrem Navi lag das Dorf, in dem sich Charlottes Landsitz befand, rund 35 Kilometer südlich von Weimar. Die Straßen waren an diesem Sonntagmorgen so gut wie leer, so verlief die Fahrt sehr entspannt.
Schon von Weitem sah sie ein hohes Bauwerk, das nur das Schloss sein konnte.
Direkt vor der Hofeinfahrt fand sie einen freien Parkplatz. Als sie durch den Torbogen auf einen großen, von Wirtschaftsgebäuden umgebenen Platz trat, erblickte sie direkt vor sich das Schloss, das von einem Wassergraben umgeben war.

Plötzlich konnte es Carla kaum noch abwarten, endlich Charlottes geliebten Rückzug zu entdecken. Freudig eilte sie über eine kleine Brücke, um gleich darauf auf dem Schlosshof zu stehen. Mit in den Nacken gelegtem Kopf blickte sie an der Fassade des sogenannten Hohen Hauses empor.
Hier stand Goethe damals, überlegte sie. Und dort an der Tür wird ihn Charlotte begrüßt haben. Oder vielleicht war sie ihm auch freudig entgegengeeilt.
Es war unfassbar, jetzt selbst an diesem Ort zu sein, den Charlotte einst so geliebt hatte.
Neugierig darauf, Frau von Steins Reich zu besichtigen, ging Carla zur Eingangstür. Aber zu ihrer Enttäuschung war das Museum noch geschlossen. Erst in einer Dreiviertelstunde würden sich die Pforten öffnen.
Jetzt bereute sie es, Weimar so überstürzt verlassen zu haben. Es wäre noch genügend Zeit gewesen für einen morgendlichen Bummel durch die hübschen Straßen und Gassen.
Carla entschied, die verbleibende Zeit bis zur Öffnung des Museums für einen Spaziergang zu nutzen und sich die Umgebung des Schlosses anzusehen.
Durch eine offen stehende Tür kam sie zu einer überdachten Holzbrücke und nachdem sie diese überquert hatte, stand sie vor dem kleinen Liebhabertheater, von dem gestern die ältere Frau vor Charlottes Wohnhaus gesprochen hatte.
Leider war auch das Theater geschlossen und wurde wohl, wie es den Anschein machte, nur für Veranstaltungen geöffnet. Ein Infoblatt verriet, dass es sich bei dem Gebäude um das ehemalige Gartenhaus des Schlosses handelte, in dem früher im Winter die Kübelpflanzen untergestellt worden waren.
Eine Weile spazierte Carla durch den angrenzenden Landschaftspark, bis sie wieder zur Rückseite des Schlosses kam. Direkt am Schlosswall entdeckte sie eine Bank.
Sie setzte sich, streckte die Beine aus und genoss die fast frühlingshaften Temperaturen.

In Gedanken versunken, betrachtete sie die helle Schlossfassade und versuchte sich vorzustellen, wie Charlotte einst hinter diesen Fenstern gelebt haben mochte.

Während Carla so vor sich hinträumte, spürte sie, wie sie schläfrig wurde und ihr fast die Augen zufielen.

Aber eine sanfte Berührung an der Schulter ließ sie auffahren. Verwundert drehte sie sich zur Seite und traute ihren Augen kaum. Am anderen Ende der Bank saß eine kleine, zierliche Frau. Sie hatte die Augen geschlossen und schien, ebenso wie Carla selbst, die milden Temperaturen dieses Herbsttages zu genießen.

Verstohlen musterte Carla ihre Sitznachbarin. Diese trug ein langes weißes Kleid und schicke rosafarbene Schuhe. Die dunkelbraunen Haare waren zu einer kunstvollen Hochsteckfrisur aufgetürmt. Alles in allem wirkte sie auf Carla sehr elegant und vornehm.

Aber wie war diese Dame, denn als eine solche konnte man sie bei diesem eleganten Aufzug nur bezeichnen, auf den Platz neben ihr gekommen? Als sie sich eben hierhergesetzt hatte, war doch weit und breit keine Menschenseele zu sehen gewesen?

Plötzlich schlug die Unbekannte ihre Augen auf und wandte sich Carla zu: „Ich liebe diesen Platz!"

Ein italienisches Aussehen, schoss es Carla durch den Kopf. Ausdrucksvolle dunkle Augen, ein brauner Teint und fast schon schwarz wirkende Haare. Ja, sie hätte wirklich als Italienerin durchgehen können.

„Ich freue mich sehr, dass Sie mich auf meinem Landsitz besuchen", fuhr die Frau mit sanfter Stimme fort. „Um diese Jahreszeit ist es recht still hier. So sehr ich diese Ruhe auch genieße, gegen eine kleine Abwechslung ist nichts einzuwenden."

„Es ist wirklich schön hier", brachte Carla gerade so heraus und versuchte ihre Gedanken zu sortieren. Ihr Landsitz? Das konnte nicht sein!

Als sie schon begann, an ihrem Verstand zu zweifeln, fiel ihr plötzlich eine plausible Erklärung für all das ein. Bei der Frau musste es sich um eine Schauspielerin des Hoftheaters handeln, die sich hier gerade einen kleinen Scherz mit ihr erlaubte. Natürlich, sie gehörte ganz sicher zum Theaterensemble. Wahrscheinlich hatte sie gerade für eine Rolle geprobt, das erklärte auch die elegante Kleidung.

Erleichtert lächelnd streckte Carla der Fremden ihre Hand zur Begrüßung entgegen.

„Ich bin Carla. Schön, Sie zu treffen. Sie sehen übrigens toll aus!"

Statt ihre Hand zu ergreifen, wich die Frau zurück. „Nicht! Wir können einander nicht berühren. Wir stammen aus verschiedenen Zeiten. Eigentlich dürften wir nicht einmal zusammen hier sitzen und miteinander reden. Aber als ich Sie eben durch meinen Garten spazieren sah, konnte ich der Versuchung nicht widerstehen."

Carla starrte die Dame an. „Was reden Sie da? Wer sind Sie?"

Die Dame schmunzelte verschmitzt. „Liebe Frau, Sie wissen, wer ich bin. Nur meinetwegen sind Sie doch hierhergekommen. Aber gut", seufzte sie, „Ihnen zu Gefallen noch einmal aus meinem Munde: Ich bin Charlotte von Stein und dank meines lieben Mannes Josias Freiherr von Stein im Besitz dieses wundervollen Schlosses."

„Aber das ist unmöglich", stammelte Carla.

„Fragen Sie doch meinen Mann. Das Anwesen mit seinen zahlreichen Ländereien ist seit 1733 im Besitz seiner Familie."

„Nein, das meine ich nicht", entgegnete Carla aufgeregt und hoffte, dass Herr von Stein jetzt nicht auch noch auftauchen würde. „Sie können unmöglich Charlotte von Stein sein."

„Warum nicht, weil ich tot bin? Pfft", gab sie einen abfälligen Ton von sich. „Schon der liebe Goethe sprach von der Seelenwanderung. Damals hatte ich meine Zweifel, aber ich hätte ihm glauben sollen. Immerhin war er einer der klügsten Köpfe unserer Zeit. Ein Universalgenie sozusagen. Wenn auch manchmal

mit mangelhaftem Benehmen. Aber ich schweife ab. Was ich sagen wollte, ist, dass Menschen zwar verschwinden, niemals aber deren Geist. Sie können gedankliche Gespräche führen, mit wem immer Sie wollen. Das hat mein Freund Goethe auch oft gemacht. Er stellte sich eine Person vor und redete mit ihr, so als wäre sie tatsächlich anwesend. Zu interessanten Erkenntnissen ist er auf diese Art und Weise gekommen, das können Sie mir glauben. Wobei, wenn ich ehrlich bin, am liebsten waren mir doch immer unsere realen Unterhaltungen, von Angesicht zu Angesicht." Frau von Stein seufzte.
„Er hat Ihnen viel bedeutet, nicht wahr?", wagte Carla leise zu fragen.
„Ja, das hat er", gab ihre Gesprächspartnerin unumwunden zu. „Und es gab eine Zeit, da war es umgekehrt genauso. Damals war er sogar der Überzeugung, dass wir uns bereits aus einem anderen Leben kannten. In einem Gedicht schrieb er einmal, dass ich in abgelebten Zeiten seine Schwester oder seine Frau gewesen sei. Aber trotz allem ist er eines Tages nach Italien gegangen und ließ mich zurück. Damit hat er mich sehr verletzt!"
„Konnten Sie ihm nicht nachreisen?" Carla hatte Charlottes Worten atemlos gelauscht. Das eine war es, diese Geschichte im Tagebuch nachzulesen, eine ganz andere Sache, sie aus dem Mund der Frau von Stein höchstpersönlich zu hören.
„Einmal abgesehen davon, dass das mein Stolz nicht zugelassen hätte, gab es eine Vielzahl gesellschaftlicher und privater Verpflichtungen, die mich davon abhielten. Allen voran konnte ich es nicht übers Herz bringen, meinen Mann und meine Söhne allein zu lassen.
Nun, sei's drum. Das ist lange her. Johann und ich sind uns damals einfach zur falschen Zeit begegnet."
Einen Moment schwieg sie, dann fuhr sie mit verträumter Stimme fort:
„Nichtsdestotrotz war er die Liebe meines Lebens. Wer weiß, vielleicht kommen wir ja tatsächlich noch einmal auf die Welt

und begegnen uns dann erneut. Wenn uns das Schicksal diese Chance noch einmal geben sollte, werde ich mutiger sein, das schwöre ich. Diese Liebe war es wert, mit beiden Händen festgehalten zu werden."

Niemals würde Carla diesen traurigen Blick aus den großen dunklen Augen vergessen, mit dem Charlotte sie nach diesen Worten ansah. Worte, die Carla zum Nachdenken brachten.

Hätte sie selbst vielleicht auch mutig sein und zu ihrer Liebe zu Georg stehen sollen? Er war zwar ebenso wie Goethe ohne Abschied gegangen, hatte ihr aber zumindest zuvor die Möglichkeit gegeben, ihn zu begleiten.

Wieder einmal erinnerte Carla Charlottes Geschichte an ihre eigene. Nur dass sie heute viel mehr Möglichkeiten besaß, ihr Leben nach ihren Wünschen zu gestalten.

Charlotte riss sie aus ihren Gedanken. „Wissen Sie, es kostet viel Kraft und Mut, ein Leben nach seinen eigenen Vorstellungen zu leben. Goethe hat diesen Mut zeitlebens besessen. Ich dagegen ... nun ja."

Carla wusste nicht, was sie darauf entgegen sollte, doch dann fiel ihr eine andere Frage ein:

„Es hat Ihnen sicher geholfen, Ihre Gedanken aufzuschreiben, nicht wahr?"

„Ja, ich führte zeitlebens eine rege Korrespondenz, nicht nur mit Goethe. Aber meine geheimsten Gedanken und Gefühle habe ich nur meinem Tagebuch anvertraut."

Sie spricht von dem Tagebuch, das ich in der Tasche habe, durchfuhr es Carla. Charlotte würde begeistert sein, wenn sie es ihr zeigte. Oder wäre sie nicht eher verärgert, dass jemand in ihren intimsten Aufzeichnungen herumstöberte?, fragte sich Carla verunsichert und wagte nicht mehr, das Büchlein zu erwähnen.

„Wenn ich Ihnen einen Rat geben darf", fuhr Charlotte fort, „schauen Sie sich meine Briefe genauer an. Es ist nicht alles so, wie es zu sein scheint."

Verwundert nickte Carla, ohne sich Charlottes Worte erklären zu können. Gerne hätte sie nachgefragt, aber Frau von Stein hatte die Augen geschlossen und schien ganz in ihre Gedanken versunken.

Still saßen sie eine Weile nebeneinander. Carla beobachtete, wie sich eins der Schlossfenster öffnete, und freute sich schon darauf, gleich die Räumlichkeiten, in denen Charlotte lebte, mit eigenen Augen zu sehen.

Sie wandte sich ihrer Gesprächspartnerin zu und fuhr erschrocken zusammen. Was war das? Der Platz neben ihr war leer. Genauso lautlos, wie sie vorhin erschienen war, war Charlotte wieder verschwunden.

Ach, schade, bedauerte Carla, sie hatte Frau von Stein doch noch so viel fragen wollen.

Ein Sonnenstrahl kitzelte Carla in der Nase und niesend fuhr sie auf. Verwirrt schaute sie sich um. Wo war sie? Wo war Charlotte?

Irritiert schüttelte Carla den Kopf. Sie musste eingeschlafen sein und geträumt haben. Dabei erschien ihr diese Begegnung auch im Nachhinein noch so real, als hätten sie sich wirklich miteinander unterhalten.

Wir stammen aus verschiedenen Zeiten, hatte Frau von Stein gesagt. Eben drum, es war unmöglich, dass Charlotte wirklich hier gesessen haben konnte. Und eine Schauspielerin war weit und breit auch nicht zu sehen. Sie musste wirklich nur geträumt haben, gestand Carla sich ein.

Seufzend stand sie auf und ging zurück bis zum Eingangsbereich des Schlosses. Jetzt war die Tür weit geöffnet und sie trat ein.

Carla kam in einen schmalen, dunklen Flur, in dem eine große Holzbank stand, und folgte ihm bis zur Kasse, wo sie sich eine Eintrittskarte kaufte. So früh am Morgen war sie noch die einzige Besucherin.

„Es gibt elf Räume zu besichtigen", erklärte ihr eine freundliche Museumsmitarbeiterin im mittleren Alter. „Sie beginnen am besten hier unten. In diesen Zimmern finden Sie Informationen über die Geschichte des Schlosses. Anschließend folgen Sie dem Treppenaufgang ins Obergeschoss. In den Räumen können Sie originale Einrichtungsgegenstände aus Frau von Steins Zeit sehen."
Carla bedankte sich für die Hinweise und begann mit der Besichtigung. Für die Ausstellung im Erdgeschoss brauchte sie nicht lange. So interessant die Geschichte des Schlosses auch sein mochte, es zog sie in die Räumlichkeiten von Charlotte.
Hier entdeckte sie dann auch die beiden Schreibtische, von denen sie bereits im Tagebuch gelesen hatte. Den einen rustikal und gedrungen wirkenden im Bauernstil, auf dem Goethe sich einst verewigt hatte und in dem Charlotte seine Briefe aufbewahrte, sowie den feinen Damensekretär, den er damals extra für sie hatte anfertigen lassen.
Das edle Möbelstück war genau wie im Tagebuch beschrieben und am liebsten wäre Carla mit den Fingerspitzen über das feine Holz gefahren. Aber sie befürchtete, dass die Räume kameraüberwacht waren, und wagte es deswegen nicht.
Andächtig wandelte sie durch die verschiedenen Räume, bewunderte Möbel, Gemälde und Porzellan, freute sich an den schönen Stuckdecken und Tapeten. Dabei versuchte sie sich Charlottes Leben hier vorzustellen.
Aber immer noch ging ihr dieser seltsame Traum nicht aus dem Kopf. Sie solle sich die Briefe ansehen, hatte die Traum-Charlotte gesagt. Wenn es wahr war, dass Träume eine tiefere Bedeutung haben konnten, was sollten ihr diese Worte nur sagen?
In einem der Zimmer wurde Carla fündig. In einem Schaukasten war dort, wie ein Schild verriet, ein Brief Charlottes an ihren Sohn Fritz ausgestellt.
Neugierig beugte sich Carla über die Glasscheibe und traute ihren Augen kaum. Sie blinzelte, schaute noch mal, blinzelte

wieder, aber das änderte nichts an der Tatsache, dass sie kein Wort des Briefes lesen konnte. Diese Handschrift hier unterschied sich vollkommen von der im Tagebuch, bei deren Entzifferung sie kaum Probleme gehabt hatte.

Mit Carlas Ruhe war es vorbei. Eilig folgte sie der Treppe zurück ins Erdgeschoss und wandte sich, immer noch verwirrt, an die Frau am Empfang.

„Entschuldigen Sie bitte, ich habe eine Frage. Der Brief von Frau von Stein an ihren Sohn, hat sie den selbst geschrieben oder jemandem diktiert?"

Die Dame schaute auf und schob ihre Brille auf der Nase nach oben. „Nein, das ist die originale Handschrift Charlotte von Steins", versicherte die Museumsmitarbeiterin.

„Aber ich kann sie nicht lesen", stammelte Carla.

Die Frau blickte sie jetzt seltsam an. „Das liegt wohl daran, dass damals in der Kurrentschrift kommuniziert wurde. Ich brauchte auch meine Zeit, bis ich die gelernt habe."

Carla nickte, verstand aber die Welt nicht mehr. Warum war dann Charlottes Tagebuch in der heutigen Schrift verfasst?

„Darf ich Ihnen was zeigen?", fragte sie zögerlich. Als die Museumsangestellte nickte, griff sie in ihre Umhängetasche und holte das Tagebuch heraus.

„Schauen Sie bitte einmal, könnte das Tagebuch von Frau von Stein sein?"

Die Frau sah sie überrascht an. „Das Tagebuch der Freifrau von Stein ist meines Wissens nach nicht erhalten geblieben."

Sie griff nach dem braunen Büchlein, schlug es auf und blätterte durch die Seiten. Dabei zog sie die Stirn in Falten, las, stockte manchmal, las weiter, klappte plötzlich das Buch zu und schüttelte, während sie Carla das Buch zurückgab, den Kopf.

„Erstaunlich, da hat sich jemand wirklich viel Mühe gegeben. Und die Fakten scheinen, soweit ich das auf die Schnelle erkennen konnte, im Großen und Ganzen zu stimmen. Aber diese Ausdrucksweise und die Schrift? Nein, ich muss Sie enttäuschen, niemals stammt das Tagebuch von Frau von Stein."

Carla hatte das Gefühl, die Welt um sie herum begänne sich zu drehen. Das ganze Tagebuch war nur ein Schwindel? Das konnte doch nicht sein!
Völlig durcheinander bedankte sie sich und ging dann zur Tür. Für das Schloss hatte sie jetzt keinen Sinn mehr.

Als Carla an ihrem Auto ankam, segelte ihr plötzlich eine kleine weiße Feder direkt vor die Nase. Überrascht fing sie diese auf und betrachtete sie.
Ein älterer Herr mit einem Gehstock, der gerade vorbeikam, bemerkte es.
„Wie schön, ein Gruß aus der geistigen Welt. Da will Ihnen wohl jemand eine Botschaft senden", rief er freudestrahlend und wies auf die Feder in ihrer Hand.
Carla sah ihn verständnislos an. Was redete er da?
Ihr Blick musste Bände gesprochen haben, denn er fuhr erklärend fort: „Wissen Sie denn nicht, die weiße Feder steht für einen Neuanfang. Sie müssen nur mutig sein. Alles Gute für Sie!"
„Danke, für Sie auch", murmelte Carla verblüfft und schaute ihm nach, bis er um eine Ecke verschwand.
In dem Augenblick war ihr, als striche ihr wieder jemand sanft über die Schulter. Doch als sie sich umwandte, war niemand zu sehen.
Kopfschüttelnd stieg sie in ihr Auto und legte die Feder auf die Ablage. „Tschüss, Charlotte", flüsterte sie und musste über sich selbst lächeln.

Am Abend kam Carla wohlbehalten zu Hause an. Doch ihre Gedanken weilten immer noch bei dem Gespräch über das Tagebuch.
Nach dem Abendessen machte sie sich im Internet auf die Suche und stieß dabei auf zahlreiche handschriftliche Briefe Goethes. Aber seine Handschrift war für sie genauso wenig lesbar wie Charlottes Brief im Museum.

Nach längerem Suchen entdeckte sie schließlich auch Fotos von Briefen, die aus der Feder Frau von Steins stammen sollten. Irritiert starrte sie auf die unleserliche Handschrift, die sich völlig von der im Tagebuch unterschied.
Dann hatte die Frau im Museum wirklich recht gehabt! Damals wurde in einer anderen Schrift korrespondiert als heutzutage. Wenn das Tagebuch aber in der heute üblichen Schrift verfasst war, bedeutete das ... Es war so ungeheuerlich, dass Carla den Gedanken nicht zu Ende denken wollte.
Aber es nützte ja nichts! Sie musste sich den Tatsachen stellen. Das Tagebuch war nicht echt! Konnte nicht echt sein! Georg hatte ihr eine Fälschung geschickt!
Aber warum?, grübelte sie. War er selbst auch einem Irrtum aufgesessen? Aber je länger Carla darüber nachdachte, umso weniger glaubhaft erschien ihr diese Vorstellung. Er, der sich mit der Goethezeit hervorragend auskannte, musste doch die Fälschung sofort bemerkt haben. Aber vielleicht dachte er, sie sei so dumm, dass es ihr nicht auffallen würde?
Natürlich dachte er das, war sie sich plötzlich sicher. Und hatte damit ja auch recht behalten. Sie war wirklich so naiv gewesen, das Tagebuch für ein Original zu halten.
Carla fühlte sich vollkommen veralbert. Vor Wut und Enttäuschung traten ihr die Tränen in die Augen. Reichte es denn nicht, dass er ihr das Herz brach, musste er sie nun auch noch für dumm verkaufen?
Ohne weiter darüber nachzudenken, griff sie in ihrer Rage zum Telefon und wählte seine Nummer.
„Oh, wie schön! Du redest wieder mit mir?", klang es ihr eine Sekunde später gut gelaunt, wenn auch ein wenig spöttisch entgegen.
„Was soll das? Warum machst du das? Denkst du, ich bin blöd?" Sie kämpfte mit den Tränen. Jetzt bloß nicht losheulen.
„Von was redest du, Carla? Aber um deine Frage zu beantworten: Nein, ich halte dich nicht für blöd. Ich denke eher, du bist

die faszinierendste Frau, der ich je begegnet bin. Aber das sagte ich dir ja schon."
„Ach du", fauchte sie und legte völlig überfordert auf.

Nachdem sie sich einigermaßen beruhigt hatte, fühlte Carla nur noch Leere und Erschöpfung. Sie wollte nie wieder etwas mit Georg zu tun haben und auch nichts mehr von Goethe und Frau von Stein wissen. Das Einzige, was sie wollte, war schlafen. Für eine Weile alles vergessen und endlich zur Ruhe kommen.
Aber kaum hatte sie sich aufs Sofa gelegt, klingelte das Telefon. Als sie danach griff, um es lautlos zu stellen, sah sie, dass nicht wie vermutet Georg anrief, sondern ihre Schwester. Seufzend nahm sie den Anruf entgegen und Charly redete sofort aufgeregt drauflos:
„Carla, was ist bei dir los? Georg hat gerade angerufen, er macht sich Sorgen. Du warst wohl eben völlig durcheinander, meinte er."
Carla versuchte ihre Schwester zu beruhigen und versicherte, dass alles in Ordnung sei. Aber Charly glaubte ihr kein Wort und bestand darauf, persönlich vorbeizukommen, um nach dem Rechten zu sehen.
Keine halbe Stunde später stand ihre Schwester schon vor der Tür. Während Carla sie hereinbat und ins Wohnzimmer führte, hielt sich ihre Schwester nicht mit langen Vorreden auf.
„Georg sagte, du hättest bei ihm angerufen, dann aber gleich wieder aufgelegt."
„Ja, stimmt. Es hatte sich erledigt." Sie wollte ihrer Schwester jetzt nicht Rede und Antwort stehen, sondern nur Zeit für sich haben, um diese erneute Enttäuschung zu verarbeiten.
Aber Charly gab keine Ruhe.
„Aber warum hast du ihn dann angerufen? Ich dachte, du wolltest nie wieder mit ihm sprechen."
„Stimmt. Das war ein Fehler. Aber das ist jetzt ja auch egal", wehrte Carla ab. „Hast du eigentlich seine aktuelle Adresse?"

„Jetzt verstehe ich überhaupt nichts mehr. Ich denke, du willst keinen Kontakt. Wozu brauchst du dann seine Anschrift?"
Carla bereute, ihre Schwester überhaupt danach gefragt zu haben.
„Ich will ihm das Tagebuch zurückschicken."
„Was willst du?" Plötzlich war Charly ganz aufgeregt und bekam hektische rote Flecken im Gesicht.
Carla war so mit sich selbst beschäftigt, dass sie es nicht bemerkte. Wollte sie eben noch in Ruhe gelassen werden, sprudelte nun die ganze Geschichte aus ihr heraus. Sie erzählte ihrer Schwester von dem Tagebuch in ihrem Briefkasten, von Charlottes Liebesgeschichte mit Goethe, von ihrer Reise nach Weimar und Kochberg und von ihrer Enttäuschung, als sich herausstellte, dass das Tagebuch nicht echt war und Georg sie nur veralbert hatte.
„Deswegen werde ich es ihm zurückschicken," meinte sie entschlossen und fühlte sich erleichtert, all das einmal losgeworden zu sein.
Dafür wirkte Charly jetzt bedrückt. „Das ist keine gute Idee", entgegnete sie leise.
„Warum denn nicht? Ich will's nicht behalten. Keine Ahnung, was das überhaupt alles sollte. Vielleicht wollte er mich mit dieser Fälschung irgendwie beeindrucken. Er dachte wohl, ich wäre so dumm und würde sie nicht bemerken."
„Georg hält dich nicht für dumm, Carla. Außerdem gehört das Tagebuch dir. Behalte es bitte." Charly sprach jetzt, entgegen ihrer sonstigen Gewohnheit, so leise, dass Carla sie kaum verstand.
Was war nur mit ihrer Schwester los?, fragte sich Carla. Die wirkte ja auf einmal so kleinlaut, als hätte sie ein schlechtes Gewissen.
„Ich habe es doch extra für dich geschrieben", murmelte Charly jetzt noch leiser mit gesenktem Kopf.
„Was redest du da? Für mich geschrieben?" Carla verlor langsam die Geduld. Sie wollte nichts mehr mit diesem Buch zu tun

haben. Nichts mehr mit all dem, was ihr Leben so durcheinanderbrachte. Bevor Georg damals in ihre Welt gestolpert war, war doch alles mehr oder weniger okay gewesen.
„Carla, es stimmt, das Tagebuch ist nicht von Charlotte von Stein. Aber es ist von einer anderen Charlotte."
„Eine andere Charlotte? Ich verstehe nicht, was meinst du?" Carla blickte ihre Schwester verstört an.
„Es ist nämlich von mir." Charly hatte sich gefangen und sprach nun in ihrer sonst üblichen selbstbewussten Art weiter:
„Ich habe ausgiebig über dieses Thema recherchiert. Natürlich lässt sich nicht alles hundertprozentig nachvollziehen, immerhin sind Frau von Steins Briefe vernichtet worden. Aber du kannst mir glauben, so ungefähr muss es gewesen sein. Nur dass sie das Tagebuch eben nicht selbst geschrieben hat, sondern ich es gewesen bin."
Carla starrte ihre Schwester geschockt an. „Du willst mir sagen, du hast mich ganz bewusst an der Nase herumgeführt? Erst missbraucht Georg mein Vertrauen und jetzt auch noch du! Ich fass es nicht!"
Vor Enttäuschung kamen ihr die Tränen. „Und dann hast du mich auch noch diese Reise nach Weimar machen lassen, obwohl du doch die ganze Zeit wusstest, dass alles nur Lug und Trug war. Für wie blöd musstet ihr mich halten, du und Georg. Die dumme Carla lässt sich ja wunderbar manipulieren. Hat ja auch geklappt, ich bin drauf reingefallen."
„Nein, Carla! So war das nicht! Ich wollte dir nie was Böses, das musst du mir glauben! Und Georg hat mit all dem überhaupt nichts zu tun. Ich hab's doch nur gut gemeint und …"
„Gut gemeint?", fiel ihr Carla wütend ins Wort. „Wolltest du deine trübsinnige Schwester gut beschäftigt wissen? So eine Liebesgeschichte aus alten Tagen kann ja keinen Schaden anrichten. Da kommt sie auf andere Gedanken und hört endlich auf, diesem Georg hinterherzutrauern …", redete Carla sich in Rage.

„Jetzt wirst du unfair", unterbrach Charly sie jetzt ebenfalls. „Vielleicht hörst du mir einfach mal fünf Minuten zu, damit ich dir alles erklären kann. Es gibt doch einen Grund, warum ich das Tagebuch geschrieben habe."
Jede andere Person hätte Carla in ihrer Enttäuschung jetzt wohl vor die Tür gesetzt. Aber das hier war nicht irgendjemand, sondern ihre Schwester, einer ihrer Lieblingsmenschen, besann sie sich.
„Fünf Minuten, dann will ich alleine sein", meinte sie leise mit Tränen in den Augen.
Charly holte tief Luft und legte los: „Mensch, Carla, wie kannst du nur so schlecht von mir denken? Als ob ich mich mit Georg gegen dich verbünden würde. Das Tagebuch ist kein Fake, also nicht so richtig.
Es ist zwar nicht von Charlotte von Stein, aber das habe ich ja auch nie behauptet. Ich habe es geschrieben, und das habe ich nur wegen Georg und dir gemacht. Damit du endlich mal nachdenkst! Du lässt deine große Liebe einfach so ziehen, als ob es an jeder Straßenecke eine neue gäbe." Charly war immer lauter geworden.
„Ich brauche keine große Liebe", entgegnete Carla erbost. „Ich bin verheiratet, wie dir bekannt ist."
Charlys Wut war so schnell wieder verraucht, wie sie gekommen war. „Ja, das weiß ich. Ich habe auch nichts gegen deinen Mann. Aber das zwischen dir und Georg ist etwas Besonderes. So wie bei Frau von Stein und Goethe. Nur dass du heute ganz andere Möglichkeiten und Freiheiten besitzt als Charlotte damals."
„Was soll ich denn machen? Mich scheiden lassen?"
„Ich weiß nicht, was du machen sollst, das musst du alleine herausfinden. Aber vielleicht solltest du endlich zu deinen Gefühlen stehen. Hast du inzwischen Georgs E-Mails und Nachrichten gelesen?"
„Nein. Sind alle gelöscht." Carla klang jetzt trotzig.

Charly hatte Georg zwar versprochen, nichts zu sagen, aber jetzt platzte es aus ihr heraus:
„Hast du eine Ahnung, wie sehr er dich vermisst? Wie oft er mich anruft, um nach dir zu fragen?"
„Wirklich?" Carla sah ihre Schwester mit großen Augen an. „Und er wusste tatsächlich nichts von dem Tagebuch?"
„Nein! Aber er hat mir mal von der Liebesgeschichte von Goethe und Frau von Stein erzählt, die ich gleich total faszinierend fand. Als ich später ausgiebiger zu dem Thema recherchierte, meinte ich Parallelen zu eurer Geschichte zu entdecken. So kam ich überhaupt erst auf die Idee, das Tagebuch zu schreiben, in der Hoffnung, zumindest euch beiden noch zu einem Happy End verhelfen zu können."
„Wie soll das gehen? Er ist doch abgehauen?" Carla hatte Mühe, nicht in Tränen auszubrechen. Dieses Gespräch war zu viel für sie.
„Ach, Carla, er hat dich so oft gebeten, dich zu ihm zu bekennen. Georg liebt dich! Aber so wie es war, konnte es doch nicht weitergehen. Es hat euch beide kaputt gemacht. Und gegenüber deinem Mann war diese Dreiecksbeziehung auch alles andere als okay."
„Ja, ich weiß. Zum Glück hat er nichts davon mitbekommen."
„Das denkst du! Jakob ist nicht dumm! Natürlich ahnt er, dass zwischen euch mehr als Freundschaft war."
„Warum hat er dann nichts gesagt?" Carla mochte es nicht glauben. Aber dann fielen ihr plötzlich all seine Fragen in letzter Zeit ein. War das etwa nur Misstrauen und kein Interesse gewesen?
„Weil er dich und sein gewohntes Leben nicht aufgeben will. Ihr habt es euch beide bequem eingerichtet. Gemütlich, aber langweilig."
„Was ist dagegen einzuwenden? Die meisten Menschen leben so wie wir."

„Ja, das stimmt wohl. Aber viele von ihnen träumen insgeheim von der großen Liebe. Und einigen Glücklichen begegnet sie sogar irgendwann."

Darauf wusste Carla nichts zu entgegnen. Sie hatte nie wirklich an die große Liebe geglaubt und doch war sie ihr begegnet. Unverhofft und ohne dass sie danach gesucht hätte.

Plötzlich grinste Charly über das ganze Gesicht. „Aber das Tagebuch war richtig gut, oder? Gib es zu, du hast jedes Wort geglaubt! Ich habe das alte Büchlein in einem Antiquariat entdeckt und war ganz überrascht über die leeren Seiten. Was natürlich perfekt für meine Zwecke war. Anfangs machte ich mir noch Gedanken, dass du meine Schrift erkennen könntest. Aber dann fiel mir ein, dass wir uns ja nur über unsere Handys austauschen und du eine Ewigkeit nichts Handschriftliches mehr von mir bekommen hast.

Ich habe noch einen alten Umschlag besorgt, auf dem der Poststempel unleserlich war, und dann ab mit Charlottes Tagebuch in deinen Briefkasten." Charly grinste.

Carla schüttelte den Kopf über den Aufwand, den ihre Schwester betrieben hatte.

„Ja, das Tagebuch war schon gut. Wahrscheinlich hat es eine Menge Zeit gekostet, es zu schreiben", gestand Carla ein und merkte, dass ihr Ärger inzwischen verflogen war. „Nur die alte Schrift hast du nicht hinbekommen."

„Die hättest du ja auch nicht lesen können. Was sollte das Ganze dann für einen Sinn ergeben? Manchmal kam ich mir beim Schreiben übrigens selbst fast vor wie Charlotte. Aber was rede ich da, ich bin ja Charlotte", kicherte sie, „nur eben eine andere."

Auch Carla musste schmunzeln. „Und was für eine, wenn dich auch niemand bei deinem vollständigen Vornamen nennt und alle nur Charly zu dir sagen."

„Und dich nennen alle nur Carla, obwohl du eigentlich Carlotta heißt."

„Hör mir auf mit diesem Namen", lachte Carla. „Unsere Eltern hatten schon einen speziellen Geschmack. Dieser Name war mir schon immer zu kompliziert."
„Und Charlotte war mir immer zu altmodisch, obwohl der Vorname inzwischen ja schon wieder modern geworden ist. Eine Schauspielerin am Theater hat ihre kleine Tochter vor Kurzem so genannt. Wollen wir hoffen, dass das Kind seinen Namen mehr zu schätzen weiß als ich."
„Zum Glück haben sich unsere Eltern nie darüber beklagt, dass wir aus Charlotte und Carlotta einfach Charly und Carla gemacht haben." Carla schmunzelte, wurde aber gleich wieder ernst.
„Dann hast du das Tagebuch nur geschrieben, damit ich noch mal über alles nachdenke?", fragte sie leise und wusste immer noch nicht so recht, was sie von all dem halten sollte.
Charly nickte. „Ja, genau. Irgendwie ist es also doch Charlottes Tagebuch, nur eben nicht von Charlotte von Stein, sondern von mir. Weißt du eigentlich noch, dass du als Kind Goethes Gedichte geliebt hast?"
Carla schüttelte den Kopf, daran konnte sie sich überhaupt nicht erinnern.
„Doch, wirklich! Ich musste sie dir immer vorlesen, besonders dieses Mond-Gedicht hatte es dir angetan. Auch wenn du immer dazwischengeplappert und mich verbessert hast. Und dann deine Vorliebe für lange Kleider." Charly lachte bei dieser Erinnerung laut auf. „Du wolltest dich immer wie eine feine Dame kleiden und hast dir dafür Mutters weiße Nachthemden ausgeliehen. In meinen Augen sahst du darin allerdings eher wie ein Nachtgespenst aus."
„Du!" Carla warf lachend ein Sofakissen in Richtung ihrer Schwester, das diese geschickt auffing. „Komisch", fuhr sie dann fort, „ich kann mich an all das überhaupt nicht erinnern."
„Du warst ja auch noch klein, höchstens drei oder vier Jahre alt."

„Du willst mir allen Ernstes erzählen, ich hätte mich in diesem Alter schon für Goethe interessiert?" Carla schüttelte ungläubig den Kopf.
„Verrückt, oder? Aber du kannst gerne Mutter fragen, die erinnert sich bestimmt auch noch daran." Charly schwieg einen Moment und fuhr dann zögerlich fort: „Weißt du, was ich mich frage? Vielleicht beruhten deine kindlichen Vorlieben ja auf Erlebnissen aus einem vorangegangenen Leben? Man sagt, kleine Kinder hätten noch die Fähigkeit, sich daran zu erinnern."
„Dafür müsste aber erst mal bewiesen werden, dass es so etwas wie Wiedergeburt überhaupt gibt."
Bevor Charly etwas entgegnen konnte, klingelte Carlas Handy. Sie nahm es und blickte aufs Display.
„Georg!"
Charly sah sie an „Ich denke, ihr solltet miteinander reden!"
Doch Carla schüttelte den Kopf. „Nicht jetzt! Lass mir noch ein oder zwei Tage zum Nachdenken. Dann rufe ich ihn an, versprochen!"
Damit gab sich ihre Schwester zufrieden, bestand aber darauf, Georg zumindest eine kurze Nachricht zu schicken, dass alles in Ordnung war.

Es wurde eine schlaflose Nacht und müde ging Carla am nächsten Morgen zur Arbeit. Zum Glück war nicht viel los und so entschied sie spontan, am Folgetag Urlaub zu nehmen. Sie musste zur Besinnung kommen und nachdenken, bevor Jakob zurückkehrte.
Frau Herzog hatte gegen einen freien Tag nichts einzuwenden. Im Gegenteil, sie mahnte Carla auch, endlich den restlichen Jahresurlaub aufzubrauchen. Nach einigem Hin und Her wurden sie sich einig, dass Carla nicht nur einen Tag, sondern gleich zwei Wochen freimachen würde.

Sehr zu Saskias Verwunderung. „Was ist denn mit dir los?", fragte sie irritiert, nachdem Carla aus dem Büro der Chefin kam und von ihren Plänen erzählte.
Carla seufzte. „So eine Auszeit kommt mir gerade recht." Dann erzählte sie ihrer Kollegin von der Reise, dem gefälschten Tagebuch, dem Anruf bei Georg und dem anschließenden Gespräch mit ihrer Schwester. „Ich brauche einfach mal Zeit und Ruhe, um wieder klar im Kopf zu werden. War alles ein bisschen viel in letzter Zeit."
Ihre Kollegin nickte. „Das verstehe ich. Deine Schwester kommt aber auch auf Einfälle. Ehrlich gesagt, war ich schon von Anfang an verwundert darüber, dass so ein altes Tagebuch in unserer heutigen Schrift verfasst sein soll. Durch meine Ahnenforschung kenne ich mich ein bisschen aus mit dem Thema. Aber du warst nach Georgs Abreise endlich mal wieder voller Begeisterung und Neugier, da wollte ich dich nicht bremsen. Im Gegenteil, ich hielt es für eine gute Idee, dich zu dieser Reise nach Weimar zu überreden. Nicht unbedingt wegen Charlotte, sondern damit du etwas erlebst und auf andere Gedanken kommst."
„Ich war wohl ziemlich naiv. Ich habe wirklich geglaubt, dass Tagebuch könnte von Charlotte von Stein sein." Carla schüttelte über sich selbst den Kopf. Wie konnte man nur so gutgläubig sein?
„Na und, ist doch nicht schlimm. Du hast dich von der Geschichte eben begeistern lassen. Genau wie es deine Schwester beabsichtigt hat. Und außerdem ist das Tagebuch ja von Charlotte, nur eben von einer anderen als anfangs gedacht." Saskia lachte herzhaft und Carla fiel es plötzlich leicht, in diese Heiterkeit einzustimmen.
So fühlte sie sich schon ein wenig gelöster, als sie nach Feierabend aufbrach, um zu ihrem Bungalow zu fahren. Denn wo gelänge es ihr besser, zur Besinnung zu kommen, als an ihrem geliebten Rückzugsort am See.

Während der Fahrt dachte sie an Goethe, den sie, wenn sie Charlys Erinnerungen Glauben schenken konnte, ja bereits als Kind gemocht hatte.
Damals in seiner Anfangszeit in Weimar, als er sich in Charlotte verliebte, war er noch ein junger Mann gewesen, der seinen Platz im Leben suchte. Der neugierig auf die Welt war und mit Konventionen nicht viel am Hut hatte. Weder war er ein Freund der Kirche noch wollte er heiraten, was er, wie sie inzwischen herausgefunden hatte, auch erst sehr spät getan hatte. Aber er musste auch ein Mensch gewesen sein, der Konflikten gern aus dem Weg ging. Warum sonst sollte er Charlotte ohne ein Wort der Erklärung verlassen haben?
Weil er es sonst vielleicht nicht gekonnt hätte, gab sie sich selbst darauf die Antwort. Ein Abschied von Angesicht zu Angesicht hätte ihn möglicherweise dazu bewogen, bei der geliebten Frau zu bleiben.
War Georg etwa aus genau demselben Grund ohne Verabschiedung gegangen?, fragte sie sich.
Carla seufzte. Morgen schon würde Jakob zurückkommen. Bis dahin musste sie sich noch über einiges klar werden.
Mit einer Tasse Tee in der Hand stand sie später am Fenster und schaute über die Wiese und den See. Das Mondlicht verlieh der ganzen Umgebung eine fast surreale Atmosphäre.
Was ist die Welt doch für ein Wunder, sinnierte sie. Wir schweben mit unserer kleinen Erde inmitten des Weltalls und nehmen diese unglaubliche Tatsache einfach als Selbstverständlichkeit hin.
So vergessen wir im alltäglichen Einerlei ganz, was für ein Geschenk dieses Leben doch ist. Und das allergrößte Geschenk von allen ist die Liebe! Wie konnte sie nur glauben, jemals auf die Liebe verzichten zu können?
Mit Georg an ihrer Seite hatte sich alles so lebendig angefühlt. Seine Neugier aufs Leben, sein Überschwang an Gefühlen, sein Sinn für Humor, das alles führte dazu, dass sie sich jung und frei fühlte. Die Schwermut, die sie früher so manches Mal

heimgesucht hatte, war dadurch vollkommen verschwunden. Was damals nicht einmal ihr Therapeut in der Reha geschafft hatte. Dafür war er es gewesen, der ihr Georgs Buch empfohlen hatte. Mit nicht absehbaren Folgen für ihr Leben, dachte sie und musste lächeln.

Vieleicht war es für Georg und sie ja noch nicht zu spät, überlegte sie. Heutzutage besaß sie auch als Frau, anders als damals Charlotte, die Möglichkeit, ihr Leben nach ihren Wünschen zu gestalten. Und ihr größter Wunsch war es, wieder mit Georg zusammen zu sein! Und wenn Charly recht hatte, vermisste er sie genauso. Aber konnte er sich auch immer noch eine gemeinsame Zukunft mit ihr vorstellen? Um das herauszufinden, würde sie mit ihm reden müssen.

Plötzlich konnte es Carla keine Sekunde mehr länger abwarten und griff zum Handy.

Er ging sofort ans Telefon, so als hätte er auf ihren Anruf gewartet.

„Entschuldige, dass ich gestern einfach aufgelegt habe", sagte sie statt einer Begrüßung leise und meinte, ihr Herz bis zum Hals klopfen zu hören.

„Nicht schlimm. Jetzt redest du ja mit mir." Er klang so sanft, dass Carla sehnsuchtsvoll seufzte.

„Georg, es tut mir alles so leid und ich muss dir so vieles erzählen. Ich habe jetzt zwei Wochen Urlaub. Darf ich zu dir nach Rom kommen?"

Einen Moment schwieg er und sie spürte erneut ihre Angst. Hatte sie ihn überrumpelt? Liebte er vielleicht längst eine andere?

Doch da fragte er mit rauer Stimme. „Was ist mit Jakob?"

„Ich werde mich von ihm trennen. Er kommt morgen von einer Reise zurück, dann rede ich mit ihm."

„Sicher?", fragte er dann zweifelnd.

„Ganz sicher!"

Wieder war Stille. „Ich freue mich riesig auf dich!", rief er plötzlich und klang ein wenig atemlos. „Bis bald, meine kleine Meerjungfrau." Mit einem Lachen in der Stimme legte er auf.

Eine Weile saß Carla still da und lächelte vor sich hin. Es störte sie überhaupt nicht, dass er dieses Mal das Gespräch beendet hatte. Viel wichtiger waren seine Worte, bevor er aufgelegt hatte. Er freute sich riesig auf sie! Beim Gedanken daran, dass er sie wie damals seine kleine Meerjungfrau genannt hatte, musste sie lachen.

Keine halbe Stunde später erhielt sie auf ihrem Handy ein Onlineticket nach Rom für den übernächsten Tag und kurz darauf eine Nachricht von ihm.

„Entschuldige, ich war einfach sprachlos vor Glück. Kann es kaum erwarten, dich in meine Arme zu schließen! Ich liebe dich, dein Georg."

Vor Freude kamen Carla die Tränen.

„Ich liebe dich auch!", schrieb sie zurück und auf einmal fühlte sich alles ganz einfach an. Morgen würde sie mit ihrem Mann reden und am Tag darauf zu Georg nach Rom fliegen.

Epilog

Carla stand neben Georg auf der kleinen Dachterrasse, die zu der Wohnung gehörte, die er für seinen Aufenthalt in Rom gemietet hatte. Der Ausblick von hier oben war atemberaubend. Die ganze Stadt mit ihren unzähligen Lichtern lag ihnen zu Füßen und in der Ferne konnte man sogar das Kolosseum sehen. Gekrönt wurde dieser Anblick noch von einem großen leuchtenden Vollmond.
Fast wie auf der Postkarte vom Kolosseum, die Georg mir geschickt hat, dachte Carla und lächelte verträumt.
„Von der Schönheit, im vollen Mondschein Rom zu durchgehen, hat man, ohne es gesehen zu haben, keinen Begriff", zitierte Georg. „Besser als der gute Goethe kann man es schwerlich ausdrücken."
„Das stimmt", flüsterte sie, um den Zauber des Moments nicht zu zerstören. „Diese wunderschöne Aussicht hätte ihm sicher gefallen."
„Die Wohnung war ein absoluter Glücksgriff. Jeden Abend habe ich hier gestanden, über die Stadt geblickt und an dich gedacht." Georg sah sie lächelnd an. „Es erscheint mir fast unwirklich, dass du jetzt wirklich bei mir bist." Er legte ihr den Arm um die Schulter und Carla kuschelte sich glücklich an ihn.
„Ja, es ist fast zu schön, um wahr zu sein. Alles ging plötzlich so schnell."
„Ich hoffe nur, du bereust diese Reise nicht?" Georg klang jetzt angespannt, so als traue er ihrem Entschluss nicht.
„Auf keinen Fall. Ich möchte einfach nur bei dir sein, ganz egal, wo. Ich hätte mich schon damals für unsere Liebe entscheiden sollen, aber ich hatte einfach nicht den Mut, mein altes Leben hinter mir zu lassen."
„Im Nachhinein tut es mir leid, dass ich dich so unter Druck gesetzt habe. Ich weiß, dass alles seine Zeit braucht, bin aber trotzdem manches Mal so ungeduldig. Ich konnte damals einfach nicht mehr so weitermachen."

Carla nickte. Inzwischen verstand sie ihn ja nur zu gut.
Einen Moment schwiegen beide, dann fragte Georg: „Und was ist mit deinem Mann? Wie hat er deine Entscheidung, ihn zu verlassen, aufgenommen?"
Ungern wollte Carla diesen schönen Moment mit der Erinnerung an das schwierige Gespräch mit Jakob trüben, aber auch das musste wohl ausgesprochen werden.
„Erst hat er völlig verständnislos reagiert. Er wollte wissen, was es denn an unserer Ehe auszusetzen gäbe. Als ich ihm sagte, dass wir nur noch aus Gewohnheit zusammen seien, meinte er, alle würden doch so leben und warum wir denn nicht einfach weitermachen könnten wie bisher. Wir hätten doch alles und uns ginge es gut."
„So ähnlich hast du dich auch geäußert, als ich mal gefragt habe, warum du an deiner Ehe festhältst."
„Ich weiß. Und irgendwie stimmte es früher ja auch. Wir besaßen ein schönes Zuhause und den Bungalow am See als Rückzugsort. Wir verdienten genügend Geld, um uns keine Sorgen machen zu müssen, und waren umgeben von unseren Familien, Freunden und Bekannten. Irgendwie hatten wir es uns in unserem Leben bequem eingerichtet. Es war okay, auch wenn wir uns nicht mehr viel zu sagen hatten."
„Und jetzt ist das nicht mehr okay?"
„Nein, es ist nicht mehr okay. Sonst wäre ich nicht hier. Mir ist klar geworden, dass ich nicht länger neben einem anderen Menschen her leben will. Ich will mit dem Menschen leben, den ich liebe!"
„Mit mir?" Georg sah sie aus seinen großen dunklen Augen gespannt an.
„Nur mit dir!" Sie lächelte und er beugte sich zu ihr herunter, um sie zu küssen.
Eine Zeitlang blickten sie wieder einträchtig über die nächtliche Stadt, bis Georg fragte:
„Dann ist jetzt also alles geklärt zwischen euch?" Das Thema schien ihn immer noch sehr zu beschäftigen.

Carla zuckte mit den Schultern. „Er war sehr enttäuscht und verbittert, als ich ihm sagte, dass ich zu dir fliege. Gegen diesen Dichter hatte ich nie eine Chance, das waren seine Worte."
Georg wirkte betroffen. „Das tut mir leid. Für ihn muss es wirklich so aussehen, als hätte ich ihm die Frau weggenommen."
„Mag sein, aber es stimmt nicht. Es war meine Entscheidung, mich von ihm zu trennen. Trotzdem tut er mir leid. Ich wollte Jakob nie wehtun."
„Ich wünschte auch, es hätte eine Möglichkeit gegeben, unsere Liebe zu leben, ohne einen anderen damit zu verletzen."
„Dafür hätten wir uns viel früher kennenlernen müssen. Ich hoffe einfach, dass Jakob und ich noch einmal vernünftig miteinander reden können, wenn ich wieder zurück bin. Wir haben so viele Jahre miteinander verbracht. Ich möchte nicht im Streit mit ihm auseinandergehen."
„Ich wünsche euch, dass ihr einen Weg findet, achtsam miteinander umzugehen."
Nach diesen Worten ließen sie die Vergangenheit ruhen und Georg erzählte ihr von seinen Erlebnissen der letzten Wochen.
„Ich liebe diese Stadt! Je besser ich sie kennenlerne, umso faszinierender finde ich Rom", schwärmte er.
„Dann wirst du noch länger bleiben?" Carla gefiel diese Vorstellung ganz und gar nicht, musste sie selbst doch in knapp zwei Wochen zurückfliegen. Denn dann würde ihr Urlaub enden und sie wurde im Büro zurückerwartet. Außerdem stand ihr noch ein klärendes Gespräch mit Jakob bevor, in dem sie mit ihm auch über die Auflösung der gemeinsamen Wohnung und über ihre Scheidung reden musste.
Aber zu ihrer großen Erleichterung kamen Georgs Pläne ihren eigenen Hoffnungen sehr entgegen.
„Nein, ich brauche nicht mehr lange. Ich habe dir ja vorhin erzählt, dass ich an einem Roman über Goethes Aufenthalt in Rom arbeite. Die Recherche vor Ort ist so gut wie abgeschlossen. Stell dir vor, hier gibt es sogar ein Goethe-Museum. Na ja, jedenfalls läuft mein Mietvertrag noch knapp einen Monat. Ich

habe neulich mit Ansgar Herzog gesprochen, sein Ferienhaus steht mir weiterhin zur Verfügung. Ursprünglich wollte ich zwar nicht dorthin zurückkehren, aber nun denke ich darüber nach, sein Angebot zumindest zeitweise anzunehmen. Wo könnte ich besser arbeiten als in deiner Nähe."

Als sie später zusammen auf der Couch im Wohnzimmer saßen, blätterte Georg durch Charlottes Tagebuch. „Deine Schwester ist schon eine Marke", meinte er schmunzelnd. „Unglaublich, was sie sich für eine Mühe gemacht hat. Wenn die Schrift und die Ausdrucksweise nicht wären, könnte man das Buch wirklich für echt halten."
„Ja, das dachte ich anfangs wirklich und bin extra wegen des Tagebuchs nach Weimar gefahren."
„Weimar steht auf meiner Rechercheliste als Nächstes ganz oben", rief Georg begeistert. „Vielleicht kommst du mit? Dann könntest du mir auch das Kochberger Schloss zeigen."
„Gerne. Ich habe beim letzten Mal viel zu wenig Zeit eingeplant. Dabei gibt es in Weimar so viel zu entdecken. So will ich unbedingt Charlottes Elternhaus, das Palais Schardt, besichtigen. Und auch auf einen erneuten Besuch des Schlosses freue ich mich."
Nach kurzem Zögern erzählte sie ihm von ihrem Traum von Charlotte, der sich für sie wie eine reale Begegnung angefühlt hatte, und von der weißen Feder, die ihr quasi direkt vor die Nase gesegelt war.
„Vielleicht hat dir Charlotte ja einen Gruß gesandt", meinte Georg lächelnd. „Goethe hat jedenfalls an die Seelenwanderung geglaubt." Er wies auf ihre Kette mit dem Yin-Yang-Anhänger, die sie nun wieder trug: „Eine schöne Vorstellung, dass sich zwei Menschen im nächsten Leben wiederbegegnen, weil sie zueinander gehören wie Yin und Yang."
Carla erinnerte sich an die Zeilen, die Goethe einst für Charlotte geschrieben hatte, und zitierte aus dem Gedächtnis:

„Sag, was will das Schicksal uns bereiten? Sag, wie band es uns so rein genau? Ach, du warst in abgelebten Zeiten meine Schwester oder meine Frau."

„Ich finde, das ist eins seiner schönsten Gedichte. Er hat es nur für Charlotte von Stein geschrieben. Zu seinen Lebzeiten wurde es nicht veröffentlicht."

Das hatte Carla nicht gewusst und es berührte sie. „Wenn es wirklich so etwas wie Seelenwanderung gibt", sinnierte sie, „dann war es zwischen Goethe und Charlotte gar keine Liebe auf den ersten Blick, sondern eher ein Wiedererkennen."

„Wie damals bei uns!", war Georg sich sicher. „Ich habe dich gesehen und dachte: Da ist sie ja endlich! Ich weiß noch, wie verwundert ich selbst über diesen Gedanken war."

Carla lachte und erinnerte sich an ihre erste Begegnung. An Georgs Lächeln, das sie vom ersten Moment an faszinierte, auch wenn sie das damals noch nicht wahrhaben wollte. Voller Dankbarkeit dachte sie an ihre verrückte Schwester, die genau wusste, dass Reden manchmal bei ihr zu nichts führte, und die deshalb zu anderen, ungewöhnlichen Maßnahmen gegriffen hatte, um sie zum Nachdenken zu bewegen. „Ich bin sehr froh, dass Charlottes und Goethes Geschichte dazu geführt hat, dass wir nun unsere Chance nutzen."

„Und ich erst!", beteuerte Georg. „Was meinst du, sobald mit Jakob alles geklärt ist, wollen wir uns dann ein gemeinsames Zuhause suchen?"

Carla nickte und umarmte ihn überglücklich. Ein Zuhause zusammen mit Georg, ohne Heimlichkeiten und schlechtes Gewissen, sie konnte sich in diesem Moment nichts Schöneres vorstellen!

Aber sie wusste auch, dass es keine Garantie gab, weder für ihr Glück noch für die Liebe. Doch jetzt, in diesem Augenblick, war es perfekt. Allein darauf kam es an, denn das war viel mehr als nur okay!

Nachwort

Als ich vor Jahren zum ersten Mal von Goethes Liebe zu Charlotte von Stein hörte, war ich über die Faszination verwundert, die diese sieben Jahre ältere und noch dazu verheiratete Hofdame auf den jungen und erfolgreichen Schriftsteller ausgeübt haben musste. Seine Liebe zu ihr währte immerhin fast 11 Jahre und während dieser Zeit schrieb er ihr beinahe 1800 Briefe bzw. Zettelchen, überhäufte sie mit Liebesschwüren, Blumen und kleinen Geschenken.
Die Briefe und Tagebucheinträge aus diesen Jahren geben Einblick in seine Gedanken- und Gefühlswelt, berichten aber auch von alltäglichen Begebenheiten oder seinen Erlebnissen auf Reisen. Aber trotz dieser Vielzahl an Informationen bleibt die Frage unbeantwortet, wie nah sich die beiden wirklich gekommen sind.
Charlotte von Steins Sicht der Dinge ist leider nicht überliefert, da weder ihre Briefe an Goethe noch ihre Tagebuchaufzeichnungen erhalten geblieben sind.
Aber hat eine Frau, die Deutschlands berühmtesten Schriftsteller dermaßen in ihren Bann gezogen hat, nicht mehr verdient als nur das Dasein in seinem Schatten?
Aufgrund dieser Überlegung entstand die Idee, das imaginäre Tagebuch der Frau von Stein zu schreiben.
Soweit es möglich war, habe ich mich dabei an überlieferte Fakten gehalten, habe Goethes Briefe an Frau von Stein, seine Tagebuchnotizen aus dieser Zeit sowie Bücher und Biografien gelesen.
Viele von Goethes Bemerkungen, über die Charlotte in ihrem Tagebuch berichtet, stammen wirklich aus seinem Munde und lassen sich in seinen Briefen oder Tagebuchnotizen wiederfinden. Weiterhin wurden Passagen aus Briefen Charlotte von Steins verwendet, die sie an ihren Sohn Fritz, an den Arzt Zimmermann und ihren alten Freund Knebel geschrieben hat. Auch

Charlottes Gedichte im Tagebuch sind tatsächlich der Feder der Frau von Stein entsprungen.
Auf Literaturangaben habe ich im Buch aber ganz bewusst verzichtet, um den Lesefluss nicht zu stören. Außerdem ist die Goetheforschung unüberschaubar und die Literatur zu diesem Thema umfangreich und teilweise auch widersprüchlich. Sollten mir trotz umfangreicher Recherchen inhaltliche Fehler unterlaufen sein, bitte ich diese zu entschuldigen. Ich hatte bei diesem Buch keine wissenschaftliche Abhandlung im Sinn, sondern wollte vielmehr das Interesse an Frau von Stein und ihrer besonderen Geschichte wecken. Dabei habe ich auch an einigen Stellen der Fantasie Raum gegeben, um Lücken in der Geschichtsschreibung zu schließen oder die Handlung etwas runder zu machen.

In dem Wissen, dass die Liebe von Charlotte von Stein und Goethe kein glückliches Ende gefunden hat, beschäftigte mich auch die Frage, wie es den beiden wohl in unserer heutigen Zeit ergangen wäre. Die äußeren Umstände sind sicher um einiges günstiger als im 18. Jahrhundert, aber wie man an der Geschichte von Carla und Georg sieht, erfordert es auch heute Mut, sich gegen alle Widerstände zu seiner Liebe zu bekennen.

Charlottes Orte in Weimar und Umgebung

Konnte dieses Buch vielleicht Ihr Interesse wecken, sich näher mit dem Leben der Frau von Stein zu beschäftigen? Dann begeben Sie sich doch, ebenso wie Carla, auf die Spuren Charlottes. Ich kann Ihnen versprechen, das thüringische Städtchen Weimar und seine Umgebung sind auf jeden Fall einen Besuch wert!

Hier einige Orte, die bei Ihrem Ausflug nicht fehlen sollten:
1. Charlottes Elternhaus, Palais Schardt, Scherfgasse
2. Charlottes Wohnhaus an der Ackerwand

3. Charlottes Rückzugsort Schloss Kochberg
4. Goethes Gartenhaus im Park an der Ilm
5. Goethes Wohnhaus am Frauenplan
6. Anna Amalias Wittumspalais
7. Jagd- und Lustschloss Belvedere
8. Schloss und Park Tiefurt
9. Historischer Friedhof mit Grab Charlotte von Steins

Büchertipps zu Frau von Stein

Charlotte von Stein, Wilhelm Bode; Ernst Siegfried Mittler und Sohn, 1914

Goethe und Frau von Stein - Geschichte einer Liebe, Helmut Koopmann; Verlag C.H. Beck, 2002

Sommerregen der Liebe - Goethe und Frau von Stein, Sigrid Damm; Insel Verlag, 2015

Goethes Charlotte von Stein - Die Geschichte einer Liebe, Ingelore M. Winter; Droste Verlag, 2003

Charlotte von Stein - Eine Biographie, Doris Maurer; Insel Verlag, 1997

Charlotte von Stein - Goethe und ich werden niemals Freunde, Johanna Hoffmann; Verlag der Nation, 1991

Mir geht's mit Goethen wunderbar: Charlotte von Stein und Goethe - Die Geschichte einer Liebe, Sybille Bertholdt; Langen-Müller, 1999

Charlotte von Stein - Die Frau in Goethes Nähe, Jochen Klauß; Artemis & Winkler Verlag, 1995

Geliebte Freundin - Goethes Briefe an Charlotte von Stein nach Großkochberg, Lothar Papendorf; Stadtmuseum Jena 1977

Goethe bei Frau von Stein in Kochberg, Bernd Erhard Fischer; Edition A B Fischer GbR, 2017

Goethes Briefe an Frau von Stein, herausgegeben von Julius Petersen; Insel-Verlag, 1909

Weitere Bücher von Gabriele Schossig

Traumfängerin der Liebe, Roman

Die Liebe ist bunt, Erzählung

Die grinsende Katze - Dem Glück auf den Fersen, Roman

Mensch, Freu Dich! - In 9 Schritten zu mehr Lebensfreude, Ratgeber

Mensch, Entspann Dich! - 9 Entspannungstechniken für Zuhause, Ratgeber

Weihnachtsengel Inkognito - Weihnachtliche Geschichten rund ums Fest, Kurzgeschichten

Träume leben - Geschichten & Gedanken, Kurzgeschichten

**Möchten Sie mehr über die Autorin
und ihre Bücher erfahren?
Dann besuchen Sie doch die Autorenhomepage:**

www.wondertimes.de

„Wie seltsam uns ein tiefes Schicksal leitet.
Und, ach ich fühl's,
im Stillen werden wir
zu neuen Szenen vorbereitet."

(Johann Wolfgang von Goethe)